Manú

Colección Autores Españoles
e Hispanoamericanos

Cristóbal Zaragoza

Manú

Novela

Premio Ateneo de Sevilla
1975

Planeta

Editorial Planeta, S. A., Córcega, 273-277, 08008 Barcelona (España)

Diseño colección y sobrecubierta de Hans Romberg (realización de Jordi Royo)

1.ª edición: mayo de 1975
2.ª edición: julio de 1979
3.ª edición: enero de 1981
4.ª edición: julio de 1981
5.ª edición: octubre de 1981
6.ª edición: mayo de 1982
7.ª edición: noviembre de 1982
8.ª edición: febrero de 1983
9.ª edición: junio de 1983
10.ª edición: octubre de 1986

Depósito legal: B. 32.337-1986

ISBN 84-320-5331-7

Printed in Spain - Impreso en España

«Duplex, S. A.», Ciudad de la Asunción, 26-D, 08030 Barcelona

A la memoria de Dolores Verdún Trigo, fusilada en la guerra civil. A la memoria de todas las mujeres que murieron en aquel sangriento conflicto, de las que fueron madres y de las que nunca pudieron dar hijos a la Patria.

Todos los sucesos que se relatan en este libro son absolutamente verídicos. Por inverosímiles que parezcan, tanto las situaciones como los lugares son más verdad que el sol que nos alumbra. Lo mismo cabe decir de las personas cuyos nombres se citan y de los que se silencian.

Primera parte

El hijo de nadie

EN CARRETERA

¿CONTARLO TO ASÍN DE SEGUÍO? Leche, pues no sé, no sé... Hay tanto que contar. Mire usté, yo me he corrido casi to er mundo, y me han sacudido tantos palos por ahí, que, bueno, que uno ya no sabe dónde se los pegaron ni cuándo.

Contarlo to. ¡Casi na! Pero lo intentaré, que yo lo que es memoria a mí no me falta. Otra cosa, no. La verdá. Que yo leer, malamente. Y escribir, peor. Pero lo que se me mete aquí en la mollera, eso no me lo saca ni Dios. No me se despinta la cara del tío que me ha hecho la putada. Eso faltaría...

Para empesar le diré que hase cuantro días como quien dise que sé que tengo una familia. Y acabo de cumplir los cuarenta, conque ¡figúrese! Na. Yo siempre solo. Es como mejor está uno. Al grano, sí... Lo más gordo, lo más gordo... pues me he cargado a dos tíos. Eso es, los maté. Uno era un cabrón y un cobarde, uno de esos chulos mejicanos. Ricacho. Se lo meresía. Y al otro, un infelis, lo tuve que matar para salvar el pellejo. Fue en Indochina. Sí, claro. Yo fui legionario en Indochina. Al final. Cuando lo del general Giap. Y he estado en Cuba. En Sierra Maestra y en bahía de Cochinos. A Fidel le conocí. ¡Qué tío! Una montaña. Y al general Bayo. ¿Capitán? Bueno, allí to er mundo le llamaba general. Subiría el tío.

¿Cárseles? Yo creo que he estado en todas las cárseles der mundo. En España no podría desirle en cuántas. Aquí en Barselona, claro. Y en Gerona, y en Valensia, en Málaga...

También me enserraron en un calaboso de Sidi-bel-Abbès, en África, donde la legión fransesa. Y en Estados Unidos, que allí tienen, en vez de selda de castigo, una espesie de cajón de metal, de asero creo, pero mu chiquito, que un hombre sólo cabe currucadito, y te la sierran y te sueltan un chorro de vapor de agua hirviendo. Un minuto na más. Pero a mí me tuvieron casi dos... Pero allí sólo van los negros y los portorriqueños. Claro, algún desgrasiao como yo... Y he estao preso en las cárseles mejicanas. Pero aquello es diferente. Si tienes dinero, que yo lo tenía por mediasión de una mujer, si tienes dinero eres el amo. A la cársel en Méjico sólo van los que no tienen ni un peso. Los pobretones. Que sí, hombre. Que se lo digo yo...

Empesar desde er principio. Sí, claro. Como usted diga. O sea, que yo se lo voy contando to a mi manera y usted lo pone después en solfa. La salsa, ¿no? Pero tie que ponerlo to. ¿Lo que se pueda? ¿Es que no se puede poner toíto? Pues yo creo que con la verdad por delante se va a toas partes.

Na, hombre, na... Por mí no se preocupe. A mí me da igual. Miedo... ¿Para qué sirve el miedo? Miedo a lo que pueda pasar. Más de lo que m'ha pasao... Mire, yo, un día, mu chiquito aún, me pregunté: Manuel, ¿para qué coño te va a servir el miedo? Pa na, me dije. Y desde entonses lo tiré por la borda. ¡Al carajo el miedo! Si alguien se siente molesto como usted dise, pues que venga a buscarme. Seguro que me encuentra. ¡Por mis muertos!

De mi madre no me acuerdo. En arsoluto. Pero mire qué cosas. Me la siento. ¿Que cómo es eso? Verá.

La primera ves me pasó en el bote del buque escuela argentino. El *Libertad*. Así se llamaba. Yo me escondí allí pensando que saldría al día siguiente, porque yo subí de noche... Sí, un regate por uno de los cabos de popa... Bueno, pues tardó en salir tres días. Y como yo estaba acabaíto, rematao de hambre, y entoavía no había cumplido los dose años, o los onse, que no me acuerdo mu bien de eso, pues ya ve...

Güeno, pues como si lo estuviera viendo to. Me cago en la leche, que ya no sabía qué era la verdad, si el bote, con aquella oscuridá y el tufo a pintura, o la selda de la cársel donde mi madre me tenía abrasao. Puede que fuera la debilidá, que yo era un esqueleto comido de piojos; pero, se lo juro, aquello fue como si estuviera viendo una película, que todo son mentiras, pero aquello era verdá. Había sío verdá.

¿Que qué veía? Pues to. La Gota de Leche, al hijoputa de David, que ya le contaré para que lo ponga en el libro, veía a sor Lucía, que además de monja era una buena mujer. Me tomó ley desde el prinsipio. Y vaya usted a saber por qué, porque yo era más malo que la sarna. Nadie podía conmigo. Ni grandes ni chicos. ¡La peste!

Sí. Volvamos a empesar con lo de mi madre. Para que se haga una idea, le diré que yo estaba tan débil en el bote que no podía ni moverme. Pero pensaba. Ya, ya... Es que si no se lo cuento asín, usté no puede entender que yo estaba más en el otro mundo que en éste. Quiero desí que estaba más con mi madre que... Me entiende, claro. A mí me arrancaron de sus brasos por la mañana, trempanito, antes de fusilarla. Yo lo sé porque me lo han contado. Mi tita. Y los demás de la familia. Pero a mí me lo contaron muchos años después. Entonses no sabía na. Na de na. Y la vi, sí señor. La vi a ella, a sus ojos que me miraban. Y hasta m'acuerdo yo que me miraba los brasos, delgaítos como dos cañas, la piel y el hueso, porque sentía las cosquillas que me hasían los cabellos de mi madre. ¡Como se lo cuento! Porque ella me amarró con sus trensas al cuerpo para que me mataran con ella...

¿Nervioso? No. Sólo que uno... La verdá es que veía unas sombras. Y oía voses. No sé, como gritos y gente llorando. Mu raro, ¿verdá? Pero aquello que veía me gustaba tanto que, sabiendo como sabía que si no salía del bote palmaba, no me acordaba ni de moverme. Y el tiempo pasaba. Y sentía sus cabellos en la cara, en el cuello, tapándome la boca. Claro. Como estaba tan bien amarrao a ella tuvieron que cortarle las trensas. Una negra. Ah, por qué negra no lo sé. Pero a mi madre le cortó las trensas una negra y yo salí enrollao en su pelo. Para qué voy a contarle si estas cosa nadie se las cree...

¿Y yo qué sé? Ella, la pobre, se fue al otro mundo jurando que era inosente, que ni había quemao la iglesia del pueblo ni sabía na de to aquello. Y lo disen mis familiares... Envidias. En los pueblos, ya se sabe. Nosotros éramos una familia de trabajadores. Pobres. Nos ganábamos la vida con las faenas del campo. Y con los churros. ¿No se lo he dicho? Si la culpa de to la tuvieron los churros... Tejeringos que les llaman allí. Mi madre y mis tías hasían tejeringos para ayudar a la casa, porque el hostal que tenía mi abuela iba de capa caída.

Ya ve... Cualquiera hubiera dicho lo que tenía que pasar. ¿Mi padre? ¡Ésa es otra historia! A mi padre le llamaban en el pueblo el Sordao Desconosío. Cayó por allí nadie sabe cómo. Vino de uniforme. Desertor. Seguro que sí. En la República, claro. No, él no era de Campillos. Era de Guadix. Pero nunca supo nadie de dónde venía. Alto, mucho más alto que yo. Bien plantao. Y simpático que se ganaba las voluntades. Hasía coplas. Contra los ricos y cosas así, que por entonces había mucha inquina. Llegó al hostal de mi abuela y se enamoró de una tía mía, pero mire usted por donde lo enganchó mi madre, que tenía un defecto en una pierna. Coladita disen que estaba. Porque, ya le digo, mi padre, además de un tío bien plantao, era la misma simpatía. Hasía coplas. ¿Poeta? Eso será. Yo lo único que sé es que hasía coplas y que las cantaba por las calles, en la taberna, con los amigos. Por eso le tomaron manía.

Se casó con mi madre, claro... Pero tuvo sus líos con el ejérsito. Yo esto no lo sé mu bien, aunque según barrunto fueron en su busca al pueblo. Se lo llevaron al cuartel para jusgarlo y to eso. Pero volvió cuando empesó la guerra. Otra ves de uniforme. Sordao. No, no... Na de galones. Sordao raso. Y no es que fuera tonto, que ya le he dicho que de letra sabía lo suyo. Sí, sí... Es lo que me pasa. Me voy por las ramas. Bueno, se casó con mi madre y empesaron los críos. Dos hermanas mayores y yo. ¿Trabajar él? Qué va. Él hasía su vida. A veces desaparesía del pueblo, casado ya, claro. Volvía, y ya está.

Cuando la guerra hubo mucho tomate en Campillos. Ya sabe, un pueblo andalú de muertos de hambre y cuatro señoritos con los billetes saliéndoles por las orejas. Los amos, vaya. Tenía que haber tomate. ¿O no? Lo que hiso mi familia no lo sé, pero le juro que nada malo, porque tienen todos un corasón asín de grande. Yo de política no entiendo, pero sé lo que está bien y lo que está mal. Y a los ricos de entonses, déjelos ir... Mire, que a mi familia le tomaron inquina.

Eso es. Odio. Odio o lo que sea. ¿Dinunsias? No lo sé. Pero sé que mi madre, mi madre era inocente. Ella no quemó la iglesia. Lo que sí hiso es que, como ni leña había, ensendió el hornillo de los tejeringos con los maderos de la iglesia. ¿Santos? Tampoco lo sé.

Eso. A lo que íbamos. Mi padre se fue al frénte. Con los republicanos, ¿con quién si no? Le perdieron de vista. Por eso pensaron que le habían matado. Luego supieron, según m'han dicho, que dispués de la guerra le fusilaron también. No, no sé dónde. Pero es igual. La custión es que mi familia, en vista de lo que pasaba allí, en Campillos, que hay que ver la que se armó, se fue a Málaga antes de que los nasionales entraran en el pueblo.

Sí. Tos... Mis tías, un tío mío que también fue ofisial, tiniente creo, y otro que murió fusilao. Lo que cuentan... Los muertos, a montones por la carretera. Yo no sé si serán sagerasiones, que yo era mu chiquito, y no lo pude ver, pero cuando los oiga a ellos verá. Disen que Málaga era un infierno. Mi madre no se quiso marchar de allí y la denunsiaron. La metieron en la cársel, y hala, al paredón. Al sementerio der Batatá. ¿Por qué? Ya se lo he dicho. La dinunsia desía que había quemao la iglesia. Mentira. Una trola como pa tapar er sol. ¡Na! Cosas de entonces.

No corremos demasiado, ¿qué va? Con este coche yo soy capá de dar la vuelta en la carretera a siento ochenta. En ocho o diez metros. Redusco y se lo dejo enfilao en diresión a Barcelona. Si usté me hubiera visto condusir con los corsos de Marsella. Aquello sí que era divertío. Usté lo que quiere es que siga el hilo. Lo de los corsos vendrá dispués, entendido.

Íbamos por lo del fusilamiento. De la cársel de mujeres, como yo no tenía familia, ni nadie sabía de mí, me llevaron a «La Gota de Leche». Una espesie de orfanato. En Málaga to er mundo la conose como Casa Cuna. ¡Menuda cuna! Más hambre pasé allí que el perro del titiritero, leche. Y sobre todo, la soledad. Nadie se interesaba por mí. Porque los demás chiquillos, casi tos, resibían visitas. Y grasias que una monja, guapísima, que tenía una cara como si fuera de mármol, se interesó por mí. Se encariñó. San Antón se enamoró del guarro y ella de mí, ea. Sor Lusía se llamaba.

Por entonses yo era un esqueleto. Grasias a sor Lusía, que me daba algún huevo y me ponía en la mesa de los débiles, grasias a ella puedo contarlo. La pobre, a pesar de las pasadas que le hasía, que yo era un demonio, no se hartaba de mí. Al contrario. Me defendía. Se peleaba con las monjas por mi culpa. Desía que las orejas me clareaban. Sería así. Yo no me las veía, pero me mareaba cada dos por tres. Empesaba a ver estrellitas bailarinas y, catapum, me caía de morros. En seguida, el vinagre, los cachetitos... Siempre la llamaban a ella. ¿A quién va a ser? A sor Lusía.

Que no corremos, hombre, que se lo digo yo. Ahora, que si usté quiere me pongo a ochenta. A mí me da igual. Si corro un poquitito es pa llegar con sol. Hoy es el último día de feria en Campillos.

Pues verá. Cuando cumplí la edá me echaron de la Casa Cuna. Lo que pasó sor Lusía... Pero eso vamos a dejarlo estar. Eso. Más adelante. Me llevaron a La Misericordia, a las afueras de Málaga. Ya se la enseñaré yo cuando lleguemos. Un caserón enorme, con los pasillos encristalados, y venga cuartos... ¿Sabe? ¡Una cársel! A mí me tocó un corregidor, David... ¡Qué bofetadas!

¡Ah, sí! No me recordaba. A mí, como nadie sabía quién era, me pusieron Gregorito como hubieran podido ponerme... yo qué sé. Y fue allí, en La Misericordia, donde empesé a espabilarme. Claro, nos mataban a palos y de hambre, que por entonses, a los dos o tres años de acabar la guerra, la gente se comía los codos. El maldito David, el muy cabrón, quería acabar conmigo. Matarme. ¿Que no será tanto? Si yo le contara... Pero ya lo haré más despasio, pa que usted lo ponga to en el libro. La verdá, eso, la verdá. Que a mí nunca m'han gustao las medias tintas. Al pan, pan y al viento cachirulos. Ese David, una tarde, por poco me mata. Grasias al *Charrán*... ¿*El Charrán*? Un inclusero como yo. Amiguete. Era de mal nombre lo de *Charrán*. Él se llamaba... No m'acuerdo, pero eso pa el libro da lo mismo. A mí me llamaban *Cabesa Dura*, que yo tengo mucha fuersa aquí, ¿sabe? Después, en Campillos, me pusieron *Matapollos*, ya imaginará por qué.

Me harté de aquello y me escapé. Na. En seguida me pescó un guardia. Fue, bien me acuerdo, en el puerto. ¿Qué edá? Ocho o nueve años. Se escapaban muchos, no vaya a creer. A unos los cogían y a otros no. Pero al que volvía, me cago en la mar, lo que le esperaba. Peor morirse, como le pasó al *Charrán*, que lo escachifolló un coche. Eso queda pa dispués, de acuerdo. Yo es que, me da tanto coraje, que quisiera contárselo to de golpe. Claro, claro, imposible... Lo que sí quiero disirle antes que me se pase es que estuve a las puertas de la muerte de una palisa de David.

No, ya no me escapé más. Pero no fue por miedo. Na. Es que por entonses llegó una monja, sor Presentación, que me hiso creer que el Dios de la capilla era amiguete, como *el Charrán* o así, y que si le pedía ayuda nunca me dejaría, que tendría en él madre, padre y de to. Me hiso un beato. ¡Hasta resaba por las noches! Pero después, la vida...

¿Que por qué me río? Porque por aquellos días pillé jodiendo... Ya, ya... Lo dejaremos pa más tarde. A su tiempo. Pero no olvide desir que aquello me abrió los ojos. Si hasta entonses había sido un mal bicho, a partir de aquel momento, en la cosina, fui mucho peor. To el mundo me tenía miedo. ¡Un pánico! No había jaleo en el que no estuviera mesclao Gregorito. ¡Gregorito! Madre mía, las monjas hasían la señal de la crus. Por eso se alegraron tanto cuando vino a buscarme mi tita.

Pero la familia, mire, otra mentira. Palos y más palos. Mi abuela sólo quería que robara pa ellos. Aunque la verdá es que en casa no había na. Ni leña. Y éramos siete u ocho barrigas que llenar. Pero yo me harté de los malos tratos y fue cuando me escapé a Málaga.

¿Le cuento lo que me pasó cuando aparesí por casa vestido de falangista? Está bien, a su debido tiempo. No me diga pesao, pero lo que sí quiero es que salga to en er libro. Pelos y señales. ¡To! Hasta los nombres. ¿Peligroso? Es la pura verdad. Vaya... De manera que la verdad no puede disirse. Entonces ¿pa qué vamos a escribir er libro?

Sí. Vamos a parar un ratito. Tomaremos café y echaremos una meada.

1. FUSILAMIENTO AL AMANECER

La noche del 23 de abril de 1937, la reclusa Dolores Verdún no podía conciliar el sueño. Experimentaba una extraña opresión en el pecho. «Este ahogo —pensaba—, este ahogo algo quiere decir. Algo malo...» Sin percatarse de lo que hacía, fue a sentarse en el rincón más oscuro de la celda de mujeres, una nave larga y abovedada, con las mugrientas paredes llenas de revoques, alternando con superficies lisas abrillantadas de grasa, sobre las que resaltaban las pequeñas manchas oscuras de los parásitos aplastados.

Dolores Verdún se había quedado de repente sin fuerzas. El vacío que se había hecho en su garganta, su repentino derrumbamiento, le revelaban, con esa clarividencia que sólo posee el andaluz en los momentos cruciales de su vida, que algo muy precioso iba a romperse dentro de ella.

Sus oscuros ojos brillaban en la penumbra, al otro lado de la zona de luz que derramaba la sucia bombilla colgada del techo del pasillo. Había levantado la cabeza y la apoyaba en la pared, que hedía a roña de siglos. Sensibilidad de corcho. Le pareció extraño que su piel no acusara la ya habitual comezón producida por los piojos.

Supo que era ella misma, que estaba hecha de carne y sangre, cuando sintió rebullir el cuerpo del hijo entre sus brazos. Acarició la sudada cabeza. El calor de la criatura se fundía con el de la Dolores, trascendiendo un aroma caliente, acre. En el apestoso rincón, cubierta de harapos avivados de miseria, lejos del frescor de su tierra, lejos de la reja encalada con maceta de geranios, Dolores Verdún sigue acariciando la cabeza del hijo. Las yemas de sus dedos resiguen el perfil de la criatura. Dolores cierra los ojos al oír las campanadas de un lejano reloj. El sonido metálico vibra en el aire abrileño, que empieza a espesarse en promesa de verano con feria pueblerina de limonada y polvorón de Estepa.

No acierta a discernir si la causa del cosquilleo que siente en la mejilla es una chinche exploradora o el caminito que se abre la última lágrima. Aprieta con fuerza a la criatura. Suspira. «La confianza es lo último que se pierde. Y yo no hice nada malo...» Intenta sobreponerse porque sabe que antes de que el día pinte y las rejas vayan dibujando cruces en la pared de la celda, se oirán unos pasos duros de suelas claveteadas. El celador bronquítico, igual que todas las mañanas, toserá su tos de sueño, y el eco de esa tos sin importancia rebotará sobre bóvedas y galerías. Sabe que, en seguida, las reclusas levantarán las cabezas del sucio petate. Se oirán apagados murmullos, tal vez un beso de despedida. El ruido metálico de la llave al penetrar en la cerradura acabará por levantar a los espectros. Y la voz impávida de todos los amaneceres empezará su canturria impersonal: «Cándida Ridruejo, María Paz Salas...»

Con los ojos cerrados, revivía los horrores de la huida de Campillos, su pueblo, cuando se supo que las tropas nacionalistas de guarnición en Granada habían ocupado Alhama. Numerosos vecinos se dirigieron hacia la capital sin saber exactamente para qué. Al principio, en camiones. Luego, a pie.

La riada humana avanzaba por la carretera en una especie de estampía, gritándose unos a otros, blasfemando, animándose a seguir o tomando en sillita de la reina al anciano que se niega a caminar y repite incansable el nombre del pueblo donde vivió y tenía pensado morirse. ¡A Málaga! Era el grito que salía de aquellas gargantas. ¡A Málaga! En la confusión, se ignoraba que la carretera había sido cortada por Motril, lo cual convertía aquello en una especie de ratonera.

En la oscuridad de la celda, Dolores seguía abrazando al

niño, que apenas contaba tres años, y sus labios repetían el nombre de las dos hijas, a las que había perdido de vista la víspera de su detención, y el del marido, de quien no había vuelto a saber desde agosto del treinta y seis.

Los recuerdos seguían acuciantes. La mayoría de los refugiados habían buscado asilo en las naves de la Catedral, que pronto, sin embargo, se quedó pequeña. Glorietas, parques, plazas, calles, soportales, hasta los mismos muelles se llenaban por momentos de seres humanos enloquecidos por el terror. No tardó en cernerse sobre la multitud el fantasma del hambre. Y el de los bombardeos. Por mar, las baterías de largo alcance del *Canarias*, del *Velasco* y el *Baleares*. Por aire, las pasadas rasantes de aviones ametrallando a mansalva.

Pero ya estaban en Málaga. Dolores, como clueca amilanada, abría dos brazos que eran alas protectoras tratando de cobijar a los hijos. Alguien le habló de seguir carretera adelante hasta Almería, tal vez Murcia, todavía en poder de los republicanos. Pero ella se negó. Sabía que sus hijos no resistirían aquel infierno.

Su hermano Juan, comprensivo, quiso quedarse con ella.

—Esperaremos —dijo sentándose en un bordillo—. Pero a las niñas las mandas con los demás.

—Lo que tú digas. Ahora, con éste, el pequeño, me quedo. A éste, te lo juro, sólo podrá quitármelo la muerte.

En la celda las horas se queman sin sentir. Ni tiempo queda para pensar. De poco le vale, además, recordar el momento en que cierta persona la reconoció, denunciándola en seguida a los vencedores. Todo muy rápido. Un viejo Ford negro, los muros de la prisión, la celda, horas y horas de angustia...

A medida que pasaba el tiempo le iba ganando la certeza de que aquella negra corazonada suya iba dejando de ser premonición para convertirse en evidencia. Despacio, con la calma que precede a los momentos solemnes, Dolores se fue quitando las horquillas del pelo. Lo hacía con la tranquilidad de quien está sentada a la puerta de casa, en el pueblo, en un cálido atardecer de verano, rodeada de tiestos de albahaca acabaditos de regar, mientras espera al novio. Sacudió la cabeza. Una oleada de pelo se derramó sobre su espalda. Hizo una inspiración. Luego, siempre despacio, sus dedos iniciaron el trenzado de aquel pelo, no por sucio y apelmazado menos hermoso.

Cuando terminó había tomado su determinación.

Miró alrededor. A sus pies, acurrucada, dormía una muchacha relativamente joven. Dolores la llamó en voz muy baja, apenas un susurro.

—Julia...

La joven levantó la cabeza.

—Van a matarme, Julia...

—Mujer...

—Lo sé.

La mortecina luz iluminaba una cara llena de oquedades, desencajada por el terror.

—¿Quieres ayudarme?

—Claro.

En aquel preciso instante se oyó el rechinar del portón de entrada, que daba acceso al patio central. En seguida, los motores de los camiones.

—Coge al niño, Julia.

—¿Qué vas a hacer?

—Ahora mismito vas a verlo. A mi hijo no me lo quita nadie. ¡Nadie!

En un rápido movimiento se quitó la toquilla. En seguida cogió a la criatura y se la ató fuertemente al pecho con las trenzas, que su compañera anudó a la espalda. Luego la ocultó debajo de la toca.

—Ya pueden venir —dijo—. Mi hijo no se quedará solo. Vendrá conmigo.

—¿Lo has pensado bien? Podría costarte caro.

—Pues que me fusilen otra vez.

Miró a Julia sin poder contener la pesadumbre.

—Claro que lo he pensado. Lo estoy pensando toda la noche. Ya me dirás qué va a encontrar este angelito aquí. Humillaciones, sufrimiento, hambre, vergüenza... Está solo como la una. ¿No lo entiendes? Nos van a matar a todos.

—Dolores, reflexiona. Vuelve en ti.

—Ni Dolores ni na. ¡Se viene conmigo! Y tú, chitón...

Hablaba atropelladamente, como en desvarío. Pero tuvo que callar, porque los pasos resonaban ya en la galería. Llevaba varios días condenada a muerte, aunque nunca hasta aquella noche tuvo la premonición de que iba a ser la última de su vida.

Por la mañana había intentado comunicarse con su hermano Juan, que ocupaba una celda en la galería inferior. En el papel, de estraza, había garabateado una pregunta, una sola: «¿Cómo estás?» Cuando poco después tiró del hilo, extrañó la letra tan bien hecha: «A Juan se lo han llevado esta mañana.» A partir de aquel momento tuvo la certeza de que al día siguiente le tocaría a ella.

No se equivocó. El hombrecillo esmirriado y tosedor del bigote de mosca traía la lista de las reclusas que iban a ser fusiladas. Esperó, como siempre, a que una de las celadoras abriera la puerta de la celda. En seguida, empezó con voz impersonal: Carmen Bárdenas, Soledad Villalba, Dolores Verdún...

Una vez más se repitió el patético espectáculo de todas las mañanas. Mientras las condenadas salían, de grado o por fuerza, Dolores trataba de evitar que descubrieran al hijo. Pero el llanto, los insultos de las reclusas, el forcejeo de las que se negaban a abandonar la celda, despertaron a la criatura. Una de las celadoras trató de arrebatársela y Dolores le escupió en la cara. Empezó el forcejeo. De espaldas contra la pared, se defendía abrazada al niño, a quien en un oscuro deseo, irracional, se hubiera dicho que pretendía devolver al claustro materno. Cuando la celadora lo cogió, comprobó con estupor que estaba fuertemente atado con las trenzas de la madre. Hubo que acudir a una nueva empleada, guineana, quien, provista de unas tijeras, cortó a cercén las hermosas trenzas de Dolores. Enredado en ellas, despavorido, pero sin derramar ni una lágrima, el niño fue pasando de las manos de un soldado a las de otro, que le miraban como se mira un remordimiento.

Mientras, inmovilizada por las dos celadoras, Dolores vomitó insultos hasta que el agotamiento hizo de ella un extraño ser, una especie de fantasma de sí misma de mirar alucinado.

Cuando saltó a tierra en el cementerio del Batatar, clareaba. El día, sin pulso aún, su aliento fresco, era lo único que parecía tener vida en aquel lugar desolado. Dolores miró hacia el campo. Pensó en los trigales, tan frescos a aquellas horas de la madrugada. Le pareció oír el canto de una cogujada. Cuando la empujaron hacia la tapia cerró los ojos para mejor sentir sobre la frente la brisa del amanecer.

Cayó de lado sin una queja. Tenía la cabeza destrozada.

2. UNA MONJA LLAMADA SOR LUCÍA

CUANDO LA TARDE DEL 8 DE FEBRERO entraron las tropas italianas en Málaga, la ciudad estaba sumida en la desesperación y el pánico. A Manuel González, después del fusilamiento de la madre, le trasladaron a la Casa Cuna, donde estuvo internado unos dos años y medio, hasta los seis. De repente cambiaba el escenario de su vida. Aquel niño que ingresaba en el orfanato y del que nadie sabía nada, ni siquiera el nombre, fue bautizado al buen tuntún con el nombre de Gregorito. Pura casualidad, ya que su padre se llamó Gregorio.

En la Casa Cuna se respiraba por entonces un explicable aire monjil. Del millar largo de internos, huérfanos de guerra, niños perdidos o abandonados, el único que no sabía absolutamente nada de su familia era él. Los demás, aunque de uvas a peras, recibían el consuelo de una visita, tal vez unas letras esperanzadoras.

Según iba pasando el tiempo, Gregorito iba haciéndose a la soledad. Durante las primeras semanas sólo se encontraba a gusto en la capilla, donde le habían dicho que estaba Dios, un Señor muy bueno que no desamparaba a quien seguía sus mandatos. Pero Gregorito había sacado un carácter rebelde. Además, pronto empezó a aburrirse en la doble fila de niños custodiados por monjas bisbiseantes, que parecían ignorarle.

Sólo una, sor Lucía, muy joven, intentaba comprenderlo. Cada noche, en la enorme pieza que hacía de dormitorio, con quince camas alineadas a parte y parte, esperaba la llegada de sor Lucía. Esperaba tenso, sin atreverse a respirar como quien dice, porque sabía que sor Lucía no podía faltar a la cita. Entraría de puntillas, creyéndole dormido, posaría sus labios en la frente y desaparecería dejando a su paso el aroma de almidón de sus grandes tocas.

Gregorito, con el vaso de leche en polvo y el «trositito de pan que se podía comer un gorrión» no aguantaba hasta la hora del sucio caldo de las berzas. Empezó a perder carnes. Y como por aquel entonces todavía no se había despertado del todo su rebeldía, se quedaba sentado en un rincón hurgándose las narices.

A veces, medio adormilado a causa de la debilidad, creía ver un rostro de mujer. La mujer le estrujaba entre sus brazos, mientras decía unas palabras incomprensibles, pero hermosas. En seguida, unas sombras siniestras. Y llantos, alaridos. La mujer se hundía en el sueño de Gregorito, que se miraba los flacos brazos al despertar con la sensación, todavía cosquilleante, de unas trenzas enredadas en ellos.

Ignoraba dónde empezaba el recuerdo y dónde su fantasía. Desconocía si aquella mujer había existido o era producto de su imaginación. Por eso, cada vez que sor Lucía le preguntaba por la madre, él se encogía de hombros y agachaba la cabeza como avergonzado.

La vida en la Casa Cuna seguía mientras el curso normal en esta clase de establecimientos. A las seis y media, en pie: aseo y oración. A las siete en punto, misa en la capilla. Gregorito observaba los dorados de la casulla, la blancura del alba, la faz sonrosada del oficiante. Miraba la imagen del Sagrado Corazón, de colores detonantes, relamido, con la raya en medio, miraba la cara de la Virgen, todo dulzura... Sin embargo, minutos después, en el comedor, delante del «trositito de pan», no acababa de entender por qué el buen Dios se negaba a hacer para ellos el milagro del pan y los peces.

Como no le pasaban los nabos y las coles, enfermó. Los médicos se encogían de hombros mirando a sor Lucía, que era la encargada de acompañarle a la enfermería.

Ya en el pasillo, ella trataba de animarle.

—Ordenaré que te den un huevecito escalfado. ¿Y sabes lo que haremos cuando pase el frío?

Los ojos de Gregorito eran el mismo recelo.

—No me mires así, chiquillo.

Pellizcaba su barbilla.

—Anda, contesta. ¿Te imaginas lo que vamos a hacer?

—No.

—Pues voy a explicártelo en seguidita. Nos iremos al campo. A correr, a saltar como dos animalillos del Señor. ¿Qué te parece?

Solían hacerse tales excursiones en verano. Sor Lucía, con dos docenas de asilados, los más delicados, llenaba tres o cuatro tartanas, y allá que se iban todos a pasar el día en el campo. Ante los ojos de Gregorito desfilaban las calles de la ciudad, la gente, los vehículos. Observaba desangelado la escena familiar: un niño de su edad, con los brazos en cruz, corría por la acera en busca de una señora muy aseada que le esperaba sonriente con los brazos abiertos. Miraba a sor Lucía un poco triste. Ella le revolvía el pelo, besaba su frente.

—Dime, ¿de veras no recuerdas nada de tu madre?

—No.

—¿Nada, nada?

Prefería dar la callada por respuesta. De todas formas, pensaba, no hubiera podido explicar aquello de las trenzas y los gritos en la oscuridad en ignoraba qué horrible lugar. Por otra parte, ¿no le tenía dicho sor Lucía que el diablo hace ver muchas veces cosas malas? ¿Y acaso no era aquel horrible sueño algo muy malo?

Los días de excursión correteaba por los bancales, trepaba a un olivo matusalénico o intentaba alcanzar el dorado higo chumbo. Saltaba en el arroyo de piedra en piedra, seguía con la mirada el vuelo de los gorriones en busca de la querencia.

De repente, se acordaba. ¿Y sor Lucía? ¿Por qué causa le tenía tan abandonado?

La buscaba por todas partes menos en el patio de los azulejos, donde se le había prohibido la entrada. Desde la verja de hierro forjado la veía comer bajo el parral con los señores, un anciano de pelo muy blanco, y la viejecita tosedora.

Una tarde les tiró una piedra. Sor Lucía fue en su busca y le puso cara de palo.

—¿Por qué has hecho eso, descastado? Contesta.

—¿Quiénes son esos viejos? No quiero verte con ellos...

La monja rió de buena gana.

—Conque ¿esas tenemos? Celos mi galán.

—Estás siempre con ellos.

—Bien. Son mis abuelos. Ella, así como la ves, tan arrugadita, fue la mujer más preciosa de toda Andalucía.

Le tomó de la mano.

—¿Satisfecho el señor?

Y los meses fueron pasando. Sin embargo, a medida que crecía, Gregorito sacaba el genio. Por un quítame allá esas pajas le soltaba un soplamocos al más pintado. Cuando tenía hambre, que era siempre, saltaba la tapia que daba al patinillo de las cocinas para escarbar en los cubos de la basura. Cualquier cosa servía. El troncho de una col o la cáscara de una naranja. Si pillaba un hueso, mejor que mejor.

Cierta tarde, a punto ya de cumplir los seis años, se deslizó por debajo de una mesa muy grande, en la cocina, y se apoderó de un huevo. Fue su primer robo.

Poco tiempo después, sor Lucía le llamó en la terraza. Estaba hermosa como siempre, aunque a Gregorito le pareció adivinar en su mirada un poso de tristeza.

Con aquel gesto suyo, tan peculiar, la monja se inclinó para besarlo en la frente.

—¿Sabes una cosa?

—¿Qué?

—Verás. Los niños crecen. Como las plantitas y los...

—¿Y qué?

—Bueno... Tú hace más de dos años que estás aquí. Te

estás haciendo mayor. Un hombrecito. Eso es, un hombrecito.

Se pasó el dorso de la mano, muy blanca, por los ojos. ¿Lloraba? Es la pregunta que se formulaba Gregorito, muy extrañado, pensando que las monjas no sabían llorar.

—Bien —continuó—, que tú no eres un mocoso como ésos, ea.

Empezaba a comprender.

—Por eso...

Sor Lucía se levantó. Habíase acodado en la balaustrada y, a través de la cortina de lágrimas, veía la ciudad a sus pies y el mar, muy azul, muy quieto.

Se volvió, tratando de sonreír.

—Anda, ven. Sube aquí.

Había cogido al pequeño de los sobacos y lo sentó en el antepecho.

—Mira. ¿Qué ves allá?

—¿Dónde?

—Allá lejos. Donde acaba la tierra.

—El mar.

La brisa los obligaba a entornar los ojos.

—Muy bien. El mar. ¿No te parece muy bonito? Un camino. Un camino que nunca se acaba. El mar es ancho, hermoso, uno de los milagros del Señor. Aunque sólo fuera por haber creado el mar, tendríamos que darle gracias. Todos los días, Gregorito, a cada hora, a cada minuto.

Suspiró.

—¿Y dónde se acaba el mar?

Sor Lucía soltó al viento una carcajada vibrante.

—Pero... no te tengo dicho que no se acaba nunca, criatura...

Permanecieron un instante en silencio. Luego, muy despacio, en una especie de susurro confidencial, sor Lucía le fue diciendo al oído que había llegado el momento de separarse. Hasta que terminó por comprender. Le quitaban el hogar y, con él, la madre buena que le besaba todas las noches mientras él se hacía el dormido.

No parpadeó cuando hizo la pregunta.

—¿Y dónde me lleváis ahora?

Fue entonces cuando sor Lucía se deshizo en lágrimas. Se apartó de ella con cierta brusquedad.

—Allí no habrá otra sor Lucía —dijo.

—¿Donde vas ahora? Pues claro que la habrá.

Apretó él los puños.

—Mentira.

—Te digo que sí, hombre. El sitio donde vas está lleno de monjas como yo. Mejores que yo, que una tiene más agujeros que una flauta.

Intentaba bromear, pero él no estaba para bromas.

—¡Mentira cochina! ¡Mentira podrida!

—Por Dios, criatura, no me martirices más.

Sor Lucía le había dejado de nuevo en la terraza y lloraba golpeando la pared con su puño menudito y blanco.

Mientras, él miraba alrededor. Sor Lucía, pensaba, tenía razón. Por la terraza gateaban unos críos babosos mordiendo la goma blancuzca del chupete. Gregorito abombó el pecho. Pensó que él era diferente. Lo sentía, y mucho, por sor Lucía, pero en el fondo se alegraba de saber que le echaban de la Casa Cuna. Un pensamiento, sin embargo, le llenaba de inquietud: cómo sería el sitio que le esperaba.

De codos sobre la balaustrada estuvo un rato mirando el mar. Le pareció hermoso, libre como había dicho sor Lucía. Su mirada planeó sobre aquella especie de manto azul sembrado de lentejuelas de oro como el manto de la Purísima. Al fondo, la herida blanca de una vela.

Cuando se volvió, sor Lucía le observaba serena.

—Anda, hijo, vamos. La superiora nos espera.

Rechazó la mano de la monja y echó a andar delante muy decidido.

3. LA MISERICORDIA

SOR LUCÍA SE ALEJÓ en un trotecillo de nervios sin volver la cabeza. Gregorito supo que la había perdido para siempre cuando dejó de oír el ruido de las cuentas de su enorme rosario.

Levantó la cabeza. Frente a él se alzaba una montaña enorme. La montaña tenía una cabeza muy redonda, como trazada a compás, una cabeza lisa sembrada de gotitas de sudor. No le gustó aquella cara de ojos globulosos, nariz de puerco y labios abultados. La montaña, ligeramente encorvada, era azul, es decir, del mismo color que el interminable guardapolvo de su usuario. Dos manazas enormes, carnosas, con el vello metálico apretándose en las falanges, salían de la bocamanga. Dos amenazas vivas.

—Aquí no es como en la Gota de Leche —dijo la montaña azul—. Esto está lleno de golfos como tú. Bordes, eso es. Así, que ojo al Cristo, y a no descuidarse.

Observó las macizas espaldas de la montaña azul, sus hombros musculados.

—Me llamarás señor David —siguió diciendo la montaña azul mientras avanzaba por un amplio pasillo solado de baldosines en escaque—. Soy tu corregidor.

La montaña azul se paró. Clavó sus ojos de buey en los del recién llegado.

—¿Tú sabes qué es un corregidor?

Negó desganadamente con la cabeza. De repente se encontró de culo sobre el santo suelo y con los oídos zumbándole.

—Tienes que contestar. Se dice sí, señor. O no, señor. ¿Entendido?

El bofetón le había dejado media cara ardiendo y la oreja de aquella parte hecha una brasa.

—Levántate, mocoso. ¡Que te levantes!

Flaqueaban las piernas de Gregorito. Y como no quería sufrir otra vez la humillación de verse en el suelo, intentó agarrarse del guardapolvo azul, pero el brutal empellón de David le proyectó violentamente sobre la pared.

—¡De pie, mocoso! ¿O qué te has creído? Aquí hacemos hombres. Hombres fuertes, llenos de vigor. ¿Te enteras? Así que olvídate de tus monjas. ¡Hala, arreando!

Le siguió a través de unas salas enormes, subió una escalinata que le pareció interminable, avanzó con el atadijo por un corredor, desde cuyas paredes le miraba una Virgen de perfil de estrella de cine.

Al final del pasillo David empujó una puerta pintada de blanco.

—Entra —ordenó.

A parte y parte del dormitorio se veían unas camitas estrechas con cubiertas chillonas. Sobre las camas, en la pared, una pequeña cruz de madera pintada de blanco.

—Deja el fardo ahí —dijo el corregidor señalando con la barbilla una cama con la colchoneta doblada—. Luego ordenarás tus cosas en el armario.

Tamizado por la distancia llegaba desde el patio el rumor acompasado de unas voces. Gregorito se puso de puntillas en la ventana. En doble fila, los hospicianos rezaban con una monja reseca.

—Aquí está prohibido curiosear —dijo David agarrándole del hombro—. Ven.

Se encontró de repente en el patio. Los pequeños, como obedeciendo a una orden, volvieron la cabeza hacia él. Gregorito observó aquellas miradas entre resignadas, hostiles e impersonales. Miró las cabezas rapadas, vio los delgados cuellos con el canalillo de la nuca muy acusado, más abajo del cual colgaba en los flacos hombros el rayadillo hospiciano.

Como lo que David le decía a la monja no parecía interesarle demasiado, se entretuvo mirando las amplias cristaleras de los pabellones, las tapias, con agresivos trozos de vidrio brillando al sol. Al fondo del patio, de rodillas y con los brazos en cruz, un hospiciano flaco de cara demacrada le miraba con impertinencia. Gregorito aguantó su mirada sin parpadear.

De pronto, el desconocido hizo una mueca horrible y le enseñó los colmillos como si fuera un lobezno rabioso.

Aunque intuía dónde había ido a parar, no tuvo tiempo de sacar conclusiones. La monja reseca le llamaba desde la cabecera de la fila. Avanzó remolón. Se paró con la cabeza gacha, sin saber qué hacer con las manos. Escuchó la voz un poco enronquecida de la religiosa:

—¿Cómo te llamas?

—Gregorito.

Levantó la cabeza a la imperiosa orden de David.

—Cuando hables, tienes que mirar a la cara a las personas.

La monja tenía la piel de la cara muy arrugada, terrosa. Hasta los labios, exangües, parecían dos arrugas más.

—¿Apellido?

Gregorito se encogió de hombros. Oyó lo que murmuró David.

—Se lo he dicho, sor Consolación. No tiene familia. La superiora de la Gota de Leche no tiene ficha suya.

Rió oscuramente.

—Es el hijo de nadie.

—Está bien, David. Gracias.

Experimentó cierto alivio cuando vio desaparecer al corregidor por una puerta, probablemente la de la cocina, a juzgar por el asfixiante olor a col que salía de allí.

Gregorito buscó con los suyos los ojos de la religiosa, dos trabillas brillantes entre el pergamino de la piel.

De repente dijo con voz muy clara:

—Tengo hambre.

Le contestó un coro alucinante de risas infantiles.

Durante 1940 y años sucesivos La Misericordia tenía más de correccional que de centro educativo. Gregorito, a los pocos días de su ingreso en el orfanato, perdió la poca carne que trajera de la Gota de Leche. Enfermó de cuidado. Por otra parte, y sin percatarse de lo que le pasaba, se produjo su derrumbamiento interior. Ya no existían monjitas más o menos besuconas. En su lugar, unas señoras extrañas, siempre atareadas, que se las veían y se las deseaban para bregar con los dos mil y pico de pupilos acogidos al centro.

Comprendió que el destino le había dado el cambiazo: en vez de sor Lucía, David. En vez del Dios-fuerte-topoderoso, la impersonalidad de una capilla aséptica, en la que ni los santos parecían hacerle caso. En vez de críos inofensivos, la constante provocación de los nuevos compañeros, uno de los cuales, el Frasco, se la tenía jurada.

El hambre despertó su ingenio. Sin darse cuenta, se había convertido en una bestezuela resabiada. Cualquier ruido le alteraba. Un ademán de su interlocutor, fuera quien fuese, y en seguida se ponía en guardia. Sin proponérselo, estaba al mismo tiempo en la hoja seca que se desprende del árbol, en el gato que cruza huidizo, en la intención de la mirada de la sor.

Fue al principio del cuarenta y uno cuando el Frasco dio en llamarle *Cabeza Dura*, tal vez por lo mal que se le daban las cuentas. Grave error. Porque Gregorito, sólo por comprobar si su enemigo estaba en lo cierto, un día, en el retrete del patio, probó el primer cabezazo contra la pared. O el tabique era como un papel de fumar o él disponía de una testa privilegiada, porque retembló con el cabezazo como si hubiera terremoto.

Después de repetidos intentos llegó a la conclusión de que su cráneo tenía una solidez a prueba de bomba. Descubrió, en suma, que su cabeza era una especie de arma secreta, y cierta tarde de marzo, tan pronto como salieron al patio de recreo, le propinó un puntapié al Frasco, año y pico mayor que él.

El matón le miró sin salir de su asombro.

—Pero ¿eso ha sido a mí? —dijo.

—Pregúntaselo a tu culo.

Se enzarzaron. Y a las primeras de cambio, antes que el Frasco consiguiera derribarlo, embistió con la cabeza directo al mentón. Frasco cayó fulminado. Tan descalabrado quedó que hubo necesidad de llevarlo a la enfermería.

A partir de aquel momento el nombre de Gregorito fue adquiriendo prestigio. Hasta que intervino David. Intervino David, y lo hizo a su modo, es decir, a lo bestia. Porque no sólo le partió la cara a bofetadas sino que, cuando lo tuvo en el suelo, lo pateó hasta dejarlo por muerto.

Le costó diez días de cama, una falange rota y el cuerpo lleno de hematomas, sin contar con el susto que le dio al médico de guardia, quien aseguró que tenía el hígado reventado, a juzgar por la espuma verdosa que estuvo echando durante veinte horas.

Como no hay mal que por bien no venga, tuvo la satisfacción de comprobar el afecto de los compañeros, que le llevaban a la cama lo mejor del cubo de la basura: el pedazo de nabo más tierno, el plátano dulzarrón a pique ya de avivarse en gusanos.

Lo peor del lance fue que se ganó el odio de David, amonestado por la superiora. Por eso el cuarenta y uno fue el año más dramático de la niñez de Gregorito. Los golpes sucedían a las patadas y los castigos más brutales. Y si había alguna letrina que fregar, allá iba Gregorito, vigilado de cerca por el corregidor.

Así y todo, en cierta ocasión, mientras David apaleaba a un desertor sádicamente, Gregorito levantó los bajos de su pantalón y le clavó los dientes en la molla fofa y blancuzca.

Los ocho puntos de sutura de la pantorrilla del corregidor empeoraron las cosas si cabe. El sol de aquel verano, implacable en Málaga, le estuvo dando a plomo durante siete horas, con las piernas enterradas en la arena ardiente y los brazos en cruz, sosteniendo dos enormes pedruscos.

El amigo por cuya causa se veía en el apurado trance, que era *el Charrán*, le humedecía la cara con un trapo mojado.

—¿Aguantarás sin morirte? —le decía a punto de llorar.

Gregorito asentía hecho un eccehomo.

—Yo voy a escaparme otra vez. Y ahora no me pescarán estos jodidos puercos. Además, es tan bonito lo que hay por ahí. Los coches... Las mueres...

El Charrán escurría una agüita negruzca del trapo sobre los resecos labios del compañero.

—¿Quieres que nos escapemos los dos?

—Me lo pensaré.

A partir de aquel momento, la idea de saltar la tapia del patio se hizo obsesión. Recordaba las cosas de fuera que le contaba *el Charrán*, sentado al pie de su cama, en la enfermería, mientras esperaban que cediera la hinchazón. Le parecía estar viendo los tranvías, los elegantes coches de caballos, con mujeres «casi esnúas», que iban a Málaga sólo para tomar el sol.

—Y mira que venir aposta a eso...

—¿Aposta a qué? —preguntóle intrigado *el Charrán*.

—A tomar el sol. Con lo que yo me lo tengo tomao. Y etomao...

Inopinadamente, le disparó al amigo una pregunta insólita:

—Oye, *Charrán*, ¿tú sabes dónde queda allá lejos?

—¿Allá lejos?

—Sí, hombre. El sitio de donde vienen esas mueres. ¿Por lónde cae?

—Allá lejos, pues...

Lo dejaron estar. Sin embargo, según iba pasando el tiempo, más le tentaba la idea de largarse allá lejos. Hasta que un día, sin confiarse siquiera al *Charrán*, se escapó.

Fue una jornada memorable. Con el guardapolvo debajo del brazo, a fin de evitar que le delatara, en camiseta y sin un real, se pateó varias veces de punta a cabo la calle de Larios. Vio a los señoritos de fino bigote y pelo planchado sentados en las terrazas de los cafés comiéndose una especie de cucarachas rojas con rabo y cuernos, que olían a gloria. Vio a muchos oficiales jóvenes, tiesos como palos de escoba, con un vergajo de cuero en la mano. Vio uniformes negros, impresionantes, y mujeres que parecían muñecas, con los labios pintados en forma de corazón, largas melenas y faldas acampanadas.

En la escalera de la Catedral, materialmente atiborrada de pobres y amputados, parpadeó asombrado ante la dama madura vestida de negro y con mantilla corta de blonda. Observó el gesto de aprensión con que daba limosna a un ciego, y echó a correr cuando vio que se le acercaba con una moneda en la mano. Mientras desbarajustaba la doble hilera de seminaristas con la que tropezó, pensaba que él no había nacido para aceptar limosnas, que si alguna vez quería algo lo tomaría al precio que fuera.

Sin saber cómo se encontró en el puerto. Un barco enorme pintado de negro se despedía de la ciudad en una especie de bramido hondo que le retumbaba en el vientre. Pensó si, por un acaso, el barcarrón iría allá lejos. Recordó las palabras de sor Lucía: «El mar no se acaba nunca...»

En esto estaba, y mirando embobado el remolino producido por las hélices, cuando alguien le puso la mano en un hombro.

—¿Qué haces tú aquí a estas horas?

Gregorito vio una bocamanga azul de botones plateados.

—Mirar. ¿Es malo?

—¿Y eso que llevas ahí bajo el brazo?

—Me lo he encontrado. Si lo quiere...

El guardia sacó un papel del bolsillo de la guerrera. Entornó los ojos.

—¿A que te llamas Gregorito?

—¿Cómo lo sabe?

—Anda, ven conmigo.

Quince minutos después estaba entre los amorosos brazos de David.

Un labio hinchado y el oído izquierdo reventado. Pero en aquella ocasión no calló. Mientras le llovían los palos, insultó a David hasta perder el resuello. Luego, a la enfermería. Tres días de cama con la cabeza hecha un bombo.

Su fiel amigo, *el Charrán*, le consoló lo mejor que supo.

—Nos iremos los dos. Tú y yo. Pero ¡avisa, jodido!

—De acuerdo. Y antes degollaremos a David. Será como matar un puerco. ¿Te asusta la sangre?

—No lo sé. Ya veremos.

Fue aquella tarde de últimos de agosto cuando escuchó de boca del compañero algo que le tuvo largo tiempo preocupado. Por lo visto, todos los niños, los hombres y las mujeres, hasta los viejos, todos tenían madre.

—Y tú la tienes también —afirmó *el Charrán*.

—Yo no.

—Que te digo que sí, chalao. Cada quisque tiene su madre.

Gregorito parpadeó.

—¿Cada cual la suya?

—Lo mismo que los perros y los gatos. Se arrejuntan, y la perra, pues eso, a parir. Igual que la gata. Y todo. Los ratones, los bichejos de por ahí.

—¿Estás seguro de lo que dices? Porque yo nunca he sabido que tuviera una madre.

—¿Entonces de dónde habrías salido?

—Eso mismo digo yo.

—Pues de la barriga de tu madre. ¡Por ésta!

El Charrán hizo la cruz con el índice y el pulgar.

—Ahora lo entiendo.

—¿El qué?

—Na.

Recordó la insistencia con que sor Lucía solía preguntarle por la madre. Ni se dignaba contestar, ya que estaba completamente seguro de que eso de la madre era un lujo de ricos, algo que no se había hecho para él.

Le preguntó al *Charrán* por qué él, teniendo madre como aseguraba, estaba en La Misericordia y no con ella.

—Toma. Porque está muerta. Lo sé por mis tíos. Los del pueblo.

—¿Y qué son tíos?

El Charrán empezaba a sentirse fastidiado.

—¿Tampoco sabes qué es la familia?

—Sí, claro. Los piojos.

—No, hombre. La familia es el tío fulano, la tía tal, los primos... ¡Ah, y los abuelos, que son los padres de tus padres!

—Menudo lío.

—Pero vamos a ver. ¿Es que tú no tienes familia?

Gregorito se volvió cara a la pared.

—Yo no tengo na. Ni falta que me hace.

El último año que estuvo en La Misericordia fue una época de revelaciones. Alguien, nunca se supo quién, denunció a

David, sus malos tratos. La nueva superiora, joven y activa, parecía estar en todas partes. Una mañana reunió a los internados en el patio grande y les anunció que David estaría fuera una temporada, de permiso. A continuación procedió a la presentación del sustituto, un jovencito sin guardapolvo que sabía sonreír. Fermín, que así se llamaba, fue desde el primer momento un compañero más, sobre todo para Gregorito, por el que parecía interesarse mucho.

Como los alimentos escaseaban cada día más y él era de pico delicado, enfermó otra vez. Pero lo que contribuía realmente a sus desganas era el descubrimiento de que también él tenía madre y que, por lo que fuere, le tenía olvidado. Pensaba además que tener madre significaba tener una familia. ¿Dónde estaba la suya? ¿Por qué no iba a verle nadie? ¿Acaso sor Presentación estaría en lo cierto y él, por malo, estaba siendo castigado por el Dios-fuerte-todopoderoso?

Fueron los dos terrores más obsesivos de Gregorito por aquellos días: los rojos y el demonio. Sor Presentación le hablaba muchas veces de los terribles enemigos.

Siempre terminaba diciéndole lo mismo.

—Podemos derrotarlos, hijo mío. Por malos que sean.

—¿Cómo?

—Te lo voy a explicar en un santiamén. Contra los rojos, que ya sabes que están ahí fuera, en la calle, escondidos donde menos se lo piensa uno, ya sabes, dentro de un carromato, debajo del uniforme de un guardia, qué sé yo, lo mejor es quedarse en casa. No salir a la calle. ¡Para nada! Porque los rojos, por mucho que se empeñen, aquí no pueden entrar. Ya se guardarán muy mucho. Y contra el demonio, lo mejor que hay es la oración. Nos tienta, ¿sabes? Malos pensamientos, la carne...

Gregorito dijo que en lo tocante a la carne él estaba tranquilo.

—Aquí no sabemos lo que es eso —sonrió bobalicón.

—No es esa carne, ángel mío... La carne es darle gusto a los sentidos. Es... Bueno, lo dejaremos estar. Pero has de saber que al demonio, lo mismo que a los rojos, que no dejan de ser demonios disfrazados de personas, le resulta imposible meterse dentro de nosotros, siempre y cuando sepamos usar de nuestra arma secreta.

Se palpó él la rapada cabeza.

—¿Arma secreta?

—Sí, hijo Gregorito.

—¿Cada cual la que tenga?

La monja suspiró.

—La oración, niño, la oración. ¿O es que ya no te acuerdas? La capilla, bien lo sabes, está siempre abierta. Cuando te sientas solo, o triste, o te vengan malos pensamientos, arrodíllate delante del Sagrario. Reza. El Señor te oye. El Señor está contigo, aunque tú no lo veas. Te sonríe. ¿Tú no has sentido alguna vez esa especie de aleteo a tu alrededor mientras oras? Son los ángeles de Dios. La escolta personal del Todopoderoso. Un Señor fuerte, dulce, hermoso, hermosísimo, un Señor... ¡Ay, Gregorito, si tú supieras!

Así fue como empezaron los arrebatos místicos de Gregorito. Cuando no había retretes que limpiar entraba en la capilla. Lo hacía de puntillas, temeroso de molestar al Señor, de no ser digno de Él. Hincaba las rodillas delante del Sagrario. Rezaba, a su manera, sin sacar demasiado jugo a la oración, menos cuando llegaba lo de «el pan nuestro de cada día». Luego hacía beatíficamente la señal de la cruz y salía al pasillo henchido de santidad.

Pero la tarde del ocho de febrero le deparó una desagradable experiencia.

Aquel día, aniversario de la toma de Málaga, hubo comida extra. Pedacitos de carne en el caldo, doble ración de pan, un plátano de postre y dos caramelos por cabeza. Un señor muy bien puesto, embutido en un impresionante uniforme negro lleno de bordados de oro y con un haz de flechas de metal brillando en el pecho, junto al corazón, les estuvo hablando mucho rato. Gregorito no entendió gran cosa. Sacó en claro que los españoles éramos los mejores del mundo, que estábamos forjando un gran imperio para llegar por la vía rápida hasta Dios. Supo, además que, si los españoles éramos los mejores, los mejores de todos los españoles eran precisamente ellos, los hospicianos. Las razones que dio, un poco complicadas, no las entendió del todo, aunque tampoco le preocupaban gran cosa. Por fin, el señor del uniforme negro entonó el *Cara al sol*, y todos, con los brazos levantados, se le unieron. Luego se fue en su coche, también negro, seguido de muchos hombres importantes que aplaudían con las monjas y los hospicianos.

Como habían bebido vinillo en la comida, cuando el señor del uniforme negro desapareció empezó el alboroto. La superiora, toda previsión, dio orden de siesta hasta las cinco y media. Pero a Gregorito no le apetecía dormir. Salió del dormitorio y fue en busca de sor Presentación.

Los interminables corredores, silenciosos, tenían aquella tarde un extraño helor de cripta. Gregorito fue abriendo puertas, la de la sala de las visitas, la de la enfermería, la de la capilla, la doble mampara de cristales esmerilados, que daba acceso al dormitorio de las monjas... No se atrevió y cerró despacito. Tampoco la encontró en la lavandería. En el piso de abajo, igual: silencio y misterio. Escurriéndose por entre las puertas entreabiertas consiguió llegar a la explanada grande, donde empezaba el jardín. A veces, recordó, sor Presentación se sentaba debajo de una palmera enana para leer sus libros de rezos. Pero tampoco estaba allí.

Se disponía a volver al dormitorio cuando oyó unas risas sofocadas procedentes de la cocina. Se acercó despacio. Una voz de mujer, al parecer muy asustada, decía que no, que aquello no. Gregorito metió la cabeza por el hueco que dejaba la puerta entreabierta. Al fondo, debajo del hornillo grande, vio dos bultos en el suelo como si estuvieran peleando. Se coló en el interior, acurrucándose detrás de unas sacas de harina. De pronto reconoció la voz de la mujer. Era Florita, una de las ayudantas de la cocina. Florita tenía las faldas subidas hasta la cintura y Gregorito abrió dos ojos como dos relojes, porque nunca hubiera imaginado que debajo de aquella falda llena de mugre se ocultaran unos muslos tan hermosos, redondos, enormes. Un jadeo prolongado, y la voz de Fermín: «¡Que ya me estoy cansando!» Florita seguía suplicando: «Eso no, eso no, Ferminillo de mi alma...»

Escapó a todo correr cuando empezaron los gritos de ella.

Las palabras de Florita le persiguieron de noche en el silencio del dormitorio: «Me duele mucho, Fermín.» ¿Qué podía ser aquello que le dolía tanto? ¿Dónde? Lo pensaba y, sin darse cuenta, se hurgaba las vergüenzas.

Siguieron días de desconcierto. Hasta que una tarde, en la cocina, se quedó mirando a Florita con descaro.

—¿Qué, entoavía te sigue doliendo? —le dijo.

—A mí no me duele na.

—¿Ni lo que te hacía el Fermín?

Corrió hacia él.

—Pero ¿qué estás diciendo, criatura?

—Pues eso. Si te duele tanto aún aquello.

Le empujó hacia la puerta.

—Es que tú...

—Yo qué.

—¿Lo viste?

—Ea.

Florita hizo un gracioso mohín con los labios y le dijo algo al oído. Se rieron los dos. Ella, después de propinarle un amistoso cachetito, entró en la cocina. Poco después salía con medio pan blanco debajo del delantal.

A mediados de marzo reapareció David. Estaba mucho más flaco y miraba insistentemente al suelo como si buscara algo. De nuevo volvió a ocupar su puesto en el pasillo encristalado, desde el que vigilaba los patios sin ningún entusiasmo. A Gregorito, sin saber por qué, le dio un poco de lástima. Pero la vuelta de David trajo consigo el principio de una nueva etapa de terror. Las monjas, más exigentes, castigaban por cualquier tontería. Sin que nadie los esperara, aparecieron en los patios tres corregidores más, provistos de largos vergajos. Él, todo un veterano, les sonreía bravucón, sobre todo a Críspulo, el más chulo. Algo sabrían por David, pensó, porque con él no se metían demasiado; en cambio, los recién ingresados no sabían dónde esconderse de las iras de Críspulo. Sobre todo después de lo del *Charrán*, que se escapó y lo encontraron una semana después en la carretera de Motril despanzurrado por un coche.

Gregorito rezó por el alma del *Charrán*, víctima sin duda

de los dos grandes enemigos de la humanidad, el demonio, que por lo visto llevaba dentro, y los rojos, sus verdugos.

El corregidor Críspulo le dio un golpecito con el vergajo.
—Tú, que la superiora te llama.
Gregorito se revolvió iracundo.
—¡Yo no he hecho na!
—Obedece. Creo que te reclaman.
—¿A mí?
En la escalera encontró a sor Presentación.
—Precisamente iba en tu busca, hijo. ¿Te dieron ya el recado?
Asintió malhumorado.
—Escúchame un momentito. Y pon mucha atención. No te me distraigas, que a ti te basta con una mosca.
Sor Presentación, muy nerviosa, intentaba ponerle en antecedentes de lo que sucedía.
—Verás, corazón. Es que ha venido una señora...
Gregorito había inclinado la cabeza y reseguía con la puntera de la zapatilla el ángulo de la baldosa.
—Pero ¿me escuchas? —se impacientó la monja.
—Sí.
Cogió su barbilla, le obligó a levantar la cabeza.
—Mírame a la cara. Así.
Suspiró.
—Bueno. Vamos al asunto. Ha venido una señora preguntando por ti. ¿Te imaginas qué sorpresa? Te lo decía. Siempre te lo he dicho. Tú reza, que lo demás se te dará por añadidura. ¿Y ves como no me he equivocado? Ya está ahí.
Le dio un vuelco el corazón.
—¿Quién?
—Pues, la verdad, no lo sé. Sé que se trata de una señora. Dice que busca a un niño. Un niño perdido. Pero antes tenemos que estar seguros.
—¿Seguros de qué?
—De que es alguien de tu familia. A veces, ¿sabes?, hay

monstruos... Sacan a los chiquillos de sitios como éste diciendo que son parientes y los obligan a pedir limosna.

—¿Y cuándo lo sabremos?

—Ahora mismito. Pero tú no te asustes.

En lo alto de la escalera había aparecido David con cuatro chicos más. Gregorito les vio bajar pegados al pasamanos.

—¿Qué, vamos ya? —dijo sor Presentación.

Se incorporaron al grupo. En el piso de abajo fue alineado por David con los demás muchachos. Los hospicianos se miraban sin ningún entusiasmo, de pie, las espaldas contra la pared. A todos parecía tenerles sin cuidado la ceremonia, a la que habían asistido en más de una ocasión. Sólo Gregorito empezaba a sentir unos extraños agobios.

La superiora llevaba en los labios una sonrisa de melaza cuando se acercó al grupo. A su lado, envarada, sor Presentación. Desde el patio les llegaba la tosecilla de nervios de David.

—Bien, niños —dijo la superiora—, ya sabéis que vamos a proceder a reconocimiento. Que nadie hable. Ninguno. Tampoco haréis el menor gesto. ¿Entendido? La única que puede hablar es la señora que vendrá en seguida.

Sor Presentación hizo una seña a la persona que esperaba en el despacho. Una mujer menuda, enlutada, con el pelo estirado hacia atrás avanzó hacia los niños. La mujer miraba una por una las caras de los internados.

Clavó sus ojos en los de Gregorito y dijo:

—Éste es.

La superiora torció el cuello con cierta desconfianza.

—¿Cómo se llama? —dijo.

—Manuel.

—Lo siento, señora.

—Pero si es él. Tiene la misma carita.

—Este niño se llama Gregorio.

—Gregorio es su padre. Él se llama Manuel. Manuel González Verdún, hijo legítimo de Gregorio y de Dolores, y bautizado en la parroquia de Campillos. Puede usted comprobarlo cuando quiera.

—¿Está segura de lo que dice?

—Lo que le digo es tan verdad como el sol que nos alumbra. Además, no hay más que mirarlo. Es el vivo retrato de su padre.

Se acercó al niño temblando.

—Tú te llamas Manuel González Verdún. Nada de Gregorio.

Agitaba las manos como si espantara invisibles moscas. De pronto empezó a llorar.

—Yo soy tu tita, lucero. ¿No te acuerdas de mí?

Miró a la superiora.

—Cómo va a acordarse. Era tan chiquirritín... Si apenas tenía dos años y medio cuando pasó todo aquello. ¡Pero es él! Que mis ojos no vuelvan a ver la luz si le miento, madre.

Media hora después había liado su petate. Era víspera de Navidad, por la tarde, y su tía prometió formalmente a la superiora devolver al niño pasadas las vacaciones.

Cuando traspuso el umbral, Gregorito sonrió a sor Presentación. Se volvió para verla por última vez.

4. CON LA FAMILIA EN CAMPILLOS

EN LAS CALLES DEL CENTRO DE MÁLAGA comparaba el luto ala de mosca de su tía Isabel con los costosos vestidos de los escaparates, la toquilla de algodón con los abrigos de las señoras que se cruzaban con ellos. Veía su imagen en los espejos que le salían al paso, un crío zarrapastroso y demacrado, volviendo la cabeza hacia el pequeño de su misma edad que pasaba por su lado de la mano de la madre.

El intenso tráfico de la plaza de Queipo de Llano le aturdía. En una bocacalle, mientras su tía preguntaba a un guardia, se refugió en un soportal al socaire del vientecillo helado. Tenía hambre y frío. A falta de pañuelo, se limpió la moquita con el puño del jersey gris. A punto estuvo de echar a correr hacia La Misericordia, abandonando a aquella mujer que parecía ir sembrando una compasión anónima por donde pasaba. Ni se percató de que se dirigía a él cuando oyó su nuevo nombre, extraño hasta entonces, pronunciado por una voz asimismo desconocida.

—Manuel. ¡Manuel!

Le sacó del portal con cierta brusquedad.

—Pero ¿en qué estás pensando?

Trotaba, acomodando sus pasitos cortos a la zancada nerviosa de su acompañante, que temía llegar tarde a su punto de destino.

Oyó sus palabras:

—Mientras no perdamos el tren...

Manuel levantó la cabeza.

—¿Es que iremos en tren?

—Sí, mi alma, prinsipito de cuento. Hasta la misma Bobadilla. De allí, en el autobús de línea, a casa. ¿O qué te habías pensao tú, que íbamos a hacer el viaje a pie? Tu tita entoavía guarda unos durejos en la faltriquera. Ya me dirás, si no fuera así...

Le entusiasmó lo del tren.

Delante de la estación observó a unos chiquillos astrosos cargados con maletas y fardos. Dos de ellos se daban de puñadas en el suelo disputándose la maleta de un pasajero, que acabó por cogerla y largarse de allí.

El tren le pareció enorme, una descomunal oruga articulada.

Su tía apremiaba.

—¡Apúrate, niño! Dame la mano.

—¿Corre mucho?

—Más que el pensamiento.

Estaban como piojos en costura en el departamento de tercera. De repente, la campanada y aquello que echa a andar. Al principio, después del tirón, despacio. Luego, superado el laberinto de agujas, el convoy fue ganando velocidad. Se escurrió por entre las piernas de los pasajeros hasta la ventanilla. Personas, edificios, luces y sombras parecían huir hacia atrás. Y lo más divertido era el bailoteo del vagón.

Se le acercó una jovencita.

—¿Cómo te llamas, guapo?

Dudó un instante antes de contestar.

—Manuel.

Lo atrajo hacia ella y Manuel pensó en los muslos de Florita al contacto mineral de aquella carne joven. Minutos después se dormía entre los pies de una vieja.

La llegada a Bobadilla y el transbordo al autobús fueron escenas de pesadilla. Y cuando, buen rato después, frenó el viejo cacharro en la plaza de Campillos, Manuel sintió el estómago revuelto.

Le besaban cuatro niñas flacas cubiertas de harapos.

—Son tus hermanas. Y tus primas —le decía su tía.

Pero Manuel no estaba para nada. Lo único que deseaba era tumbarse en cualquier parte y dormir, a ver si se arreglaba el desbarajuste de su triperío.

Durante el trayecto hasta la calle de Santa Ana intentó vomitar un par de veces. No lo consiguió, por la sencilla razón de que tenía el estómago vacío. Una de las niñas, la mayor, le pasó el brazo por la cintura. Manuel agradeció el gesto de amistad.

Doblaron una esquina. A la luz de una bombilla distinguió el bulto de una mujer que avanzaba hacia ellos dando bandazos. Oyó la voz de su tía: «¡No me salga, madre, que va a coger frío!» La mujer, a pesar de la advertencia, seguía avanzando. Le besó repetidamente. Lloró. Dijo unas cosas incomprensibles para él, probablemente contra algún enemigo mortal de la familia. Pensó que el enemigo sería un rojo.

Unos pasos más, y la casa.

Nuevo desencanto. Acostumbrado a las grandes salas de La Misericordia, el cuchitril donde le habían metido le produjo una sensación pareja al ahogo. Miró alrededor. Techo bajo, paredes desnudas, encaladas, una mesita de pino sin desbastar y cuatro sillas viejas de anea. En la chimenea, el rescoldo de unas brasas sin calor. Al fondo, un patinillo con macetas pintadas de verde, una herrada con la tabla de lavar y, en el rincón, a la derecha, un montoncito de olivas arrugadas.

Cuando pusieron la olla de barro sobre el hule cuadriculado, Manuel dijo que no tenía apetito.

La abuela protestó:

—Tienes que comer mucho para ponerte gordo y fuerte, que pareces un gorrión caído del nido.

A pesar del mareo, comprendió en seguida lo poco en común que existía entre aquellas personas y él. Pronto empezó a llenarse de vecinos la casa. Caras atezadas, la lágrima recogida en la punta del viejo delantal, cuchicheos. Y un nombre de mujer, un nombre cuyo eco rebotaba sobre las blancas paredes de la casucha ensombreciendo las caritas de sus hermanas: Dolores, Dolores...

Dolores era su madre. De sobra lo sabía él. Pero por mucho que mirara las caras de aquellas mujeres, por grande que fuera la esperanza de que de pronto se abriera una de las puertas pintadas de verde y apareciera ella, hermosa como en los cuentos de hadas, allí todo seguía igual.

Empezó a temer lo peor cuando a la abuela le dio el patatús. Tuvieron que echarla en un camaranchón sin sábanas. Su tía intentaba taparle la boca. En vano. La vieja seguía maldiciendo a judas y asesinos, sobre los que vertía todo el odio acumulado durante años.

Manuel dijo que tenía sueño. Una de sus hermanas le acompañó a un cuartucho sin luz.

—No te preocupes —le dijo—. La abuela es así. Luego se le pasa todo. Pero procura no llevarle la contraria.

—¿Y siempre hace igual?

—Cuando le da.

Se acostó aterido. Y muy triste. La Misericordia tenía un David y toda la frialdad de los orfanatos, pensaba, pero la cama era pasable y había amigos. Recordó el consejo de sor Presentación: «Cuando te sientas vencido, reza. El Señor te oye. Está contigo...» Pensó también en las palabras de su tía a la abuela: «Cállese, madre. Sería lo que nos faltaba: una denuncia. Que si la oyen los de la calle...»

Medio dormido como estaba, le pareció oír ruido de cascos de caballo. Luego, risas, jipíos. Unas voces infantiles cantaban villancicos.

A las pocas semanas se hizo cargo de la penosa situación familiar. Sin embargo, no se desanimó. Si la vida de hogar no le resultaba tan acogedora como había pensado, tenía libertad.

Lo que más atrajo, en efecto, su atención durante los primeros días fueron los espacios abiertos. El campo, las extensas sementeras, el olivar al tresbolillo trepando monte arriba, el vuelo de los pájaros, todo despertaba su curiosidad. Meditaba ante cada uno de los caminos que le salían al paso. ¿Hasta dónde llegaría? ¿Acabaría en algún sitio o iría a morir al fin del mundo?

Se encerró en un mutismo extraño. Observaba de lejos a los chicos del barrio, los estudiaba lo mismo que a sus familiares, sobre los que parecía pesar una maldición a la hora de encontrar trabajo.

Avanzado el invierno, la abuela le ordenó un día que se sentara a su lado, en la mesita camilla.

Empezó sin más preámbulos.

—No has preguntado por tu madre aún, Manolo.

Él se encogió de hombros.

—¿Te han dicho algo?

—No.

—Está bien. Tienes que saberlo. Tu madre murió hace varios años.

Permaneció pensativo sin quitar la vista de una oruga verdosa que trepaba por la pared. De repente, el bofetón. Y la voz destemplada de la abuela.

—Pero ¿de qué madera estás hecho tú? Acabo de decirte que tu madre, una santita, ha muerto, y tú pendiente de ese gusano. ¿Y tu padre? ¿Por qué no me preguntas por tu padre?

Segundo bofetón.

Manuel se limpió en silencio el hilillo de sangre de la nariz.

—Contesta, malage. ¡Di algo!

Silencio.

La ira de la anciana había cedido para dar paso a un hipo entrecortado, de nervios.

—Pero ¿qué han hecho de mi niño, qué han hecho...?

Le había abrazado. Pero Manuel, envarado, miraba al techo, donde una araña zancuda se disponía a chuparle la sangre a no sabía qué clase de bicho. Cerró los ojos. Mientras, la abuela iba diciéndole al oído unas cosas incomprensibles. Le habló de la madre, de cómo le había querido, de la ilusión que ponía en hacerle «la ropita más linda de este y del otro mundo».

—Y tu padre... Tu padre fue un valiente. Y poeta. Nunca tuvo miedo a decir la verdad en sus coplas. Pero, mira, entoavía no sabemos nada de él.

Le apartó un poco, a fin de mirarle a los ojos. Sonrió.

—¿Sabes cómo le conocen aquí, en Campillos?

Manuel le devolvió la sonrisa.

—El Soldado Desconocido. Asín le dicen. Cuando la guerra se alistó voluntario y se marchó. Dicen que fue oficial. Y mu echao p'alante. Pero, ya te digo, nunca más supimos...

Siguió hablando como si lo hiciera para ella sola, aunque Manuel no perdía ripio. Había aprendido desde muy niño a ver, oír y callar. Luego, a solas consigo mismo, rumiaba muy despacio lo que había visto u oído.

Aquella noche salió del cuarto donde dormía con sus hermanas y buscó en el cajón de arriba de la cómoda la vieja fotografía de la madre. Dio con ella en seguida.

Le costó conciliar el sueño. Le parecía estar oyendo las palabras de la abuela. Que quería hacer de él un hombre de bien. Que tenía que pensar en su futuro. Sí, ir a la escuela; pero, además, hacer algo. Si no había reparado en que sus primas, las hermanas y las tías, todas se iban de casa al alba «a buscar algo para apañarse». Recordó que su abuela se quejó de falta de leña. «Al menos no pasar frío», le había dicho.

En la escuela conoció a lo mejorcito del pueblo. Pronto empezó a alternar con *Culonegro*, con *el Matapalo, el Chorreño, el Ratón*, vecino suyo, y otros por el estilo. Le hacía mucha gracia *el Patito*, tal vez por su modo de caminar.

Pensó que, a la larga, uno de ellos tendría que ser el jefe, por lo que decidió asumir la responsabilidad.

Cierto día de marzo se presentó en la Jefatura de Falange. Le recibió un tipo barrigón con la boina calada hasta las cejas.

—¡Arriba España! ¿Qué deseas?

Manuel sonrió.

—Pues que me apunte.

—A ver, cómo te llamas.

Trataba de sorprender a los suyos, demostrándoles que también él podía ser persona honorable. En el pueblo, los niños de su clase desfilaban todos los domingos por las calles, trompetas y tambores, guiones y banderines, entre los aplausos de la gente, que se apiñaba en la replaceta de la iglesia para verlos entrar a oír la misa de once. Canciones de ritmo marcial, un dos, resonar de botas claveteadas, camisa azul y correaje negro y, para la instrucción, en las afueras del pueblo, cerca del cementerio, unos preciosos fusiles de madera que hacía el señor Juan, el carpintero.

—Está bien. Te pasas por aquí dentro de tres o cuatro días —le dijo el de la boina roja cuando hubo llenado la ficha—. ¿Uniforme completo?

—Ea.

Al día siguiente, tempranito, se metió en la iglesia. Manuel se arrodilló frente al sagrario. Rezó lo que sabía atropelladamente, mirando a hurtadillas la foto de la madre. Y lo hizo, porque empezaba a sospechar que la abuela Brígida, su familia, tenía muy poco de devota. Recelaba de las indirectas, de los extraños silencios de los suyos cada vez que él decía que sor Presentación era la mejor mujer del mundo y que, según ella, los enemigos del hombre eran los rojos y el demonio.

Tan ensimismado estaba que no se percató de la presencia del sacerdote que le observaba desde el presbiterio. Levantó la cabeza al oír su voz.

—¿Tú eres nuevo? Porque no te he visto por aquí nunca.

Asintió con la cabeza.

—¿Y de dónde vienes?

—De La Misericordia.
—¿De Málaga?
—Sí.

Charlaron largo rato, sentados en el mismo banco como dos viejos amigos. Contestando a la pregunta del sacerdote, Manuel dijo que iba a la iglesia porque le gustaba.

—Un chico de tu edad suele andar por ahí. Buscando nidos por ejemplo. O con los amigos.

—Es pronto aún para los nidos.

—Claro. No había caído. Pero podrías ir a cualquier parte. Qué sé yo. Ya digo, con los amigos. ¿O no los tienes?

Manuel miró la puertecita dorada del sagrario.

—Sor Presentación dice que el Señor es el mejor amigo.

El vicario sonrió.

—Está bien. Si lo deseas, te enseñaré a ayudar a decir misa. Serás monaguillo.

Así fue cómo Manuel, sin decir nada en casa, empezó jueves y domingo tarde a hacer prácticas de acólito. Así fue cómo, siempre que disponía de un rato el vicario, le daba lecciones en su casa, y alguna mantecada de Estepa, obligándole a repetir hasta el infinito el «súrsum corda», que Manuel, con eso de las erres y las eses, siempre se armó el lío.

La nueva fase del misticismo de Manuel trajo aparejada consigo la palma del martirio. Cuando llegaba a casa tarde y con las manos vacías, sin posibilidad alguna de explicar la tardanza, las broncas se oían a dos leguas a la redonda. La abuela, comprensiva, intentaba sonsacarle. Pero como la abuela era de barro mortal y Manuel no soltaba prenda, la emprendía a pescozones con él.

Dos mundos contradictorios. Por una parte, el despacho del vicario, limpio, ordenado, con una mesa llena de papeles y un libraco en el que siempre estaba apuntando algo; con un Cristo en la pared y, debajo, el retrato del Padre Santo; con una librería llena de volúmenes, que a Manuel se le antojaba compendio y síntesis del saber universal. Dentro de un mueble pequeño, a la izquierda de la puerta según se entraba, dos garrafitas de vino dulce de Málaga, unas cajas olorosas de canela. Y el brasero, de tarima redonda de madera para poner los pies. Y la estera de esparto con círculos azules. Y silencio, un silencio claro que le recordaba el de La Misericordia cuando, a las siete de la tarde, después de las campanadas, se apagaban las luces de los dormitorios.

Aunque no era todo silencio y paz. Estaba además la sonrisa abierta del vicario, su forma de preguntar, el modo que tenía de entornar los ojos cada vez que él contaba algo, muy poco, de su vida en el orfanato.

La otra cara de la moneda era el hogar. Allí no había orden ni concierto. Faltaba el pan, y sabido es que cuando el hambre entra por la puerta, el amor sale por la ventana. Como sus familiares veían alarmados que Manuel estaba en casa menos cada día, decidieron aplicar medidas severas.

Fue la abuela la encargada de hablarle.

—Manuel —le dijo—, a pique estás de cumplir los diez años. Diez años, y entoavía no has hecho na de provecho, que el maestro me dice que a la escuela no vas. Si quieres ser toda tu vida un borrico muerto de hambre, allá tú. Lo que no podemos consentir, porque eso no está nada bien, ea, que tú bien lo sabes, que na de tonto tienes, aunque te quieras hacer el tonto, es que no traigas a casa ni una mala piedra. Un trositito de pan. Algo, vaya. Que aquí, mujeres, ya ves. Y las niñas están creciendo. Y así y todo, ya ves que no paramos. Que si la casa, que si la colada, que si esto o lo de más allá. Y ganar el pan. Todas, bien lo ves, tempranito, al campo. A ayudar en lo que sea. A ver qué se encuentra por ahí. Y las niñas igual...

Le zarandeó rabiosa.

—¿Y tú qué? A comer y a la calle. De sol a sol como quien dice, golfo, más que golfo. Porque ya me dirás qué haces tú por ahí más que golfear.

Empezó a hacer pucheros.

—Si tú supieras lo que me acuerdo de tu pobre madre... Pa verte así, hecho un bandido, mejor que... Bueno, a lo que íbamos, que a mí siempre me ha gustado el agua clara. Si quieres vivir aquí, como uno más de la familia, tienes que trabajar. Ya ties edad, conche. Tú te las apañas como puedas, pero a casa hay que traer algo. Lo que sea. ¿Ves ahí, en el patio? Ni una mala ramita de leña. Na. Pues tú buenas piernas tienes para ir al monte. Al menos harías algo de provecho, que una ya no puede con su alma. Un costalillo al día... La abuela vendería el sobrante. Tocaríamos alguna gorda. Pero mira lo que te digo. No te metas en ningún cortijo, que tú no sabes cómo las gastan los guardas de a caballo. Y si te pillara un señorito... ¿Oíste el último bando?

Un silencio.

—Pues casi na que dice el bando de mis pesares. Que si un guarda, o la Guardia Civil, encuentra a alguien dentro de una finca, ¿cómo se dice?, ajena, eso es, una finca ajena, el ladrón será puesto a disposición de la Justicia. ¿Y sabes eso qué es? La cárcel, hijo. Y la cárcel, Manolillo... Así que lo dicho. Con mucho tiento. Pero trabaja. ¿Te piden leña del monte, que es de toos? Pues leña. Pero ojo con lo que haces.

Se levantó trabajosamente. Entró en la cocina, de la que salió al instante con una soga de esparto en las manos.

—Ahí tienes. Tú, lo que puedas...

El caminito abierto y la soga al hombro. Los primeros días no fue más allá de un cortijo llamado Las Herrizas. Miraba alrededor por si los caballistas, y cuando estaba seguro de no ser visto recogía del suelo las pocas ramas secas del olivar. Llegaba a casa con las manos ensangrentadas y las piernas llenas de arañazos. La abuela sonreía, le daba un puño de torrados o, si lo había, un canto de pan.

La camisa azul le venía grande. Un par de números más. Igual que el pantalón negro, de Flecha. Pintoresco también el calzado. Sandalias grises de goma de una sola pieza y calcetines blancos a media canilla. Sin embargo, Manuel debía de encontrarse la mar de elegante. De otra forma no se explica que fuera corriendo por las calles de Campillos, convencido de dar la gran sorpresa en casa.

La dio. Y gorda. No le cupo la menor duda cuando empezaron los golpes. La abuela Brígida usó del viejo método de la alpargata, mientras las niñas miraban la zurra sin pestañear.

De repente se encontró en calzones y camiseta. Estaba aturdido. No conseguía explicarse qué había pasado allí en cuestión de minutos. Como el labio inferior se le hinchaba por momentos, salió al patio a remojarse la cara en la palangana. Se tentó los chichones de la cabeza. A poco empezó a notar que el ojo derecho se le hacía cada vez más chiquito. Sintió frío.

Inopinadamente se produjo lo inesperado. La abuela Brígida se le acercó y le dio un beso en la frente.

—Ahora —dijo—, ahora vas y le devuelves esas porquerías a quien te las haya dado. Pero ahora mismito, ¿eh? Antes de que la casa empiece a oler mal.

Se miró las manos, todavía temblorosas.

—Tú, hijo mío, tú no puedes entenderlo.

Ignoraba cuál había sido su delito. Los niños de la escuela, todos los del pueblo, tenían un uniforme igual y en su casa nadie los golpeaba por ello. Sin embargo, obedeció.

Mientras caminaba hacia el centro llegó a la conclusión de que en aquella casa sobraba uno, y aquel uno era él. Le querían sí. Pero ¿sólo para que les trajera leña del monte? ¿O es que lo suyo no les importaba? En poco menos de un mes era la segunda paliza, sin contar los pescozones que se escapaban cada vez que llegaba tarde de casa del vicario.

Cuando salió de la Delegación Local de entregar el uniforme, vio a una de las hermanas apoyada en la pared de enfrente. Lo hacía solo con un hombro, como si estuviera apuntalándola.

Cruzó la calle en un par de saltos. Echaron a andar hacia las afueras del pueblo.

—¿Sabes por qué te han zurrado? —dijo su hermana.

Manuel levantó un hombro.

—Es por lo que le pasó a madre.

La miró de refilón.

—¿Qué le pasó a madre?

—Yo entoavía no lo sé mu bien. Pero...

—Pero ¿qué?

—Mejor que te lo cuente la abuela.

La niña dio un salto y echó a correr.

Él siguió por la carretera de Peñarrubia. Cruzó un bancal de viejos olivos. Vio un claro debajo de unas zarzas que crecían a lo largo de un terrero y se tumbó boca abajo.

Golpeó la tierra floja con los puños muy apretados.

Estaba convencido de que sólo le quedaba Dios.

5. EL NIETO DE BRÍGIDA

MADRUGABA MÁS QUE TODOS LOS DE CASA. Se levantaba sin hacer ruido, cogía la soga y salía al campo antes de apuntar el sol. Si había suerte tomaba un recuelo de malta en uno de los bares de la plaza, cuyo dueño había sido íntimo del Soldado Desconocido. Luego entraba en la iglesia para oír misa.

Solía sentarse en los últimos bancos, no tanto por un vago temor como para evitar que los demás oyeran el ruido de su triperío. Se acordaba de La Misericordia. Incluso le parecía oír las palabras de sor Presentación: «Es un Señor fuerte, dulce, hermoso, hermosísimo...» Si aquel Señor no le ayudaba, pensaba Manuel, estaba más perdido que el Pupas.

De misa, al campo, al monte o donde fuera. Miraba hoscamente a los campesinos que se cruzaban con él. Empezó a reflejarse en sus ojos una agresividad que infundía cierto temor hasta en las personas mayores. En cuanto al peligro, se diría que lo olfateaba, aunque no por ello trataba de evitarlo. Al revés. Cada día era más temerario.

Por aquellos días descubrió bajo los olivos más próximos a Las Herrizas unas gallinas la mar de atareadas escarbando la tierra esponjosa. Las custodiaba un pollo de mirada audaz. Manuel le estuvo observando largo rato. El pollo alertaba a sus esposas, avanzaba hacia el sitio donde se ocultaba el enemigo, dejando un respetable espacio libre por si había que iniciar la retirada. Se haría con él, sería una buena presa. Sin embargo, algo le decía que aquello no estaba nada bien. Al

Señor fuerte y hermoso con el que dialogaba cada mañana no le gustaría que, después de la pamema, se dedicara a afanar pollos, por bravucones que fueran.

Fueron días terribles de lucha interior.

Miraba los cortijos y repetía sus nombres en voz baja. Cuando llegaba el hambre, se atracaba de higos o se comía un puñado de olivas.

En aquella ocasión tuvo la culpa el pollo. Bajaba él con la leña a la espalda cuando el animal tuvo la ocurrencia de atacarle. Manuel se indignó. Él, que siempre lo había respetado, se veía ridículamente acosado por un bichejo vulgar. Dejó la leña en el suelo y echó a correr detrás del animal. El acoso duró más de media hora. Por fin, el pollo, abiertas las alas y el pico de puro sofoco, se rindió. Manuel le retorció el pescuezo.

En casa contó lo sucedido mientras extraía el emplumado cadáver de entre las ramas.

—Quería sacarme los ojos, abuela.

Puso los dedos en cruz.

—¡Lo juro!

Comieron carne un par de días.

Repitió la hazaña en varias ocasiones más. Pero ya no daba explicaciones. Aparte de que a nadie se le ocurría preguntar de quién había sido la culpa, si del pollo, que había querido sacarle los ojos, o del carromato que lo aplastó en plena carretera.

Al año y pico de su estancia en Campillos había ganado en reciedumbre. Y en prestigio. Ya no era el alfeñique de antes. Aunque flaco todavía, empezaba a notarse en su tórax y en el grosor de las muñecas que iba para recio.

Una complicación. Desde el fondo de aquel Manuel dispuesto a todo, afloraba a veces el Gregorito temeroso de Dios. Porque, si bien prescindió por completo de la escuela, seguía con cierta asiduidad misas y novenarios.

Una tarde, en la iglesia, le llamó el vicario.

—¿Estás dispuesto a hacerme un favor, Manolo? Dios te lo pagará con creces.

—Pues claro.

El vicario entró en la sacristía, haciéndole señas de que le siguiera.

—Mira, como el Cachupo tiene el sarampión, que está en la cama con el cuerpo lleno de ronchas el pobrecito, me hace falta un monaguillo. El entierro es ahora, a las seis. ¿Te atreves?

—¿Por qué no?

—Está bien. Te pones al lado del sacristán. A su derecha. ¡Andando!

Instantes después recorría las calles del pueblo con el acetre en una mano y el hisopo en la otra, envuelto en la tonada funeral del *Dies irae*.

Lo pasó bien. Momentos hubo en que hasta se sintió importante, sobre todo cuando los hombres se quitaban las boinas a su paso. En la puerta de la iglesia, y a una señal del vicario, Manuel humedeció el hisopo para asperjar el ataúd.

Hasta ahí todo fue la mar de bien. Pero a partir de ese instante la cosa cambió. Una de sus hermanas, de sus primas quizá, que esto nunca lo supo del todo bien, debió de verle por la calle vestido de mónago y se chivó a la abuela. Total, que cuando el flamante acólito distinguió a toda su familia mirándole con severidad desde una esquina, tiró al suelo acetre e hisopo y puso pies en polvorosa.

Anduvo perdido por el monte tres días. Y como era invierno y empezó, cosa rara, a diluviar, creyéndose castigado por el Señor, Manuel decidió imitar al hijo pródigo. Entró en casa hecho una sopa pasada la medianoche. Por si algo faltaba, le dolía la cabeza horriblemente y sentía escalofríos. Pero no le dieron tiempo a explicarse. Fue una zurra descomunal, que aceptó resignado. La abuela le metió en el dormitorio. Temblaba como una azogada mientras él se desnudaba tiritando.

—No quería que te enteraras nunca, ladrón —bramó—, bien lo sabe Dios, ¡por éstas!, que me está oyendo. No quería, pero voy a decírtelo.

Manuel se asustó mucho, no tanto por la expresión de su abuelo como por el hecho de ser la primera vez que oía de sus labios el nombre del Señor.

—Sí, te lo diré, aunque luego me muerda la lengua hasta hacerla sangrar. Tu madre, tu pobrecita madre, fue fusilada por esta gente. ¡Los curas y los que no son curas! ¿Te enteras ya, malage? ¿Sabes con quién te juegas los cuartos? La mataron, sí, la mataron, y ella no había quemado la iglesia. Era inocente. Lo único que hizo fue hacer fuego con las maderas medio quemás de la iglesia, que no es lo mismo. ¡Para que una te vea ahora disfrazado de aprendiz de cura por las calles del pueblo! ¡Sinvergüenza! ¡Golfo! ¡¡Mal hijo!!

Fue el único insulto que le dolió. Él mal hijo... Le caían las lágrimas mansamente, pero en su semblante no había el menor gesto de dolor. Era la suya una cara rígida, de madera. Una cara que asustó mucho a la abuela, porque su nietecito, el crío que iba a cumplir los diez años, tenía cara de persona mayor.

La fiebre le devoró durante más de una semana. El Cachupo, al dejarle la sotanilla, le había regalado con ella el sarampión.

Meses más tarde, Manuel se había transformado. Fue en busca del *Feo,* hasta entonces el jefe de la banda, y lo desafió. Hizo excelente uso de su arma secreta, la cabeza, y a la primera embestida le dejó fuera de combate. En seguida se le unieron los demás, *Matapelo, el Chorreño, Culonegro,* hasta *el Patito,* que siempre se quedaba atrás, le juraron fidelidad.

No tardaron en producirse los primeros desaguisados en el pueblo. Una noche acabaron con todas las bombillas del barrio de San Benito, el de la banda contraria. En otra ocasión aparecieron muertos los cuatro gorrinos de Colás, en represalia por haber golpeado a uno de la banda, precisamente *el Patito,* el más infeliz. El Colás llamó al veterinario, quien abrió los gorrinos en canal, por si podía aprovecharse algo, y encontró las tripas de los cuatro destrozadas por grandes trozos de vidrio. Las sospechas recayeron en el nieto de Brígida, pero como por entonces el amo de los puercos andaba liado con una casada, pensó lo que pensó y, además de reconciliarse con la mujer, se negó a cursar la denuncia.

Pero tanta rotura de cristales —del grupo escolar sólo quedaban dos, los azulitos—, tanto crío descalabrado, tanta gallina misteriosamente desaparecida, la frecuencia con que aparecían atados los llamadores a las puertas de las viviendas fronteras, eran cosas que minaban el prestigio del cabo de municipales.

Se la juró a Manuel. Hasta el sueño le quitaba el diablo de chiquillo. Así que, de acuerdo con toda la plantilla, y con la complicidad de los guardas jurados, decidieron darle un escarmiento.

Mientras, Manuel y los suyos, ajenos por completo a lo que se tramaba contra ellos, seguían haciendo de las suyas por los cortijos. Lo mismo cortaban la cincha del caballo del señor administrador que asaltaban un corral, del que se llevaban los huevos y alguna que otra gallina, a la que siempre ejecutaba él.

Era una especie de rito. En el centro de la rueda de chiquillos, Manuel. Primero sujetaba el pico del animal, con lo cual inmovilizaba su cabeza. En seguida, el tirón. Fuerte, rápido, al tiempo que retorcía el pescuezo hasta sentir el crujido de las vértebras. Luego lo arrojaba al suelo, donde aleteaba débilmente.

Empezaron a llamarle *Matapollos*. Los íntimos, claro, que para el resto del pueblo seguía siendo el nieto de Brígida. Y *Matapollos* empezó a dictar severas ordenanzas, decretos-leyes que rubricaba con un guantazo al subordinado que tenía algo que oponer.

El primero de ellos fue que en su barrio quedaba absolutamente prohibido atar latas a los rabos de los perros o gatos.

—Pero ¿por qué? —preguntó *el Patito*—. Con lo divertío que es verlos correr asín tan espantaos, como si llevaran un puro encendido en el culo.

—Pues porque los animales son buenos. Meores que las presonas, *Patito*.

Estaban reunidos en lo alto de una loma, a la vista del pueblo.

—Otra cosa —dijo Manuel—. En la banda no caben los

cagones. Pondremos una lata pintá de verde en el siminterio. Dentro de la lata, un sapo vivo. De noche, claro. Yo iré el primero.

—¿Con luna?

—No. Sin luna. Yo cogeré la lata y sacaré el sapo y dejaré la lata en el siminterio y le daré el paso a otro. Entonses ése, el que sea, entrará en el siminterio y meterá otra vez el sapo en la lata. Y asín tos. ¿De acuerdo?

—De acuerdo.

—Otra cuestión. A ese tipejo de maestro, que no sabe na, hay que quitarle los pantalones. Cuando llegue el día harán falta tres voluntarios. Ahora pueden irlo pensando ustedes.

Las nuevas ocupaciones le apartaban más si cabe de casa. A fin de evitar la presencia de las hermanas a la hora de dormir, se apañó con un cuartucho del patinillo. Y es que Manuel prefería los gritos de los ratones a los ronquidos de las hermanas. A falta de algo mejor, el trastero era, además de dormitorio y arsenal, pues era allí donde guardaba un par de navajitas y el tirachinas y las dos hondas, altar donde a veces encendía una vela a la foto de la madre.

Por entonces empezó a cavilar. La familia, determinó, no era buena. Si decía quererle era por puro interés. Y no es que lo pensara del todo él. Lo decía Bruno *el Respingao* cuando estaba borracho, que era siempre, y los otros, los sobrios, replicaban que si pensaba así era porque la mujer lo había echado de casa por mandria.

No, la gente no era buena. Tampoco lo era Dios, que pudiéndolo todo como decían había consentido que le mataran a la madre. Sólo parecía quedar en pie la mentira. La mentira se sentaba en corro en el Café de los señoritos, que jugaban a engañarse en los tratos. Brillaba en los ojos de las mocitas, que miraban a este o al de más allá ofreciéndose al mejor postor. Hablaba por boca del maestro, un muerto de hambre que siempre le ponía sobresaliente al hijo del ricacho, aunque todos sabían que se pasaba las horas de clase babeando, porque era anormal. La mentira, concluía Manuel, era la única verdad.

Su desprecio por todo lo humano aumentó después de la somanta que le dio un guarda jurado. Estuvo una semana larga baldado, sin poder salir de casa. De vez en cuando se miraba las amoratadas huellas de los correazos. Pensaba.

El primer día que salió, de anochecida, se apostó detrás del pilón de la fuente. Esperó al guarda, que solía tomar unos vinos antes de la cena. El pedrusco que le tiró hizo blanco en la cabeza, y Manuel vio cómo se desplomaba su enemigo sin un ay. En seguida que empezó a salir gente de la taberna, puso pies en polvorosa.

Por aquel entonces se hablaba mucho de cierto bandolero, un hombre de bien que, por lo visto, se tiró al monte por haber dado muerte al amo de unas tierras que le había concedido en arriendo o algo por el estilo. Se decía que se las había dado de boquilla y que, cuando hubo hecho de ellas un vergel, le exigió su inmediata devolución. Otros aseguraban que el bandolero las había aceptado en arrendamiento y que nunca lo quiso pagar. Lo cierto es que el dueño fue a ventilar el asunto personalmente y se encontró con dos escopetazos en el vientre. El homicida huyó, y con él algunos del pueblo: Teba.

No tardaron en saber de ellos. Al parecer, exigían dinero a los dueños de los cortijos, al pequeño propietario; pedían que los alojaran en sus casas, que les suministraran provisiones. A las pocas semanas se produjo el primer secuestro. Parece ser que el boticario de cierto pueblo tuvo que pagar cincuenta mil duros a cambio de su libertad. Otro, más desafortunado, pagó con la vida.

El nombre del bandolero se aureolaba por momentos. Nadie podía con él. Hoy le veían aquí y mañana aparecía a cien leguas del lugar. Se le atribuían hazañas inverosímiles, como que veía en su pueblo a la mujer, a pesar de la vigilancia de la Guardia Civil.

La figura casi mítica de este hombre impresionó a Manuel, sobre todo después del incendio de uno de los cortijos campilleros. Era media tarde cuando vio elevarse una densa humareda sobre las blancas paredes del cortijo. En seguida comprendió lo que pasaba. Mientras corría por el olivar, oyó dos disparos. Manuel pensaba que si se daba prisa tal vez podría ver al bandolero, ya que él estaba seguro de que se trataba de una de sus hazañas. No se equivocó. La banda, cuyos hombres no consiguieron entrar en el cortijo, mataron a un hombre y le pegaron fuego a todo. Pero cuando llegó Manuel ya habían desaparecido.

Aquella misma noche aseguraba a los suyos:

—Yo y ése somos iguales. De la misma pasta.

Escuchó el coro de risas burlonas.

—Algún día sabréis de mí.

Poco después, acusado de hurto, fue conducido por el cabo de municipales al cuartel de la Guardia Civil.

—Aquí os traigo a un tipo peligroso —dijo el cabo tirándolo al suelo de una patada.

Los guardias, al ver a aquel arrapiezo desmedrado, se echaron a reír. Le dijeron que se lo llevara. Ya en la calle, el cabo aporreó a su prisionero lo mejor que supo. Lo dejó medio muerto, sangrando como un Cristo.

Ignoraba que Manuel era incapaz de olvidar una afrenta. Un par de días después, cargó su honda, la hizo silbar sobre su cabeza y soltó el extremo de la cuerda. La pedrada, certera como todas las suyas, dio en mitad de la frente del municipal, que estuvo a las puertas de la muerte.

Aquella misma noche se escapó de casa. Había cogido antes de salir un par de navajitas, la honda y la fotografía de la madre. Luego empapó un pedazo de saco con petróleo y corrió hacia la iglesia. Se escurrió por la puerta de la sacristía. En menos que se cuenta abrió el cajón de arriba, el de los ornamentos, y metió a tirones el trozo de arpillera. En seguida, la cerilla. «Ya que ella no lo hizo, y la mataron, lo haré yo.»

Durante la noche corrió como alma que lleva el diablo. Llegó a Bobadilla al amanecer. Estaba empapado en sudor, desencajado. Poco después tomaba el tren de Málaga.

No llevaba encima ni cinco céntimos.

Segunda parte

Los primeros pasos de un trotamundos

CONFIDENCIAS

AJOLÁ QUE UN DÍA, y mire si ha pasado tiempo, pues bueno, ajolá que un día me lo echara a la cara. Aunque ése habrá palmao ya. Pero yo le busqué cuando volví de América. Na. Yo creo que el tío tenía miedo. ¿Que si fueron más? No me recuerdo bien. Yo sé que la chiquilla dijo q'había hecho cositas feas. Sí. Puede que con varios. Ahora que pienso, sí. Seguramente fue con todos los de la barca.

¡Mecachis la mar...! Cada vez que lo pienso. Tan cariñosa, tan güena. Que si no hubiese sido por ella yo no salgo de aquello. Sí. María. María se llamaba la pobre. Yo qué sé qué más. Ni ella lo sabría. Digo yo. ¿Ella? Pues tampoco lo sé. A su madre la mataron en un bombardeo. Y al querido o lo que fuera. Na... En la calle. Como yo. Como tantos críos... Aquello no se pue contar. Sí, claro. Cuando lleguemos a Campillos. Despasito, eso...

No, no. Yo me fumo un sigarro o dos o los que sean mientras me tomo el café. Y aluego, na. Hasta después de comer. Y de bebida, menos. No sé lo que es el alcohol. En Méjico me emborraché dos veses con tequila. Dos vasazos asín, de a palmo. ¿Qué sabía yo? Después, na, ya le digo. Vino tampoco. Los animales no prueban el alcohol. Ni fuman. Son más listos que nosotros, con perdón, claro... Y más güenos... Mire, a mí todos los animales me quieren. Una vez, pasando la frontera por Perthus, había un perro polisía. Ya estaba. Tenía que pasar por debajo de la garita del guardia, que estaba asín llovisnando, aguanieve. Con un frío... Pues me dije, Manuel, hasta aquí has llegao, porque los gendarmes estaban dentro, pero cuando oyeran ladrar al chucho, pues ya me dirá usté. Y que tardan en tirar los tíos. Bueno. Sí. Lo del perro. Na. Le llamé despasito, alargué la mano, y se dejó acarisiar. Y cuidao que son ariscos. ¿Difísil? Pues, oiga, yo no miento. Yo se lo demostraré a usté con el primer animal que topemos. Cualquiera.

Oiga. Y quiere usté más que lo que me pasó con el mono de los argentinos... Estaba salvaje. Naide se podía asercar a él. Y a los pocos días de navegasión, fue él mismo el que vino a buscarme. ¡Él mismo! Por la gloria de mi madre que se lo juro. Nadie se lo creía. Y cudiao que el animal... Sí, igualito que el de Tarsán ese... Chimpansé... Eso será. Por sierto que lo mataron a tiros en Bahía Blanca.

Yo, es lo que digo siempre. Se puede matar a un hombre, pero no a un animal. Eso sí que es de criminales. ¿Qué sabe un animalito? ¿Qué mala intensión pue tener? ¿Eh? Ahora, maltratar, apalear y torturar y to eso, eso ni al hombre ni al animal. Eso es de cobardes maricas, de egeneraos...

Pues sí que me hase usté una pregunta... Al animal, si es peligroso, una fiera, un perro rabioso, hay que matarlo. Sin que sufra, ¿eh? Pero es que el hombre, el hombre... ¿Cómo le diría yo? El hombre siempre es peligroso. Usté no se fíe de naide. ¿Ni de mí? Como quiera. Pero mire. Uno, como está tan aporreao, en seguida sabe quién es bueno y quién es un asqueroso tiburón. Yo a las personas las huelo a un kilómetro. No me hase falta ni mirarlas. En un bar, en la barra, se aserca un tío... Bueno, pues como si respirara algo que yo, no sé el porqué, siento. Sí lo siento. ¿Equivocarme? Pocas veses. Yo me creo que nunca. Usté... usté... Eso, mejor. Más adelante.

Sí, eso los hombres. Y en cuanto a las mueres... ¿Que qué pienso? Madre mía... La muer, y eso se lo oí desí a un tío que entiende, un corso que vivía de ellas... Fue en Marsella. El tío me dijo: «Manuel, dise el jefe que te mereses un descanso. Ahora a vivir de las mueres. Te daremos sinco o seis. Tú las vigilas, cuidas de que no se enchulen demasiao, les coges la pasta...» ¿Proxequé? ¡Qué palabra tan rara! Yo, es que las palabras largas... ¿Para qué una cosa tan larga y tan difísil, si con una más corta, sensilla, se entiende uno?...

A ver, a ver... Que qué pienso de la muer. Es verdad. Na, que empieso a hablar y se me va er santo ar sielo. Bueno, pues ese tipo que le digo yo, que conosía a las mueres mejor que el que las inventó, disía que la mujer es un barco malparido. Un barco sin timón. Y que el timón, a ver si me entiende, y disculpe, es la verga del hombre. Usté le planta bien la verga, es desir, el timón, a una mujer, y la tiene, pero cómo... Una seda... ¿Las que no pueden tener nunca ese timón? Pues van toa la vida dando bandasos... Sí. Eso. Hijtéricas. Lo que sea. ¿No ve que les falta lo prinsipal? Pues eso... A mí, no sé por qué, que no será por listo, ni por guapo... Pero a mí siempre se me han dado la mar de bien. Yo no las busco. Na. Si yo sé que ellas vendrán... ¿Pa qué molestarme? Si yo le contara...

Claro. Sí, sí. Yo, to. De verdad que nunca le esconderé na. Por fuerte que sea. Pero usté no se me... Ya. Esperiensia... Pero mire, yo m'acostao con toa clase de mueres. De toas las rasas. Hasta estuve con una india mejicana, María Serapia. Me casaron con ella... Y con una tahitiana. ¡Me cago en la leche, la tía! El susto que me dio la jodía. Y mejicanas, yanquis, guatemaltecas, colombianas, rusas, y de fransesas... ¿Negras? Y verdes y amarillas... ¿No le dije que mi vida es toa una historia?

Verá usté lo bien que se lo pasa en Campillos. Tomaremos leche crúa. Crúa, sin hervir. De la ubre a la barriga. Na. Aquello es sano. ¿Usté no mamó nunca de una vaca? No, claro... Lo que lo agradesen los animalitos... Te miran asín de reojo como si fueras el hijo. Porque es que las vacas, las pobres, siempre sobándoles las tetas. Yo digo que por eso ponen esos ojos tan tristes. ¿Se ríe? Póngase en su lugar. Claro. Es difísil...

Ese hijo de las mil y una... ¿Que por qué le toco el claxon? Otra cosa le tocaría yo al jodío dominguero. ¿Usté ve quién soy yo? Si no viniera usté conmigo, le adelantaba y me crusaba en mitad de la carretera. ¡Menuda somanta le iba a dar! ¿Rasante? Na de rasante. Al que quiera pasar, pues eso, que pase. Si se mata, allá él. ¿O es que un hombre no tie derecho a matarse? Sí, bueno, los otros... Pero yo tenía espasio sobrao. Con este coche yo hago lo que quiero. Claro que puede fallar. También puede fallar el corasón de un tío. Falla, se para, y ya me dirá. Mire, en la vida, todo pue fallar porque na es perfecto. ¿Y sabe usté cuál es el primer fallo de las presonas? Naser. ¿Pa qué, si uno tie que morirse? Eso es hasé las cosas a medias. El hombre, el hombre... Pues, eso: una mosca. Menos que una mosca.

Volvamos a lo nuestro. En Málaga fui maletero. Dormía en un retrete público, serca de donde empiesa la calle Larios, la de los señoritos. ¡Más jambre que pasé! Me escapé a América. ¿Eso? Pues unos dose años o asín. Sí, tal ve trese... María era un poco mayor que yo. Un par de años. Pero era ya una mosita. Se la miraban los tíos... Y yo, na. Como el pito no funsionaba... Ella sí, ¿ve? Según pasó el tiempo, yo me fui dando cuenta de que a veces me hasía unas cosas... Bueno, más adelante. Pero en Campillos no to va a ser trabajar. Tenemos que recorrer to aquello. Que usté lo vea. Ea, eso...

Cuando pasó lo de María me largué. Los del barco me trataron mu bien. Yo no me lo creía. Pensaba, ¿qué van a querer estos tíos de mí? ¿Qué querrán que les haga después? Pero no... Que eran gentes sivilisás, no como en España, que me llevaban acosao como a una fiera. De culo iba, sí, señor. Peor aún. Me dieron dinero al desembarcar en Bahía Blanca. Para mí, mucho, demasiao. Pero me lo gasté to cuando volví. Con los amiguetes, los probes, que seguían sin na que llevarse a la boca. El tío sepulturero quería que me quedara con él... Asco me daba a mi to aquello. ¡Asco! ¿Y cuando me hinché como un globo? No se ría, que no hay pa reírse. Que me las vi mu negras. Con desirle que cuando me llevó a casa la Guardia Sivil ni mi abuela me conosía. Mi cabesa era tres o cuatro veses más grande. ¡Talmente un globo! Los vesinos me hisieron mortaja... ¡Pa mearse de risa! Porque yo, aunque usté no se lo crea, no moriré más que de viejo. ¿Seguro? Segurísimo. Me protege mi madre. Una echaora de cartas se lo dijo a un familiar. Tu Manuel está bien. Y nunca morirá de... de cosa mala. Eso. De arsidente.

Pues sí. Por eso corro tanto. Las señales de tráfico están mu requetebién pa los que no saben lo que es un coche. Pero a mí me sobran toas. Na. Usté tranquilo...

Bueno, pues volví a Campillos. Me llevaron, que no es lo mismo. Y allí me empleé en un cortijo. De porquero. Mu grasioso el cochino, mu majo. Pero traidor. Como te descuides, t'echa un mordisco que t'arranca lo que te pille. *El Capao* de un pueblo que no recuerdo cómo se llama ahora... Le tiró bocao a las partes y se las arrancó de cuajo. No. No se murió. ¡Leche con *el Capao*! Toas las mueres buscándolo. ¡Ah! ¿Lo sabe usté? Yo lo que sí puedo desirle, que eso lo he visto yo, es que hasían cola en su chamiso. Bueno, ya sabe. Un hombre siempre tie otras cosas. *El Capao* tocaba la ocarina...

En Campillos no había na que comer. Volvía a las mismas de antes. Y la miseria lo sacaba a uno de casa en prosesión. ¿Aguantar yo allí? Me cansé de los puercos. Hasta que pasó lo de los garbansos, que eso, eso sí que se lo voy a contar despasio. Y es más, le voy a enseñar el tío que me... ¡Me cago en dies, que yo no sé cómo estoy vivo! Mi madre, claro...

Eso. Total eso, que me volví a escapar. A Gerona. Ea, la Costa Brava. Que si había tanto y más cuanto, que si se vivía bien porque nunca faltaba el jornal. ¡Mentiras! Allí empesé a robar. ¿Lo qué? Lo que salía. Hise un atraco a mano armada. Me pillaron. La de Dios es Cristo que armé. Hasta los papeles hablaron de mí, y yo sin enterarme. ¿Cómo me se ocurrió irme a Gerona? Tenía familiares allí. Pero na. ¿Na de qué? Na de na. A robar, que era mi sino. Porque a mí entoavía no ha nasío naide que m'esplote.

1. MARÍA

—¿SOÑASTE CON LOS ANGELITOS?

Desde la cama sólo distinguía media cara del hombre. Le vio entrar con un tazón en la mano.

—Te traigo la malta. Calentita, mi vida. ¿Y sabes qué más?

—¿Qué?

El hombre llevaba puesto un jersey gris de cuello alto, doblado, y unos pantalones verdosos a cuadros.

Tomó asiento en el canto del somier.

—Cuatro galletas con tu nombre escrito. Mira, ¿ves? Ya me costó agenciármelas. Un amigo importante, che...

Ella levantó la cabeza de la almohada. Deletreó.

—Ma-ría-a...

Arrugó graciosamente la nariz.

—Mi reina, antes que se enfríe. Apúrate...

Dio el primer sorbo. Miraba los ojos saltones del hombre con fijeza, enseñaba sus menudos dientes, muy blancos, sin dejar de reír.

Le gustaba que el señor Celso fuera a su cuarto cada mañana con el desayuno, un lujo. Hacía poco más de un mes que la madre le había tomado como huésped. Era, según ella, un señor muy importante que, cuando acabara la guerra, las haría muy ricas. Lo de importante le tenía sin cuidado a María. El señor Celso le agradaba porque era diferente. Educado, muy cariñoso, sobre todo con ella. En las frías tardes de aquel mes de enero, cuando se quedaban solos en casa, la cogía en brazos. «Así nos calentamos. Vos me calentás a mí y yo a vos, molludita. Que bien que pesás ya para sus trese añitos.» Le contaba cosas de otras tierras, mientras acariciaba sus muslos, la apretujaba riéndose mucho los dos.

Hacía como una semana que había tomado la costumbre de llevarle a la cama el tazón de malta, aprovechando la ausencia de la madre, que se pasaba la mañana en las colas del mercado.

Los primeros días, el señor Celso se había limitado a referirle sucesos extraños, de indios pintarrajeados y de unos caballistas que derribaban los novillos lanzando a sus patas un par de bolas sujetas con una fuerte correa. «¡Ah, mi linda, si vos pudieras ver todo aquello! Un día iremos. Tu mamasita, tú y yo... Claro que te lo prometo.» Ella le escuchaba sin respirar, inmóvil bajo las mantas. A veces cerraba los ojos, sobre todo cuando el señor Celso cogía una de sus manos y la apretaba entre las suyas. Pensaba que, de haber tenido padre, hubiera sido igualito que él de cariñoso. Y se dejaba acariciar la cara, los hombros...

Esto fue durante los dos o tres primeros días. Pero después, el señor Celso la obligaba a cerrar los ojos. «Así, muy tranquila, sin moverte...» A seguido metía una mano por debajo de las mantas y acariciaba el vientre de María, subía hasta los senos, mientras besaba con suavidad sus labios entreabiertos. «Cariño, es lo que anda buscando mi nena, cariño...»

Le dejaba hacer entre recelosa y feliz. Sin embargo, aquella mañana, cuando hubo terminado con las galletas, don Celso cambió de expresión. Ya no era el señor cariñoso de siempre. Su cara se había transformado. Le temblaban los labios, ligeramente azulados. Abría los ojos espantosamente. De repente María vio algo que la asustó mucho y saltó de la cama.

Huyó pasillo adelante perseguida por don Celso. Antes de abandonar la alcoba había cogido instintivamente el vestidito color calabaza. Se lo puso a tirones en la escalera y escapó a la calle como loca.

El bombardeo la sorprendió en el puerto, en la playa de poniente, tres o cuatro horas después. Como no sabía qué hacer, huyó hacia el centro. Las sirenas aullaban enroscándose en el pánico colectivo, dilatándolo, exacerbándolo hasta la misma angustia. Los proyectiles rasgaban el aire con siniestros silbos. En seguida, la explosión. En una ocasión, María se vio proyectada contra una pared. Temblaba todo como si hubiera terremoto. Se tapó los oídos tendida en mitad de la calle.

Cuando pasó el bombardeo corrió desalada. A medida que se acercaba a su barrio aumentaba el temblor de piernas. Le galopaba el corazón cuando volvió la esquina. Su casa y las tres de al lado eran un montón de escombros del que se elevaba una polvareda muy espesa, acre. Se la llevaron de allí unos soldados a empujones. A media tarde un altavoz daba la noticia: en los edificios bombardeados en Santa Amelia no quedaban supervivientes.

Aquella noche buscó cobijo en un portal. Fuera, gente que gritaba, una voz de mujer llamando a alguien en la oscuridad, coches y más coches a toda velocidad. Y a poco, el silencio. Un disparo, la ráfaga de ametralladora, el seco estampido del morterazo. Y silencio otra vez.

Cuando salió de allí amanecía. La ciudad estaba desierta. Corrió. A veces tropezaba con un bulto. Era un hombre o una mujer con los miembros ridículamente dislocados como los muñecos de trapo. Siempre había junto a ellos un charco de sangre negruzca, un cesto volcado, un atadijo de ropa. Echó a correr hacia las afueras. Mediada la mañana vio avanzar desde las bardas del corral donde se había escondido dos tanquetas protegiendo a un grupo de soldados. Esperó.

Días después vagaba por los alrededores del puerto pesquero. Un chiquillo de su misma edad le dio un par de sardinas, que devoró temblando. En seguida pidió agua, bebió y vomitó. Salieron disparados al ver a lo lejos unos soldados patrullando.

En la balsa había como dos docenas de criaturas de su misma edad. Daba el sol y, al socaire del helado viento serrano, apenas se notaba el frío. El limo seco y las hierbas silvestres agostadas formaban una especie de lecho natural que les permitía tumbarse y hasta dormir mejor que sobre un colchón de plumas.

María miró alrededor. La mayoría de los chiquillos eran esqueletos cubiertos de harapos apestosos. Una gran confusión en su cabeza. El vacío más absoluto a veces. La madre, que desde que conociera a don Celso había de llevar a casa hombres para dormir, no le decía nada. Su recuerdo iba siempre ligado a la trifulca, a los golpes que le propinaba en los hombros o a sus empujones, escalera abajo, cuando llegaba borracha con algún cliente. De don Celso sólo recordaba la imagen de algo que le pareció horrible.

Olvidó los nombres de las cosas. Se olvidó de hablar. Al amanecer, cuando empezaba el repique opaco de los motores de las traíñas, María y sus compañeros abandonaban la balsa. Se ponían en camino hacia el puerto pesquero. El instinto les había enseñado que era preferible dispersarse o ir de dos en dos. A la sucia luz del amanecer, caían como ratas hambrientas sobre los cubos de basura. Devoraban cuanto encontraban en su interior, aunque muchos de ellos lo devolvieran luego entre dolorosas arcadas. Y seguían cautelosos por las desiertas calles hasta el puerto, donde siempre había algo que afanar.

El mismo día que llegó a Málaga desde Campillos, al bajar del tren, Manuel le cogió la maleta a un señor muy bien puesto.

—¿Se la llevo?

El señor muy bien puesto sonrió.

—¿Podrás con ella?

—Clarinete.

No estaba demasiado claro, aunque sacó fuerzas de donde no las había. Corrió media Málaga con el maletón, si bien es cierto que valió la pena, porque el señor muy bien puesto le dio una moneda plateada con un agujerito en medio.

Comprendió que lo de la papanda estaba asegurado. Compró un buen bocadillo en una freiduría del centro y pidió un par de vasos de agua en una taberna. En seguida, a la estación.

Se llevó el chasco. Porque los maleteros, chiquillos de su edad o viejos alcoholizados, tenían que esperar fuera, al otro lado de la verja. Pronto intimó con todos ellos. El mayor de los chavales, que parecía llevar la voz cantante, le dio un empujón que a pique estuvo de derribarlo.

—Tú, mierda seca —le dijo—, que aquí todos tenemos que trabajar. Así que te esperas, y cuando yo lo mande...

No pudo decir más, porque Manuel embistió sobre él como si fuera un miura. La pelea fue dura. Un tipo que se quiso meter a redentor, salió con un labio partido.

Pasó lo que tenía que pasar, y es que, Manuel, usando de su arma secreta, esperó el momento oportuno. En esta ocasión el golpe definitivo fue en el pecho. El otro cayó redondo, sin poder respirar. Y Manuel miró a los demás golfillos con un fiero orgullo en los ojos.

A partir de aquel momento fue el amo.

Pronto, sin embargo, comprendió que aquello de llevar maletas no se había hecho para él. Entre otras cosas, porque muchas veces su cliente era una pobre mujer vestida de negro que, a la hora de pagar, miraba el monederito con tanta pesadumbre, que él, intuyendo sus apuros, le decía que lo dejara.

Anduvo unos días estudiando el terreno. Los puestos de freiduría abundaban. Chanquetes y boquerones dentro de un panecillo, que olía a gloria, era por entonces el alimento principal de muchos malagueños. Por eso los vendedores no daban abasto. En la confusión, resultaba muy fácil afanar algo. Un bocadillo si había suerte, dos si el vendedor era lelo. Luego, a correr calles.

Como para dormir no cabía pensar en pensiones, buscó acomodo en un urinario público muy céntrico. A partir de las nueve de la noche, cuando se apagaban las luces de la ciudad, allí no entraba nadie. De largo en largo, un curda o un juerguista salido del burdel. Si el borracho lo estaba de verdad, existía la posibilidad de sacarle los cuartos. Si no, a seguir durmiendo. Al principio el fuerte olor a amoniaco le molestaba un poco. Pero como el cuerpo es un gandul —lo decía siempre la abuela—, acabó por acostumbrarse.

No tardó en descubrir que al alba, con la llegada de las primeras traíñas, las calles de la ciudad se poblaban de fantasmas. Eran niños como él, flacos, harapientos, con un recelo animal impreso en la mirada. Los niños avanzaban cautelosos, revolvían en los cubos de la basura o se disputaban una cabeza de langostino de las que quedaban en las terrazas de los cafés.

Manuel los estuvo observando dos días seguidos desde su escondrijo del retrete. Siempre había uno que iba delante por si aparecía alguna patrulla del ejército. El explorador hacía una señal con la mano y los fantasmas salían de la penumbra terrosa de las callejas. Silenciosos, como seres de un mundo fantástico, los chiquillos corrían de esquina a esquina, para esfumarse en la semioscuridad de cualquier portal. Algunos salían con un paquete de basura envuelto en papel de periódico y se sentaba en cualquier parte, culo en tierra.

Al tercer día los siguió. ¿Adónde irían aquella gente, que se agrupaba cuando no había peligro, es decir, cuando cruzaban las calles adyacentes a la de Larios y plaza de Queipo de Llano? Separados, a fin de no llamar la atención, los vio en el muelle de los pesqueros. Llegaban las traíñas y ellos echaban una mano en la descarga. Los marineros les daban algo a cambio de la ayuda, un puñado de sardinas o cangrejos.

Descubrió un mundo nuevo. Cuando todos en la ciudad dormían, unos hombres bronceados, con los ojos cargados de sueño, aparecían de pronto en el muelle. Los hombres fumaban incansablemente un tabaco apestoso, se expresaban en monosílabos, reían o malsinaban, según el humor. Pronto se encendían las luces de un pequeño quiosco donde se despachaba malta caliente y vasitos de anís para matar el gusanillo. En seguida se abrían las pesadas puertas de la Lonja. Brillantes barras de hielo por todas partes. Las descargaban de los camiones unos mocetones con guantes de goma y un gancho enorme que clavaban hábilmente en las barras entre diamantinas salpicaduras.

Poco después empezaba la llegada de las embarcaciones. Se las reconocía, nombre, patrón, distancia, por el ruido del motor. «Ya llega el *Hermanos Laín.* Y el de detrás es *Candelero* o *El Señor del Gran Poder,* seguro.» Acertaba quien así hablaba. Entre la niebla, fantasmales, aparecían las proas hendiendo el agua lipoidal del puerto. Viraba el casco graciosamente, presentando una banda. De la orla colgaban las defensas, ruedas viejas de camiones. Voces de mando. Saludos. Y el guasón que embroma al grumete, porque todavía confunde babor con estribor.

Avanzaba el día. La luz del alba se impregnaba de tonalidades rosadas. Las caras de los hombres iban sacando arrugas y cansancio. Las de los pequeños fantasmas, el hambre y el miedo. Surgían de la bruma los colores detonantes de las embarcaciones: el verde, el rojo, el blanco... Una voz empezaba la subasta con tonada melopeica: «Mújol, mújol, mújol... Cuarenta, treinta y nueve, treinta y ocho...» Alguien en el corro de compradores levantaba una mano. «Apártalo.»

De pronto empezaban a roncar los motores de los viejos camiones. Brazos nervudos cargaban las cajas, las apilaban cuidadosamente, mientras un hombrachón con una libreta que se le perdía entre las manazas iba anotando con un lápiz despuntado el precio de la mercancía. Y el camión de turno salía echando humo con la joroba del gasógeno detrás.

Olía a mar, a pescado vivo. De las barcas trascendía un vaho fuerte a pintura que, en ocasiones, dejaba paso al del asado de la sardina, de la media docenita de gambas tal vez. Y los niños del alba esperaban todo ojos el final del festín para devorar las cabezas. No obstante, siempre había algún marinero a quien, al mirarlos, se le paraba la comida en el gaznate. Entonces llamaba al más desnutrido y le daba un buen trozo de chusco con dos hermosos pescados. «¿Echas un trago de la bota?», le decía sonriendo. Y observaba el hilillo morado resbalando hasta la punta de la barbilla del muchacho.

No tardó Manuel en unirse a los fantasmas del amanecer. Cierto día le preguntó a uno de los chiquillos de dónde salían todas las mañanas.

El otro le miró con recelo.

—De por ahí.

—Anda éste. Eso ya lo sé yo. Pero ¿dónde es por ahí?

—Pregúntale a ése.

El aludido era un poco mayor. Trece, posiblemente catorce años. Le llamaban *Cornalón*.

—¿Me lo quieres disir tú?

—¿Eres de aquí?

—No.

—¿Tampoco tienes familia?

Manuel negó con la cabeza.

—¿Y qué haces?

—Na. Por eso te pregunto. ¿Puedo ir con vosotros?

—Bueno.

Dieron un gran rodeo por la playa de poniente. Luego torcieron a la derecha, atravesando bancales de olivos. En un desmonte, no lejos de donde tenían el refugio, Manuel tuvo que bajar corriendo a riesgo de romperse la crisma, porque el jefazo le había empujado con mala intención.

Le insultó desde abajo, le retó.

—¡Piojoso! ¡Cerdo! ¡Matón de mierda! ¡Baja si te atreves, castrao!

El Cornalón se lanzó sobre Manuel desde arriba. Fue una pelea a muerte como nunca hasta entonces había sostenido. Su contrincante era fuerte. Además, sabía golpear. En uno de los muchos revolcones, Manuel tuvo la buena fortuna de coger una piedra. La estrelló contra la cabeza del matón, que empezó a gritar asustado por la sangre.

Él mismo, con saliva y el faldón de la camisa, le curó el boquete. Luego mandó a alguien por unas hojas de laurel, mientras el herido, muy pálido, respiraba con fatiga.

—Que me muero... Que me muero...

Le dio un cachetito amistoso.

–Na de morirse, hombre. Canguelo: eso es lo que tienes tú.

Se acercó a su oído.

—Mira —le dijo—, yo soy bueno con los amigos. ¿Entiendes? Pero no con el traidor, y lo que tú has hecho es de traidores. No te he clavao la navaja en la barriga porque no me ha dao la gana. ¿Sabes ya lo que quiero decir?

El otro asintió.

—Así que...

Cuando se levantó le rodeaban docena y medio de espectros con la boca abierta. Ojeras, caras terrosas, mugre y roña por todas partes. Estaban en medio de un campo de alfalfa. Manuel, jadeando aún, les hizo saber que él nunca provocaba. Estaba solo en Málaga y había querido unirse a ellos.

—Eso ha sido to. Pero este maricón m'ha empujao. Y a mí no me toca nadie. Entoavía tie que naser el hijo de su madre que me ponga la mano ensima.

Fue en aquel momento cuando una niña un poco mayor que él llegó con unas cuantas hojas de laurel.

—Tú, cagón —le gritó Manuel al herido—, levanta la cabeza. Así. Ya verás. Con estas hojas milagrosas y un poco más de saliva, curao. Porque de curarte me encargo yo, que soy quien te ha descalabrao.

La niña le miraba en silencio.

—Y ahora, para que sepas, me largo de aquí. Mañana por la mañanita, en el muelle de pesca. Nos veremos allí. Si quieres pelea, ya sabes. Y si no, a obedecer. Pico cerrado, ea.

Se largó sin más.

Fue un día de mucho trajín. Corrió todas las freidurías de la ciudad y en todas sacó tajada. En la estación, después de colarse en andenes, hizo tres viajes seguidos. Hubo suerte y se sacó tres pesetas y media. Ya de noche se metió en una dulcería. Sólo había roscos azucarados, acaso con sacarina. Compró uno y robó tres.

Estaba agotado al anochecer. Tuvo fuerzas, sin embargo, para acercarse al puerto. Junto a uno de los tinglados vio una pila enorme de lonas, probablemente toldos viejos de camión o pedazos de vela. Se metió entre ellas.

Durmió abrazado a la lata de provisiones.

A la mañana siguiente muy temprano se acercó al sitio donde atracaban las traíñas, no sin antes esconder su tesoro en unas rocas del rompeolas.

Se acercó luego al guarda.

—Buenos días.

El guarda era un hombrecillo baldado con la cara desfigurada.

—Muy temprano hoy, ¿no?

Le miró de pies a cabeza, observó su estado deplorable. Luego le dijo que lo mejor que podía hacer era desaparecer de allí.

—Es por tu bien, chavea. Uno de estos días, puede que hoy, llega un barco argentino. Esto se llenará de soldados y guardiaciviles. Si te cogen, ya sabes. Al correccional.

—¿Y eso qué es?

—Una especie de cárcel para niños.

Se encogió de hombros.

—¡Pues sí!

Charlaron. Al cabo de veinte minutos, ya sabía la vida y milagros del guarda. La cicatriz de la cara había sido un mortero.

—Te los tiran así —y el guarda describió con la mano una parábola muy cerrada—, y te los meten en el bolsillo de la guerrera.

Supo también que era sevillano y que estaba empleado en el muelle porque había perdido la vista de un ojo.

—Éste. ¿Ves? Tengo carné de mutilado.

Fumaba en silencio. Sin venir a cuento le dijo que él de sobra sabía que robaban pescado.

—Yo me hago el loco. Pero con un solo ojo lo veo todo. Lo que pasa es que me dais lástima. Bastante trabajo tenéis.

—¿Y usté podría avisarme el día que llega ese barco?

El guarda asintió. Entonces Manuel sacó un rosco de entre los harapos y se lo dio.

Minutos después empezaron a hacerse visibles los espectros de la niebla. *El Cornalón*, el primero en llegar, seguía pálido como la misma muerte. Le dijo que le dolía mucho la cabeza y se iba a dormir.

—Tú te encargas de ésos —añadió—. Son unos desgraciados. Si no fuera por mí, estarían todos enchironados.

—¿Ninguno tie familia?

—Yo qué sé. Ni se acuerdan. Están como alelaos. Ellos sólo quieren comer. Un poco. Lo que sea.

Miró al suelo.

—¿Sabes qué?

—¿Qué?

—No me fiaba de ti. Hay soplones. Ahora sí me fío. Ellos mismos te acompañarán a la balsa. Me voy a dormir.

Le vio alejarse tambaleándose.

Cuando llegaron las traíñas reunió a una media docena de aquellos desdichados y les dio algo de comer.

—Vosotros allá —ordenó—. Y nada de sardinas ni cangrejos. Palayas, salmonetes, merluza. Yo me encargo de venderlo después.

Uno de ellos dijo que lo único que les daban eran pescados de poca calidad.

—Es que no tenéis que pidir. No sois mendigos. Robaréis. Por eso tenéis que ir juntos. Dos de vosotros entretienen al que se ponga por delante. Los demás a vigilar, y tú, que no pareces tan bobo, afanas lo que puedas.

Los fue distribuyendo por el puerto según llegaban las embarcaciones. Mientras, él actuaba por su cuenta.

Tan atareado estaba, que ni se percató de la niña que le seguía de lejos. La vio bastante después, a respetable distancia, con las manos a la espalda y los hombros frioleros.

Se acercó a ella con un puñado de gambas.

—Pon la falda. De prisa. Y escóndete allá, donde esas rocas.

Poco después se reunía con ella.

—¿Cómo te llamas? —preguntó sin mirarla.

—María.

—¿Tienes madre?

—No.

—Pues estamos igual. Andando.
Le siguió obediente.

Pronto se cansó de estar en la balsa. Malcomer basura por la mañana para esconderse allí entre aquellas paredes llenas de lagartijas hasta el día siguiente, era poco menos que aceptar un encarcelamiento voluntario.

Cierto día cedió el mando al *Matacás*, una especie de segundo de a bordo del *Cornalón*, al que habían cogido los guardias haciendo sus necesidades en el espigón de levante. Desde entonces nada supieron de él.

—Yo me largo de aquí —les dijo—. Pero no quiero a nadie conmigo. Me gusta estar solo. El *Matacás* se encargará de vosotros.

Había cruzado ya la carretera de Almería, sólo por gusto de explorar los alrededores, cuando comprobó que alguien le seguía. Esperó tumbado en la cuneta. A lo lejos, desorientada, vio a María. Se había metido en un tomatal recién regado y tenía los pies hundidos en el barro.

La sacó de allí.

—Pero ¿qué estás hasiendo aquí, desgrasiá?

Se encogió de hombros.

—¿No os dije que no quiero a nadie conmigo? Me gusta ir solo.

—Pero yo quiero ir contigo.

Como no resistía las lágrimas, accedió. Y aquella misma tarde buscaron hogar.

El instinto le señaló el lugar más adecuado. Al otro lado del muelle de poniente, protegida de miradas indiscretas por las rocas del espigón, se abría una playita de agua muy limpia, remansada. Manuel echó un vistazo. Si debajo de la roca más alta ponía unos palitroques con un techo de lona, fácil de robar, dormirían a cubierto.

Así lo hizo en un santiamén. Luego amontonó varias brazadas de alga seca en el suelo.

—Necesitaremos luz —dijo.

—Y un cacharro para la comida.

La miró incrédulo.
—¿Tú sabes hacer caliente?
—Sí. Arroz. Y guisados.
La vio sonreír por primera vez.
—Pues eso lo arreglo yo en seguida.
A la semana, la choza era un pintoresco hogar. Manuel tuvo que bregar lo suyo con las maletas a fin de conseguir algún dinero. Ganó lo suficiente para comprar velas, cerillas, dos peroles nuevos de alumbre, varios paquetes de achicoria, sal y un rollo de cuerda. El azúcar, siete terrones, lo robó en los bares. Lo mismo que robaba el pan en las tahonas. Y el pescado, que más tarde vendía con María por las casas de las afueras o en el arrabal.
—Por aquí no vengas tú —le decía en ocasiones.
—¿Por qué?
—Está lleno de putas.
—¿Qué son putas?
Aunque tampoco él lo supiera a ciencia cierta, la miraba socarra.
—No sé para qué te sirve ser más grande que yo. Putas son... pues eso. Putas. Mueres malas. Que buscan a los hombres.
Empezaron a organizar sus vidas. De mañana, muy temprano, al puerto a robar. En seguida, a vender lo robado. Regresaban a mediodía con algo, lo indispensable, y ella encendía el fuego. Hervido de pescado con ajo o asado en una lata grande de un bidón de aceite de engrase. Había días en que se permitían el lujo de comer fruta, unas avellanas o, si la venta había sido productiva, un plátano para los dos. Luego se tumbaban sobre la grava, al sol, o daban un largo paseo hasta el faro. Y cuando caía la tarde, entraban en la choza y dormían tapándose con sacos viejos.
Una tarde él le propuso dar un paseo por Málaga.
—¿Tú la has visto bien?
—No.
Se levantó de un brinco.
—Pues vamos.

Se paraban delante de los cines, con grandes carteleras a la puerta llenas de colorines, en las que siempre aparecía una mocita con traje andaluz y lunares y pañuelo blanco sobre los hombros. Junto a ella, en camiseta de felpa, y con el pelo revuelto, un vejete de cara apayasada.

María sonreía bobalicona.

—Es muy gracioso, ¿verdad?

—¡Bah!

Otras veces era un oficial la mar de guapo con un gorro de legionario, camisa con hombreras y el correaje en bandolera. En la cara de labios retocados del oficial lucía siempre un bigotito muy fino, simétrico, como trazado con tiralíneas. El oficial abrazaba a una señorita muy finolis con velo de blonda.

—Seguro que viene de misa —decía María.

—¿Por qué?

—¿No ves la iglesia ahí, detrás de ella?

—A lo mejor no viene. Va.

Iban cogidos de la mano, por si aparecía un guardia echar a correr juntos. Miraban los escaparates, con guantes y monederos de piel, ropa interior de señora o barritas de carmín. María apretaba la mano de su compañero.

—¿Tú crees que yo estaría guapa con to eso puesto?

—Mejor que pienses en quitarte los piojos. A mí anoche no me dejaron dormir.

—Hay un aceite...

—¿Para los piojos?

Tenía que llevársela a tirones cada vez que veía una señorita con peineta y mantilla.

—¿No está requetepresiosa?

Él la empujaba riendo.

—Te convido a tejeringos.

—¿De verdad?

Por entonces empezó a arreciar el frío. Hubo días de temporal, y las barcas no salieron. Por si algo faltaba, los piojos se avivaron en la choza, entre sus harapos, dispuestos a devorarlos. De noche, mientras rugía la tormenta sobre sus cabezas, se estrechaban los dos muertos de miedo.

María, medio adormilada, besaba los labios de Manuel. Suspiraba como si le faltara el aire.

Él le preguntaba si los piojos le picaban demasiado.

—No, no es eso...

—Mañana compraré el aceite ese que dices...

Echaba de menos las caricias del señor Celso, aunque eso nunca se lo diría a Manuel. Él, en cambio, se sentía protegido, al tiempo que protector, mientras la lluvia tamborileaba sobre la lona de la choza.

—Tengo miedo, Manuel.

—Aquí estamos seguros. Además, el miedo no sirve de na.

—Asércate más, Manolillo.

—¿Más aún?

—Más, mucho más.

Sentía sus húmedos labios en el cuello, junto a la oreja. Rió.

—Tú, que me haces cosquillas.

—Manuel.

—¿Qué?

—Manuel...

—Pero ¿qué quieres? Di.

—¿Cuántos años tienes ahora mismito?

Un muslo mórbido entre sus flacas piernas.

—Doce o así. No lo sé muy bien. Pero, mira, dos menos que tú. Eso segurito.

—Manuel, levanta más la cabeza. Así, mi alma... Déjame...

Notaba las sacudidas del cuerpo de ella sin explicarse qué le pasaba.

Se durmieron con las bocas juntas.

Lo que no pasó aquella noche pasó varios días después. Dormían a pierna suelta cuando irrumpió la primera ola en la choza.

La sorpresa y el frío les cortó la respiración.

—¡Manuel!

Fue un instante. En la oscuridad, braceó furiosamente hasta dar con el cuerpo de María, que ya se lo llevaba el mar.

La arrastró como pudo hasta la orilla. La izó a la roca más alta. Ni llovía ni hacía viento, pero había mar de fondo.

—¿Y ahora qué haremos?

—Esperar a mañana.

María sollozó.

—Ya no tenemos casa. Y mira, mira cómo me he puesto. Remojaíta...

—Haremos otra. Y tú ya te secarás. ¿No sabes que to lo que se moja se seca? Pues, sí.

—Sin nuestra casa...

—Te he dicho que haré otra más bonita, ea.

Así fue. Hubo otra choza, María se secó y al invierno sucedió la primavera.

Los largos días de sol permitían que se bañaran en la playa, lo cual significaba acabar en parte con la miseria.

Cada vez que María se desnudaba para meterse en el agua, Manuel observaba su cuerpo macizo y parecía avergonzarse del suyo, un tanto desmedrado. Pero se sabía más fuerte. No hizo, pues, demasiado caso. Al contrario, pensó que aquel cuerpo de hombros rotundos, tan hermoso, merecía algo mejor que los harapos que lo cubrían.

Como el negocio iba viento en popa y guardaba unos duros, decidió ser generoso.

—Ponte las zapatillas nuevas, que nos vamos —dijo sin mirarla.

—¿Adónde?

Dio la callada por la respuesta.

En el casco antiguo de la ciudad encontró un ropavejero. La covacha, oscura y maloliente, ocupaba un sucio portal lleno de ropas usadas.

Pidió un vestido.

—Si no dices cómo, de qué talla...

—Es para ésta.

María dio un saltito entusiasmada.

—No me habías dicho nada.

Te hace falta, ¿no?

Los hundidos ojos del ropavejero celaban, mientras, el cuerpo de ella. La hizo entrar en un cuartucho sombrío. Manuel asomó la cabeza y vio las paredes materialmente llenas de desnudos pornográficos.

—¿Y para qué quiere que entre ahí? —dijo receloso.

—Es el probador.

—¿El qué ha dicho?

El otro puso cara de sabelotodo.

—Si no se prueba los vestidos y no veo cómo le caen, ¿cómo demonios quieres que sepa si le van bien o no?

Las manos del viejo le recordaban a don Celso, pero no se atrevió a protestar. Casi se hubiera dicho que le gustaba sentirlas sobre su piel, aunque las fotos de la pared la tenían un poco inquieta.

—Aquí, en el pecho, tal vez un poquito holgado...

—¡Quite allá, tentón!

Salió del probador con un vestidito azul a lunares blancos, haciendo juego con el color del cuello y bocamangas.

—¿Es muy caro? —preguntó Manuel.

—Siete duros.

Pagó sin rechistar.

Ya en la calle, se metió en otro establecimiento de compraventa.

—¿Qué vas a hacer, Manolillo? ¿Te has vuelto loco?

—Necesitas zapatos.

Ella tiraba de su mano.

—Pero aquí sólo venden ropa.

—Por eso.

Sacó un par de trajes de señora que se había escondido bajo la camisa.

—¿Cuánto por esto?

El tipo que los atendía movió la nariz. Comprobó la solidez del tejido, contó los botones.

—Cuatro duros.

—¿Por los dos?

—Cada uno.

—Venga.

Después de comprar los zapatos merendaron en un figón.

Longanizas, pan y un botellín de cerveza para los dos. No se atrevía a poner los ojos en María. La encontraba demasiado hermosa, demasiado mujer. Notó que los tipos del chiringuito la miraban y que, en el fondo, ella agradecía sus miradas. Se enfurruñó.

Y fue pasando el tiempo.

Una tarde, el guarda tuerto le informó de que al día siguiente entraba un carguero argentino con trigo. Manuel pensó que no valía la pena avisar a los de la balsa.

Se lo hizo saber a María.

—¿Qué hago?

Ella se encogió de hombros.

—Si los pescan, van de cabeza al correccional.

—Avísalos.

—Iré mañana. Ahora estoy cansado.

Pero se durmió. Y cuando trepaba por las rocas del espigón, pudo ver cómo se desplegaban por el puerto algunos números de la fuerza de Orden Público. Poco después, en el silencio del alba, se oyó una voz de alto. Manuel vio cómo corría uno de los de la balsa. Oyó el disparo. El guardia había tirado al aire para asustar al fugitivo, que se paró en seco. Le obligaron a entrar en una camioneta, en cuyo interior distinguió las caritas verdosas de unos cuantos niños más.

Saltó a la playa.

—¡Anda, vámonos de aquí! —le dijo a María.

—¿Adónde?

—Yo qué sé. Donde sea.

Regresaron a la choza ya anochecido. En el puerto, un barcarrón negro echaba humo por una de sus dos chimeneas. Todas las luces estaban encendidas a fin de aligerar la descarga de los sacos de trigo, que se amontonaban junto a una doble fila de camiones. La Guardia Civil, mosquetón terciado, vigilaba.

—Esta noche no enciendas la lumbre —le advirtió a María.

—Me estás metiendo el miedo en el cuerpo, chiquillo.

—Por si las moscas.

Los tres días que duró la descarga fueron horribles. Manuel, siempre precavido, vigilaba desde el espigón. No tardó en comprobar que el puerto y sus alrededores estaban bloqueados. De salir, pues, ni pensarlo. Comieron lo que encontraron, pequeños cangrejos crudos, lapas, raíces lavadas con agua de mar.

—¿Por qué será eso de los guardias? —preguntóle María.

Él se hizo el interesante.

—Yo lo sé.

—Pues dímelo, malage.

—Es para que nadie robe el trigo.

—Pero ¿por qué persiguen a los nuestros?

—Para que los extranjeros no vean mendigos ni niños como nosotros, muertos de hambre, buscando como si fueran perros.

Enflaquecieron más si cabe. A él se le caía la ropa, hecha jirones, y el vestidito de María se rajaba por todas partes.

El mismo día que zarpó el carguero argentino abandonaron el refugio. Manuel organizó la jornada. Él iría a robar a la ciudad y mientras María se daría un borneo por los pesqueros.

Cuando regresaba, a media tarde, la vio charlando con un pescador. La esperó en la choza, tal como habían quedado.

Mordía furiosamente un panecillo cuando llegó ella riendo.

—Que me voy a pescar —dijo sentándose a su lado.

Manuel siguió con lo suyo.

—¿Me has oído? El patrón de una traíña dice que si me embarco esta noche con ellos me dará una caja entera. ¿Cuánto dinero será?

Se encogió de hombros.

—Di algo, hombre.

—¿Tú quieres ir?

—Pues claro. Mira. Saldremos dentro de un rato. ¡Y a navegar! Allá lejos, con las gaviotas... Echaremos las redes allá lejos, donde ya no se ve la tierra. ¡Hala! Ya verás, ya verás cuánto pescado te traigo.

Manuel le ofreció en silencio el medio panecillo que le quedaba.

—Termínatelo. Yo tengo la barriga llena. Me han dado de

comer. ¡Si vieras lo que tienen! Un buen guisado de rape, gambas... ¡Y vino, Manuel! ¡Qué vino...!

—Así que te vas...

—Ahora mismito. Acompáñame, anda.

Veía su figura achicándose a medida que la traíña se alejaba mar adentro. Ella había levantado los brazos y los agitaba, mientras la brisa levantaba los bajos de su vestidito azul. Estuvo mirando la embarcación desde lo alto de una roca hasta que se perdió en la lejanía, un puntito.

A la mañana siguiente, muy temprano, ya estaba en pie. Los motores de las barcas no tardaron en dejarse oír. Se sentó a esperarlas en el mismo canto del muelle, las piernas colgando sobre el agua. Llegaron los camiones como cada mañana. El del quiosco le ofreció un recuelo, que rechazó con un ademán de fastidio. Era una espera interminable, en la que se mezclaba la ilusión por la esperada caja de pescado con la inquietud por la suerte de María.

Cuando por fin la vio saltar a tierra observó su semblante demacrado.

—Te has mareado, ¿no? —le dijo por todo saludo.

—Un poco.

Llevaban entre los dos la caja mediada de bogas y jureles, con unos cuantos salmonetes y un pulpo enorme, muy negro, de tentáculos viscosos agitándose aún.

A mitad de camino, María la dejó caer.

—No puedo, Manuel.

—Déjame a mí.

La arrastró como pudo hasta la entrada de la choza. Ella, detrás, gateaba, incapaz de tenerse en pie. Le sorprendió la expresión de su cara, sus labios hinchados. Y el color, como de tierra sucia de légamo.

—Ya me pensaba que ibas a marearte —dijo.

Siguió arrastrándose. Y al entrar en la choza, Manuel vio un hilillo de sangre muy roja escurriéndose por detrás de uno de los muslos de María. Se lo hizo saber.

—No es nada —dijo ella.

Habíase echado y se apretaba el bajo vientre con las manos abiertas.

—¿Te duele?

Ella trató de sonreír, pero le salió una mueca horrorosa.

—A ti te pasa algo.

—No, nada. Déjame. Ya pasará.

A la luz indecisa del amanecer, descubrió unas manchas amoratadas en el cuello de María. Las manchas parecían mordiscos de perro, hasta con la marca de los dientes, una especie de incisión blanquecina inflamada. Gota a gota, mientras, la sangre iba formando un pequeño charco debajo de la muchacha.

Se levantó de un brinco muy asustado, frenético.

—¡A ti te ha pegado alguien!

Ella negó con la cabeza.

—No.

—Entonces ¿qué coño pasa?

—Acércate.

Se tendió junto a ella sin mirarla.

—¿Sabes, Manuel? Tengo que decirte algo.

—Dilo, leche.

—Verás. He estado haciendo cositas...

—¿Qué clase de cositas?

—Cositas feas.

—¿Con el patrón?

—Y con otros...

De repente empezó a sudar. Manuel se asustó mucho al ver lo pálida que se ponía. Escuchó el castañeteo de sus dientes. La oyó pedir agua. Fue entonces cuando salió en busca de ayuda.

A unos trescientos metros se veía una casa y apretó el paso. Llamó, golpeando la puerta con los puños. Poco después volvía a la choza acompañado por una mujer flaca de mediana edad.

Lo que pasó después fue todo muy rápido. La mujer se quitó el pañuelo de pita que llevaba en la cabeza y se lo puso a María entre las piernas. «Tú aprieta fuerte —le dijo—. Yo vuelvo en seguida.»

Manuel siguió a la mujer hasta la playa.

—¿Qué le pasa? Tengo que saberlo.

La vio hacer la señal de la cruz.

—Está reventada por dentro. Alguien la ha forzado. Un mal nacido. ¡Anda a por el médico!

Pero no hubo forma de dar con el médico. Cuando llegó, a media tarde, María había muerto. Poco después paraba un coche con varios policías. Manuel dio el nombre de la embarcación, pero allí nadie sabía nada.

Un señor muy gordo le zarandeó.

—Mentiras, no. Tienes que decirnos la verdad. La gente de esa barca no conoce a esa cría. Ni a ti.

—¡Déjeme en paz!

Se tumbó llorando junto al cadáver, mientras los demás se alejaban de allí.

La noche, el manso jadeo del mar, un cabo de vela encendido, la carita tumefacta de María. Cuando entró la mujer que dio aviso a la funeraria, Manuel lloró sobre su regazo.

En el interior del bote salvavidas seguía reviviendo las escenas de la mañana siguiente. Un ataúd de madera sin desbastar, a hombros de un tipo de espaldas muy anchas. Se recortaba su silueta a la luz del alba, mientras saltaba con sumo cuidado de roca en roca. En seguida, el cochero, del que sólo recordaba la faja negra y una gorra con visera, a cuadros, que minimizaba su cara de pájaro. La metieron entre los dos, muy tiesa, dentro de aquella caja manchada de un como caldo oscuro. Nadie reparó en él. La mujer había dejado entre los dedos de cera un escapulario roñoso. Luego hizo la señal de la cruz y se alejó gimoteando sin volver la cabeza.

Aturdido como estaba, trepó por las rocas del espigón detrás de los tipos de la funeraria. Al llegar arriba miró por última vez la choza. Volvió la cabeza al oír un ruido extraño a cosa hueca. «Pero ¿qué hasen ustedes? ¿Piensan llevársela?» Uno de ellos, el de la gorra, dijo si quería guardársela en conserva. «¡Es mía!»

El negro carromato había empezado a rodar. Manuel, agarrado a una rueda trasera, intentaba pararlo. Entonces el de la gorra le pasó las riendas al más joven y cogió el látigo.

Al segundo golpe cayó sobre el polvo, sembrado de grumos de alquitrán. Permaneció de rodillas un instante, apoyadas las palmas de las manos en el suelo. Luego se levantó y siguió al carromato a una distancia prudencial.

De lo que le sucedió después apenas guardaba un recuerdo claro. Sabía que anduvo mucho tiempo, hasta llegar al cementerio del Batatar. Que se ocultó detrás de unas piteras. Recordaba también al enterrador, Damián, un hombrecillo viejo de pecho hundido a quien el pantalón de pana parecía venirle grande. Era una buena persona, pensaba Manuel dentro del bote salvavidas. No sólo había sabido consolarle, sino que le obligó a tomar un tazón de leche. En el tabuco que hacía de vivienda, le contó en pocas palabras lo de María. «Era mosita apetitosa...» No quiso que la viera en el depósito. «Ahora ya no es ella. Ya no es nada. Los muertos son eso. Nada.» De todo aquello, lo único que recordaba era la moscarda metálica que se golpeaba inútilmente contra los cristales de una ventana en el cuartucho de Damián.

Quiso gatear hacia babor. Imposible moverse. Ahora eran los ojos de la madre. Pero tenía que salir de allí. Mediante un supremo esfuerzo de voluntad consiguió sacar una mano fuera del bote. «¡Polizón a bordo!» ¿Era un pito lo que sonaba? «Un niño...»

En la enfermería, después de oler de un frasquito azul, oyó una exclamación de horror. «Pero si está un puritito esqueleto, ché...» Luego perdió el conocimiento.

Llevaba seis días sin comer.

2. A AMÉRICA CON UN CHIMPANCÉ

EL BUQUE ESCUELA de la marina de guerra argentina era una preciosidad. Todo en él respiraba alegría. Era un mundo aparte, muy diferente al hasta entonces conocido por Manuel. Rebrillaban los bronces de puro limpios. Las cubiertas, baldeadas cada dos por tres, espejeaban. Intacta la pintura, sin un desconchado, sin la menor grieta.

A tan agradable sensación contribuía no poco el factor humano. Jóvenes cadetes, casi adolescentes, bronceados por el sol, siempre con la sonrisa en los labios. Campechanía en la oficialidad. Corrección, orden, disciplina.

Aunque el estado de depauperación a que había llegado Manuel fue calificado de muy grave por el médico de a bordo, su naturaleza, fuerte, dio la sorpresa. A los tres días de abandonar la enfermería parecía otro. Un hombretón moreno de ojos claros se metió con él en el cuarto de duchas y después de un par de horas de fregoteo lo sacó de allí como nuevo. Le advirtió que, como tripulante del barco que era, tenía que acatar las órdenes sin rechistar. Manuel se dejó pinchar, tomaba disueltas en grandes vasos de agua unas pastillas de color rosa que hacían burbujitas, accedió a que le raparan la cabeza y se puso unos polvos que olían a rayos, pero que acabarían con los piojos, si quedaba alguno.

Una sorpresa. El sastre, que le había tomado las medidas en la enfermería días antes, apareció una mañana con un par de trajes de mahón gris de faenar. Le dijo además que le estaba haciendo uno azul marino, de invierno, porque en Bahía Blanca apretaba el frío. Fue lo primero que aprendió, que cuando en España hacía frío, en Argentina se asaba la gente de calor, y al revés.

La higiene y la buena alimentación le devolvieron rápidamente las fuerzas. Aprendió en seguida las llamadas de ordenanza del clarín, el significado del claxon que, según la intermitencia, anunciaba la hora del almuerzo o la de faenar o, como en una ocasión, la del zafarrancho de combate.

Aunque reservado, que lo era de natural, empezó a sonreír. Sin embargo, cuando de noche se metía en el pequeño camarote que le habían asignado abajo, en las cocinas, se ponía muy triste. Sin poderlo evitar, pensaba en María, apenas un montoncito de tierra en el último rincón del cementerio. Damián el sepulturero tuvo que amenazarle con llamar a los guardias aquel día que diluviaba, si no se levantaba de la tumba de ella. Escapó corriendo bajo el aguacero.

Como no quería volver a la choza, durmió con unos mendigos bajo el puente de la calle de Mármoles. Pero tampoco los mendigos le querían allí. Volvió al urinario. Imposible refugiarse, porque hacían obras. Terminó vagando por la ciudad en un estado deplorable, sin ganas de nada, ni de robar. En la pescadería del muelle comió algún zoquete de pan, pescado crudo. De repente se preguntó qué diablos estaba haciendo él en Málaga. A lo lejos divisó los palos de un hermoso barco hasta entonces nunca visto por él. Fue dando un rodeo para evitar los guardias del puerto. El barco le gustaba cada vez más. Por lo airoso y por la alegría de sus tripulantes, gente joven, uniformada. También le agradó el nombre: *Libertad.*

Esperó mezclado con las prostitutas de la calle de Camas, de caza por allí. Le oyó decir a una que el *Libertad* salía al día siguiente rumbo a la Argentina. Aquella misma noche se tiró al agua. Sacando fuerzas de donde no las había, regateó por un cabo hasta popa. En seguida se escondió en el bote salvavidas, pero el barco no salió hasta cuatro días después. Manuel se moría de hambre en el bote, sin sospechar que allí mismo tenía una surtida despensa, hasta agua potable, en un depósito de estaño, a proa, con su espita cubierta con una funda de cuero.

A *Chito* le conoció el sexto día de navegación. Estaba en lo más alto del mástil de popa mirando con tristeza al mar.

—¿Qué es? —preguntó a un marinero.

—¿Aquél? *Chito.*

—¿*Chito?* Pues a mí me parece un mono.

El marinero soltó una carcajada.

—Se llama chimpancé. Y le pusimos *Gauchito.* Le llamamos *Chito,* pero no tiene nada que ver con la *Chita* esa de Tarzán.

Hizo con una mano visera contra el sol.

—¿Y qué hace allí arriba? Se puede caer.

—Está salvaje. Desde que nos lo dieron en Río no ha consentido que nadie se le acerque.

—¿No baja nunca?

—Ni le vemos. A veces desaparece. Se esconde en cualquier sitio. El marmitón le pone una panocha de plátanos medio verdes y la iza con la polea. ¿La ves allá?

—¿Sólo come plátanos?

—De todo. Verduras y lo que sobra. Pero es un desagradecido. No quiere nada con nosotros.

—Podía subir alguien a hacerle compañía —dijo sin dejar de mirar el animal.

—Si vieras cómo enseña los colmillos... Ése es capaz de destrozar a uno a mordiscos.

—No. Todos los animales son buenos.

Media hora después había conseguido atraer la atención del chimpancé agitando un pedazo de lona. Empezó a gritarle, a decirle que bajara a cubierta, que allí no estaba seguro. Pero como *Chito* parecía ignorarle se alejó de allí.

Aquella misma noche pidió que le dejaran dormir en cubierta.

—Tendré que hablar con el comandante —dijo el oficial.

—Es que abajo me ajogo de la calor, ¿sabe? Y empiezo a sudar, a sudar...

Le pusieron una colchoneta a estribor, en la toldilla, junto a un mamparo. El sitio era pintiparado para ver un buen pedazo de mar, en el que de vez en cuando saltaban gráciles los delfines.

Cada tarde, terminado el almuerzo, se echaba un rato y pensaba. Cómo era posible que el mar fuera tan grande y qué encontraría a la otra parte. Qué habría pasado con el alma de María, si estaría en el Batatar, con Damián, o en la capilla de las ánimas de la parroquia de Campillos o allí mismo, junto a él. Pensaba en estas cosas, y en *Chito*, que había vuelto a desaparecer.

Lo encontró acurrucado dentro de un rollo de cuerda. Al principio le asustó su mirada agresiva. Pero pronto comprendió que aquella mirada formaba parte de su defensa. En cierto modo, concluyó, también la vida había hecho de él una especie de chimpancé resabiado.

Le buscó a popa, entre los rollos de cuerdas. De pronto, en

el silencio del amanecer, una especie de gemido. Manuel se acercó de puntillas. Con la cabeza ligeramente agachada, humilde, *Chito* le miraba. Le habló quedito. «Ya sé, ya sé lo que quieres desirme... Te entiendo, *Chito*, te entiendo... A mí a veces me pasa igual...» Sabía que se jugaba un buen arañazo cuando menos, pese a lo cual no dudó en acercar la mano. Entonces *Chito* inclinó la cabeza con humildad dispuesto a recibir la caricia. Poco después enlazaba sus manos peludas con las suyas y reclinaba en ellas su cabeza, menuda e hirsuta como un coco.

A partir de aquel momento fueron como viejos amigos de toda la vida. El chimpancé cogía la mano del amigo y le enseñaba lo que sabía, que eran los lugares más escondidos de la nave. En cierta ocasión le obligó a subir a uno de los masteleros, el del mayor. Y cuando paseaba con él por cubierta, no toleraba que se les acercara nadie. Manuel era suyo, decía la fiereza de su máscara peluda, y no consentiría que nadie se lo quitara.

Durante los doce días que duró la travesía, llegaron a identificarse tanto que parecían haber intercambiado la personalidad. Por eso a *Chito* ya no le asustaba el color rojo de la colchoneta cuando se tumbaba junto a Manuel, ni éste pensaba en el vértigo cada vez que, en la oscuridad, escondiéndose a veces de los centinelas, trepaba por la escala para dormir con el chimpancé en la torreta.

Los tripulantes del buque escuela apenas podían dar crédito a sus ojos. Lo que tal vez les costaba más de entender era la causa por la que *Chito* les negara la amistad. Y es que *Chito*, a pesar de oírle decir al amigo que aquélla era buena gente, seguramente prefería no ponerlos a prueba. Nadie podrá nunca asegurar si *Chito*, por una de esas cosas que pasan, conocía de antes de nacer la sentencia bíblica que dice que un solo amigo es la mejor medicina de la vida.

Jugaban aquella tarde a un estrafalario tú la llevas cuando se llenó la cubierta de guardiamarinas, de oficiales, de tripulantes procedentes de todos lados. Todos parecían estar muy contentos agitando los lepantos, gritando un nombre: Trinidad.

A lo lejos, difuminada en el azul, aparecía una pincelada más intensa, también azul.

—¿Qué es? —preguntó Manuel a un marinero.

—Es Trinidad. Una isla. Llegaremos dentro de un rato. Luego, isla Bermejo. ¡Y a casita! Pero antes tenemos que limpiar fondos.

A casita... Desde los primeros días supo que al llegar a Bahía Blanca sería entregado a las autoridades militares. «Ellos sabrán qué hacer contigo», le habían dicho.

Fue a refugiarse en el rollo de cuerdas preferido de *Chito*. También aquello se terminaba, pensaba Manuel rascándole la cabeza al animal. Llegarían, sí. Todos a casita. Pero ¿qué iba a pasar con él? Por su parte, *Chito* parecía comprender lo que estaba pasando. Alguien pretendía separarle del amigo. Acechaba un peligro inconcreto, una tragedia que él parecía olfatear venteando ansioso. Enseñaba los dientes, saltaba nervioso.

Manuel le tranquilizó: «Qué pasa, hombre. Ya te has dao cuenta que tenemos que separarnos. Bueno. Pero, mira, te lo digo de verdad. Ties que ser más presonita con esta gente, que no son na, ¿sabes? Tú es que los ves asín, tan fuertotes. Pero ties que haserte a ellos. No ser tan animal. Ya me entiendes...»

Poco después les sobrevolaba un avión de la Marina. Manuel observó los amplios círculos que dibujaba en el aire el aparato, que bajaba en pasadas raseras casi rozando la punta de los palos, para evolucionar después ganando altura. *Chito*, fuera de sí, se le había agarrado al cuello, tapándose los ojos con una mano cada vez que embestía hacia la nave.

—Con miedo no se va a ninguna parte, cagón. Levanta la cabeza. ¡Levántala, que al toro hay que tenerlo de cara!

Le pareció que, en vez de hablarle a *Chito*, lo estaba haciendo consigo mismo.

Anochecía cuando atracaron en la base naval de Puerto Belgrano. Manuel fue requerido por el segundo a su despacho. El marinero que le acompañaba, le aleccionó.

—Tú tienes que decir sí, señor. ¿Entendido?

—Entendido.

El segundo comandante le dijo sin mirarle que tenía órdenes de encerrarle hasta el día siguiente.

—Pero si yo no he hecho na malo...

—Llévatelo.

Un guardia le acompañó abajo, donde quedó encerrado en un camarote-calabozo. Al pasar, Manuel vio en el muelle una muchedumbre que agitaba los brazos. Mujeres sobre todo. Pero no eran como las del puerto de Málaga. Eran mujeres hermosas, bien vestidas, algunas de las cuales lloraba de emoción.

Se enecogió de hombros. A él no le esperaba nadie. Nadie lloraba de emoción. Se equivocó. Porque en aquel preciso instante, alguien abrió la puerta del camarote y se encontró de pronto con *Chito* en los brazos.

—A ver si consigues que se calle —le dijo el guardia sonriendo—. Se ha puesto de un histérico que no hay quien le pare, che.

Durante el mes largo que estuvo en la Comandancia de Marina de Belgrano apenas hizo amistades. Le asignaron un cuarto junto a las dependencias del cuerpo de guardia, donde, producto de sus reflexiones, cimentó lo que había de ser su filosofía de la vida: el mar era un gran camino que había que recorrer, y a la gente, mala por naturaleza, había que combatirla con sus propias armas, la mentira, el fraude, la violencia.

Sin que pudiera trasponer las puertas de la Comandancia, gozaba de cierta libertad de movimientos. Podía corretear por los pasillos, entrar y salir en el cuerpo de guardia, pasear por el patio, donde había hermosos macizos de flores y pájaros que le recordaban los de su pueblo.

Fue allí también donde se le despertó la afición por las armas. Veía a los infantes de marina en camiseta y calzoncillos, y los comparaba con ellos mismos después de uniformados y armados. Una arma, sobre todo si era de fuego, convertía al hombre en gigante, aunque no levantara dos palmos del suelo. Una arma suponía la fuerza, y la fuerza traía aparejado consigo el poder. Supo también que debajo de cualquier uniforme había siempre un hombre con sus limitaciones, con su miedo. Un hombre en calzoncillos.

Cadetes y tripulación habían hecho en el barco a última hora una colecta. Él no sabía exactamente a cuanto ascendía el total de pesos que le dieron dentro de una gorra de plato. Los guardó en un bolsillo y dio las gracias. Después cogió el petate y se dispuso a bajar la escala, seguido por uno de los centinelas. Fue entonces cuando empezaron los chillidos de *Chito*. Manuel volvió la cabeza. Erizados los pelos, su compañero de viaje saltaba agarrándose de cuerda en cuerda en una espectacular exhibición circense.

Todo el mundo se reía. Todos menos Manuel, sabedor de lo que el animal sufría. De repente, *Chito* bajó del palo en menos que se cuenta. Eran los suyos unos saltos increíbles. Incluso logró superar el grupo de marineros de guardia en el portalón, derribando con sus zarpazos más de un gorro. Ganó la escala en el preciso instante en que arrancaba el coche que conducía a Manuel a la Comandancia. El animal, enloquecido, trepó hasta el techo de uno de los tinglados del muelle.

A la mañana siguiente, después del desayuno, le dieron la noticia a Manuel. Ante el peligro que representaba una fiera suelta, se había hecho necesario matarla a tiros. «A todos ustedes habría que matar, y no al mono», fue su comentario.

Finalizando el mes de julio del cuarenta y seis, le dijeron que se preparara.

—¿Adónde vamos?

—A Bahía.

—¿No estamos en Bahía ya?

—En uno de sus puertos. Esto es muy grande. Ahora te llevamos a otro. Hay un barco español. De la Transatlántica. Pero antes tenemos que pasar por el Consulado.

Frunció el entrecejo.

—¿Y eso qué es?

El oficial se explicó lo mejor que pudo. Dijo que un Consulado viene a ser algo así como un pedazo de la patria en tierra extranjera.

—Supongo que te alegrarás.

—¿Yo? ¿Por qué iba a alegrarme?

Un señor muy bien puesto le dio la mano y ordenó a una de sus secretarias que le cambiara en pesetas los pesos que traía. Le dieron también una cartulina azul y un billete de banco nuevecito. Luego, al coche otra vez.

Plaza de Rivadavia abajo hasta el parque de la Independencia, hermosas avenidas con gente alegre, bien alimentada, con unos edificios muy altos como nunca hasta entonces había visto Manuel, sobresaliendo de los demás, bajos como los de Málaga.

En el Nacional vio un barco pintado de negro con la bandera española en el mástil de popa. Los marineros argentinos lo dejaron en el camarote del oficial de guardia. De allí, abajo con la marinería. Horas después zarpaban.

Y Málaga otra vez. De codos sobre la regala, Manuel no tardó en localizar el sitio exacto donde había vivido en la playa con María. Fue como si de repente se le removieran todas las tripas.

Cuando el paquebote hubo amarrado, sólo pensó en el modo de escapar de la pareja de civiles que veía abajo, no lejos de la pasarela. Le fue más fácil de lo que esperaba. Como el marinero encargado de acompañarle le pareció más bien tontorrón, le dijo que le llamaba el primero. Aprovechó el instante en que se volvió para escurrirse entre las piernas de la gente.

En seguida cogió un taxi.

—¿Adónde? —preguntó el del volante.

—Al cementerio del Batatar.

3. DE INDIANO RUMBOSO A PORQUERIZO

Pensó que la Guardia Civil le buscaría por toda Málaga menos en el olvidado rincón de los muertos. Por esta razón, y porque estaba deseando ver la tumba de María, dio al taxista la dirección del cementerio.

A la semana de estar allí, Damián el sepulturero le propuso quedarse con él.

—Aquí uno está tranquilo —dijo—. Se respira paz. Y no tendrías que andar huido, expuesto a que te pesquen los guardias y te metan en el talego. Hasta podrías ayudar un poco. Enterrar a los muertos no es nada malo. La gente le mira a uno como si fuera un bicho raro. Burradas. Es un oficio como otro cualquiera. Porque si no hubiera quien los enterrara, ¿qué pasaría?

—¿Sabe qué le digo? Yo lo que quiero es ver mundo, hablar con gente. Pero esto...

Poco después escapaba aprovechando un descuido de Damián.

Como tenía dinero, compró ropa nueva, dos pantalones y un jersey de cuello alto como los de los boxeadores. Luego se llegó a la estación, donde recogió a los amigos.

Mientras les contaba su aventura americana convidaba en las tabernas. Así estuvo varios días. Reían escandalosamente por las calles del centro, saltando, metiéndose a veces con la gente, abrazándose en alegre compadrazgo. Hasta fueron un par de veces al cine a ver la misma película, *Mares del Sur*.

En la calle Camas no duraron demasiado. La culpa fue de Manuel, que cuando vio en el prostíbulo a cierta jovencita pellizcándole la bragueta a un viejo, le entraron ganas de vomitar. Es lo que dijo a los compinches, aunque lo que en realidad sucedió fue que la jovencita tenía los mismos ojos de María.

Con los dos duros que le quedaban compró un cirio, en desagravio, pero alguien se lo robó. No tardó en vender su ropa. Empezó de nuevo a robar. Entraba en un establecimiento, y mientras uno entretenía al dependiente los demás se llenaban los bolsillos. Luego, a correr.

Dio otra vez con sus huesos en el urinario. Empezó a frecuentar el puerto, a buscar la huida. Y una noche se metió en la bodega de un carguero de caña. Ignoraba adónde iba y no sentía curiosidad alguna por saberlo. Esperó entre los chillidos de las ratas y a poco, notó unos extraños picores en los ojos. A medida que avanzaba la noche aumentaba la comezón. Primero en los brazos. Luego en los muslos. El vientre después.

Con los clarores del alba comprobó que tenía el cuerpo lleno de unos habones blancuzcos. Empezó a hincharse. Los dedos, las rodillas, la cabeza. Pidió auxilio, pero, encerrado entre gruesas chapas de hierro como estaba, no era probable que nadie le oyera. Trepó hasta el último entrepaño. Ya arriba, a riesgo de romperse la crisma y con las piernas desolladas, roto por la tos, golpeó con todas sus fuerzas la chapa de la cubierta. Sudaba sangre.

Lo sacaron de allí más muerto que vivo. En seguida, al cuartelillo, donde recibió los auxilios de urgencia. «Esto no es cosa nuestra...»

Días después salía entre dos números de la benemérita hacia Campillos. Esposado y con la cabeza hinchada como un globo. Ni ojos. La abuela Brígida, que le vio con aquel cabezón colorado, deforme, que parecía un globo, se puso a morir. Acudieron los vecinos.

Le miraban todos con un gesto de aprensión y de susto capaz de matar a un muerto.

La abuela:

—Pero, hijo de mis entrañas, ¿de dónde sales tú asín, hecho un Cristo?

—De América.

Se llevó las manos a la cabeza.

—¿De América? Pero ¿es posible?

Eran tantas las preguntas, que decidió no contestar.

La aventura de América fue su mejor ejecutoria. Campillos tenía en aquel niño una especie de héroe local. Pronto supo todo el pueblo lo del nieto de Brígida. A veces, más de una, le paraba alguien en la calle. Preguntas. La zumba andaluza le mortificaba. «¿Y cómo tan bien por las Américas y te se ocurre volver?» Pero él no rechistaba. Agachaba las orejas y seguía su camino.

Se replanteó el problema de su vida. Una tía que le quería

bien le contaba los horrores de la cárcel. Le hizo comprender, y bien que lo comprendía él, que tenía que aprender, que la persona tiene que enterarse de todo para obrar luego en consecuencia. Que el peor enemigo del hombre no es la pobreza, sino la incultura.

Empezó de nuevo con la cartilla. «La be con la o, bo. Bo-rre-go.» Un vecino, muy leído, tuberculoso, le daba lecciones. Manuel luchaba contra letras, contra números y demás historias. Sin embargo, algo le decía que aquello no era lo suyo. La vida estaba en la calle, entre las gentes, era un combate que tenía que luchar cada cual jugándose el todo por el todo.

Procuraba no contrariar, especialmente a su tía, a la que admiraba. Por eso acudía voluntariamente a la aceituna. A él nunca le llamaba nadie. Se incorporaba a la cuadrilla por lo que quisieran darle. Llegaba a casa destrozado, con más hambre que el que la inventó. Pero siempre traía algo, aunque fueran unas pocas monedas.

Así pasó el primer invierno. Y tal vez hubiera seguido igual toda la vida, hasta hacer del hambre una costumbre, si su tía se hubiera quedado en el pueblo. No fue así. Su tía desapareció. Le dejó muy buenos consejos, pero le privó de su compañía. Se fue a Gerona, a la Costa Brava...

Abandonó las lecciones. Salía de casa al amanecer y no volvía hasta que dormían todos. Rehuía a la gente, hasta a los pocos amigos que le quedaban, incapaces de seguirle en sus agotadoras marchas por la sierra. Ponía a prueba su resistencia, aprendió a soportar el sol de plomo, a clavar una navaja a diez pasos dentro de un círculo no más grande que el diámetro de una naranja.

A los quince años era un roble. No muy alto, pero cuadrado. Los amigos, *el Feo* y los demás, empezaron a darse al copeo. Manuel meneaba la cabeza. Decía que el vino no era bueno.

—Probad a darle a un pájaro. O a un gato. ¿A que no bebe?

Fue la causa principal de que se quedara sin amigos. La otra, el trabajo. Para la familia no lo había. Y la abuela tuvo que salir al estraperlo. Mientras, los amigos iban entrando en el engranaje. Habían dejado la escuela y recogían garbanzos o aceitunas, según la temporada. Trabajar y emborracharse. «Prefiero robar», decía Manuel.

Tampoco era fácil. Había mucha hambre en el pueblo y los amos defendían lo suyo contra la gazuza del parado. A los guardas de a pie hubo que añadir los de a caballo, sin contar los civiles. Pero Manuel, siempre ojo avizor, conocía el terreno. De actuar en los cortijos, ni pensarlo. Eran una especie de cuarteles, fortalezas achaparradas con pocos vanos y un gran portalón sólidamente atrancado.

Si el cortijo resultaba prácticamente inexpugnable, no sucedía lo mismo con las casas de campo, aunque si bien se mira allí no había nada que valiera la pena. Y fue en una de aquellas casas donde, sólo por probar, hizo Manuel sus primeras armas.

Se presentaba un invierno muy malo. La abuela le suplicó que aceptara cierto misterioso trabajo. «Al menos comerás, y si te sobra algo, lo traes pa casa.»

Aceptó. El manijero le leyó la cartilla el primer día. A las cuatro de la mañana, en pie. En seguida, a calentar agua para el salvado del pienso.

—¿Es que voy a hacer de porquero?

—¿Te figurabas que íbamos a darte el puesto de administrador?

—Mi puesto es el de amo.

Se quedó en porquerizo. Al alba, después del primer pienso, sacaba los marranos a tomar viento. Aunque no resultaba agradable del todo, iba tirando por su amor a los animales. Lo que no podía soportar era la limpieza de las cochiqueras. Entre la viscosidad de los excrementos, metido hasta las rodillas, le resultaba casi imposible soportar la repugnancia. Además, el pestazo. Y los alacranes del cieno, que como le picaran a uno, le dejaban inútil para un mes.

Decidió marcharse antes de que lo echaran. En casa advirtió que no se preocuparan. «Pagaré mi plato. Pero nunca me preguntéis de dónde sale.» Manuel llegaba con el pollo desnucado, lo dejaba en cualquier parte y desaparecía. Llegada la hora de comer, había caldo del bueno, no de pastillitas, sin que nadie se preocupara demasiado de su procedencia.

Una tarde se descuidó. Tenía recogidos ya como tres cuartos de kilo de garbanzos, verdeando aún, cuando oyó a su espalda la voz de un hombre: «Ahora a comértelos. ¿No dices que tienes hambre? Pues, hala. ¡Toítos!» El hombre montaba un caballo bayo y le apuntaba con una escopeta del doce. Comprendiendo que la cosa iba en serio, empezó a comer garbanzos crudos. Mientras, el jinete le observaba en silencio sin dejar de apuntarle. Tragaba Manuel de rodillas, esforzándose cada vez más, aquellas bolitas salitrosas que le dejaban la garganta como papel de lija. Levantaba los ojos inquiriendo de su verdugo si no le parecía bastante, pero el otro continuaba impertérrito, severo, como una estatua tallada en bronce.

Cuando dio cuenta del último garbanzo no podía moverse del sitio. «Con Dios, guapo. Y que te aproveche.» El jinete de bronce picó espuelas. Se alejó en un trotecillo corto, muy erguido en la silla, sin volver la cabeza ni una sola vez.

Estuvo a las puertas de la muerte. Pedía agua desesperadamente, suplicaba, pero el médico se negó en redondo. «Sólo queda una solución —dijo—. La sonda. Pero te advierto que lo vas a pasar muy mal.»

Sacó del cuerpo garbanzos de todos los colores y tamaños. Por arriba y por abajo. Como se deshidrató casi por completo, se hizo necesario atarlo a la cama a fin de evitar que se levantara y bebiera. Se retorcía de dolor, el vientre hinchado, la piel tirante a punto de estallar.

En seguida que pasó el peligro se hizo el firme propósito de marcharse del pueblo.

4. UN PELIGROSO DELINCUENTE EN GERONA

HABÍA TRANSCURRIDO MENOS DE UN MES desde que, convaleciente aún del forzado atracón de garbanzos, escapó por segunda vez a Málaga. Humorada o casualidad, lo cierto fue que, como allí el panorama era cada día peor y ya le conocían todos los guardias, decidió, de acuerdo con un compañero, *el Pasas*, alistarse en la Legión.

Se le ocurrió la idea delante de cierto cartel. Miraban los dos el legionario, fortote él, buenos bíceps, gorrito con borla en la punta, soplando el trompetín de órdenes. «¡Español, la Legión te llama!»

—¿Y si fuéramos a ver qué es eso? —propuso Manuel.

—Peor que aquí...

Los informaron en una Comisaría. De allí, al banderín de enganche.

El sargento que los atendió, canario, los impresionó por su campechanía.

—Si os autorizan los padres, la edad no tiene nada que ver. Ya habéis cumplido los quince, ¿no?

—Claro. Y como no tenemos padre...

El Pasas se quedó mirando a Manuel, que añadió:

—Ni padre, ni madre, ni perrito que nos ladre. Na. Nosotros no tenemos más que muchas ganas de comer..

—Pues andando. Allí estaréis bien. Yo ingresé a vuestra edad, he hecho la guerra y ya veis: sargento. Pero, eso sí, hay que tenerlos muy bien puestos.

Les hizo firmar unos papeles y los citó para el día siguiente.

—A las nueve en punto aquí. Se os entregará el billete, la comida y el dinero que os toca de dietas.

El Pasas preguntó para qué querían el billete.

—Hay que ir a Madrid. Allí os tallarán, os harán el reconocimiento médico, en fin, todo. Vais con gastos pagados.

Y a Madrid se fueron. Pero Manuel no superó el reconocimiento médico.

—¿Qué te ha dicho? —preguntó *el Pasas.*

—Na. El corasón. Yo m'he dao cuenta deseguía que el tío me caló no más entrar. El corasón yo. ¡El tío cabrito!

—Pues yo me quedo.

En oficinas le entregaron otro billete de tren. «No olvides que sólo te sirve para ir a Málaga. De donde has venido.» Manuel dijo sí y subió en Atocha al tren de Barcelona.

Al revisor le puso cara de lelo.

—Este billete es para Málaga —le dijo guasón a Manuel.

—Claro. Pa Málaga. Yo voy a Málaga.

—No será en este tren. Es el de Barcelona.

Manuel meneó la cabeza fingiéndose contrariado.

—¿Y por qué si el billete es para Málaga me lleva usté a Barselona? ¿Qué se me ha perdido a mí en Barselona?

—Haz lo que quieras. Puedes apearte en la próxima estación. O seguir.

—¿Sin un real? Bueno. Seguiré a Barselona.

Era precisamente lo que él quería.

Sacó billete para Gerona, donde trabajaba un pariente al que dio la gran sorpresa.

—Pero ¿qué haces aquí, chiquillo?

—He venido a trabajar.

—Queres mu chico aún. ¿Lo sabe la abuela?

—No.

Observaba el rostro congestionado de la mujer, sin comprender del todo por qué estaba tan resudado, tan rojo. Lo supo cuando le hizo pasar a la cocina del bar, muy pequeña, donde ardían tres enormes fogones que despedían un calor seco.

—¿Y qué hago yo contigo? —decía la mujer limpiándose el sudor del cuello con la palma de las manos.

Manuel señaló la cocina.

—¿Ahí trabajas tú?

—Ahí me voy dejando el alma.

Comprendió que poco podía hacer por él.

—Ya estás aquí. ¿Y ahora qué?

—Yo no te pido na. Nunca lo he hecho.

—Mira, lo mejor es que te vuelvas por donde has venido. ¿No ves que entoavía no ties la edad?

—¿La edad para qué?

—Para trabajar en la obra.

Se encogió de hombros.

—Pues en Campillos trabaja to el mundo.

—Pero esto no es Campillos. Así que mañana pillas el tren...

Así quedaron. Sin embargo, Manuel decidió tomarse un respiro. Gastó los últimos cuartos en un buen plato de estofado, tomó un café largo en un bar de la salida de la ciudad y echó a andar por la carretera de Figueras.

Como la noche se le venía encima, decidió ir a campo traviesa. Se topó con una vieja construcción. La hierba crecía silvestre delante de la puerta, y en los barrotes de las ventanas seguían tejiendo apaciblemente las arañas. «Buena señal.» Dio varias patadas a la puerta hasta que cedió. Recorrió el interior de la casa con cierta cautela y, convencido de que no había peligro, decidió pasar la noche allí. Había leña, un par de candiles, varias cajas de cerillas y un bote vacío. Nada con que poder llenar el estómago, aparte de unas cuantas almendras mollares.

Cerró la puerta tranquilamente y se tumbó en una cama. Poco después se dormía.

Durante un par de días merodeó por los alrededores de La Bisbal. Al contrario de lo que sucedía en Campillos, no se veía ni un mal guarda, circunstancia que aprovechó para desvalijar las masías que le salían al paso. El botín era escaso y malo, pero aquello resultaba divertido. Como abrir una caja de sorpresas. En la cuadra de una casucha medio ruinosa encontró una rueda de bicicleta en bastante buen estado. Cargó con ella.

Volvió a Gerona con una bolsa llena de porquerías: una aceitera de engrase, dos juegos de cartas sin estrenar, una cajita de herramientas y un santo de bulto. Menos de la bolsa, hizo almoneda de todo en un establecimiento de la parte vieja.

El dueño le dio cinco duros y le acompañó hasta la puerta. Ya en la calle, Manuel le dijo que un primo suyo tenía un taller de bicicletas que no le iba del todo bien.

—Vamos a vender todos los chismes. Si a usted le interesa...

—¿Qué clase de chismes?

—¡Huy! Pues no hay allí cosas. ¡Chismes! Desde tornillos hasta herramientas. Y alguna bomba.

—Eso no vale nada.

—Bueno. Yo le traeré lo que sea. Le ayudaba y me debe muchos jornales. Me ha dicho que puedo llevármelo yo. Así, poco a poco.

El otro se encogió de hombros.

Empezó a robar bombas de bicicleta, estuches de herramientas, algún que otro manillar. Empezó a mentir. Su fácil palabra, la habilidad con que inventaba situaciones o parientes hicieron de él un embaucador que se ganaba la confianza de la gente.

Tratando de justificarse, se decía que, tal como se le ponían las cosas, el robo era su única salida. En el campo, el pequeño propietario se las apañaba solo. Tampoco en la construcción le habían aceptado por razones de edad. Lo que no se atrevía a decirse era el secreto placer que experimentaba con el riesgo.

Pronto empezaron las denuncias. Los propietarios perjudicados exageraban las más de las veces. Y como por aquellos días se produjo un asalto a mano armada en una gasolinera, la alarma aumentó.

Una noche entró en una torre de las afueras de Gerona. Por su aspecto le pareció que podría sacar buena tajada. Había, en efecto, cosas de valor, especialmente cubertería de plata, con la que cargó, guardándosela en la bolsa de lona. Pero quiso la mala suerte que la finca perteneciera a un alto funcionario del Ayuntamiento, que movilizó a la guardia municipal y dio parte a la Guardia Civil.

En cierta ocasión, cerca de la Catedral, le llamó un guardia, y puso los pies en polvorosa. Fue su primera persecución por las calles de una ciudad.

Decidido a irse de Gerona, entró en una joyería del centro. Dijo que el padre estaba muy enfermo, que como en casa no entraba jornal se veían obligados a vender los cubiertos.

—Ya ve. Por lo que quiera darme.

—¿Por lo que quiera ha dicho?

—En consiensia, claro.

Le escamó un poco que el del mostrador se metiera en la trastienda, pero quiso confiar en su estrella. Poco después entraban dos municipales gordos y le echaban el guante.

Prometió explicarlo todo en el cuartelillo y, apenas habían caminado un centenar de metros, se deshizo de los guardias a empellones.

De nuevo hambriento y sin una mala peseta. Empezó a merodear por el Mercado de Abastos. Las amas de casa, pendientes por lo general del precio de los artículos, solían confiarse. Afanar un monedero o la media docena de plátanos que asomaba por la cesta no resultaba difícil. Pero Manuel sabía que aquellos pequeños hurtos nunca le sacarían de apuros, por lo que pensó dar un buen golpe.

Escogió un establecimiento de la calle Lorenzana en el que sólo había un viejo al mostrador. En seguida que se extinguió el campanillazo de la puerta apareció el anciano con su arrugado guardapolvo azul. Manuel lo agarró del cuello con la mano derecha, mientras le amenazaba con romperle el cráneo con la barra de hierro que llevaba en la izquierda. «Abra y deme todo el dinero. ¡En seguida!» Salió corriendo con el botín, unas trescientas pesetas, en dirección al puente. Cruzó el Oñar. Despacio, a fin de no llamar la atención, paseó junto al río por la calle del Carmen. Luego se perdió entre los desmontes de Las Canteras, donde se empezaba a construir.

Al día siguiente *Los Sitios* daba su descripción, atribuyéndole todos los delitos cometidos por los alrededores. Los grandes titulares rezaban: «Peligroso delincuente en Gerona.»

Lo detuvo la Guardia Civil a punto de subir al tren.

En los interrogatorios sólo pudieron sacarle el nombre. Dijo además que no tenía familia y que procedía de Málaga, de donde había salido en busca de trabajo.

—¿No conoces a nadie aquí? —le preguntó un policía.

Manuel se encogió de hombros por no comprometer a su familiar.

—Está bien. Te llevaremos a Málaga. Que se las arreglen contigo allí.

Veintidós días en la cárcel de Gerona en compañía de delincuentes comunes le enseñaron muchas cosas. Cuando estuvo lista la expedición se les comunicó el traslado para el día siguiente a primera hora. Ocho presos más y él subieron a la furgoneta con dos parejas de civiles. Le molestaba la falsa caridad de la gente, sus comentarios, al verle esposado. «Tan jovencito, ya ves. Si es todavía un niño...» Era un niño, pensaba pero seguro que nadie había pasado lo que él. Seguro que nadie había estado en la Argentina.

El mes largo en la Modelo de Barcelona, en espera de nueva expedición, le hizo comprender hasta qué punto puede degradarse el hombre. Las paredes de su celda, achocolatadas por la mugre, estaban llenas de dibujos obscenos. Pensó en las de la capilla de La Misericordia. Comprendía que la vida del delincuente era una especie de cadena. Una vez que se caía en el talego, lo demás venía rodado.

De la Modelo fue trasladado a la prisión de Valencia. Casi un mes. Distinguía a un perista de un calao, al topista del chorizo, sabía lo que era la trena y la matraca. La vida de ese mundo aparte que es la cárcel, con sus intermediarios, con el proveedor y las mil y una martingalas de que puede valerse el preso común para ingresar en la enfermería, empezaba a serle tan familiar como los pintorescos nombres de los compañeros de reclusión o el significado oculto del verbo reventar.

De Valencia, en coche celular, lo llevaron con seis más a Alcázar de San Juan. Tres días y medio. De allí, al penal de Córdoba. Por último, Málaga.

Le cayó un año y un día, pero a los siete meses le pusieron en la calle.

—¿Y ahora qué piensas hacer? —le preguntó el guardia que dio la orden «con todo».

—Irme a mi pueblo.

—A otro perro con ese hueso.

—¿Que no?

Se encogió de hombros.

Pero Campillos le venía chico. Por otra parte, las cosas habían cambiado. De sus hermanas, una se había ido a la Costa Brava y la otra servía en Málaga. La abuela Brígida le enseñó la foto de una de las primas. Foto de novios.

—¿A que no te lo pensabas?

—Pues no.

La prima aparecía en la foto junto a un mozarrón de traje muy planchado con un clavel en la solapa, y ella se tocaba con un velito blanco.

—¿No es demasiado joven para casarse?

—¡Quia! Ya ha cumplido los dieciséis.

Supo que la otra trabajaba de dependienta en una tienda que había abierto cerca del parque Hinojosa un forastero que había aterrizado por el pueblo.

Una nueva preocupación: las mujeres. Durante los meses de encarcelamiento notó ciertas reticencias, porque él nunca contaba nada. A su edad, según aseguraban todos los reclusos, ya se habían curado de purgaciones lo menos cien veces. No hizo mucho caso. Pero en Campillos sus sueños empezaron a poblarse de imágenes extrañas.

Por el Feo, que de tanto copear tenía la nariz hecha un pimiento, supo que en una casucha de las afueras vivía una tal Justa que se acostaba por dinero.

Manuel se quedó mirando al amigo.

—¿Por cuánto?

—Un duro. Pero no tiene ni cama. Un mal colchón lleno de pulgas.

Soltó una risotada.

—¿Y qué hay que hacer para...?

El otro le interrumpió.

—Enseñar el duro.

Aquella misma noche visitó a la Justa. Se trataba de una mujer de mediana edad, de facciones angulosas, duras.

Le preguntó si era forastero.

—Yo soy más de aquí que tú —replicó ofendido.

—Como me conozco a todos los hombres del pueblo...

—¿Los casados también?

—A ésos más.

Ante los ojos de Manuel la Justa parecía haberse transfigurado cuando se quitó los harapos. Tenía una piel muy blanca, suave.

—¿Sabes que si te cortaran la cabeza estarías mucho mejor? —le dijo haciéndole un cumplido.

—Ya me dirás luego qué harías tú si no tuviera cabeza. Ven aquí, mamarracho. Que lo que a ti te pasa es que eres un asqueroso virgo.

Lo empujó de mala manera sobre el colchón. Cuando terminó la fiesta, ella se quedó como dormida. Manuel, sin decir ni adiós, cogió la puerta.

Había oscurecido ya, y oyó a su espalda unos pasos precipitados. La Justa le alcanzó. Al resplandor de la luna, el semblante de aquella mujer parecía más hermoso. También su voz tenía algo muy particular, algo muy parecido a la dulzura cuando le devolvió el duro.

—Toma. Te lo gastas con vino. Y cuando quieras volver...

Pero no volvió. Odiaba las pulgas.

En puertas el invierno de 1950, estando él en Campillos después de lo de Gerona, algún que otro republicano salido de la cárcel, de los que solían visitar a su abuela, empezó a contar a su manera las cosas que pasaban. Manuel comprendía oscuramente lo que en la tertulia se decía. Algo retuvo su memoria. Que los embajadores se iban de Madrid y que ciertos españoles de los muchos que se habían largado después de la guerra estaban empeñados en volver por las malas. La palabra era fácil, así que a la primera vez se le quedó para siempre: *maquis*.

Al parecer, los maquis, como el bandolero incendiario, intentaban cruzar unos montes muy altos, los montes Pirineos. «España limita al norte con los montes Pirineos...» Pensó en Cataluña. Si la primera vez había fracasado, no consentiría que sucediera lo mismo la segunda. En vez de ir a Gerona, que tan malos recuerdos le traía, subiría al norte en busca de los montes Pirineos. De paso, vería a los maquis.

Se marchó otra vez del pueblo sin despedirse de nadie. En esta tercera salida, en vez de internarse en busca de masías que desvalijar, se decidió por la costa. Blanes, Tossa, San Feliu, Palamós, Palafrugell...

Aunque la temporada turística había pasado ya, siempre quedaba algún rezagado. Los extranjeros de aquellos años solían ser bastante descuidados, especialmente cuando, alta la noche ya, salían medio curdas de un club para meterse en otro. Casi siempre olvidaban cerrar el coche, circunstancia que aprovechaba Manuel para desvalijarlo. Vender a los indígenas una buena máquina de fotografiar, alegando que había decidido cambiar de marca, no resultaba nada difícil para su labia. Pero era insaciable. Exigía de sí mismo cada vez más, defectillo que fue la causa del robo de una Montesa.

La moto le permitió correr más. Tuvo, sin embargo, un tropiezo con la Guardia Civil y volvió al cuartelillo. El techo, de uralita, se adivinaba frágil, y Manuel aquella misma noche se escapó por un agujero.

De nuevo *Los Sitios* empezaron a hablar de él.

Pasó el invierno huido. Saqueaba las casas del Ampurdán abandonadas, robaba en los bancales, dormía bajo los puentes. A mediados de marzo, cansado de ir de un sitio para otro, siempre perdido por quebradas, escondiéndose de su propio miedo, decidió probar suerte en Figueras.

Los transeúntes de la Rambla no tardaron en ver a un mozalbete de crespa cabellera que, ojo avizor, caminaba despacio de acá para allá, mirando escaparates, observando cuidadosamente los vehículos aparcados, parándose a veces para deletrear el nombre de una plaza, mirando de reojo al guardia que se cruzaba con él.

Había estudiado el terreno y, en plena Rambla, descubrió

un flamante establecimiento de material fotográfico. Pensó que tal vez allí, si afanaba algo, podría hacer almoneda. Por eso no dudó en abrir con toda naturalidad la puerta del Ford Taunus aparcado delante de una cafetería y coger la máquina de fotografiar.

En el establecimiento que escogió fue directamente al grano. Dijo que en el tren le habían quitado la cartera y se encontraba sin dinero.

—Como verá —mintió al dependiente—, es nueva. De Andorra.

—Tengo que decírselo al dueño. Espere.

Unos minutos después entraban los civiles. Mientras trataba de justificarse le pusieron las esposas. Lo que sucedió en la calle, a la vista el letrero que decía «Todo por la Patria», fue muy rápido. Manuel propinó un fuerte codazo al guardia de su derecha, y echó a correr aprovechando el gentío del entierro que bajaba por la calle Junquera.

Media hora después se escondía en unos desmontes.

Hay que advertir que la mano izquierda de Manuel tiene una conformación especial. El tarso y las falanges de los dedos anular y meñique padecen una ligera atrofia que le permite desprenderse de la manilla sin gran dificultad. Así lo hizo, siendo él mismo el primer sorprendido. Quedaba, sin embargo, la otra.

Amparado por la oscuridad, aquella noche caminó a campo traviesa. De vez en cuando se paraba para auscultar el silencio. Luego, seguro de que nadie le seguía, continuaba poniendo tierra de por medio. Nunca supo lo que caminó, pero al amanecer cayó extenuado.

Cuando despertó, sus tripas protestaban airadamente. Miró alrededor. A unos doscientos metros se erguía una torre cargada de historia. A su sombra dormía plácidamente una pequeña casa de campo, sólo bajos, con la amplia terraza llena de macetas. Se acercó con cautela. Llevaba las esposas, con la mano derecha, metidas en el bolsillo del pantalón. Llamó. Cuando comprobó que aquello estaba deshabitado rompió la puerta a patadas. Poca cosa, pero encima de la mesa había un bote de leche condensada. Lo abrió como pudo y se lo bebió sin respirar.

Poco después se revolcaba de dolor en la era. Desencajado, pálido, con la cara bañada en un sudor frío, trataba de soportar las dolorosas contracciones. Los muerdos en el estómago le obligaban a aullar como si fuera un perro rabioso. Pensó que le había llegado la hora. Se desmayó.

A media tarde, vuelto en sí, reanudó la marcha lentamente. Lo importante, pensaba, era quitarse las esposas.

El camino vecinal terminaba en una casa modesta. Dos niños en el patio. Manuel les sonrió.

—¿Está tu padre en casa? —preguntó al mayor.

El chico se acercó saltando.

—Mi padre se ha muerto. Será el padre de éste.

Miguel siguió sonriendo.

—Vamos a ver —dijo—. ¿Cómo se llama tu padre?

—Antonio.

—¿Antonio qué?

—Bárdenas.

—Pues eso es. ¿Está en casa?

—No. Está trabajando en el pueblo. ¿Quiere que llame a mi madre?

Se encogió de hombros.

—Si no está él me da lo mismo. Lo veré más tarde.

Siguió carretera adelante. A unos trescientos metros, después de una curva cerrada, empezaban las primeras casas del pueblo. A la entrada, el haz de flechas. Debajo, el nombre: Terradas.

Entró en la herrería como quien entra en su casa. Un hombre de mediana edad con la cara tiznada le miró sin comprender.

—Que me ha dicho la señora del Antonio si le podéis dejar un martillo y un cortafríos. La verja...

—¿Qué Antonio?

—El Bárdenas. El que tiene la casa ahí.

El hombre de la cara tiznada cogió las herramientas de un tablero colgado en la pared. Se las dio.

—Gracias.

Se volvió ya en la calle.

—Dice que mañana por la mañana a primera hora se lo devolverá todo.

El hombre levantó una mano y siguió en lo suyo.

Atraído por el olor del pan caliente entró en una tahona desde cuya puerta se veían los primeros bancales.

—¿No tiene de ese pan redondo de payés que dicen?

—No sé si quedará alguno. Espera a ver.

La dependienta se metió en la trastienda. Unos segundos, lo suficiente sin embargo para que Manuel cogiera un par de billetes y unas monedas del cajoncito del mostrador.

—Se ha terminado —dijo al salir.

—Es igual. Deme dos barras de ésas. De las más grandes.

Pagó con las monedas robadas.

Se internó por la llanada mordiendo furiosamente el pan. Al día siguiente llegaba a San Juan de las Abadesas. Pasó de largo. En una de las vaguadas de la sierra de Cadí encontró a un viejo pastor.

—¿Usted me haría un favor? —le dijo sin más preámbulos.

El pastor, enjuto, recio, le miró en silencio.

—Quiero que me quite esto —dijo sacando del bolsillo la mano derecha.

Le contó a su modo lo que le había pasado.

—Hay mucha hambre —dijo sin perder de vista el garrote de nudos del pastor—. Y usted tiene que comprender que la tripa no espera. ¿No le parece? Yo he probao de quitarme esto, pero ¡ca!

Como le viera dudar, miró fríamente sus ojos.

—Mire, yo no quiero hacer mal a nadie —dijo—. Si usté me quita esto, que no me merezco, y se lo juro por todos mis muertos, yo le quedaré agradecido y encima le daré dinero.

—Vamos a ver.

Al cabo de media hora de pelea quedó libre. Le pareció que respiraba mejor cuando tiró las esposas a una barrancada. Luego le dio al pastor los cuarenta duros robados en la panadería.

—Es todo lo que tengo. Pero si pudiera darme algo de comer... A cambio puede quedarse con eso también.

Indicó con la barbilla el cortafríos y el martillo.

Se marchó de allí con medio pan y un buen trozo de queso de cabra.

Anduvo perdido por la sierra unos días. Las primeras lluvias del otoño le pillaron cerca de la frontera. En las inmediaciones del pantano de Boadella trabó conocimiento con un payés de mediana edad al que ayudó una temporada.

Cierta noche recibieron la visita de un extranjero, que miró a Manuel con recelo. Se llevó la gran sorpresa cuando le dijo si quería ganarse unos miles de pesetas.

—¿Qué tengo que hacer?

—De momento venir conmigo hasta Perthus.

—¿Sólo eso?

Le explicaron que cierta persona, conocedora del terreno, ya no podría acompañar a los clientes hasta Francia burlando la vigilancia de la frontera.

—Podrías hacer tú el trabajo suyo —dijo el extranjero.

—Por mí. Mientras haya dinero...

Al día siguiente salió con el desconocido. Poco después se les unía un español, Julio, y el extranjero se esfumó.

No hablaba mucho el tal Julio, lo cual no desagradó a Manuel, que le seguía sin rechistar.

A fin de evitar la presencia de la Guardia Civil dieron un rodeo en La Junquera. En una masía se les unieron dos hombres, mayores ya. Descansaron en San Julián dels Horts y luego se adentraron en la sierra. Cruzaron un espeso bosque. En seguida, el collado. Sendas, atajos, vericuetos, estrechos pasadizos colgados en el abismo, picachos impresionantes con las cumbres nevadas.

No prestó mucha atención a lo que hablaban durante el camino, aunque creyó entender que aquellos hombres huían de algo o de alguien y que, por el contrario, había otros esperando al otro lado de la frontera. Le importaba un rábano.

Para él lo único que contaba era el dinero. Coger unos miles de pesetas para empezar.

Sobre la cumbre de un collado vislumbraron un castillito en ruinas. Julio dijo que el camino era aquél. Después de flanquear el montículo, vieron abajo un caserío abandonado. Pronto distinguieron un par de siluetas moviéndose en la semioscuridad.

Manuel bajó en silencio hacia el lugar donde los esperaban los desconocidos. No hubo presentaciones. Poco después se sentaban todos delante de una fuente de patatas con carne.

Julio le dio una palmada en la espalda.

—¿Sabes dónde estamos?

Manuel se encogió de hombros.

—En la dulce Francia, compañero.

Le indicó más tarde un par de masías de Els Limits donde podría refugiarse en caso de peligro.

—Son amigos. Tú dices que te manda Julio.

Le preguntó después si se atrevería a pasar un hombre a España.

—Estará aquí mañana a primera hora.

—¿Volver por donde hemos venido?

—Sí.

—Eso es fácil.

—De acuerdo. Yo no puedo. Te dará dos mil pesetas. Y ahora, toma.

Cogió un billete de mil y se lo guardó sin dar las gracias.

5. CONTRABANDISTA DE HOMBRES

SIN COMERLO NI BEBERLO se vio metido en un oscuro negocio de contrabandista de hombres.

Hacía unos seis años que había empezado la infiltración de guerrilleros republicanos por la frontera de Francia. Eran los célebres *maquis*.

Él no sabía exactamente qué era aquello. Le pagaban por un trabajo y en paz. Recordaba, sin embargo, aquella palabra oída en Campillos, *maquis*. Se desilusionó. No veía por ninguna parte al bandolero audaz. Lo hubiera reconocido en el acto. Veía un hombre pálido con cara de miedo, dispuesto a dar cualquier cosa por salir del país. Veía a un anciano con la hija y un par de arrapiezos jugándose a cara o cruz la poca hacienda para reunirse en Francia con el hijo, con el marido. Veía al hombre de mediana edad dispuesto a todo con tal de dormir una noche en La Escala con la mujer.

Su trabajo, además, tenía ciertas compensaciones. No sólo se trataba de dinero. Había algo más. Y ese algo era el abrazo en que se fundían padre e hijo después de varios años de separación, o el estupor de una criaturita a la que de repente le dicen: ese hombre de ahí es tu padre.

Pensaba en el Soldado Desconocido. ¿Cómo habría sido su padre? Se lo preguntó infinidad de veces desde que presenciara la escena del niño que se negó a besar el espectro que, según la madre, le había dado el ser. El Soldado Desconocido... En casa le dijeron que había muerto fusilado. Pero a él le daba el husmo de que aquello no era cierto. ¿Por qué, de haberlo sido, se habló en cierta reunión de su huida del mismo pelotón de fusilamiento? ¿Le atraparon otra vez? ¿Andaba huido?

Había algo más. Y es que, al otro lado de la frontera, se sentía libre como los pájaros. Cogía un autobús y se apeaba al final del trayecto, que lo mismo podía ser Céret, que Villalonga, que Colliure. Iba al cine, se compraba ropa de la buena, dormía en pensiones en las que le decían *monsieur*. Y cuando se cansaba volvía a Le Perthus dispuesto a reanudar su trabajo.

Otro de los descubrimientos que hizo por entonces fue que gustaba a las mujeres. Era fuerte, decidido, de facciones correctas, ligeramente apicaradas, y su abundante cabellera le daba un atractivo especial. El dinero que ganaba le permitía vestir bien. Sin embargo, y esto probablemente lo ignoraba Manuel, su mayor atractivo estaba en la tristeza de sus ojos.

La tristeza de su mirada, un vago recelo que solía confundirse con la timidez, su constante reserva, solían intrigar a las mujeres. Y luego, cuando hablaba, sus palabras tenían sinceridad. El secreto de su atractivo iba, sin embargo, más allá de estas cualidades. Las mujeres adivinaban en él al hombre de cuerpo entero. Y fue precisamente una mujer, *madame* Solanges, la causante de su primer tropiezo con las autoridades francesas.

Por aquellos días había pasado de España un matrimonio con una hija de pocos años. Se brindó a acompañarlos a Alberes. Libre de ellos, decidió visitar un pueblecito de unos seis mil habitantes a pocos kilómetros de allí: Céret.

Paseaba ocioso cuando vio un grupo de personas dispuestas a entrar en un viejo edificio. Era un museo. Manuel desconocía que Céret fue lugar de cita a principios de siglo de pintores famosos hoy: Matisse, Picasso, «Juan Gris»... Algunas dc aquellas figuras no le gustaron por lo estrafalarias, pero se quedó con la boca abierta delante de los paisajes y de algún bodegón. Recordó sus dibujos de La Misericordia, siempre los mejores de la clase, y se hizo el propósito de pintar él también cuando pudiera.

Fue a la salida del museo cuando conoció a *madame* Solanges. Muy elegante con su vestido ceñido y sus zapatos de alto tacón, *madame* Solanges, que por las trazas aún no había cumplido la treintena, le miró insistente con la complicidad de sus gafas de sol. La siguió. Poco después, frente a un escaparate, empezaba una charla muy pintoresca en francés.

Lo del idioma no fue un obstáculo serio. Aquella misma tarde, en el reservado de un bar, comprobó lo poco necesario que se hacía el hablar.

Pasaron la noche juntos.

A partir de entonces se convirtió en la sombra de *madame* Solanges, quien en un par de días le enseñó a conducir en su propio Citroën. Un incidente sin importancia a la entrada del pueblo produjo la intervención de dos gendarmes. Manuel no pudo enseñar *les papiers* y fue conducido a la comisaría por indocumentado, mientra la bella *madame* lloraba inconsolable la doble pérdida, el coche y su complaciente conductor.

La policía francesa le metió en un tren y lo dejó en territorio español, cerca de la frontera. Era precisamente lo que estaba deseando él, que volvió a Le Perthus.

Empezaba a comprender lo peligroso que resultaba ir por el mundo sin documentación. Se lo hizo saber a Julio.

—Yo te lo arreglaré.

—¿Cómo puedes arreglar lo que no tiene arreglo?

—Muy sencillo. Pidiendo al gobierno francés la carta de refugiado apátrida.

—¿Así de fácil?

—Claro. Se les mete el rollo de la familia... Lo dan a todo el mundo.

Julio cumplió su palabra. Solicitó los papeles de Manuel a las autoridades francesas, sin sospechar los proyectos de su ayudante. La cosa era elemental. En España le perseguía la Guardia Civil y en Francia los Gendarmes. Si en Francia le daban la documentación, se quedaría allí.

Continuó pasando gente por la frontera. Como se le había metido en la cabeza comprar un coche, empezó a conducir. Lo mismo cogía el de Julio que el primero que encontraba abierto en la calle. Mientras, iba guardando el dinero. Y exigiendo más.

Terminado el verano, empezó a sospechar que algo raro sucedía. Los grupitos de hombres que pasaba por Perthus no iban de España a Francia como casi siempre, sino al revés. Eran hombres bastante raros, silenciosos, taciturnos. Además, iban armados.

Una noche tuvieron un encuentro con otros hombres que les dispararon en la oscuridad. Ignoraba si los tipos eran contrabandistas, lo que pretendían hacer. Los vio, sin embargo, defenderse con rabia, pegados a tierra, mascullando maldiciones en todos los idiomas.

El zafarrancho terminó al amanecer con la retirada de sus clientes. Él, desencajado, miraba sin comprender. Buscó a Julio para decirle que no contara con él, pero uno de los tipos le dijo que se olvidara de él.

—¿Por qué? Estaba aquí ahora mismo...
—Pues la ha diñao.
—Entonces yo me largo.
El desconocido le puso una pistola en el cuello.
—Por ahora no. Necesitamos un guía.
Comprendió que estaba atrapado, por lo que decidió aprovechar la primera ocasión para largarse.

La ocasión se le presentó unos días después en un bar de Céret, donde había vuelto en busca de *madame* Solanges.
Pietro Camera, uno de los habituales de la tertulia, le habló de la urgencia de pasar a tres hombres, un español y dos franceses, al territorio español.
Manuel le miró desconfiado.
—¿No puedes esperar al viernes?
—Tiene que ser esta misma noche.
—Si se enteran los otros, madre mía la que me arman...
Pietro Camera le convenció. Si el que actuaba de guía era él, los demás no tenían por qué participar en los beneficios.
—Es como si te robaran el dinero —dijo.
—Pero los clientes los buscan ellos.
—Clientes te van a sobrar. Además, desde la muerte de Julio las cosas han cambiado. ¿O no te has dado cuenta? Los de aquí no se fían.
—¿Y van a fiarse de mí?
—Si les hablo yo, sí.
Aceptó el trato.
Pietro Camera sonrió. Luego le puso en la palma de la mano un llavero.
—¿Para qué es esto? —preguntó Manuel.
—Las llaves de mi coche. A mí no me hacen ninguna falta. Me voy. En cuanto a lo que te paguen, todo para ti. Nosotros no cobramos por trabajos como éste.
Dinero abundante y un coche a su disposición. Manuel sonrió. Desde donde estaba, en el bar, veía el Peugeot negro brillante al sol como un gigantesco escarabajo.
—De acuerdo —dijo. Y le dio la mano.

Pasó el resto del invierno contrabandeando hombres por su cuenta. Conocedor del terreno, no le resultó difícil buscar nuevos senderos. Como el trabajo le ocupaba un par de días a la semana, le sobraba tiempo. Y dinero. Libre, y en territorio francés, enfilaba una carretera con el Peugeot, la primera que le salía al paso. Poco tiempo después se conocía el Rosellón francés como la palma de la mano. Le tiraba la costa, Argelés, Colliure, Port-Vendres, pueblos en los que solía pasar un par de días derrochando sus ganancias con amistades nuevas, mujeres por lo general.

Un incidente sin importancia fue causa de que estuviera a punto de caer en manos de los gendarmes. Asistía a una fiesta en un piso de las afueras de Perpiñán, invitado por el ligue de turno. No le gustó aquella gente, patibularios, alcohólicos y prostitutas o poco menos, por lo que antes estudió el terreno buscando una salida.

En eso estaba cuando se oyó un escalofriante grito. Manuel corrió hacia una habitación cerrada. Derribó la puerta de un empujón. El espectáculo que vio le hizo perder el control de los nervios. Desnuda sobre una cama, una chiquilla de unos quince años se retorcía de dolor tratando de escapar a los correazos de un tipo flaco, muy alto, desnudo como ella. El sádico golpeaba a la muchacha brutalmente por el extremo de la hebilla. Manuel le tumbó de un cabezazo en el pecho, y el tipo empezó a echar sangre por la boca. En seguida, una voz enronquecida: «*La police!*»

Escapó de la redada por un patio de luces. Al volante del Peugeot, a fondo el acelerador, sonreía sin perder de vista el coche patrulla reflejado en el retrovisor. La huida por las calles de Perpiñán le recordaba las películas de gángsters. El chirrido de las ruedas le excitaba, lo mismo que el camión mastodóntico que se cruza en la calle dejando el hueco justo por el que se tiene que pasar y se pasa. Descubrió que sus perseguidores no le llegaban ni a la suela del zapato. Sin pensarlo dos veces, dejó el Peugeot en una plazoleta y cogió un Renault nuevo. Salió zumbando.

Cuando abandonó el vehículo, a la entrada de Prades, se internó por unos viñedos. Aunque en el fondo le divertía la aventura, no dejaba de comprender lo apurado de su situación. Era un indocumentado, y no sólo le perseguía la policía francesa, sino que los antiguos compinches de Le Perthus le estarían buscando para ajustarle las cuentas.

Dos días después, en Prades, robaba otro coche.

Terminó el verano en Andorra.

El Principado bullía de turistas españoles, especialmente los fines de semana. Acudían a Andorra la Vella a pasar el día. De paso adquirían el tomavistas, la vajilla, el transistor o cierta clase de literatura prohibida en España. Manuel no tardó en intuir el negocio.

Al principio se dedicó a hacer de guía. Acercarse a un matrimonio despistado hablando español, contarles cualquier cuento que le permitiera ganarse unas pesetas a cambio de acompañarlos al establecimiento «de confianza», no resultaba difícil.

Fue en uno de estos establecimientos donde conoció a Luisa. Era rubia, espigada, de piel muy blanca. Sus modales un poco repipis le daban el aire de señorita de colegio de monjas venida a menos. En seguida simpatizaron.

Manuel, siempre expeditivo, le propuso el negocio. Ella le proporcionaría chismes de aquellos por los que se pirraban los turistas y él se encargaría de venderlos en Seo de Urgel.

Luisa se alarmó.

—Eso es contrabando —dijo.

—Eso es un negocio como otro cualquiera. ¿O cómo te piensas tú que empezaron esos tipos tan ricos que ahora se los disputan hasta los reyes? Contrabandeando.

La convenció el razonamiento.

Ella le preguntó por qué se negaba a trabajar.

—¿O es que no te gusta?

—¿Trabajar? Me gusta y no me gusta. Si es para mí, sí. Para los demás no quiero hacer nada. Es de burros hacer el caldo gordo a los demás, ¿no? Si hay que hacer caldo, pues eso, lo hago para mí.

—¿Y qué has hecho hasta ahora?

—De todo y nada bueno. ¡Huy! ¡Si yo te contara! Mi vida es una historia.

Quedaron en verse. Una semana después de la segunda entrevista se trasladaba al piso de Luisa, en Les Escaldes. Hacía unos años que vivía allí, desde que se emancipara de la familia que la recogió en la cuneta, junto al cadáver de la madre, en la retirada de Cataluña.

Siete años mayor que él, encontró en Luisa una mezcla perfecta de madre y amante. En sus ratos de ocio, que eran los más, le pintó el piso de arriba abajo, empapeló el dormitorio y el comedor, puso zócalos nuevos y llenó la terraza de pájaros para los que él mismo construía unas jaulas muy originales.

Cuando estaba en vena le contaba cosas de su niñez, de sus años de porquerizo en Campillos. Luisa le escuchaba, cada vez más intrigada por su forma de ser. Le gustaba la vida de hogar, exigía que cada cosa estuviera en su sitio y no toleraba el fallo en el interruptor eléctrico; sin embargo, a veces desaparecía de casa días enteros. Cuando volvía no daba ninguna explicación. Era reservado por naturaleza, hasta taciturno en ocasiones; en cambio, de pronto se volvía locuaz. Hablaba de esto y de lo de más allá, hacía proyectos, relataba minuciosamente cualquier episodio de su vida.

La rutina del invierno andorrano le enervaba.

Incapaz de soportar mucho tiempo la inactividad, empezó a hacer escapadas a Seo de Urgel, donde hizo algunas amistades. Sin percatarse del todo del peligro que corría, se internaba cada vez más en territorio español. Los primeros días no se aventuraba más allá de Bellestat o Castellbó, donde solía comer. Con los nuevos amigos, Louis y Antoine, dos franceses que al parecer tenían cuentas pendientes con la policía, llegaron una tarde a Ripollés.

Condujcían un tiburón oscuro y no tardaron en aceptar la proposición de Manuel.

—Tengo parientes en Gerona. Si queréis, nos acercamos.

Louis, el mayor de los franceses, se encogió de hombros.

—A mí no me espera nadie. ¿Y a ti? —dijo al otro.

Se rieron los tres.

Una noche en Gerona. El familiar de Manuel se echó a temblar nada más verle.

—Pero ¿tú sabes lo que estás haciendo?

Se lo llevó aparte.

—Te busca la justicia. Has salido lo menos tres veces en los papeles, mala cabeza, que eres una mala cabeza.

—Déjalos estar. Me buscan. Pues que me busquen. ¿A que no me encuentran? Y si me encuentran no te preocupes, que no me cogerán.

Ignoraba que por entonces la gran maquinaria de la Justicia se había puesto en marcha. No sabía que, a pesar de las condenas cumplidas, estaba reclamado en varios juzgados por el delito de robo. Tampoco sabía que su nombre encabezaba uno de los muchos expedientes del Juzgado Especial de Vagos y Maleantes.

Por no quedar mal acompañó a los compañeros a la Costa Brava. Ocho días en Rosas viviendo como príncipes, trajinando a las primeras turistas, la avanzadilla de marzo, frecuentando las *boîtes* hasta las tantas de la madrugada.

Pero el dinero empezó a escasear. Además, el olfato de Manuel le advertía que estaba tentando a la suerte. Empezó a recelar.

Cuando Louis propuso el asalto a unos cuantos apartamentos, Manuel se negó en redondo.

—Conmigo no contéis —dijo.

El otro levantó una ceja.

—Pero si es un juego de niños. Tendremos pasta.

—He dicho que no.

—¿Entonces?

—Yo me las piro.

No hubo forma de convencerle.

Aquella misma tarde salió en dirección a la frontera. Antoine quiso saber por qué no volvía a Andorra con Luisa.

—Ella está bien —replicó Manuel—. Tiene su vida. El que tiene que ventilárselas, soy yo.

—¿Le decimos algo de tu parte?

—No hace falta. Se lo tenía dicho.

—¿El qué?

—Que el día menos pensado la dejaba. Es una buena chica.

Como siempre, pasó la frontera a pie por Le Perthus. En Perpiñán robó una Montesa matrícula de Barcelona. La cambió por un viejo Peugeot en Béziers. Mientras conducía tranquilamente por la *route* de Montpellier reflexionaba. Quería vivir, ser libre, y se bastaba solo. Los amigos eran buenos para unos días. Luego no servían más que para estorbar. «De todas formas, no voy solo...» Sonreía, convencido de que su madre le acompañaba.

En poco más de una semana recorrió la Costa Azul desde Marsella a Niza. En la Promenade des Anglais, mientras miraba los soberbios palacetes, los cuidados jardines al fondo de los cuales jugaban al bridge las damas bajo la sombra de acogedoras pérgolas, recordaba la miseria de Campillos. Apretó los dientes. Se juró no volver más a su pueblo hasta conseguir una posición desahogada. El nieto de Brígida no caería en la trampa. Si aquellos señorones tan respetables sabían cómo robar sin levantar sospechas, y a él no le había enseñado nadie el truco, lo aprendería solo. Cualquier cosa antes que ser un esclavo.

Un valle aprisionado por altas montañas. En el centro, Digne, capital del departamento de Basses-Alpes, con unos catorce mil habitantes.

Como siempre que llegaba a una ciudad desconocida, la recorrió de punta a cabo. En su caso, conocer el terreno que pisaba se hacía una necesidad. Amplias calles con buenos establecimientos, serrerías en las afueras y, en las vaguadas, diseminados por entre pequeños valles de verde pasto, muy brillante, innumerables rebaños de ovejas.

Se avecinaban días difíciles. Sin dinero, indocumentado, metido en aquella especie de embudo entre montañas totalmente desconocidas, Manuel tuvo un mal presagio.

Notaba que llamaba la atención en el pueblo, especialmente al atardecer, cuando refrescaba. Él llegaba de la Costa Azul, donde un pantalón y una camisa eran prendas más que suficientes. En Digne desentonaba su atuendo demasiado veraniego. Por eso lo primero que hizo fue coger así como al descuido un suéter gris de la banqueta de una cafetería. Sorpresa. Porque cuando se lo hubo abrochado, encontró en el bolsillo de la derecha una cartera con unos miles de francos.

Durmió en una pensión céntrica. Por si las moscas, madrugó. Una buena ducha fría, y a la calle. Con su pintoresco francés, charló en el bar donde se desayunó con los operarios de una serrería. Incluso invitó a unos *anisettes*. Sacó la conclusión de que allí, en Digne, poco se podía hacer, a no ser buscar el modo de largarse cuanto antes.

Callejeaba como un turista ocioso. Entraba en un establecimiento y preguntaba el precio de cualquier artículo. Observaba la cara del dueño, la situación de la caja en el mostrador, procuraba enterarse del número de empleados. Daba las gracias y salía. De nuevo en la calle, estudiaba las señales de tráfico, procurando grabarlas en su memoria. En seguida, a echar un vistazo por los aparcamientos.

En el asiento trasero de un Mercedes vio una máquina que, a juzgar por las apariencias, valdría un buen puñado de francos. Abrió el coche, la cogió tranquilamente, la envolvió en el suéter y siguió paseando.

En un banco, al sol, la examinó. Suiza. Buena marca. Pero algo fallaba en el disparador.

Anduvo pensativo toda la mañana. Se decidió a arreglarla antes de comer, a fin de sacarle más dinero. El establecimiento, bastante céntrico, le inspiró confianza. Convino el precio con el empleado, un jovencito esmirriado con cara de ratón.

—¿Seguro que a las cinco estará ya?

—*Bien sûr, monsieur.*

—Es que quisiera marcharme a las seis. Soy forastero.

—*Très bien, monsieur.*

Cuando entró en la tienda, a la hora convenida, le esperaban tres gendarmes. Ni siquiera hubo interrogatorio. La máquina había sido vendida allí y el dependiente la reconoció en seguida. Conocía además al dueño.

Cuando el más corpulento de los gendarmes le puso la

mano en el hombro le subió a la cabeza una oleada de sangre. Era la señal, una especie de reflejo, en virtud del cual toda su calma aparente se transformaba en peligrosa agresividad. De repente brillaban sus ojos, se aceleraba su respiración, sentía su cuerpo como galvanizado por una potentísima corriente eléctrica. En seguida, la descarga, que en aquella ocasión fue buscar la puerta después del fuerte puñetazo a la mandíbula del gendarme que se había atrevido a tocarle.

Tropezó con el escalón y le cogieron en el suelo. Luego, fuertemente trabado por ambos brazos, se lo llevaron a rastras por la calle principal. Un puntapié al más corpulento de los gendarmes, una contorsión espectacular, y Manuel que escapa. Se dio de bruces con un transeúnte y estuvo a punto de perder el equilibrio. Fue cuestión de unos segundos, los suficientes sin embargo para que sus perseguidores le echaran el guante otra vez. De nuevo el forcejeo. Manuel peleó duro contra los tres agentes de la ley. Reveses, golpes hábiles, el famoso cabezazo. Tenía fuera de combate a dos de ellos cuando le cogieron por detrás tres jóvenes bastante fuertes que acudieron a la brega. Aun así, se resistió calle abajo, presa de un estado de furor rayano en la locura.

Tan fuera de sí estaba, que no se percató de los dos hombres que le observaban desde el interior de un lujoso automóvil.

Poco después ingresaba en el calabozo.

[illegible] le envió a la cabeza una oleada de sangre. Era la [illegible] vez que [illegible] en contra del [illegible] su [illegible] transformada en peligrosa agresividad. [illegible] los ojos, se acercaba [illegible] sin prisa [illegible] su cuerpo como [illegible] por una [illegible] eléctrica. En segundos, la [illegible] la muerte después [illegible] que [illegible] atención [illegible]

[illegible] en el [illegible] por ambos brazos [illegible] por la calle principal. Un [illegible] al más [illegible] de los [illegible], una [illegible] espectacular, y Manuel que [illegible] de [illegible] con un [illegible] a punto de perder el equilibrio. Fue cuestión de unos segundos. Los [illegible] para que sus [illegible] ran el [illegible] otra vez. De nuevo el [illegible] contra los tres [illegible] la ley [illegible] el famoso [illegible]. Tenía [illegible] de [illegible] por [illegible] bastante [illegible] que [illegible] a la [illegible]. Así [illegible] calle [illegible] de [illegible] en la [illegible].

Tan [illegible] que no se [illegible] de los dos hombres que le observaban desde el [illegible] de un [illegible] automóvil.

Poco después [illegible] en el [illegible].

Tercera parte

El temible «Manú»

UNA LECCIÓN DE FILOSOFÍA

CREER, CREER... Pues no sé. Qué quie que le diga. Algo tie qu'habé. De eso estoy siguro, porque con lo que yo he pasao, si no fuera por una Providensia que disen... Pero creer... ¿Usté sabe quiénes son los testículos de Jobar? O bueno, eso. Tejtigo... ¡Gente güena! Humildes, mu cariñosos, que se les ve que te quieren ayudar. Por el polígano venían. Sí, a mí también. Les dije que yo creía en Dios, pero no en el Dios que s'havían inventao unos y otros, sino en el mío. Porque lo que yo digo es que Dios, sí, lo hay, mu bien. Lo hay. Pero cada cual se lo pinta a su manera. ¿Y cómo va naide a disirme a mí cómo es mi Dios, el mío propio?

Yo le hablaba. En la cársel. En Marsella, cuando me pillaron los gendarmes en Digne. Sí, en Francia. Un mariconsete con cara de rata, que en cuantito lo vi, me cago en to lo cagable, que me dio una mala espina el tío... Bueno, pues me metieron en la cársel y yo hablaba con Dios, con mi Dios. ¿Entiende usté? Le disía que me diera ánimos p'aguantar aquel infierno, porque el que no conose la cársel nunca podrá darse una idea... ¿Un libro? Na. Los libros, por mucho que digan, nunca podrán disir de verdad lo que es eso de sentirse un hombre menos que un ratón, menos aún que una cucaracha...

¿Y lo ha traído ese libro? ¡Ah, en el coche! Voy por él. Un segundito...

El nuestro será más gordo, ¿eh, usté? Éste está esmirriao.

Poquitas hojas. Pero buenas, ¿eh? Eso usté lo entenderá. «Cal·lo Garsía. La desordenada codisia de los bienes ajenos.» Codisia. Como en el catecismo. ¿Leé yo? Me se da mu mal. Sí, eso sí. Mientras descansamos un rato aquí. A vé, ¿dónde quie usté que lea? Sí. Página treinta y dos. Aquí. «La cual, supuesta como cosa tan propia de la prisión, podremos descrebilla por sus propiedades y la experiensia, diciendo que la prisión no es otra que una tierra de calamidad, morada de tinieblas y habitación de miseria, adonde sempiterno horror y ningún orden habita. Es un caos confuso, sin distinsión alguna. Es un abismo de violencia, en el cual no hay cosa que esté en su centro. Es una torre de Babi... Babilonia, adonde tós hablan y nadie se entiende. (¿Ve? Esto, sí: tal cual.) Es un compuesto contra natura, en quien se ve la paz de dos contrarios (Na. ¡Mentira!), mezclándose el noble con el infame, el rico con el pobre, el civil con el criminal y el pecador con el justo. Es una comunidad sin consierto, un todo *per* ac, ad, *acsidens* (¿y esto qué es? ¡Ah, latín! Ya), un compuesto sin partes, una religión sin estatutos y un cuerpo sin cabesa. Es la prisión sepoltura de noblesa, destierro de la cortesía, veneno de la honra, sentro de la infamia (¡qué verdades! Como calabasas), sentro de la infamia, quinta esensia del disoresio, infierno de buenos entendimientos, trampa de pretensiones, paraíso del engaño, martirio de la inosensia, nublao de la verdad, tesoro de la desesperasión, crisol de la amistad (esto quie desir que en la prisión s'hasen mu güenos amigos, la verdá, ¿eh?), despertador de la rabia (¡no veas!), sebo de la impaciensia, minera de traisiones (también, también...), madriguera de sorras (las mueres, claro), refugio de la venganza, castigo de la fortalesa y verdugo de la vida. Aquí el que ayer era grande, hoy es pequeño; el que estaba próspero en la siudad, muere de jambre; el que vestía galas, va desnúo; el que mandaba, obedese... (Este Cal·los Garsía ha estao en la trena. No falla.) Aquí la urbanidad se convierte en insolensia, la desvergüensa en virtú (¡eh!), la blasfemia en valentía, la lisonja en elocuensia, la mentira en verdá...»

¿Y dise usté que el autó d'este librito fue médico? Vaya, vaya... Pues la cársel es como dise aquí, sólo que más. Porque no es la cársel, ya me entiende; es la gente. Soplones, egeneraos, maricas, criminales sádicos y, lo peor, locos. Naide lo sabe, pero las cárseles están llenas de locos, y el que no está cuando entra, a los cuatro días, más que un chivo.

¿Qué, vamos a rodar un rato? ¡Deje, yo pagaré!

Pos asín me tiré yo un año en la cársel de Marsella. Ya ve. Hasta que me recogieron los corso... ¿Los corsos? Son de una isla. No sé cómo se llama. Pero son como los gansters de Fransia. Los amos. Gente güena. Amigos de verdá. Un corso nunca le traisionará ni l'abandonará a usté, si usté no le hase la faena. Si se la hase, se la paga. Pero yo, la verdá, los meores, los únicos amigos que he tenío, los corso. Son los amos de to. Salas de fiestas, cabarés, mueres...

Pue no sé qué disirle. Yo lo veo bien. Mire, los hombres luchan por el poder, por la fuersa, el dinero y to eso. Unos, los que se disen güenos, mangando astutamente. Ya lo sabe. ¿Qué son los gobiernos fuertes y toas esas cosas? Ya el vatergate y eso de la sía y lo del Nison, ya ve... Y los otros, igual. Igualito. Ingleses, franseses... Tos. Lo que quieren es ser ricos y poderosos. Claro, se han fabricao unas leyes pa ellos mismos. No dejan que jueguen los demás. Antes rompen la baraja. Por eso hay cárseles. Bueno, pues los corsos son una fuersa mu poderosa que lucha por lo mismo que ésos, pero con armas más nobles, porque ellos no engañan. No disen que hay que resar y ser mu güen chico pa morirte de asco. Te disen, lucha conmigo, sé fiel a mí, y yo te ayudaré. Porque usté ya sabe, que tos los periódicos lo disen, que la droga es negosio de gobiernos. ¿Por qué iba a ser los corso tan tontos? Ea.

Na. Que no. Yo lo entiendo asín. Y es la verdá. Que la vida me lo ha enseñao. Uno nase y se muere, y ya está. Hay que vivir bien. Y pa vivir bien, hay que echarle cojones a lo que venga. Mafiosos, gansters, corsos, son una fuersa fenomená que disputa el dinero y los plaseres, lo que hay de bueno en la vida, ea, a los gobiernos, podríos que están. Sí, claro. Ya me supongo que usté lo sabe. Pero es que me los ponen como si fueran trapos susios a los corso. ¡Mentira! Porque ellos son nobles. Nunca se traisionan, cosa que no pasa con los otros, que se venden unos a otros como si fueran judas. Na. ¿Pa qué cree usté que sirve estudiá toa la vida, estudiá pa ministro quiero disir, sino p'aprender a robá sin que naide pueda pillarle en jamás a uno? Y así y todo, ya ve. Los pillan. Pues a los corsos, que no presisan estudiá tanto, si los pillan, como tienen abogaos de lo meorsito, los echan a la calle. O cumplen cuatro días.

Pues con ellos... Sí. Más despasio, ya. Pero ¿sabe qué me pasaba? Que a mí la vida de la gran siudá no me va. Me pongo malo. Como soy del campo... Por eso me los dejé. Que yo en jamás he tenido queja de ninguno. Al contrario. Y si me nesesitaran... ¡Claro! Los años. Uno ya no serviría. Que eso quiere gente joven. Pero los corsos de Marsella saben que Manú los lleva metíos mu adentro. Los corsos... ¡Valientes, nobles y amigos de verdá!

A mí al prinsipio me quisieron probá. Ganchos. Una muer. ¡Qué gachi! Y otros tipos. Cuando vieron que servía, me cogieron. ¿Yo? Chófer. Sólo eso. Ya se lo contaré en Campillos, eso. Luego, cuando me cogió, a mí solo, la poli en Fransia y me dijeron que a España o a Indochina, pues yo me dije, Manolo, a Indochina que te va. Y me fui. Claro. ¿Y yo qué sabía si iba a pegar tiros contra los comunistas o contra quién? Yo me fui porque no tenía otra salía. ¿Aquello? Un infierno. Yo cogí lo último, cuando Giap. Deserté. Como tantos. ¡Huy, una aventura, que muchos, segurito estoy, no se la creerían nunca! Pero ya ve. Salí en bien de to. Grasias a Li-yi... Aquélla sí que me quería. Una vietnamita, sí. Asín, chiquitita, con menos carne que un boquerón, pero qué forma de joder... Mire... Ya, claro, esto en el libro... Pero se lo contaré. A su tiempo, sí.

Güeno, deserté. Pero en realidá no fui yo el que desertó. Fue un valensiano. A mí me refularon en Fort-Saint-Nicolas. Lo mismo. El corasón. Ya ve. Y un médico, mucho después, que me vio, me dijo que yo tinía el corasón de un chiquillo. Me s'ha curao. Pues, sí. Como el valensiano se arripintió, yo me fui con sus documentos. Volví a Fransia. Claro. Tuve que matar al vietnamita. O él o yo. ¡A ver! Con un puño americano, el que le enseñé el otro día. No. No era mío. Yo se lo encontré puesto a otro. Estaba muerto y comido por las fieras.

¡La que yo pasé! Y si quiere que le diga la verdá, entoavía sueño con Li-yi. ¡Cómo explotó!

1. UN AÑO Y UN DÍA

UN AÑO Y UN DÍA. Había sido la sentencia dictada por el tribunal que lo juzgó. El delito, robo, con los agravantes de resistencia a los agentes de la autoridad, agresión y desacato.

Lo que menos contaba era que se hubiera enamorado de una máquina de fotografiar. Que no pudiera exhibir ningún documento que acreditara su personalidad de ciudadano honrado. Un año y un día. Total, pensaba, por el hecho de no dejarse conducir al redil como un borrego. Bien claro estaba. Como carecía de todo, y quería tener algo, no sólo le negaban el derecho a disfrutar de aquello, sino que le privaban de libertad durante trescientos sesenta y seis días.

La galería de la planta baja daba a un patinillo triangular. Al fondo, una puerta pequeña forrada de latón con minio. Tres celdas colectivas. Le tocó la última, bastante espaciosa.

Anochecía cuando entró. En los camastros dormían unos cuantos presos. Dos, más jóvenes, charlaban sentados en el suelo debajo de un ventano protegido con gruesos barrotes a la altura del techo. Miró alrededor. Alineadas en la pared, media docena de literas abatibles. El techo, alto, abovedado como el del pasillo. En el ángulo de la izquierda, una letrina tapada con un madero. Encima de éste, un cubo abollado con el asa colgando. Debajo del ventano, un lavabo. Cajones y taburetes. Hedor acre.

Aquella noche apenas intercambió unas pocas palabras

con sus compañeros de reclusión, varios viejos alcoholizados, huraños, de facciones abultadas y piel enrojecida, granujienta, y cinco o seis delincuentes habituales de mediana edad que hablaban de mujeres. Todos franceses menos un italiano, Luigi, taciturno, mirándose obsesivamente los agujeros de las alpargatas.

En seguida se hizo cargo de la situación. Aquellos tipos, a pesar de su aspecto achulado, no representaban peligro para él. De proponérselo, seguro que podía con todos. Sólo Luigi le tenía un poco inquieto. Acertó en sus temores, porque al día siguiente le informaron que Luigi, a pesar de lo flaco que estaba, peleaba como un leopardo. Supo también que estaba en la prisión de Digne provisionalmente, en espera de ser juzgado por intento de asesinato.

Y pasaron los días. Rutina, tedio, la charla insustancial hasta la hora de paseo en el patio, siempre húmedo, la mirada de los centinelas clavada en la nuca como un dardo invisible. Y las mismas campanadas todos los días a la misma hora. Y el irritante chirrido de los cerrojos cada vez que se acerca el carrito de la comida con el caldero, el cazo y, abajo, en una red mugrienta, el pan de munición.

Los sábados, muy temprano, se abría la puertecita forrada de latón y los obligaban a ducharse, aunque alguno, gato viejo por lo general, eludía el martirio arrimándose a la pared. Luego, la voz de siempre: «*Locoutoire!*» Pero a él no le esperaba nadie. Solo como en La Misericordia, se encogía de hombros, metía las manos en los bolsillos del pantalón y pensaba. Terminaba siempre levantando la cabeza. Un pedazo de cielo rectangular, azul o cubierto de nubes, le decía que la vida seguía esperándole fuera, que lo último que se pierde es la esperanza. Cogía la revista pornográfica, comprada en la misma cárcel, y se tumbaba sobre la colchoneta de borra.

Cumplió el propósito de no intimar demasiado con los demás reclusos. Ver, oír y callar. Sólo se acercaba a veces a Luigi, movido por cierta curiosidad malsana. Como él, Luigi no había conocido a los padres. El orfanato, donde aprendió a pelear, la rutina del trabajo en el taller, el correccional... Cuando se escapó de allí huyó a Turín, donde conoció a una prostituta que le doblaba la edad. Empezó a robar para ella. Hasta la tarde que la pilló acostada con un sujeto.

—*Ma, era un vecchio. Tutta la testa bianca*...

—¿Y tú, qué? Te lo cargaste.

—Casi...

Una pausa.

—Con un *vecchio*... *Porca!*

Manuel soltó la carcajada.

—Algo tendría, hombre. Cuando una mujer se acuesta con un tío, por algo será. Que ellas no se chupan el dedo.

A medida que pasaba el tiempo iba naciendo en Manuel el temible Manú, receloso, autoritario, agresivo. Las tretas de los internados, el desprecio con que le miraban los funcionarios, menos cariño que se muestra al animal enjaulado, los chivatazos, riñas y amenazas, resabiaban poco a poco su carácter noble.

Su irritabilidad se hizo peligrosa. Cualquier palabra, un gesto, herían su susceptibilidad. Respondía siempre con los puños. Primero pegaba, luego daba explicaciones o las exigía. Sabía además que era el único modo de mantener a raya a matones de tres al cuarto, sádicos y cobardes por lo general, de que están llenas las cárceles.

En la prisión de Aix-en-Provence, donde fue trasladado desde Digne, empezó a ser temido. Un par de españoles, *el Leches* y *Culastrón,* sufrían de continuo los malos tratos de un conocido delincuente marsellés, *Petit,* un tipo fornido que cumplía condena por proxenitismo y robo a mano armada y tenía en la cárcel su propia banda y un par de guardaespaldas en la celda.

Cierta mañana, en el patio, aprovechando la hora de paseo, desafió a los tres. Hizo antes la propuesta con toda nobleza. Si les tumbaba dejarían de meterse con los españoles. De lo contrario quedaría a las órdenes del matón.

Escupieron en el suelo y pisaron los respectivos salivazos: código de honor.

Eligieron para el combate un rincón discreto, junto a la

escalera, cuya vigilancia estaba habitualmente descuidada. Era una especie de patio suplementario de tierra apisonada usado para amontonar la basura, por lo cual apestaba a agrio. Fue una pelea a muerte. *Petit,* aunque robusto, tenía la agilidad y la fiereza de la mangosta. Se aferraba al cuerpo de Manuel, impidiéndole cualquier movimiento, mientras los otros dos le golpeaban buscando los ojos, la nariz. La sangre, muy roja, manchaba la camisa de Manuel, los nudillos de los guardaespaldas, salpicaba la pared. Se revolvió aprovechando un descuido. En seguida, el cabezazo a la sien de *Petit.* Dos golpes más, seguidos, brutales, a los ojos, a la boca, mientras los esbirros del matón intentaban sujetarlo. Pero ya era tarde. *Petit* se miraba las manos llenas de dientes ensangrentados y, rabioso, dio orden de retirada. Había que hacerlo, además, porque uno de los vigilantes se acercaba.

—¿Qué ha pasado aquí, *sort de cochons*?

Petit se adelantó. Dijo que se había caído de cabeza al saltar sobre unas cajas vacías.

—Éstos me ayudaban a levantarme.

El guardián sonrió. Miró un instante a Manuel y llamó a un compañero, que se llevó a *Petit* a la enfermería.

Horas después, en la celda, *Petit* le tendió la mano a Manuel.

—*Très bon, mon p'tit!* —exclamó.

—¿Que tú qué te creías, franchute?

Fue un apretón fuerte, de amigos de verdad.

Manuel llamó al *Leches* y a *Culastrón.*

—Que ya está todo arreglado —les dijo delante de *Petit*—. De ahora en adelante, todos amigos. Cada cual a lo suyo, y en paz. Pero mirad bien lo que os digo. Si alguno de vosotros hace burla de éste, yo me cago en todos sus muertos montados a caballo. Los tiene asín de gordos. Y cumple la palabra.

De Aix-en-Provence a Beau-Maître, en Marsella, donde se encontró otra vez con Luigi.

—¿Sabes que aquí ya te conocen todos?

—¿A quién? ¿A mí?

Manuel le miraba incrédulo.

—Saben lo de *Petit*. Te llaman Manú.

—Me gusta. Manú. Da un poco de respeto, ¿no crees?

Luigi tenía razón. Hasta la cárcel de Marsella había llegado la hazaña de Manuel, que empezó a ser conocido como Manú entre los internados. Manú era un tipo de cuidado que se había cargado a *Petit* y a seis o siete guardaespaldas. Español. Anarquista según unos. Asesino de un par de tíos según los más, buscado por la Interpol.

Manuel quedó sorprendido. Exageraban. De sobra lo sabía él, aunque se hacía el sueco. Pero había algo misterioso en todo aquello. Lo de los gendarmes de Digne. Porque él no había dicho ni una sola palabra.

El más viejo de la banda de Beau-Maître, un cojitranco llamado *Spas*, le ofreció la jefatura a través de un emisario.

—Dice que está harto ya. Que esperaba al hombre de confianza... Como tú. Un tipo.

—A mí me dejan ustedes en paz —replicó Manuel—. Yo lo único que quiero es salir del talego. Eso nada más. Y me faltan unos pocos meses. No vayamos a pringarla, no me comprometáis ustedes, porque no respondo.

—Como quieras.

Le agarró del cuello.

—¡Ah! Y dile a tu amo y a los demás que a ver si os metéis la lengua donde os quepa. Que no me entere yo que naide se pone mi nombre en la cochina boca, franchute asqueroso.

Empezó a suscitar envidias. Sin pretenderlo, siempre había alguien que le informaba sobre la procedencia del dinero que entraba en la cárcel, del enredo que se llevaban entre reclusos y guardianes para disponer de buenos cigarrillos, de revistas, de algún frasco de güisqui del de verdad. Menudeaban los obsequios. Alguien empezó a correr la voz de que Manú estaba protegido «desde fuera». Le pareció que hasta los guardianes le trataban con cierta deferencia. Sin preguntarlo, se enteró de las bandas que trabajaban en el puerto de Marsella. Rivalidades, especialidad, incluso el nombre de los jefes y los golpes que se habían dado, dejaron de ser un secreto para él.

Un buen día recibió carta de una prostituta. Le confesaba su amor, aunque no le conocía, y le incluía una foto desnuda. Al mes, tenía la cabecera del camastro llena de desnudos dedicados.

Se le complicó la cosa el mismo día que cumplió los diez meses de condena. Un chivatazo falso sobre un intento de fuga fue causa de que le metieran en el calabozo. Fue entonces cuando tuvo ocasión de comprobar hasta dónde llegaba su influencia.

Beau-Maître es una institución penitenciaria de primer orden.

Espaciosas galerías superpuestas de cierra automático, perfecta la organización. Abajo, gran patio central, con tres locutorios y las dependencias destinadas a oficina. Calabozos y celdas de castigo, así como las de los internos incomunicados, ocupan la parte posterior del ala derecha, en el sótano.

A pesar del aislamiento de los calabozos, si el incomunicado era preso influyente, si tenía poder, seguía estando al tanto de lo que sucedía dentro y fuera de aquellos muros. Era el caso de Manú. Sin solicitarla, recibía información por los medios más inverosímiles. Hasta un plano del puerto de Marsella le llegó, dentro de un sobre de plástico, en la bullabesa.

Grabó, pues en la memoria el dédalo de callejas del barrio chino, donde, en pequeños círculos rojos, se le indicaban los lugares de confianza. Estudió vías de comunicación, desde la estación marítima hasta la de La Joliette. Dársenas y muelles, tinglados y depósitos de petróleo, todo quedó grabado en su mente.

Cuando tres días después fue conducido a presencia del alcaide, confesó la verdad. Lo del plan de fuga era un chivatazo sin fundamento. Él, dijo, era diferente de todos aquellos matones y chorizos. Estaba en la cárcel por una equivocación y, por supuesto, por indocumentado.

—¿Y cómo quiere que tenga papeles sin saber siquiera quiénes son mis padres? Me resistí a los gendarmes. ¿Me hicieron caso? Usted hubiera hecho lo mismo.

Hizo una pausa.

—Por eso, de fugarme na. Me falta poco para cumplir. Además, espero los documentos. Me los pidió un amigo mío.

Volvió a la celda común. Al día siguiente se le ofrecían rateros y topistas, por si quería intervenir en algún negocio, ya que se rumoreaba que iban a soltarlo en seguida. Vulgares chorizos con las huellas de la degeneración marcada en el rostro se ponían a sus órdenes por si algún día decidía formar una banda. Aquel mundo de la adulación le asqueaba, sabedor además de que entre los incondicionales siempre se ocultaba algún confidente de la policía.

Luigi, más caviloso que nunca, parecía rehuir la presencia de Manú. Una mañana, en el patio, acabó por desembuchar. Le confesó que tenía unos parientes en un pueblecito siciliano y que, si iba de su parte, le acogerían como si fuera de la familia.

Manuel le miró con fijeza.

—¿No me dijiste que no tenías a nadie?

—Es otra familia.

—¿Y por qué crees tú que me ayudarían?

—Necesitamos gente. Hay mucho trabajo y pocos hombres.

—No querrás que coja una azada.

Luigi le miró con cierta solemnidad.

—*Vicaria, malatia e nicissitati, si vidi lu cuore di l'amicu* —dijo con voz apenas audible.

—Si no me explicas qué has dicho, yo, pues mira, me quedo como cuando a uno le dan un beso dormido. Nos ha jodido...

—Eso quiere decir que la cárcel, la enfermedad y la necesidad, revelan el corazón del amigo. Y tú has sido amigo. Estas palabras las escribió don Vito en la cárcel de Palermo con la punta del cuchillo. ¿Sabes quién fue don Vito?

—No.

Luigi le empujó hacia un rincón.

—¿Has oído hablar de los *mafiosi*?

—Me suena. La mafia. Italianos como tú.

—Don Vito fue uno de los grandes de la «Onorata Società». Un abuelo mío trabajó para él. Desde entonces, en casa tenemos contactos. Yo, cuando salga, que ellos me pagan el abogado...

Fueron días de vacilación para Manuel. Si Luigi no mentía, los mafiosos constituían una gran familia, lo que nunca había tenido él, se querían de verdad, se protegían hasta situar económicamente a la persona adicta, con tal de obedecer y no traicionar.

Luigi, entusiasmado, le habló de marcharse a América.

—Yo iría más tarde a reunirme contigo.

—Me lo pensaré.

Aunque la idea le tentó en principio, olvidó las proposiciones de Luigi. Le parecía todo tan fantástico, que dio en pensar si su compañero estaría en sus cabales o había visto demasiadas películas de gángsters.

2. CON LOS CORSOS EN MARSELLA

ACABABA DE CUMPLIR LOS VEINTE cuando le abrieron las puertas de Beau-Maître. De pie en la acera, contempló un instante el ir y venir de la gente. Llevaba en la mano derecha un atadijo de ropa y la izquierda, en el bolsillo del pantalón, estrujaba los pocos francos que le habían sido entregados antes de salir.

De vez en cuando se paraba, echaba un vistazo a las mujeres, miraba las fachadas de los viejos edificios, pintarrajeadas de colores detonantes como si fueran viejas prostitutas. Vio en un balcón un niño de corta edad que agitaba la mano saludándole. Le sonrió. A unos pasos detrás de él, dos tipos vestidos de oscuro paseaban despacio como matando el tiempo. Siguió callejeando.

Había entrado en un dédalo lleno de tugurios, de bares de mujeres con ese aroma especial mezcla de alcohol, de cigarrillos rubios baratos y fuerte perfume de mujer. Comprendió que estaba en el barrio chino.

En una replaceta ruidosa de niños, sobre cuyas voces sobresalía la irascible guturalidad de un loro, vio la placa de un hotel. Casi se dio de bruces con los dos hombres de oscuro que había visto antes al entrar en el portal.

El más alto, de facciones angulosas y descuidado bigote, le puso una mano en el pecho. El ademán, aunque amistoso, le sorprendió.

—*Qu'est-ce-que vous voulez?* —chapurreó en su pintoresco francés.

—Conocemos tu idioma —replicó el otro—. Sólo queremos hablar contigo un rato.

Miró a su alrededor.

—¿Te parece bien aquí?

Señaló un barucho con la barbilla.

—No. Ahí, no. Vamos a aquel de la esquina.

—Como quieras.

Entraron en un establecimiento pequeño y hondo como un túnel, al fondo del cual discutían dos prostitutas con un marica. Manuel se dio cuenta en seguida de que el desconocido estaba muy seguro de sí. Notó también que su acompañante se quedó en la puerta y que las prostitutas y el marica desaparecieron como por ensalmo.

El desconocido le dijo sin rodeos que sabían quién era, de dónde acababa de salir, lo que había hecho.

—¿Y cómo sabe usted todo eso?

—Nosotros lo sabemos todo.

Añadió que estaban dispuestos a darle trabajo.

Manuel sonrió.

—Yo, lo que sea ganar dinero... Pasta es lo que necesito. A ver...

Esperaron a que el camarero se retirara para seguir hablando.

—Una condición —dijo el desconocido.

Manuel le miró amoscado.

—Ni una sola pregunta.

Lo pensó, pero sólo un segundo.

—De acuerdo.

El desconocido le tendió una mano reseca, de dedos largos, fuertes. Apretó con fuerza la de Manuel.

—Me llamo Étienne. Esteban en tu lengua. ¿Eh?

—Manuel González.

—¿Mejor Manú?

—Bueno, pues Manú.

—Ahora vámonos.

Tomaron un taxi en un *boulevard* muy animado, cabarés y salas de *strip-tease*. El otro desconocido, fuerte, achaparrado, dijo llamarse Claude. Se brindó a acompañarle a un hotel.

—Los dueños son gente de toda confianza.

Manuel preguntó si era muy caro.

El gesto de desdén de Esteban le hizo comprender que el asunto dinero importaba poco.

—Mañana temprano —dijo— recibirás cincuenta mil. Te los dará un camarero.

—Cincuenta de los grandes... ¿Y para qué?

—Te vistes bien. Y te diviertes. Que buena falta te hace.

Le miró intencionado a los ojos.

—¿O no?

—¡Hombre!

—Pero nada de mujeres. Eso ya lo arreglaremos nosotros. Hay mucha zorra trabajando para la *police*.

Habían salido del casco antiguo y cruzaban las calles céntricas de la ciudad. Los luminosos imprimían fugaces destellos en las carrocerías de los coches para extinguirse en seguida en un juego mágico de luces y sombras. Gente parloteando en las aceras, saliendo de un cine, tomando aperitivos en las terrazas de las cafeterías o simplemente leyendo el periódico. Comprendió que la vida seguía siendo hermosa. Se abría un nuevo capítulo en su existencia, capítulo incierto, pero como nada tenía que perder se propuso olvidar los riesgos.

En las afueras de la ciudad, no lejos de un pueblecito llamado Les Estaques, dejaron el taxi él y Claude. Anduvieron un buen trecho a pie hasta un edificio de reciente construcción un poco separado de la carretera. El hotel.

Unas palabras de Claude al oído del recepcionista, su inclinación de cabeza, el sonido vibrante de un timbre de mano. El botones le acompañó a la habitación. Manuel sonrió al oír que de nuevo alguien le llamaba *monsieur*. Echó mano del dinero y le dio cuatrocientos francos.

Nueva inclinación de cabeza.

—*Merci, monsieur*.

—No hay por qué darlas, hombre.

Seguía siendo igual, pensó. El dinero allanaba todos los caminos, abría todas las puertas.

Antes de salir del cuarto llamó al botones.

—Tú, chaval. El retrete. *La toilette*.

El botones avanzó hacia el fondo de la habitación y abrió una puerta disimulada.

—*Voici, monsieur*.

—Está bien.

El baño, pequeño, limpio, con toallas nuevas, suaves, y una pastilla de jabón sin estrenar. Manuel se animó más si cabe. Abrió el grifo de la bañera y empezó a desnudarse. Le urgía la necesidad de limpiarse el cuerpo a gusto, de purificarlo de lo que pudiera quedarle adherido a la piel el olor a cárcel.

La vida, pensaba mientras se frotaba el pecho con vigor, le marcaba el camino. Hasta entonces siempre había sido así. Él era una especie de corcho a la deriva. Pero ya llegaría su hora. Y cuando llegara, tomaría sus propias iniciativas.

Salió de la bañera para atender al teléfono. Esteban le decía que no abandonara aquella noche el hotel. Le advirtió que en recepción le atenderían si quería algo especial.

—¿Lo que sea?

—Te darán lo que pidas. Tienen orden de ponerlo a nuestra cuenta. Pero no salgas.

—¿Por qué?

—Quedamos en que no habría preguntas.

—Sí, claro.

—Mañana a eso de las once paso a recogerte. Buenas noches.

Cenó en el comedor. A su izquierda, un matrimonio joven con dos niños muy rubios, igualitos, comían en silencio. Manuel les observaba, confiados, seguros de sí, sólo pendientes de los críos. A veces decían algo en voz muy baja y sonreían. Pensó si aquello sería la felicidad.

Un rato después, en su habitación, oyó una discreta llamada.

—¿Quién es?

Le contestó una voz de mujer.

—Un recado de Esteban.

Abrió. Apenas si podía dar crédito a sus ojos. En la puerta, una espléndida rubia de unos veinte años le sonreía.

—¿Se puede?

—Y tanto.

La muchacha se sentó en la cama y cruzó las piernas con sabiduría de profesional.

—Me llamo Monique.

—Y yo Manú.

La habitación se había impregnado de un perfume muy suave.

—Y ese recado...

—El recado soy yo, *mon amour*.

—No está mal.

—Esteban quiere que celebres tu primera noche de libertad. Es muy atento...

Se quitó los zapatos.

—Y yo también lo quiero, *mon p'tit spagnol*.

Aquella noche durmió profundamente, arropado por el suave calor de Monique, desnuda bajo la sábana.

Los días que sucedieron los pasó con ella estudiando las calles de Marsella. Esteban había puesto a su disposición un Peugeot negro seminuevo. Era un coche de mucha estabilidad, amplio, de excelente *reprise*. Tenía el motor trucado.

Salían temprano del hotel, enfilaban una carretera y Manuel pisaba a fondo, mientras Monique reía a su lado divertida. A veces paraba en un descampado y ocupaban los asientos de atrás. Luego, más tranquilos, daban la vuelta y cenaban en cualquier restorán.

Empezó a sentirse seguro de sí mismo. No sólo al volante, en cuyo manejo era un experto, sino entre la gente. La ropa nueva y los francos que llevaba enrollados en el bolsillo del pantalón le daban un aplomo del que a veces se maravillaba él mismo.

Entraba en una sala de fiestas y lo hacía con la misma naturalidad del *bon bourgeois* o el financiero de los muchos que acudían a diario. Aprendió a ponerle la silla a Monique, que siempre decía un gracias relleno de guturalidades sexy.

Cabarés, salas de fiesta, gente nueva. Abundantes chicas de alterne y tipos un poco raros, entre truhán y gran señor, se interesaban por él, le daban tarjetas. Manuel, mientras, seguía cavilando. Esteban, fuera quien fuese, no podía portarse mejor con él. ¿A cambio de qué? Tenía la seguridad que los miles de francos que gastaba tenían que ser una especie de inversión. ¿Qué se proponía?

Decidió esperar.

Monique, en ocasiones, le preguntaba por su vida. Por qué había estado en la cárcel, cómo había conocido a Esteban, qué proyectos tenía. Era como si tropezara contra la pared. Él sonreía, la tomaba en brazos y empezaba a desnudarla.

—Tú a lo tuyo, muñeca. *Poupée*, ¿no se dice así?

—¿Pero por qué no me lo cuentas todo? ¿Desconfías de mí?

—Qué va. Si tú eres una santa. No hay más que mirarte. ¿Quieres saber una cosa?

—Sí.

—Pues, mira. Yo, lo que hago hoy, ahora mismo, me se olvida al día siguiente.

Ella insistía.

—Tú tienes negocios con Esteban y no me lo quieres decir.

—Trabajo solo.

—Mejor. Ese Esteban no me gusta. ¿Te cuento algo suyo?

—A mí no me cuentes nada. ¡Nada! Nada de nada. Ni de nadie. Y el día que te se ocurra contarme algo, esa boquita tan maja que tienes te la voy a partir.

—No me quieres.

—¿Por qué iba a quererte?

—Pero yo te adoro.

Terminaban como siempre, pero Manuel no soltaba el mirlo.

Así las cosas, cierto día recibió por teléfono una orden de Esteban. Tendría el coche listo de gasolina y de aceite en un determinado aparcamiento de la ciudad. Hora, las nueve menos cuarto de la mañana. Acompañaría a tres amigos al sitio donde le indicaran y no bajaría del coche para nada.

Manuel, deseoso de respetar el trato de no hacer preguntas, aventuró una sola.

—¿Nada más?

—Nada más.

Vaciló un momento, pero al fin se decidió a pronunciar sólo cuatro palabras.

—El motor siempre encendido.

—Estás en todo. Buena suerte.

Fue todo muy rápido. A las nueve menos cuarto en punto, antes de aparcar, ya había recogido a los tres hombres. Una dirección. Relojes sincronizados. Vio por el retrovisor cómo se cubrían las cabezas con medias de nilón. En seguida, guantes finos de piel oscura. No hizo comentarios.

Instantes después paraba en el lugar exacto indicado, que aparecía marcado en el suelo con dos rayas de tiza apenas visibles. Las puertas que se abren y se cierran. Y el tiempo que pasa. Un minuto, dos, tres... Tenso al volante. Embrague apretado y primera dispuesta. Observaba el tráfico. Nada de particular.

No necesitó orden de marcha cuando volvieron los tres hombres cargados con dos pesadas bolsas de cuero marrón. Salió despacio, sin llamar la atención. Al girar por la primera bocacalle aceleró moderadamente. Tuvo que adelantar a un par de vehículos para ganar tiempo. Luego, a fondo, calculando la duración de los semáforos.

Cuando cambiaron de coche, en una replaceta solitaria, se quitó la americana y se quedó en un suéter rojo muy llamativo. Mientras, los de atrás hacían lo mismo.

En segunda, despacio, se mezcló con la riada de vehículos

de una importante arteria urbana. Minutos después salían de la ciudad.

Llegaron al lugar de destino cinco minutos antes de lo previsto.

Uno de los hombres le dio una palmada amistosa.

—Bravo, Manú. Informaremos de ti como te mereces.

—Hasta otra.

De nuevo en la ciudad, abandonó el coche cerca de un parque. Luego cogió un taxi y se fue al hotel. Mientras tomaba una Coca-Cola en la barra se permitió bromear con un gendarme. Comió y se tumbó un rato.

Le despertó un telefonazo a media tarde. La voz, extraña, parecía la de un hombre asmático.

—¿Manú?

—El mismo.

—Te felicito.

—Gracias.

—A las diez en punto te llamará Esteban. Sigue sus instrucciones.

—De acuerdo.

Cenó con Esteban en un restorán del centro. Ningún comentario. Sólo, al terminar, un guiño expresivo y un talón por valor de un millón de francos.

—Lo cobras mañana. Luego ingresas lo que te parezca en este banco.

Cogió el talón y la hojita del bloc con la dirección del banco. Preguntó a Esteban si podía llamar a Monique.

—Monique ha terminado contigo.

—¿Por qué?

—Tiene otro trabajo.

Le confió que se trataba de un gancho.

—Me lo pensaba —dijo Manuel.

—Pero lo has hecho muy bien.

—Y ella. La jodida.

—Te presentaré otras chicas. De confianza todas. Hay que celebrarlo. Pero ojo con la bebida.

—Yo no bebo nunca.

En la penumbra de la *boîte*, delante del agua tónica, Manuel tuvo aquella noche un pensamiento para Campillos. De buena gana hubiera cambiado la musiquilla enervante del *strip-tease* por el canto de los grillos. Se encogió de hombros. Suspiró.

La furcia de turno fingió interesarse por él.

—¿Qué te pasa, *mon chéri*?

Él la miró socarrón.

—Que tengo sueño. Y ganas de tomarme un vaso asín de grande de leche.

—¿Has dicho leche?

—Leche crúa. De la ubre a la boca, calentita. Tibia. Vosotros los franchutes de por aquí no sabéis lo que es eso.

Suspiró otra vez y estiró las piernas.

Al mes se había ganado la confianza de Esteban.

—Te vi por primera vez en Digne —le dijo en una ocasión—. Salías trincado de una tienda. Dos gendarmes delante y otro detrás. Peleaste muy bien. Te hubieras escapado a no ser por aquel cabrón gordo que cayó sobre ti. ¿Te acuerdas? Te seguimos hasta la gendarmería. Desde entonces no te he perdido la pista. Es fácil. Ya sabes, en Beau-Maître nos sobran contactos. Te «recomendamos» a ellos.

Encendió un cigarrillo parsimoniosamente.

—Sabes que te aprecio. Sin embargo, quiero advertirte algo.

—Tú dirás.

—El día que te canses, o decidas trabajar por tu cuenta, lo dices. Aquí no aguantamos caprichos de nadie. De nadie. No hay excepciones. Cada cual cumple con lo suyo.

Expelió una bocanada de humo.

—Vales para esto. Nadie te lo discute. Pero necesitas un cerebro. Igual que yo. Es lo más difícil. El cerebro. Sé también que tienes genio. Te lo guardas. Entre nosotros no existen peleas. Ni envidias. Por eso te digo que si te cansaras algún día, me lo dices en seguida.

Sus dedos tamborilearon sobre la mesa.

—Esto es una familia. Una gran familia, pero de verdad.

Se exige absoluta fidelidad, absoluta dedicación, toda la entrega. Lo sabes. Ya. A cambio de esto, siempre estarás protegido. Además, si sigues como hasta ahora tendrás una buena temporada de descanso. Hay que renovar el personal. Una cara puede pasar desapercibida una vez, cinco si tú quieres, pero la policía no es tonta. Acaban familiarizándose.

—¿Y eso de la temporada de descanso?

—Hay que ganarla.

Miraba al techo distraídamente, consciente de que los ojos de Manuel no le perdían de vista.

—Más que descanso es un trabajo sencillo. De inspección. Tienes tres o cuatro chicas... Nada. Procurar que no se encaprichen y sacar bien las cuentas. Claro que si hay que marcar a una, se la marca. Pero ya te digo, esto tienes que ganártelo a pulso. Nadie da nada en la vida. Lo sabes tan bien como yo.

—Claro.

—Ellas se sienten protegidas. Tienen de todo. Hasta la clientela les proporcionamos para que no se arañen. Zonas. Ya entiendes.

Bebió un sorbo de gin.

—Te he dicho que peleaste muy bien cuando el asunto de Digne, pero te falta escuela. Te enseñaremos.

Le miró con fijeza.

—Sabes lo que quiero decir.

—Sí.

—Bueno. Otra cosa. Ya va siendo hora de que conozcas mejor a los compañeros. Has estado demasiado solo. Nos reuniremos arriba dentro de un rato.

Esteban aplastó la colilla en el cenicero de loza.

—Tenemos un inconveniente. Tus papeles. Los chicos están todos dentro de la ley. Tú...

Manuel dijo que tenía pedida la carta de apátrida.

—¿Cuánto tiempo hace?

—Lo menos año y medio. O más.

—La reclamaremos. Mientras descansarás. Y si el jefe quisiera darte las vacaciones que te he dicho...

La escena se desarrollaba en el saloncito circular de una sala de fiestas propiedad de uno de los jefes. Penumbrosa, porque aún no se había abierto al público, la pieza tenía una lobreguez de calabozo que desazonaba a Manuel.

—¿Vamos arriba? —dijo Esteban levantándose.

Subieron una escalera de caracol de costoso maderaje. Una pequeña rotonda con dos puertas forradas de terciopelo verde. Esteban empujó la de la izquierda. En la sala, bastante espaciosa, se reunían como una docena de hombres bien trajeados, con camisas oscuras y corbatas llamativas. Se levantaron al ver a Esteban, que les presentó a Manuel.

Hubo un primer cambio de impresiones. Todos allí parecían predispuestos en favor del novato. Copeo de Chivas, de Martell. Intercambio de invitaciones. Sin apenas darse cuenta, había entrado en el mundo del hampa por la puerta grande.

Durante la última quincena de julio participó en un par de golpes más. Cumplió su misión lo mejor que supo. Mientras, su cuenta corriente crecía. Y su prestigio profesional.

Hasta que, como recompensa, se le concedió el período de descanso.

Fue inmediatamente después del asunto Decassier. Esteban escogió a su fiel Manú para rematar el trabajo. Con él, Pierre Amescu, un francés de origen rumano especialista en la navaja.

Al parecer, el tal Decassier se había ido de la lengua, por lo que hubo necesidad de liquidarlo. Manuel se limitó como siempre a conducir un flamante Dodge hasta la linde de un bosque, en las afueras de París.

Cuando puso el freno de mano, Amescu le rogó que lo acompañara. Abrió el capó. Envuelto en una manta apareció el cadáver de un hombre, del que sólo se veían los zapatos.

Lo cogieron entre los dos.

—Aquí mismo está bien —dijo Amescu.

—¿No está demasiado a la vista?

—Cuanto antes lo descubran, mejor.

Volvieron. El rumano necesitaba saber qué demonios le pasaba a Manú que nunca preguntaba.

—¿Qué coño de tío eres tú? —le dijo—. ¿Ni siquiera te interesa saber quién es el muerto?

—No. ¿Para qué? ¿Lo habéis matado? Pues bien muerto está. A mí me pagan para que os pasee en coche.

Supo que Decassier era un conocido proxeneta.

—Se emborrachaba —dijo Amescu—. Y se iba de la lengua. El jefe le avisó.

—¿Qué jefe?

—Sólo tenemos un jefe.

Un silencio.

—Ahora su zona se queda libre —siguió Amescu—. Creo que Esteban te la tiene reservada. A veces pienso que le limpias el culo.

Manuel, sin inmutarse, arrimó el coche a la cuneta. Luego bajó sin decir palabra, agarró al rumano del cuello y lo tiró al suelo. Un clic metálico, el fulgor de la hoja de la automática. Pero Amescu no tuvo tiempo a nada. El terrible golpe de Manú, al mentón, le dejó sin sentido tendido en la carretera.

Se lo echó al hombro como si fuera un fardo y lo sentó a su lado.

Cuando se presentó con él a Esteban, contó lo sucedido.

—O ése o yo —le dijo señalando a Amescu—, que yo no le he hecho nada para que me insulte. Y si le vuelvo a ver, que se cruza en mi camino por esto o por aquello, lo mato.

—Deja que lo arregle yo. Porque a mí también me ha insultado. Limpiarme el culo...

Allí mismo, en presencia de Manuel, Esteban rayó la mejilla del rumano con un terrón de azúcar. De la patilla al mentón. Luego lo echó a empujones escaleras abajo.

—Esa herida ya no hay quien se la cure. ¿Lo sabías?

—No.

—Pues aprende. Yo siempre llevo un terrón en el bolsillo. ¿Lo ves?

Se sirvió una copa.

—Lo que pasa es que se lo come la cochina envidia. Sustituirás a Decassier. ¿Entiendes ahora?

—No del todo.

—Quería el puesto. Y ése sólo sirve para matar. De chicas, nada.

Le contó después cómo la organización había ido comprando poco a poco los principales cabarés de la zona, las casas de citas, los bares de camareras, hasta algún que otro fumadero.

—Tenemos buenas agarraderas.

—¿Y la policía?

—Nada. Mientras no armes escándalo o haya sangre, nada. Por eso tienes que guardarte el genio en el bolsillo. Ahora, con el nuevo trabajo, me demostrarás si vales.

Intuyó el peligro. Pero a medida que pasaban las semanas se iba haciendo a la nueva vida. Por otra parte, se encariñó con los compañeros. Desprovisto de afecto desde niño, agradecía más que otro el pequeño obsequio, la invitación a la fiesta particular, el consejo a tiempo o la simple sugerencia. No estaba tan baqueteado como ellos. Era una especie de lobo temible, pero amaestrado, fiel hasta la muerte. Comprendió que los lazos que le unían a aquellos hombres no eran exclusivamente los del delito. Que había algo más. Se respetaban. Se querían más que hermanos. No existían obstáculos a la hora de salir en defensa del caído o del que solicitaba ayuda para una venganza personal.

Odile, Paoletta, *la Vesubiana*. Italianas las tres. Las tres de bandera. Aparecían sobre mediodía en cualquier cafetería de rue Tubannu, en la Cannebière, junto a Petit Port. Recién bañadas, oliendo a Chanel. Levantaban la mano, echaban un beso al aire: «*Hallo*, Manú.» Manuel las miraba con fijeza, amenazador, desde el rincón del establecimiento, frente al vaso de agua mineral. Suéter negro, ceñido, de cuello alto, pantalón negro, zapatos negros. Manú, terrible. Manú amenazador. Manú enigma, que lo mismo podía resolverse por el guantazo que por la espléndida propina.

Odile, Paoletta, *la Vesubiana*. Estupendas las tres. Ondulantes. Sabias. El sexo en la mirada. Manú vigilaba el ganado a distancia. Manú lo sabía todo. Manú que acaricia o marca.

A cambio, buenas alhajas, pieles, pitilleras de oro blanco, zapatos de ocho mil francos. Muy finas, educadas en el alterne.

Siempre que fondeaban barcos de guerra, Odile, Paoletta, *la Vesubiana*, iban del brazo de un oficial. La marinería, lo sabían las tres, para las zorras de tres al cuarto.

A veces se producía la llamada telefónica. El muchacho de la barra le hacía una seña. La ceja izquierda levantada. Manú, todo negro, despacio, en un achulado contoneo, cogía el auricular. Unas cuantas palabras. Pocas. Colgaba. Comprendían ellas sin necesidad de explicaciones superfluas. Acudían a su mesa. «Un pez gordo —decía Manú— y algunos amigos. Toda la noche en el apartamento. Pero oídme. Mañana por la mañana, fuera. Y necesito medio millón de francos.» Si el gesto de una de ellas es equívoco, el revés. «¡Medio millón! Si no sabéis ganarlo, lo robáis.»

Odile, Paoletta, *la Vesubiana*, cogían los trastos de matar: pitilleras, monederos, pieles. El chófer las acompaña al apartamento. Junto al chófer, Manú, malhumorado, terrible. «Vendrán a recogeros como de costumbre.»

Y a esperar hasta el día siguiente.

Otra vez la cosa se resuelve en coña. El moro rico pide delicadamente por medio del secretario la colaboración de las tres. Odile, Paoletta, *la Vesubiana*, ponían hociquito de disgusto. «Pero si a mí no me engañáis. ¡Porquear es lo que os gusta! Para ir medianejo, cada una de vosotras necesita tres moros y no al revés.» Manú el terrible está de buen humor. Hay que reírle la gracia. Además, le ha dado sobona. Lo piensa Odile, aunque se guardará muy mucho de confesarlo.

Y el compromiso. ¡Docena y media para el yate de un conocido multimillonario amarrado en Cannes! «Dieciocho tías como vosotras más o menos. Me disfrazáis callos. Lo que sea. ¿O es que no tenéis amigas que valgan un carajo?»

Prisas. Manú, más terrorífico que nunca, se multiplica. Echa mano de su agenda particular. Si hay que drogar un poquito a la menor, se hace. Nadie podrá probarlo nunca. Además, con esos tíos no hay cuidado.

El tiempo, suyo. Y las cosas, todas las cosas. Le sobraba

el dinero, «me sale por las orejas», le decía a la conquista penúltima. Pero cada día estaba más triste. Aquello no se había hecho para él. Mujeres, sí, pero ganarlas a pito. Además, los espacios cerrados le ahogaban. Estaba harto de cines, de salas de fiestas, harto de ver sobre su cabeza un techo. ¿Y las estrellas? ¿Dónde quedaban las estrellas?

Siempre que el trabajo se lo permitía salía al campo. No era sin embargo lo que buscaba. Volvía cansado, irritable, de pésimo humor. Se echaba un rato. Hojeaba la última revista pornográfica, el último *Play*. Tendido boca arriba en la cama se preguntaba qué hacía en Marsella explotando a aquellas infelices. Jugando al ogro.

Así estaba cuando le comunicó Esteban por teléfono que se había recibido la carta de apátrida solicitada por Julio tiempo atrás. Se la envió en seguida. Ya no era un indocumentado. Era el hijo legítimo de un matrimonio español, Gregorio y Dolores, legalmente inscrito en la parroquia de Campillos. Figuraba además en los registros generales de identidad franceses como refugiado político. Los papeles en regla y una envidiable cuenta bancaria.

Esteban comprendió en seguida cuando le habló Manuel.

—Ya lo esperaba. Pero esto no es cosa mía, Manú. Tengo que consultar.

—¿Con quién, si puede saberse?

—No, no puede saberse. De todas formas te llamaré diciéndote lo que hay.

Le llamó a las pocas horas. Al parecer el jefazo estaba de acuerdo. Si se había cansado, podía largarse con viento fresco. Mejor que hacer las cosas mal. Además, empezaba a estar demasiado visto. Pero antes tenía que cumplir el compromiso de las chicas.

Dos meses le duró la espera. Y como en la vida todo llega, le llegó el relevo a Manú. La noche de su despedida dio una fiesta espectacular a los amigos. Era rumboso y cerró un cabaré.

3. LEGIONARIO EN LA INDOCHINA FRANCESA

HABÍA DEJADO DE SER UN POBRETÓN INDOCUMENTADO. Ya podía enseñar los papeles al primer gendarme encaprichado en verlos. Había adquirido además el aplomo necesario para andar por el mundo. Seguridad. Sobre todo cada vez que se sentaba al volante de su Citroën nuevo.

Inició un viaje de placer por la Costa Azul. Desde la habitación del hotel donde se hospedaba, en Niza, se pasaba las horas muertas mirando al mar. Pensaba que el mundo era muy grande y que a él, entre el año de cárcel y el tiempo transcurrido en las salas de fiestas, se le escapaba el tiempo, tal vez la ocasión de conocerlo.

Como había aprendido a no fiarse de nadie, iba siempre solo. Pero le devoraba su misma soledad. A veces, pocas, buscaba una mujer. Se cansaba en seguida. No le querían por él. Era su dinero, que tiraba a manos llenas, lo que buscaban. Alguien, probablemente sor Lucía, o sor Presentación, no recordaba, alguien le había dicho que un día encontraría a la mujer, a su mujer. Sonreía incrédulo. Las mujeres, todas, se movían impulsadas por el interés. Y sin embargo, había hombres que mataban por ellas. Incomprensible. Se lo había dicho a Luigi en Beau-Maître. La mujer, como la camisa: la usas y la tiras al cubo de la basura.

Quizá fuera su secreto el desprecio con que solía tratarlas. Tal vez su cara de niño grande, la picardía de sus ojos, aquella sonrisita entre cínica e incitante, que nunca se sabía si era de desdén o de simpatía. Lo cierto es que las atraía más que nunca. Había cumplido los veinte y algo más, y se adivinaba en él al hombre maduro, al que está al cabo de la calle. La mujer, sin saberlo, lo intuía. Contaba además la presencia, los bolsillos llenos de dinero, la aventura que había en el fondo de su mirada, su labia, capaz de convencer a la más desconfiada.

Una mezcla de todos estos ingredientes es lo que debió de ver Marga, la jovencita que atendía en la recepción del hotel.

La encontró sentada en el coche.

—¿Pero qué haces tú aquí, criatura? Si he pagado y todo. Si me marcho de viaje.

—Lo sé. Por eso estoy aquí.

—Pues te bajas.

—Me voy contigo.

Se encogió de hombros.

—Lo que tú quieras.

Fue una especie de viaje de novios. Como había empezado la temporada de verano, alquilaron un apartamento en Antibes. Playa y sol. Largas siestas por la tarde. La vida, nocturna. Espectáculos caros, atracciones, cabarés, algún que otro desplazamiento a Saint-Tropez, donde vieron a la Bardot y gente tan famosa como ella.

Cierta noche, en el *snack* donde cenaban empezó a gritar una mujer. Todos miraban indignados, pero nadie parecía dispuesto a enfrentarse con el gigantón borracho de barba rubia que abofeteaba a aquella desgraciada. Manuel se levantó. Dos golpes secos al vientre y, aprovechando la guardia baja, el tremendo puñetazo en el oído. Otro saco derribado por el terrible Manú.

Intervino la policía.

Manuel enseñó su tarjeta de apátrida.

—¿Le sirve esto? —dijo con cierto orgullo.

—Me temo que no mucho, *monsieur*.

—Pues siempre ha sido bueno.

—Pero ahora... Tendrá que acompañarnos.

Le dio un buen puñado de billetes a Marga antes de salir.

—Te vas a casa. Con tus padres. Que ya has hecho bastante la burra. Te pondré una tarjeta.

Corría el año cincuenta y cuatro y la voz del general De Gaulle era cada vez más tonante. Manuel se enteró por la policía de Niza de que el impetuoso general había influido probablemente sobre el presidente Coty para que se decretara la pronta expulsión de los apátridas.

El comisario se encogió de hombros.

—Sólo son rumores, *monsieur* González, pero lo más prudente en estos momentos es que se vaya usted a España.

—¿Por qué?

—Si no se va usted lo enviaremos nosotros. A no ser que quiera usted alistarse en la Legión Extranjera.

—¿Y qué hay que hacer para eso?

—¡Ah, *monsieur*! Muy simple. Presentarse en Marsella. Fort Saint-Nicolas.

Trató de poner en orden sus ideas.

—Vamos a ver —dijo—. Usted lo que quiere decirme es que tengo dos caminos: a España o a Indochina. ¿Es así?

—*Exactement, monsieur.*

—Pues me voy a Indochina.

El comisario parpadeó.

Junto al uadi de Mekkera, en una llanura que se pierde de vista hasta los montes Tessala, se levanta la ciudad argelina de Siddi-bel-Abbès, cuna de la Legión Extranjera Francesa.

El 7 de mayo de 1954, más o menos por las fechas que abandonó Manuel a sus compañeros de Marsella, se produjo en Indochina la caída de Diên Biên Phu. El general Giap había dado el golpe de gracia a la dominación francesa en aquellas latitudes al enviar sobre dicha plaza fortificada más de cien mil hombres. Era el final. Sin embargo, el gobierno francés, mientras se hablaba de dilatorias conversaciones de paz, intentaba seguir resistiendo, especialmente en la selva. Necesitaba hombres dispuestos a todo y se pensó en la Legión Extranjera. La historia demostraría poco después lo vano del esfuerzo. Pero se hizo a costa de mucha sangre inútil. Españoles, polacos, turcos, algún que otro alemán, acudieron de todas partes a la ciudad legionaria, dispuestos a la aventura.

Uno de estos aventureros fue Manuel, quien se presentó en el banderín de enganche de Marsella.

Durante el reconocimiento debió de ver algo extraño en la mirada del médico que le auscultaba.

—¿Es que me pasa algo? —preguntó inquieto.

Una sola palabra por toda respuesta.

—*Refulé!*

Pidió explicaciones. Por lo visto su corazón no marchaba bien.

Se alegró en el fondo. No tendrían que ponerle aquella enorme inyección en la espalda.

—Parece una banderilla —le dijo riendo a Juan, un valenciano que le miraba con gesto dolorido.

Pasearon un rato por el fuerte.

Manuel, maquinando cómo se las apañaría para que las autoridades francesas no le enviaran a España, se quejó de su mala fortuna.

—El de la bata blanca —dijo contrariado a Juan—, el muy cabrón, que dice que nones.

Le enseñó una cartulina roja.

—Míralo. Ahí lo pone.

Cruzando la cartulina en diagonal se leía una palabra en tinta azul: *refoulé.*

El valenciano le miró en silencio.

—Así que a España. Estos cochinos franchutes. Le embarcan a uno, le meten en la ratonera y ahora le mandan al carajo. ¡Maldita sea! A ver qué hago yo ahora. Porque como llegue a España, ya me dirás. Al calabozo.

La mano velluda del valenciano agarró el antebrazo de Manuel. Se ocultaron de los demás debajo del hueco de una escalera pintada de cal.

—¿Tú no quieres volver a España? —dijo el valenciano.

—Claro que no. ¿A que me encierren?

—Podríamos arreglarlo.

Manuel arrugó el entrecejo.

—Ya me dirás cómo.

—Cambiando los papeles.

El valenciano miró al suelo como avergonzado.

—¿Sabes? Yo no quiero ir a Indochina. Lo he pensado mejor. Al fin y al cabo nada tengo que ver en todo esto. Hasta podrían matarme.

—¿Tú harías eso?

—Claro. Nadie iba a saberlo. ¿O no?

—Venga.

Al día siguiente se embarcaba con papeles falsos en el puerto de Marsella. En lo sucesivo sería Juan Linares, hijo de Juan y de Martina, nacido en El Grao de Valencia en 1932.

Las dos semanas que duró la instrucción en las polvorientas explanadas de Siddi-bel-Abbès lo pasó mal. Acostumbrado a la vida regalada de los corsos, aquello de dormir en una mala colchoneta llena de parásitos, entre nubes de mosquitos grandes como helicópteros, para levantarse al alba con el cuerpo molido, coger el fusil e incorporarse de prisa y corriendo a la formación, le ponía de un humor de perros para el resto del día. Luego, el un dos. Arriba y abajo, abajo y arriba, derecha, izquierda y media vuelta y vuelta a empezar, bajo un sol de justicia, con el cuerpo empapado en sudor y las mucosas una lija.

Pero aquello tenía sus ventajas. El uniforme de legionario le sentaba bien. Al menos él se sentía a gusto con sus flamantes botas de media caña, el pantalón con amplio cinto y la camisa de cuello abierto. Había además caras nuevas, gente más o menos pintoresca, siempre encanallada, entre los que se sentía poco menos que un angelito.

En el polígono de tiro se reveló como buen fusilero. Donde ponía el ojo, allá que iba la bala. El sargento instructor le miraba demasiado y Manuel, intuyendo al enemigo, le pidió que lo relevara de los ejercicios de tiro.

—¿Te crees que sabes mucho?

—Más que usted. De cuentas y esas cosas, no, la verdad. Pero de pegar tiros, ¡bueno!

El sargento sacó la pistola de la funda.

—¿Y con esto?

—¿Con la matraca? Mejor que con el fusil.

Se había formado una rueda de legionarios alrededor de ellos.

—Yo le hago a usted una propuesta —dijo Manuel—. Si de seis tiros le fallo uno a aquella piedra de allá, me da permiso para ir a Siddi-bel-Abbès. Me acostaría con un par de moritas.

—¿Y si no aciertas?

—Pues lo que usted quiera. Más no le puedo decir.

Acertó los seis disparos. Pero el sargento le mandó a fregar letrinas. Al día siguiente apareció con la cabeza hinchada a un centenar de metros de las oficinas, dormido como si le hubieran cloroformizado.

Manuel tuvo suerte, porque a los dos días de calabozo los embarcaban.

Era una tropa regular perfectamente equipada. Armamento, munición, bayoneta al cinto, casco y cantimplora. Sobre la espalda, un macuto con algo de ropa, dos rollos de esparadrapo, los efectos personales y de aseo y un frasco grande con pastillas antimalaria. Manuel agitaba la mano sin saber a quién. Como siempre que embarcaba, se emocionó mucho al oír la sirena del *Dijon*.

Uno de los compañeros le preguntó si quedaba muy lejos Indochina.

—Lejos, lejos...

—Pero, ¿dónde cae?

Manuel alzó las cejas en un gesto de suficiencia.

—Pues eso cae allá, al otro lado de China. Donde están los indios. Eso es...

Tampoco él lo sabía. Por eso, pensó con buena lógica, había que ir.

Cuando los altavoces empezaron a vomitar los primeros compases de la Marsellesa, la muchedumbre apiñada en el muelle este de Orán enmudeció. Brazos que se agitan. Pañuelos al viento. El *Dijon* se alejaba majestuosamente por la dársena con su cargamento de vidas. Vidas dramáticas, disparatadas o soñadoras, pero vidas al fin y al cabo, jóvenes uniformados que gritaban también *Vive la France*, aunque France les importara un rábano.

Argel, Bugía, Túnez, Trípoli, Bengasi... En Alejandría se les dio permiso para estirar las piernas por el muelle. Unas pocas horas. En seguida, a la mar.

Cruzaron el canal de Suez.

La noche del mar Arábigo era pegajosa, densa. El aire, irrespirable, parecía haberse espesado. Un nombre. El Ecuador. ¿Ecuador? Le sonaba a Manuel. Lo había oído en alguna parte. Pero no caía. Voces amodorradas en cubierta, ronquidos, bostezos de flatulencia. Las estrellas, muy gordas, brillantes como luciérnagas, parecían burlarse de él: «¿Dónde te has metido esta vez, tronao, que eres un tronao? Siempre tendrás la cabeza llena de pájaros. ¿No comprendes que te pueden coser a tiros?» No eran las estrellas. Era él, Gregorito el de La Misericordia; Manuel, el nieto de Brígida; era el Manú de los corsos, el Juan Linares valenciano... ¿Quién era él en realidad? Lo más probable, pensaba, un cadáver en busca de su fosa allá donde Cristo perdió el gorro, a luchar bajo una bandera extraña que nada le decía, contra no sabía quiénes ni por qué.

Hicieron aguada en un poblado de la costa de Malabar.

El jovencito preguntón que se le había pegado y que resultó ser un francés fugitivo, se había emperrado en que no, en que los indios llevan plumas y son de color calabaza, mientras que aquellos tipos esqueléticos con las caras llenas de bubones, y los bubones llenos de moscas, iban vestidos de fantasmas y eran de color verde.

Manuel trataba de convencerlo.

—Son indios, hombre. ¿No ves que todo el mundo lo dice?

—¿Y las plumas?

—No tendrán. O las habrán dejado en casa.

El pellejo del agua pasaba de mano en mano para vaciarse en seguida.

—¿Hay tiburones por aquí?

—Y tigres. Y elefantes. Y cocodrilos.

—En buen lío nos hemos metido.

Manuel golpeaba animoso la sudada espalda del compañero.

—¿Qué lío ni qué cuernos? Nosotros vamos, y en paz.

—Pero ¿adónde?

—Adonde sea, hombre. ¡Qué más da!

En Colombo, nueva escala. El *Dijon* parecía un basurero colosal. Se habló de limpiar fondos, pero al parecer urgía llegar cuanto antes. Además, empezaban las fiebres. Los legionarios, más valientes que todas las tercianas del trópico, habían tirado al mar el frasco grande de las pastillas blancas. Casi todos contestaban lo mismo a la pregunta del oficial.

—¿Por qué has tirado la quinina, pedazo de animal?

—Ocupaba mucho sitio en el macuto.

Tabardillos, caras pálidas llenas de oquedades, sudores de muerte.

—*Mon lieutenant*, creo que tengo la gripe.

—Calla, animal.

—*Mon lieutenant*, ¿oye mis dientes? Estoy tiritando con el calor que hace.

—¿Por qué has tirado la quinina? Aguántate.

—*Mon lieutenant*...

Manuel miraba y callaba. Si antes de llegar empezaba la malaria, ¿qué sucedería allí? Ni se acordaba de los tiros.

En el estrecho de Sumatra los legionarios se achicharraban. A veces, el *Dijon* entraba en una nube enorme de mosquitos. La orden era taparse con la manta, si bien todos se resistían a cumplirla por miedo a la asfixia. Cuando la atravesaban, escupían mosquitos, vomitaban mosquitos. Los pies resbalaban sobre la costra de tres dedos formada por los mosquitos muertos. Hubo quien salió de la nube con la espalda en carne viva. Lo olvidaban pronto. La proximidad de la costa les permitía ver las acrobacias de los monos. «¿Falta mucho?» La pregunta estaba en todos los labios. En todos, menos en los del joven francés, que no se separaba nunca de Manuel y empezaba a mirar de una forma muy rara.

—Tú, que no me has dicho aún cómo te llamas.

—Muhabb. Mi padre es argelino.

—Demasiado difícil para mí. Te llamaré *Morito*, ¿hace? Yo soy Manú, aunque en los papeles me llamo Juan no sé qué.

En el golfo de Tonkín divisaron algunas escuadrillas de aviones. Volaban muy alto, brillando al sol del trópico como insectos tenaces, obcecados.

Un buen día, la orden: revista en el plazo de media hora. De nuevo el cornetín de órdenes. «¿Qué dice el hijo de su madre?» Todos parecían haber olvidado los toques de ordenanza. La estridencia crispada de un pito. ¿Tan cerca estaban ya?

Lo comprendieron al ver huir a lo lejos dos lanchas torpederas perseguidas por dos cazas franceses volando a ras del agua.

Un buque de guerra de color gris los escoltó hasta Haiphong. Otra vez gente esperándolos en el puerto. Muchachas jovencitas, niñas aún, de rostro verdoso, demacrado, y con un gracioso cucurucho en la cabeza. Las niñas reían, risa de dientes. Ojos hundidos, pómulos descarnados, la caquexia cebándose en unos cuerpos que hubieran podido ser hermosos sin eso que los hombres llaman civilización. Lo pensaba Manuel un poco entristecido ante el espectáculo. Por un cigarrillo, según le decían en el puerto, podía acostarse con la que más le gustara. Si le daba un chusco, podía retenerla una semana, dos. Ellas sabían que los europeos, aunque brutales por lo general, eran portadores de tesoros: una lata de melocotón, de carne, azúcar, café, tabaco... Lo daban, y si alguno se negaba o rechazaba la compañía de una mujer, eran conscientes del derecho que les asistía para degollarlos y dejarlos desnudos en cualquier descampado.

Mientras remontaban el Cua Cuam, uno de los brazos del río Rojo, Manuel admiraba la dramática belleza del trópico. A ambos lados del *Dijon*, gigantescos árboles de un verde intenso parecían darle la bienvenida. El impresionante espectáculo había hecho enmudecer a los expedicionarios. Colores puros, brillantes, remansos de aparente paz, con plantas gigantes de ramas péndulas rozando las sucias aguas del río. Bajaban arremolinadas arrastrando un achocolatado lodo espeso mezclado con inmundicias, con maderos, ramas, el cuerpo hinchado de una acémila, quién sabe si el cadáver de una persona.

Haiphong, en tiempos una aldea de campesinos miserables levantada en un lugar inhóspito para defenderse de las invasiones, había sido transformado por los franceses en una ciudad de casi doscientos mil habitantes. Su puerto, el más importante del país, se convirtió en punto de salida de los productos naturales procedentes en gran parte de Tonkín y de la

China del sur. Manuel observaba las modernas instalaciones en plena selva, miraba los grandes tinglados, las grúas, y se decía que, a no ser por aquellas frágiles criaturas de ojos almendrados, a no ser por los carritos de dos ruedas que se veían alineados a la izquierda, al otro lado de la verja de hierro, y por los gritos guturales que llegaban hasta él, aquello hubiera podido pasar por cualquier puerto francés. Empezó a cavilar. Por qué estaba él allí, qué motivos tenían los franceses para hacer la guerra a aquel pueblo de enanitos, contra quién iba a disparar él y en virtud de qué principios morales.

Mientras bajaba cargado con sus pertrechos bélicos, se dio cuenta de su error. De nuevo resonaban los acordes de la Marsellesa, ondeaban al viento banderas francesas. Afuera, en batería, un par de docenas de camiones pintados en camuflaje. Órdenes en francés. «¿Qué dicen ahora? ¿Qué coño quieren?» Desconcierto. Mientras, manos descarnadas tocando los uniformes como si tocaran reliquias, gritos ininteligibles, ojos brillantes, hermosos, porque siguen siendo jóvenes a pesar de la depauperación.

Formaron en el muelle. Desde donde estaba, Manuel distinguía a su derecha un mercante con una cruz roja pintada en los costados, a popa. Cerca de la cruz, un madero por el que gente uniformada y alguno del paisanaje subían camillas con heridos silenciosos. Las vaharadas de aire que le llegaban desde el buque estaban impregnadas de un hedor insoportable. Otra vez el zumbido de los aviones. Lejano, un trueno como de tormenta que se aproxima.

Media hora después la caravana se ponía en marcha. Calles amplias en las que se hacían patentes las huellas de los bombardeos. Calles con estatuas, parques y edificios pomposos, de una solemnidad que movía a risa en aquellos momentos de pánico. En seguida, la selva. Caminos sinuosos, embarrados, con miserables aldeas enclavadas en llanuras de un repulsivo color ocre.

El Morito se había colado en el camión de Manuel. Tenía los ojos desorbitados y respiraba con cierta fatiga.

Manuel quiso bromear con él.

—Si no va a pasar na, hombre. Lo único, que nos peguen un tiro. Pero yo sé que no. A nosotros no hay rayo que nos parta.

—¿Sabes qué dicen? Lo he oído en el muelle.

—¿Qué?

—Que la guerra está perdida. Todo está ocupado ya, menos la selva. Algún trocito... ¿Y si está perdido, por qué nos traen aquí? No han podido pararlos, pero mientras hablan de paz, quieren tener gente, soldados, imbéciles como nosotros...

—Pues conmigo que no cuenten. Como no me guste esto, que empieza a no gustarme, este cura se las pira.

Hubo un silencio. Luego Manuel empezó a hacer proyectos para cuando volvieran a Europa. El francés dijo que él no volvería nunca.

—¿Por qué?

—Lo sé. Estoy seguro.

El fortín estaba en un claro de la selva. Protegido por altas empalizadas y con la torre en uno de los ángulos montada sobre travesaños, a Manuel le recordó los fuertes de las películas de vaqueros. Por lo demás, dependencias bajas para la tropa, el depósito de explosivos, las oficinas de mando y, junto a ellas, un pabellón mejor acondicionado para la oficialidad. En el centro, sobre una plataforma circular de cemento, el mástil con una pequeña bandera francesa en la punta.

Durante una larga jornada los camiones se habían adentrado en la jungla siguiendo el curso del río Rojo. Como los nombres eran tan raros, nadie sabía exactamente dónde estaban. Tampoco parecía importarles demasiado. Sabían que habían ido a pegar tiros allí y parecían resignados con lo que viniera. Sin embargo, las noticias llegadas a través de los esqueléticos chiquillos no eran ciertamente alentadoras. Los guerrilleros del Vietminh se infiltraban por todas partes, realizaban frecuentes actos de sabotaje en los que se jugaban la vida.

Si bien las ordenanzas disponían que nadie podía salir del fortín, la mayoría de los veteranos, atrapados allí, disponían de sus chozas en plena selva. Hacían vida en comunidad, seis o siete, con jóvenes vietnamitas a las que trataban brutalmente.

Durante la semana que estuvieron destacados, Manuel y *el Morito* pudieron comprobar el estado de degradación a que había llegado aquella gente, para la que la disciplina no existía. Las indígenas eran para ellos ladronzuelos amaestrados. Robaban en el pabellón de la oficialidad, en las cocinas.

Era, pues, un mundo aparte, un mundo que se había desentendido de la guerra y actuaba al margen de los intereses de ambos bandos, procurando sobrevivir.

En uno de los remansos del río vieron una de aquellas chozas, lo que quedaba de ella, que era cenizas y algunos palitroques chamuscados. El golpe de mano se había dado la noche anterior y de los tizones se levantaba una humareda acre. En el suelo, desnudos y torturados, yacían tres hombres muertos. El guía que los acompañaba, de unos cinco años, les informó de lo sucedido. Las muchachas que se acostaban con los legionarios pertenecían a las guerrillas del Vietminh y se habían puesto en contacto con los comunistas.

Manuel volvió la cabeza hacia el joven guía.

—¿Has dicho comunistas?

El niño inclinó varias veces la cabeza visiblemente asustado.

—De manera que los tíos son comunistas —río Manuel—. Mire usted por donde...

Estuvo riéndose un buen rato. Le había venido al pensamiento la Misericordia y sor Presentación. «Las calles de Málaga están llenas de comunistas. No salgáis... Tú, Gregorito, hijo, no lo intentes...» Pensó también en su familia. «Si lo supieran...»

Empezó a atar cabos. Las enormes cajas del fortín llevaban letreros en inglés. Siempre las mismas siglas: USA. Lo mismo sucedía con el armamento y la munición. Por otra parte, le habían dicho que los vietnamitas rojos recibían material y pertrechos de la China de Mao. Pero ¿y el pueblo? No comprendía cómo podían luchar aquellos pequeñajos unos contra otros. Por qué entre las filas francesas formaban columnas que parecían odiar a sus hermanos del otro bando.

—En menudo lío nos hemos metido, *Morito.* Ahora resulta que estamos aquí para pegar tiros contra los comunistas. Di algo, hombre.

El joven francés no decía nada. No hubiera podido. Se había quedado como hipnotizado mirando aquellos cadáveres, uno en especial, el que tenía las manos seccionadas por las muñecas.

Manuel le cogió del brazo.

—Anda, vámonos de aquí.

Aquella misma noche, mientras dormían, sonó el disparo. Manuel tuvo una negra corazonada. Saltó de la colchoneta y corrió hacia la puerta del dormitorio. En el suelo, desnudo, vio el cuerpo del *Morito.* No había mucha sangre. Sólo un hilillo que bajaba de la sien izquierda, inundaba la oreja y caía danzarín sobre el cemento.

Inopinadamente empezó a planear sobre el fortín la sombra del miedo. Se rumoreaba que iba a procederse al sorteo de tres compañías. Darían una batida por los alrededores. Pero en aquella ocasión Manuel tuvo suerte. Su compañía quedaría en el fortín hasta nueva orden.

Una de las vietnamitas, ayudante en las cocinas, le pidió con toda delicadeza que se acostara con ella.

—Me llamo Li-yi. Y no conozco hombre —le dijo.

Pensó que todo aquello era muy poético, pero que Li-yi podría estar podrida de sífilis o atravesarle la barriga de un bayonetazo.

—Muy bien, Li-yi. Ya te avisaré cuando me pique demasiado.

—Li-yi no conoce hombre —repitió.

Durante aquellos días aumentó la confusión. Las órdenes eran casi siempre contradictorias. Se cumplían mal o no se cumplían. Por otra parte, menudeaban las deserciones. En vista de la inoperancia del mando, Manuel decidió ocupar una de las chozas vacías en la jungla. Se llevó a Li-yi.

En la selva, rodeado de invisibles enemigos, el panorama no era más consolador que en el fortín. Evitaba, sin embargo, el peligro de un definitivo golpe de mano, del que cada día se hablaba más. Cualquier ruido, el rumor del viento, desataba los nervios de Manuel; Li-yi le ayudaba con su serenidad a sobrellevar aquella vida de animal acosado. Distinguía el bufido de las aves nocturnas, sabía cuándo el ruido de una rama partida en la oscuridad había sido producido por una fiera, hasta adivinaba el cambio de la dirección del viento según la sonoridad de los ecos.

Se dormía tranquilo. Por fin parecía haber encontrado en una mujer, una niña, el desinterés y la abnegación. Era fiel. Sincera además.

La primera noche que se desnudó, él permaneció unos instantes como confuso. Su cuerpo era frágil, delicado, de senos menudos de adolescente.

—¿Cuántos años tienes? —le preguntó escrutando su cara.

Ella se encogió de hombros.

—¿Trece?

Li-yi inclinó la cabeza.

—Sabe mucho mi hombre.

Su risita menuda parecía quebrarse en una especie de tintineo de vidrio un poco gutural.

—¿También tienes poder con los espíritu?

Se arrodilló despacio y sopló suavemente la llama de la vela.

Pensaba que, a no ser por la maldita guerra, hubiera renunciado a seguir viviendo en la civilización. Le gustaba la vida que hacían. Por la mañana temprano corrían hasta una charca fangosa. Que el agua estuviera más o menos embarrada era lo que menos les importaba. Según Li-yi, era salutífera, preservaba de la malaria. Manuel se reía de sus cosas. Más tarde, sin embargo, conocería que la pequeña costra de fango que quedaba adherida a sus cuerpos era antídoto natural contra la picadura de los mosquitos. Después del baño, al sol. Exploraban los alrededores en busca de frutos silvestres. Luego, a la cabaña. Ella cocinaba algo mientras Manuel echaba un vistazo por los alrededores o se acercaba al fortín.

En una de las últimas remesas llegó un andaluz, de Guadix. Era menudo, vivaracho, dicharachero. Dijo llamarse Félix, aunque todos le decían *el Verrugas* por las excrecencias que tenía en la cara, especialmente en las aletas de la nariz. En seguida se hizo amigo de Manuel, al que contó su vida y milagros. Casi le doblaba la edad y había corrido medio mundo exiliado con su familia, pero no se encontraba a gusto en ninguna parte.

—Me canso, ¿sabes? —le decía aquella mañana pegándole al chisquero y con la *gauloise* en los labios—. Aunque la pura verdad es que ahora estaba bien allí.

—¿Dónde?

—En Siberia.

Manuel se rascó la coronilla por debajo del gorro cuartelero.

El Verrugas contó sus hazañas en la URSS, desde que entrara niño con los suyos huidos de la guerra de España hasta que le enviaron a Siberia acusado de desviacionista.

—Conmigo no pudieron los tíos. Me faltaba medio año para cumplir. ¿Qué me esperaba? Lo mismo de siempre. La fábrica y la casa, y vuelta a empezar. ¿Tenía que estar así toda la vida? Cuando pasó el deshielo me escapé. ¡Más de cinco mil kilómetros a patita!

—Algún rato descansarías.

—En Turquía conocí a unos emigrantes. A Francia. Me enteré de que en la Legión pagaban bien, y aquí me tienes. Pero te advierto que estoy dispuesto a largarme.

Metió la mano en el bolsillo del pantalón.

—¿Tú sabes qué es esto?

Manuel sonrió.

—Mejor que tú. Eso que tú llevas ahí se llama puño. Puño americano. Y se llama así porque lo inventaron los gángsters esos de las películas.

Metió los dedos por los agujeros y apretó la mano.

—Cuando hay que pegar —siguió diciendo—, se hace fuerte. Si golpeas así, de arriba abajo, raja como un cuchillo. Y si das de frente agujerea.

El Verrugas comprendió que tenía ante sí a un tipo de su misma calaña.

—Oye, Manú, la verdad. ¿Con quién has trabajado tú?

—¿Yo? Con el cura de mi pueblo.

—En serio.

—En serio, hombre. Tú vete a Campillos, que ya sabes que está en la provincia de Málaga, y pregunta. A ver si no he sido monaguillo allá.

Pronto fueron uña y carne. Manuel le buscó una amiga y se lo llevó a la cabaña con él. En todo estaban de acuerdo. Hasta en cambiarse las mujeres, pero tropezaron con la obstinación de Li-yi.

Mientras, el pánico aumentaba. Los legionarios desaparecían como por encanto. Los encontraban desventrados a bayonetazos junto al arroyo donde se abastecían de agua, en el mismo dormitorio del fortín. Otras veces aparecían decapitados o colgados de los pies, con el cuerpo cosido a balazos, o enterrados en la arena hasta la barbilla. Y eran éstos los que más lástima daban, porque tenían los ojos devorados por las hormigas y gemían, vivos aún.

Al parecer, lo de la paz era cierto, pero mientras se celebraban las conversaciones en Ginebra, incluso después, los destacamentos de la selva tenían órdenes de resistir. En tales circunstancias, nadie sabía a qué carta quedarse. La desorientada oficialidad se limitaba a vegetar, pero la tropa desertaba. No resultaba fácil tampoco, por cuanto que abandonar el fortín era salir del fuego para caer en las brasas.

Por rutina más que por razones de seguridad, ya que el enemigo se les metía hasta en la sopa, el mando ordenaba alguna salida de tiempo en tiempo. La primera vez que le tocó a Manuel, con dos docenas de compañeros, volvió solo. A Li-yi le temblaban los labios cuando le vio delante de la choza.

Dio al comandante un informe muy pintoresco de lo sucedido en la jungla.

—Nos cazaban como conejos. Entonces yo me escondí

entre unas plantas así de grandes. ¿Usted qué hubiera hecho?

—¿Y los demás?

—No lo sé.

Resultó ser el único superviviente.

Al *Verrugas* le decía que lo importante era saber esperar.

—Un día u otro nos mandarán a casa.

—¿Tú crees?

—Seguro.

—Pues yo me he cansado ya. En cuanto esa cochina luna, que parece un farol, se vaya a hacer puñetas, me escapo.

Mientras, los vietminh estrechaban el cerco. No dejaban ningún cabo suelto. Las nativas de servicio en el fortín, a la hora de llevar la cesta con el rancho a las avanzadillas, añadían el regalo de una bomba de plástico de fabricación china, que hacía saltar en pedazos a los legionarios. Hubo necesidad de fusilar a tres de ellas, compañeras de Li-yi.

Empezaron las represalias. Intentos de cortar el último camino de Haiphong, a fin de privar al puesto de su abastecimiento, ataques por sorpresa.

En uno de ellos, sucedió algo chusco. *El Verrugas,* de centinela en la torreta, era un blanco estupendo para los francotiradores ocultos en la jungla. Manuel, disparando a ciegas su fusil ametrallador, logró abrirse paso para gritarle desde abajo que se largara de allí. Pero *el Verrugas* no le oía. Puño en alto, cantaba la Internacional envuelto en una nube de proyectiles.

El momento era dramático, pese a lo cual Manuel no podía aguantar la risa. *El Verrugas,* probablemente porque era lo único que sabía, cantaba el mismo himno de los atacantes. Quizá a causa de aquella circunstancia las balas le respetaron.

Consiguieron alejarlos a fuerza de morterazos. Pero el pánico se había apoderado de todos. Además, los hombres útiles podían contarse con los dedos de una mano. La mayoría había desaparecido tragados por la selva o estaban heridos.

Así las cosas, *el Verrugas* y él decidieron esconderse en una cueva, en la selva, hasta ver qué pasaba. Al *Verrugas* la idea de una existencia robinsoniana le entusiasmó.

—Para la papanda nos pondremos de acuerdo con las chicas —le dijo a Manuel—. Robaremos el economato y yo llevaré armas y municiones.

—Tráete un pico y una pala. Voy a hacerte un palacio de la maldita cueva.

—Andando. Después me reuniré con vosotros.

Empezó bien *el Verrugas*, pero a los dos días desapareció. A Manuel se lo llevaban todos los demonios. Pensaba que solo con Li-yi no podía aventurarse a meterse en aquel agujero, donde quedaría a merced de las fieras. Resolvió volver a la choza y hacer vida normal.

En una emboscada de los comandos comunistas quedó atrapada Li-yi. Tardó dos días, pero consiguió escapar.

Estaba como desangelada, rota de color.

—Tendrías que estar contenta —le decía animándola Manuel—, y me vienes aquí como si fueras la Dolorosa.

Se pasó el día orando en un claro de la selva. A veces interrumpía sus oraciones y gemía.

Manuel protestó.

—¿A qué viene eso de tanto llorar, como si se te hubiese muerto toda la familia?

La metió a empujones en la cabaña.

—Son los dioses que nos separan.

—¿Qué dioses ni qué niño muerto?

La voz de Li-yi era un susurro.

—Nos separan. Lo sé.

Aquella noche Li-yi estuvo muy cariñosa. Hizo el amor con él gimiendo como nunca.

Al día siguiente, al atardecer, fue a esperarla como siempre al pie de la colina. El sol siluetaba los perfiles del altozano, un manchón negro recortándose sobre un halo dorado. Manuel avanzaba con la metralleta preparada para disparar. Li-yi, su figurita frágil, empezó a emerger desde la otra parte de la colina. La cabeza, los hombros... Manuel la vio inmóvil a unos cincuenta metros. Él tenía muy poco de poeta, pero en aquellos momentos sintió la necesidad de decirle algo hermoso, no sabía qué. Con el sol a la espalda, en la misma cumbre del montículo, Li-yi le recordó una imagen de la Purísima cuando los días de fiesta encendían las luces de la capilla de La Misericordia.

Echó a correr hacia ella. Se paró en seco al escuchar su voz, una especie de alarido.

—Nooo...

Cuerpo a tierra. Miró alrededor, pero todo parecía tranquilo. Cuando puso otra vez los ojos en la silueta de ella se oyó el estampido. Li-yi voló destrozada por los aires. En su lugar, el ojo sangriento del sol, una humareda.

Manuel se derrumbó. Con la frente pegada al suelo, golpeaba la polvorienta tierra con los puños muy apretados. Por fin comprendía lo que siempre le había costado admitir. Los vietminh obligaban a las nativas a jurar por sus dioses que llevarían los explosivos a su destino. Y Li-yi le había hecho el regalo de su vida.

4. DESERTOR POR PARTIDA DOBLE

OVILLADO EN AQUEL AGUJERO se preguntaba qué maldición pesaba sobre él que le condenaba a la soledad. Cada vez que en su vida aparecía una persona que le quería de verdad se la arrebataba la muerte. Primero la madre, luego María, *el Morito,* Li-yi...

Imposible saber los días que llevaba perdido en la jungla. Cuando sucedió lo de Li-yi, echó a correr vociferando. Ignoraba lo que pasó desde aquel momento hasta que cayó roto por la fatiga. Debía de ser muy tarde a juzgar por el estado de agotamiento en que se encontraba. Durmió bocabajo, con los miembros extendidos, porque tenía la espalda desollada del golpeteo incesante de las ramas de espino. Tan rendido estaba, que no oyó acercarse a la patrulla de vietnamitas que pasó junto a él sin mirarlo, creyéndole muerto. Oyó en cambio sus palabras cortantes, un rosario de monosílabos muy apresurados. Pero creyó que lo soñaba.

Cuando se recuperó comprobó el lamentable estado de su persona. Del uniforme sólo conservaba las botas y jirones de lo que fuera pantalón. Tenía llagado todo el cuerpo. En su cara, amoratada, las facciones habían desaparecido a causa de la hinchazón. Pensó en la picadura de algún bicho, mosquitos tal vez.

Intentó orientarse. En vano, porque la vegetación se espesaba por momentos, era un verdadero laberinto de lianas, extraños arbustos espinosos con un fruto muy pequeño, parecido a la manzana, ramas que serpenteaban a sus pies, con las que tropezaba constantemente y, a veces, una especie de palmas enanas de hojas afiladas como navajas de afeitar.

Trepó a un árbol gigante buscando orientación. A lo lejos se divisaba un claro de verdor y un lago. Junto a él, un poblado. Pensó que era lo que con más urgencia necesitaba, agua, mucha agua. Caminó durante horas abriéndose paso por la espesa vegetación. Con las manos ya no cabía contar, en carne viva como se le habían puesto de arrancar tanta maleza. Utilizó, pues, los pies. A patadas, a rodillazos, hacía un agujero en la urdimbre vegetal. Pasaba como podía. Cuando penetraba en zona boscosa trepaba a un árbol para no perderse. Y seguía caminando.

Un factor a su favor. La proximidad de la guerra había alejado a las fieras. Tuvo, sin embargo, que tirarse de un árbol huyendo de los zarpazos de un gato enorme de mirada fosforescente.

Junto a un torrente seco vio el cadáver de un legionario. Le faltaban la cabeza y el brazo izquierdo hasta casi la espina dorsal. Pensó en la fiera de la que acababa de escapar. Se disponía a seguir su camino cuando vio brillar algo en la única mano del legionario muerto. Se acercó. De repente sintió que se le erizaba todo el vello del cuerpo. Lo que brillaba al fuerte sol del trópico era el puño del *Verrugas*. En seguida le reconoció por sus rodillas en punta.

Con cierta aprensión se apoderó del arma, la única de que dispondría en lo sucesivo. Luego escapó cojeando.

A la caída de la tarde llegó a lo que creyera poblado y que resultó ser un santuario en ruinas. Observó escondido un par de horas. En vista del silencio se deslizó hasta la orilla del lago, en el que se reflejaban las estrellas. Bebió un poco. En seguida se revolcó en el fango.

Poco después caía sumido en un extraño amodorramiento.

Le despertó el zumbido de unos aviones. Agitó los brazos. Demasiado tarde. Los aviones se alejaron sobre las copas de los árboles llevándose con ellos la última esperanza de Manuel.

Miró alrededor. A un centenar de metros se levantaba una colosal estatua de piedra, un guerrero o algo así, de pie, con un extraño gorro rematado por una especie de cuerno de rinoceronte. Su turbia mirada descubría a cada instante nuevas sorpresas. El templo estaba formado por unas torres muy parecidas a las piñas. En las paredes, agrietadas por el sol, crecían unos yerbajos de hojas muy tiernas. Pensó en las acelgas que la abuela Brígida llevaba a veces a casa, en Campillos. Probó una. Dulce y fresca. Mientras masticaba, sus ojos giraban agresivos en las órbitas como los de una fiera recelosa. Cortó después con ayuda del puño americano una raíz muy blanca, jugosa. Su pulpa tenía algo del sabor de la caña de azúcar malagueña de su niñez, aunque dejaba la boca áspera.

Pasó el día entre aquellas paredes milenarias. Al anochecer siguió caminando hacia el sur, donde no tardó en descubrir un poblado. Pensó que si entraba al amparo de la oscuridad sin hacer ruido, podría tal vez robar un poco de comida. Apretó el puño con fuerza y reptó sobre la hierba, húmeda de relente. De pronto, un balido. Si había un animal, discurrió, lo más probable era que no estuviera solo. Esperó ansioso. Poco después aparecía entre las sombras un hombre muy alto con un palo en la mano. Manuel tiró una piedra a unos cinco metros a fin de atraer al desconocido. Una vez más acertaba su astucia. El hombre, atraído por el ruido, se acercó. No le dio tiempo a nada. El tremendo golpe con el puño americano le hundió la sien izquierda. Manuel notó que sus manos se llenaban de una especie de caldo viscoso y caliente.

A los primeros clarores del día comprobó que se trataba de un vietnamita, probablemente un desertor escondido en uno de los muchos poblados arrasados. Le desnudó y se puso su ropa. Luego fue en busca de la cabra. Como tenía las ubres casi secas, la sacrificó de un par de golpes en el cráneo. No lo entendía del todo, pero le dolía más la muerte del animal que la del vietnamita. Escondido en un rincón bajo unos maderos, encontró un machete de fabricación soviética y dos bombas de mano. Se apoderó también de un saco de lona, una cuerda y un pedazo de sílex con su eslabón.

Había conseguido fuego, tenía carne fresca y agua en abundancia. Lo que menos importaba era el cadáver que a unos metros de allí yacía desnudo entre un nublado de moscas.

Gregorito el de La Misericordia le decía desde muy lejos que no, que eso de matar a sangre fría no estaba bien. Que había un Señor muy justo, un Señor fuerte y hermoso, al que no se le escapaba ni una. Manuel, el nieto de Brígida, aseguraba por el contrario que no. Que eso del Señor había sido un invento de los curas para vivir a costa de los pobres. ¿En qué quedábamos?

Subía una empinada cuesta de tierra floja, rojiza, un vietnamita más, astroso, con el saco de la lona a la espalda. La sed le producía una especie de fiebre, un desvarío. Solo, ni un alma después de dos agotadoras jornadas en las que al fin había vencido a la jungla. Solo como siempre. Renegaba. Ni el Dios que le habían predicado unos ni los muchos de que al parecer disponía Li-yi podían con la mala sangre de los hombres. ¿Qué clase de dioses eran entonces? «No matarás, no matarás...» Los corsos tampoco hacían caso de aquella monserga. Ni los generales. ¿Y los jefes de Estado, que por un quítame allá esas pajas enviaban a la gente joven a matarse unos a otros, engañándolos con palabras vacías de sentido, emborrachándolos con himnos y banderas? «No matarás...» Hermoso mandamiento, pero inútil, porque nadie lo cumplía. ¿Iba a ser él la excepción? Se había cargado al vietnamita. ¿Y qué? ¿No había salido él con un palo en la mano dispuesto a todo? Morir o matar. Igual que en la jungla.

Intentaba acallar su conciencia. Y cuanto más se empeñaba en lograrlo, más parecía arder su espíritu en una especie de ira santa. Mataría, mataría siempre que la injusticia le saliera al paso. Eso. Se tomaría la justicia por su mano. En aquellos momentos hubiera estrangulado a los asesinos de Li-yi, a los tipos que violaron a María, a cualquiera que le hubiera salido al paso. Y si algún día volvía a asesinar a alguien, no sería por odio, sino por amor a la persona que ese alguien ofendiese. Aunque se le embrollaban las ideas, sacó algo en claro. La muerte del semejante la entendía, no como venganza, sino como justo castigo o para defender el pellejo.

Gregorito, Manú, el nieto de Brígida, el legionario Linares, el ex presidiario, el proxeneta, el ser al que nadie había dado nunca absolutamente nada más que sabios consejos, se confundían mezclándose entre sí recuerdos, frustraciones y remordimientos, bajo el disfraz de vietnamita de un nuevo ser cada vez más temible, más inhumano.

Al final de la senda se abría un camino en el que vio huellas de neumáticos. Apretó el paso. Aunque chancleteras, las sandalias le permitían una libertad de movimientos que agradecían sus cansados pies. En cuanto a la nueva indumentaria, resultaba bastante fresca y le permitiría pasar inadvertido.

Avanzado el día oyó a su espalda el ruido de un motor. Sacó de la bolsa una pierna de cabra. En mitad del camino agitaba el despojo. Sabía que era el único medio de que parara el camión fuera del bando que fuere. «En la vida, si no das algo...», pensaba.

La polvareda en que venía envuelto el vehículo le impedía distinguir si era francés o de los otros. Se trataba de un camión militar, y el jovencito que lo conducía le preguntó qué demonios hacía allí con la pierna de la cabra. Manuel le dio a entender que era sordomudo, pero que le daría la carne, a él y a su acompañante, si le dejaban viajar en la caja del camión.

Llegaron a un acuerdo. Iría con ellos hasta donde lo creyeran conveniente.

Asintió, inclinándose repetidas veces al modo de los indígenas.

Poco después el vehículo entraba en una llanura pedregosa. A parte y parte de la carretera, campos abandonados, chozas quemadas con niños panzudos a la puerta y mujeres que hacían gestos obscenos, dispuestas a prostituirse por los hijos. Manuel siguió reflexionando. Pensaba que a la gente de tele y café a media tarde tendría que obligarla alguien, «la autoridad», a hacer un par de viajecitos como el suyo de vez en cuando.

En una aldea salvada de milagro se detuvo el camión. Manuel saltó ágilmente de la caja. Tenía que saber quiénes eran aquellos soldados, adónde iban. Los siguió hasta la buchinche donde entraron. Uno de ellos, el dc más edad, le hizo señas de que se alejara. De pronto se quedó mirando su barba de un mes.

—Tú no eres uno de esos diablos —dijo.

Manuel negó con la cabeza.

—Y tienes tanto de sordo como yo de obispo.

Nueva negación.

—Entonces ¿qué coño buscas aquí?

Se quitó el gorrito.

—Necesito que me llevéis. Y saber adónde vais. Pero sin engaños. Sin engaños, porque estoy dispuesto a cualquier cosa con tal de salir de aquí.

Se hizo un poco la víctima, pensando que había ido demasiado lejos.

—Me he perdido en una emboscada.

—¿Español?

—Sí.

—¿Y qué haces por aquí?

—¿Qué te parece a ti? Turismo.

En aquel momento salió el más joven de una especie de corral abrochándose la bragueta.

—Tú, que ya somos tres —exclamó su compañero.

Como había sospechado, eran desertores.

Fue una comida abundante, regada por un vino de caña espeso como el aceite de ricino. Al dueño del buchinche le dieron el toldo del camión, la caja de herramientas y un neumático agujereado. A cambio de ello les proporcionó tres mujeres con las que se metieron en el corral.

Manuel, aprovechando la curda de los franceses, hizo un puente y les robó el camión.

Encontrar la carretera de Haiphong resultaba punto menos que imposible. Los endiablados indicadores, cuando los había, le enredaban más que otra cosa. Pasó dos controles, pero temiendo lo peor abandonó el vehículo en el primer pueblo con ferrocarril.

Tres días y medio después llegaba a Haiphong sin explicarse el milagro. Eran las tantas de la noche. Tumbadas en las aceras, bajo el abrigo de los árboles de un parque, dormían personas de todas razas y edades. En el puerto se enteró del destino de un carguero francés que salía al día siguiente. Rompió sus documentos de legionario, porque todo aquello estaba casi ocupado ya por las tropas nacionalistas, y se unió a un grupo de repatriados europeos.

Desembarcó en Orán. De allí, a Niza. El viaje de Niza a Perpiñán lo hizo con un joven matrimonio español. La cosa le vino rodada. Un coche matrícula de Barcelona frente a la puerta de un hotel, el botones que baja las maletas... Se presentó al marido como español, hijo de emigrantes. Lo demás resultó muy fácil.

Entró en España por Le Perthus, no sin antes esconder el puño americano en un agujero, en el monte. Pronto se cansó de España. Una de las hermanas, que por entonces servía en Palafrugell, no le quiso creer ni una palabra de lo que le contaba.

—¿No sabes que te están buscando? —dijo indignada.

—¿Aquí también?

Otra vez a Le Perthus. Pequeños robos le permitían subsistir, vivir al día y comprar un billete de ferrocarril a fin de no tener líos, porque había tomado su decisión. Seguiría hacia el norte de Francia en busca del Havre, desde cuyo puerto, según había oído decir, salían barcos para todas las partes del mundo.

Llegó cuando ya se acercaban las fiestas de Navidad.

Cuarta parte

Con las milicias del pueblo en Cuba

FERIA DE CAMPILLOS

«LA FERIA, ANIMÁ. Como siempre. Aquí para la gente, anque no tenga na que llevarse a la boca, eso de la feria es un sagrao... Sí, sí. Se lo disía yo. Aquí en Campillos nunca hase frío ni caló. Güeno. Talmente aire condisionao. Y de noche, ya ve. Da gusto. Mire a la gente. Sentaítos tos a la puerta de sus casas tomando er fresco. Por sierto, aquel gordo de allá, el dormío, que está que si se cae de morros o no se cae, que ajolá se cayera ahora mismito y se rompiera el alma a cachitos asín como la uña, aquel gordo del sombrerete, pues ése creo que fue el que me obligó a comerme los garbansos, que casi me mata el esalmao. Un chiquillo que era yo...

Sí. Vamos pa la fonda. Que le gusta. Bonita, limpia, la gente mu servisial. Y la comida, lo naturá. Na de dulterasiones. Que te dan pan, pos pan; que vino, pos vino. ¿Aquí al fresco en una silla? No, yo no tengo sueño. Seguiremos con lo nuestro. Usté vaya apuntando.

Endispué me fui a Cuba. *Octavia* se llamaba el barco. Alemán. Hise amiguetes a bordo. Dos gallegos. Pinches los dos. Bueno. Pues cuando llegué a Cuba me encontré con to el fregao de Fidel Castro. Yo le conosí personalmente. A él y al general Bayo, como le dije. Pegué tiros en bahía de Cochinos, que allí fue donde inventamos lo del Cuba libre. Pero verá usté. Yo había conosido a una gachí, una prieta mu maja, Betsy, y pasaba las filas de los gubernamentales para verla. Y luego volvía a la parte de Fidel. Na. Un paseo. Aquello era fásil del to. Y como yo sabía por los Andríus, un matrimonio norteamericano, lo que pasaba en la otra parte... Ya, que no me aclaro demasiao. Bueno, mire. Que me hise espía de Fidel.

¿Dispués? Dispués, cuando aquello se terminó, pues yo veía que Betsy me quería. Y yo a ella. Mu namoraos... Nos casamos. Por lo siví, claro. Allí, dispués de los comunistas, naide quería saber na de la iglesia ni de los curas. Fidel los mandó pa España. ¡Dígamelo a mí! Pos claro qu'es verdá. Curas y monjas. Si lo sabré yo que me vine con ellos. En el *Marqués de Comillas.* Pero eso es toa una historia que tengo que contarle mú despasito.

Güeno, sí. Que cuando acabaron los tiros y se largó Batista y Fidel y el Che se hisieron los amos, entonces yo me pasé a las Milisias del Pueblo. Na. Aquello no s'havía hecho pa mí. Vigilar calles, haser registros, meterse con las monjas, que por sierto conocí una, española, andalusa por más señas, que eso también es otra historia... ¿No le digo? Si lo mío, de gordo que es, difísil se lo cree alguien. Pues me hise milisiano, pero lo dejé. Betsy se cabreó mucho. Tenía genio, unos huevos asín la Betsy. Claro, claro, casaos legalmente... ¿Bigamia? Na. Ya se lo explicaré dispués.

Le iba disiendo que Fidel se hiso el amo. Y como los americanos se largaron y no comersiaban con ellos, con los de Cuba, pues empesó el hambre. ¡Madre mía, qué gasusa! Allí no había na. Ni tabaco. Ni asúcar siquiera. Y teníamo que comé. Entonses fue cuando, con un guatemalteco y dos más, empesé a haser contrabando. Ruedas de coche. Y medisinas... Lo que pillábamos. Pero nos tropedearon. También me salvé de milagro. ¿No le digo yo que mi madre m'acompaña? Porque allí teníamos toas las de perder. Los tiburones, la distansia, los focos del patrullero buscándonos como locos... Pues no pasó na.

La tira de cosas podría contarle de Cuba. ¿Ve usté qué caballos cría mi tierra?, tan güenos como las presonas. Y mansos, listos, listísimos... A mí los animales, sí. Los quiero. Y el que no quiere a los animales, diga usté que es un trucha. No se fíe nunca de él. Se lo digo yo. Y usté apuntando ahí en la libreta. Un diario. O sea que escribe lo que le pasa en el día. ¡Mi madre, eso es como rascarse la sarna! Lo que pasa bien pasao está. ¿A qué recordarse más? Es como el agua que baja por bajo del puente. ¡Hala, que se vaya toa pa bajo! Usté hágame caso a mí. Mirá siempre al frente. No volvé nunca la cabesa atrás. Aunque, usté, claro, sabe más que yo. Como ha estudiao... Que no me burlo.

Voy a tomar un vaso de leche. ¿Le pido otro? Vale, sí. Crúa.

Mire usté desde aquí. ¿Ve lo que es mi tierra? Y el pueblo, sano. Los que pasan hambre. Iremos a Teba si quiere. Esta tarde. Ya verá usté lo que hay allí. Pa escribí otro libro. Por ahí, por las rastrojeras, se crían los londros. Yo los cogía cuando chiquito. Me cago en to. Cómo pasa el tiempo.

Vamos allá. Betsy se quedó embarasá. A la primera la preñé. No. Yo no lo conosco, porque cuando yo me marché de Cuba, en el *Marqués de Comillas*, ¿se lo he dicho?, bueno, pues cuando me marché, ella estaba en los Estaos Uníos. Con los cochinos yanquis que disía ella. Pues con ésos se fue. Claro, yo me dije, pue a buscarla. Y la busqué. Y tanto. Pero eso pa más alante. Más. Mucho más. ¡Huy, pos no rodé yo pol mundo antes de lo de Estaos Uníos! Madre mía. Ya.

A ver si macuerdo, que uno, con tantos líos... A ve. Mi cuñao y la hermana de mi cuñao, eso, mi cuñá, me dijeron que Betsy no estaba. Bueno. ¿Y ahora qué hago yo? ¿Qué me s'ha perdío a mí en Cuba? Pos a España. A España, porque era la única forma de salir de allá, que yo lo que quería era dirme a Estaos Uníos. Pero como no había forma, que para ir allá... Sí. Un poquitito de orden. Po ya está. Allá en el piso de la calle Cárdenas no cabíamos tos. Ellos tenían su vida. Ellos. Mis cuñaos. ¿Y qué iba yo haser allá? Conque me fui a la ofisina de migrasión... No, yo tenía documentos. Pero de Fidel. ¿Cómo iba a presentarme yo en la oficina de migrasión con documentasión de comunista? Me hubieran echao. Por eso volví a romper tos los papeles. Otra ves Juan sin

Nombre. M'acordaba mucho del Sordao Desconosío, mi padre...

Bueno, mire, m'he callao, porque en lo de mi padre le conté una mentira. A mi padre no lo fusilaron. S'escapó del pelotón de fusilamiento. Huyó a la sierra. Sin documentos. Sin na. Él era de Puente Genil. No, si he dicho Guadix lo he dicho mal. Él era nasido en Puente Genil. Total, que yo me enteré hase dos años de que vivía por allí con seis o siete hijos. Y me fui a buscarlo. Tenía ganas de conoserle. Me lo traje pal polígano, en Montornés, a él y a tos los hijos. Y les busqué trabajo. Estaba mu mal. Se murió no hase mucho. No, no, esta ves le cuento la verdá.

Cada dos por tres estaba en la cársel. En Córdoba. No. De eso na. Política. Se metía en tos los fregaos. Eso. Ya se lo esplicaré más adelante. A lo que íbamos. Rompí los papeles, y como me dijeron allí, en la ofisina, si yo era religioso, pos dije que sí. No podía desir que no, ¿eh, uste? Y me embarqué de cura en el *Marqués de Comillas.* Asín que salí de Cuba sin decumentos y vistío de cura. ¡Ah, y además fusilao! Que ésa es otra historia.

1. BAJO LAS BANDERAS DE LA REVOLUCIÓN CASTRISTA

El 2 de diciembre de 1956, Fidel Castro logró desembarcar con el yate *Gramma* en las playas de la provincia de Oriente. Los combates fueron duros, pese a lo cual un comando castrista logró internarse hasta Sierra Maestra, donde empezó una guerra de guerrillas contra las tropas de Batista.

Fue por aquellos días cuando el mercante alemán *Octavia* enfiló el largo canal de la bahía de La Habana. A proa, de pie, inmóvil como una estatua, un hombre de unos veintidós años contemplaba el espectáculo. Era un español indocumentado, polizón desde El Havre. Era nuestro Manuel.

Con los diez dólares que había recibido en pago a sus trabajos de pinche, casi se sentía un potentado. Durante las semanas que había estado en El Havre vivió a salto de mata. El puerto, muy vigilado, no ofrecía refugio seguro, así que se las apañó a base de trabajillos de poca monta para subsistir sin despertar sospechas. Hasta que se le presentó la ocasión. El *Octavia*, a causa de la falta de espacio, tenía casi toda la popa fuera del muelle. Sólo había que nadar unas cuantas brazadas desde la playa, regatear por la maroma y esperar un par de días.

Así lo hizo. Cuando se presentó a los tripulantes, le enviaron a la cocina. Intimó con dos gallegos, quienes hablaron bien de él al capitán. Se hizo un trato: ganaría un tanto al día hasta pagar su pasaje, y el resto se le entregaría en dólares cuando desembarcara en La Habana.

Y allí que estaba él, observándolo todo con curiosidad, dirigiéndose a éste o al de más allá, preguntando, piropeando a las mulatitas.

Los gallegos le indicaron un sitio donde comer por poco dinero y, de paso, buscar plan. Se internó por las callejuelas del barrio chino, que difería muy poco de los de Marsella o Barcelona. Pronto descubrió que, hasta en los prostíbulos, las mujeres, todo el país, estaba pendiente de la radio: al parecer los sublevados dominaban Sierra Maestra y avanzaban hacia el oeste de la isla.

Preguntó a un portuario por dónde caía aquello.

—¿Sierra Maestra? En la provincia de Oriente.

—Bueno, pero...

—¿Tampoco sabes dónde está Oriente?

—No. Yo acabo de llegar. Soy español.

El obrero, menudo y achocolatado, le observó en silencio.

—¿Por qué te interesa tanto? —dijo después.

—Por curiosidad. Uno es así. Si usted supiera lo que me cuesta a veces esa manía de curiosear... Ahora mismo, si yo le dijera que vengo de Indochina por saber qué pasaba por allí...

Explicó que la provincia de Oriente quedaba al otro extremo de la isla.

Ahuecó la voz.

—Aunque esta gente de la radio diga lo que quiera, Fidel sigue adelante.

—¿Con tan pocos hombres?

—Le apoyan los campesinos, la gente del pueblo. Y yo sé que de aquí salen expediciones, gente dispuesta a unirse a ellos.

Estiró los brazos desperezándose.

—Si uno no fuera tan rematadamente viejo... Pero mi hijo Juan, el Juanucho que le llamamos, ha desaparecido. Yo le digo a mi mujer que no pierda la confianza. Sé que está con él. Y un día u otro le veremos en La Habana.

Siguió preguntando. Al parecer, el pueblo apoyaba a Fidel. Era el libertador, que había prometido el reparto de las tierras a los campesinos, la nacionalización del azúcar, del café, del tabaco. También se decía que había empezado a recibir ayuda de la URSS a fin de adelantar los acontecimientos.

Manuel ladeó ligeramente la cabeza. Entornó los ojos.

—Entonces ese Fidel ¿qué es?

—¿Qué va a ser? Comunista.

Pensó. En Indochina, sin comerlo ni beberlo, había luchado contra los comunistas y allí, en Cuba, se encontraba con el mismo problema. ¿Por qué no cambiar esta vez de bando? Además, él estaba con el pueblo.

—¿Y cómo podría yo irme p'allá?

—¿A Oriente?

—Yo quiero ir adonde esté ese Fidel.

El mulato le miró con desconfianza. Luego se levantó sin decir palabra y desapareció.

Abandonó el barrio chino. La vida le había enseñado algo muy elemental, y es que de donde nada hay nada puede sacarse. Resolvió en consecuencia buscar mejor arrimo. El barrio de El Vedado, con su famosa calle 23, conocida en Cuba por calle Rampa, era por entonces zona residencial de opulentos norteamericanos. Hoteles de una constelación de estrellas, los más famosos restaurantes, los cabarés más caros, las salas de fiestas más fastuosas.

Pasó los primeros días estudiando el terreno. En El Vedado, pronto se dio cuenta, se hacía vida nocturna. Sus gentes dormían hasta las tres en apartamentos de lujo, almorzaban luego en un restaurante y, ya embaladillos, se disponían a preparar la juerga de la noche.

Buenas alhajas, deslumbrantes automóviles de fabricación USA, dólares, muchos dólares. Aquella sociedad ociosa, que tan respetable aparecía a la luz del día, se encanallaba con el güisqui o la droga cada tarde, cuando empezaba el parpadeo de los luminosos. Era entonces cuando más rumbosos se mostraban. Tampoco parecían preocuparse demasiado de cómo quedaba el Cadillac, ni dónde, y más de cuatro olvidaban las carteras llenas de billetes, de cheques de viaje y tarjetas de crédito. El Vedado era, en una palabra, un maná.

Sin embargo, sus miras apuntaban más lejos.

Tan pronto como llegó, lo primero que hizo fue visitar

el Consulado Español. Contó su cuento. Necesitaba trabajo y, sin documentos, mal podrían fiarse de él. Consiguió una especie de tarjeta de identidad, mientras se gestionaba en España su partida de nacimiento. Con aquella cartulina blanca en el bolsillo empezó a actuar. No quería desacreditarse en El Vedado. Nada de robos. Lo importante era hacer amigos poderosos que le ayudaran llegado el caso.

La ocasión se le presentó una madrugada con motivo de una bronca entre un millonario borracho y el infeliz transeúnte con el que se metió de mala manera. Manuel intervino, libró al borracho de una paliza, apaciguó los ánimos. Para celebrarlo, le invitaron a beber.

El español, en Cuba, solía estar bien visto. Pero Manuel, además de español, era un fuera de serie que lo mismo hablaba de Francia, que de África, que de Indochina. Un español que explicaba con pelos y señales el procedimiento que utilizan los corsos para lijarse las yemas de los dedos, hasta saltar la sangre, cuando han de dar con la combinación de una caja fuerte, o contaba su niñez en La Misericordia malagueña o el dramático episodio de María o la muerte de Li-yi. Y si, además, ese español acababa de salvar a uno de los de la panda de una visita a traumatología, sección urgencias, se comprenderá su éxito entre aquellos esnobs cargados de dinero.

Hubo todavía algo más. Y fue que las acompañantes de los millonarios no conseguían apartar los ojos de los de Manuel, menudos, vivarachos, unos ojos que se expresaban mejor que las mismas palabras y que, a veces, parecían ocultar algo maligno y dulce, como quien esconde una carta en la manga para hacer trampa.

Menos Manuel, que nunca se salió del agua mineral, bebieron todos como cosacos. Y fue Beatriz, la mestiza amiga del más viejo de los gatos viejos, quien se llevó aquella noche el otro gato al agua.

Como su amigo se caía, se ofreció a conducir el Cadillac.

Ya en la puerta de casa, Manuel se echó al hombro el muerto y lo acostó. «A dormirla.» Beatriz, rendidamente enamorada, moquiteó. Su vida era un infierno. Aquel odre lleno de güisqui, un reptil al que sólo se podía soportar por su cuenta corriente. Manuel, el hombre de su vida.

Terminó como suelen terminar esas cosas. En la cama.

Pronto fue uno más entre ellos. Encontraron en él, no sólo una agradable compañía, sino chófer, guardaespaldas y consuelo para la desasistida Beatriz. El norteamericano, que se apellidaba Andrews y tenía varias fábricas de chorizo en Boston, le convirtió en un pintoresco secretario, que lo mismo valía para un fregado que para un barrido.

Pero a medida que pasaban los días, Manuel se sentía más asqueado en aquel ambiente. Dólares, sí. Pero ¿era sólo aquello lo que buscaba? ¿Para hacer aquella vida había cruzado el charco?

Una tarde de las muchas que dedicaba a su soledad haciéndose preguntas sobre la vida, conoció en una cafetería a una prieta algo mayor que él. Estaba en una mesa, sola, y Manuel cogió su café en la barra y pidió permiso para sentarse.

Dos ojos como brasas, agresivos, le miraron un instante. Un relámpago.

—¿Y por qué había de sentarse aquí? —replicó tajante.

—Porque me gustas más que el pan con chocolate.

Un encogimiento de fastidio en los hombros de ella.

—Además, porque estoy muy segurito de que llegaremos a entendernos.

Como no se lo negó, tomó asiento a su lado. Empezó a contarle su vida; pero, ante su estupor, la muchacha le miró fríamente a los ojos.

—Ya sé, ya sé... Usted es un español que ha aterrizado por aquí como hubiera podido hacerlo en Groenlandia. Le vi el primer día. Llevaba unos pantalones rotos. Ahora, con la amistad de los yanquis, y la de sus amiguitas cubanas, todo ha cambiado. Si yo fuera hombre, me moriría de vergüenza. ¿Sabe usted qué hacen esos tipos aquí?

Parpadeó sorprendido por la andanada.

—Pues se lo diré. Trabajan como mulas en su tierra. Hacen montañas de dólares aprovechándose del negro, del portorriqueño, y cuando se cansan, cuando ya no pueden aguantar más su propia mierda, se vienen a Cuba. Han comprado su casa y compran las mujeres cubanas. Las degradan, compañero. Nos degradan a todos. Sólo con verlos, yo me pongo enferma, se lo juro.

Hizo una pausa.

—Y usted, el hidalgo español, representante de la madre patria, se me pone a macarra. ¡Asqueroso!

Lo que necesitaba decirse él con toda claridad se lo decía aquella mujer sin ningún rodeo.

Apartó la taza. Miró a la muchacha.

—No me gusta que me echen en cara lo que hago o dejo de hacer —dijo—. Pero todo eso que cuentas es más verdad que el sol que nos alumbra. Un macarra. ¿Y qué? ¿Crees que me gusta?

—Pues déjalo estar. A los pueblos se los hace con trabajo y sacrificio, queriéndolos. No con juergas. Con juergas se los deshace. Y eso es lo que han venido a enseñarnos esos cochinos yanquis. ¿Sabías tú que dominan más del noventa por ciento de la producción industrial cubana? Lo tienen todo. Y lo que ellos no tienen, lo poco que queda, es de Batista. Pero nosotros nos saldremos con la nuestra.

—¿Nosotros? ¿Quiénes?

—Los patriotas cubanos.

La vehemencia de sus palabras, el modo de hablar, entre lánguido y sensual, aspirando las haches, jugando con la curva melódica, tenían a Manuel poco menos que hechizado. Había algo más. Y aquel algo eran sus labios gordezuelos y frescos, unos ojos brillantes y unas rodillas gruesas y doradas que asomaban hasta el arranque del muslo bajo el orillo de la falda.

Se movió en su asiento un poco inquieto. La piel morena de aquella mujer emanaba un aroma sano, trascendía a carne inquieta, ganosa. Cada vez que se agachaba, el escote en punta dejaba entrever unos senos menudos que se adivinaban firmes.

Le ofreció un cigarrillo negro, que ella aceptó.

—¿Cómo te llamas?

—Betsy. Betsy Lagos.

Le dio lumbre.

—Yo me llamo Manuel González Verdún. Seremos amigos.
—Si podemos, sí.
—Podremos.

Aunque la prensa y la radio, portavoces del gobierno Batista, daban por aniquilados a los guerrilleros de Sierra Maestra, la opinión popular era muy distinta. Al parecer, los infiltrados habían ocupado la parte occidental de la isla. Se hablaba de la creación del Segundo Frente. Nombres hasta entonces desconocidos empezaron a sonar. Camilo Cienfuegos, el Ché Guevara, Abel... Manuel empezó a interesarse. Si Betsy se negaba a verlo, pensaba, era porque sabía que sus relaciones con Andrews y Beatriz seguían igual que antes.

No era así del todo. Manuel se servía de ellos, los utilizaba. Como recibían información directa de Estados Unidos, seguían las incidencias de la guerra desde una óptica más objetiva. La prueba de que las cosas se le iban poniendo mal a Andrews estaba en la decisión que había tomado de vender lo que tenía en La Habana, un hotelito, varios terrenos en el Ensanche, al otro lado del cementerio de San Cristóbal, las acciones de Azucarera... Pescaba las noticias al vuelo. Según Andrews, en aquellos momentos de guerra fría entre Estados Unidos y la URSS, cualquier intervención abierta habría resultado muy peligrosa para la paz del mundo. Sólo quedaba, pues, esperar el desarrollo de los acontecimientos, aunque lo más seguro era liquidar las inversiones en Cuba.

Algo más inquietaba a Manuel. Quién era en realidad Betsy Lagos, qué papel desempeñaba en aquel embrollo. Activista de relieve no lo era, ya que hubiera estado en prisión como tantos otros cubanos. Pero ¿qué hacía? ¿Por qué le había hablado con tanta claridad el día que la citó por teléfono? «Si estás con los yanquis, no puedes estar conmigo», le había dicho, y había colgado.

Decidió buscarla. En la cafetería donde la encontró se negaron a darle información sobre su domicilio. La perspicacia de Manuel leyó en los ojos del barman la desconfianza. Creyó que se trataba de un patriota. Indagó por otros medios, siempre con resultado negativo. Hasta que la casualidad quiso que la encontrara en la avenida de los Presidentes.

Aquella misma tarde tuvo una larga conversación con ella. Según Betsy, el mundo iba a ser testigo de la gloriosa liberación del pueblo cubano. Los yanquis desaparecerían y con ellos el gobierno traidor que defendía sus suciedades.

Él fumaba en silencio. En el reservado sólo se oía la media voz de Betsy. Era delito de alta traición, decía, que un Estado que se decía cubano tolerase que los norteamericanos fueran los dueños del noventa por ciento de las minas, del ochenta por ciento de los servicios públicos, del cincuenta por ciento de los ferrocarriles... Las potencias extranjeras podrían confundir el verdadero sentimiento del pueblo con la corrupción de unos cuantos desaprensivos dispuestos a vender la soberanía de la nación por unos millones de sucios dólares. Pero verían claro. La revolución se extendía como una mancha de aceite y acabaría por triunfar.

—Dentro de poco los tendremos aquí, en La Habana —aseguró apretando los labios.

Él le cogió una mano.

—¿Y cómo estás tan segura?

—Lo sé.

Estaba claro que no se atrevía a hablar. Manuel le pidió que confiara en él.

—Por si te interesa, estoy dispuesto a pasarme a las filas de Fidel. A mí esto ni me va ni me viene, pero creo que tenéis toda la razón del mundo.

Levantó un hombro.

—Además me aburro demasiado.

Empezaron a verse con cierta regularidad. Una tarde, en uno de los cines del Prado, la besó. Fue como si hubiese prendido la chispa en un barril de pólvora. Betsy se le reveló como mujer ardiente, muy cariñosa. Empezó a interesarse por ella. A veces, en la soledad de su cuarto, se preguntaba si habría encontrado por fin a la mujer de su vida. Temía, sin embargo, por ella. El final de María, el de Li-yi, le inquietaban. Como buen andaluz, tenía su punto de supersticioso. ¿No la arrastraría a una suerte horrible si la ligaba a su vida?

Se franqueó con ella.
—Me da la espina que si seguimos voy a hacerte desgraciada.
Ella le miró intrigada.
—No entiendo lo que quieres decir.
—Eso. Que conmigo podrías ser desgraciada.
—Será cuestión de probarlo.
—Lo probaremos, pero más adelante. Ahora me voy.
—¿Adónde?
—A la provincia de Oriente. Donde sea. Puede que necesiten ayuda. Un hombre siempre es un hombre.
La miró a los ojos.
—Y vas a ser tú quien me ayude.
Había acertado. Aquella muchacha misteriosa estaba en contacto con grupos de resistencia que pasaban voluntarios al bando de Fidel.
Le miró emocionada.
—Puedo hacer que llegues a Santa Clara sin novedad. Una vez allí, te llevarán donde más les convenga.
La vio vacilar.
—Pero ¿te lo has pensado bien?
—¿Cuándo será la marcha?
—¿Hoy qué es, martes? El sábado por la noche.
—Arréglalo pues.
Le abrazó.
—Sabía que acabarías entendiendo. Pero tienes que prometerme una cosa.
—Lo que sea.
—Que volverás. No podría vivir sin verte.
Sonrió.
—¿Sabes qué dicen en mi pueblo? Que mala hierba nunca muere. Además, yo sé que mi madre viene conmigo. No puede pasarme nada.
Betsy, sin embargo, no estaba muy convencida.

Los seis hombres que formaban la expedición al mando de un guía negro parecían fantasmas en la bruma. Manuel se decía que la manigua no se parecía en nada a la jungla indochina. Lo mismo caminaban por bosques muy espesos que atravesaban interminables claros. Del palmeral pasaban a los espesos cañaverales. En dos ocasiones tuvieron que vadear un río. A veces tenían que sortear unos altos matorrales para no dejarse el pellejo entre sus espinos. Una luz a lo lejos. Era un bohío en el que los expedicionarios recuperarían fuerzas, donde oirían de labios sonrientes los avances castristas. «¿Entonces lo que dice la prensa?» «¡Mentiras, hermano, mentiras de los guacamayos esos que nos gobiernan!» Y otra vez adelante.

Siguieron una vieja trocha militar en fila india. Al final, una cuesta muy empinada y abajo, en el valle, Santa Clara.

Se refugiaron en un poblado a la orilla de un arroyo. Todos en la casa los querían honrar, desde el viejo de barba cana y brillante hasta el último miembro de la familia. Las mujeres, oscuras, sonrientes, llenaban grandes cuencos de leche de cabra, ofrecían melaza o el pedazo de guayaba elaborado a mano en casa. Café fuerte, unas hojas de Vueltabajo enrolladas a mano para las ocasiones solemnes, y a esperar escondidos a que llegue la noche, porque hay patrullas gubernamentales merodeando.

Sin saberlo, Manuel siguió una ruta militar casi centenaria, la misma de las tropas españolas del noventa y ocho: Santa Clara, Cienfuegos y, por mar, hasta Las Tunas. En una playa poco vigilada tomaron contacto con las primeras unidades castristas. Jóvenes recios, barbudos, de sonrisa fácil, los acompañaron al primer puesto de mando.

Se presentó como quien era, un español víctima de la guerra civil, que acudía voluntario a la llamada del pueblo cubano.

El oficial le estrechó la mano con fuerza.

—Te damos la bienvenida, compañero.

—Lo que yo quiero es que me den en seguida una de ésas —dijo señalando una metralleta.

Fue dispensado del periodo de instrucción, aunque su estancia en Indochina levantó sospechas. Notó que lo vigilaban y decidió explicar lo sucedido en Francia. A partir de aquel momento le dejaron estar.

Y pasaron los días.

Las acciones en que tomaba parte le divertían. Como en toda guerra de guerrillas había que ser de ingenio fértil, y Manuel lo era. Por eso tomaba muchas veces la iniciativa y por la misma razón le felicitaba el mando.

A los seis meses le dieron el primer permiso. Se rascó la coronilla como siempre que algo le preocupaba. Si le autorizaban, no iría a descansar a Santiago como los demás, iría a La Habana a ver a Betsy.

Expuso su proyecto a un instructor.

—Delicado me parece todo lo que dices —dijo rascándose la barba.

—¡Quia! La mar de fácil. ¿No ves que a mí no me conoce nadie en La Habana? Podría contaros además lo que pasa por allí. Seguro que Betsy tiene algo interesante que decirme.

—Habrá que consultarlo.

—¿Con quién?

El instructor alzó las cejas.

—Cuartel General.

Fue así como llegó a conocer al mismo Fidel Castro. Un huracán de cabellera y barba, dos ojos inquietos, los macizos hombros, sudados, fue lo primero que vio detrás de la mesa. Luego, la voz, un poco enronquecida, aunque de inflexiones cálidas.

—¿De la madre patria me han dicho?

Le tendió la mano.

—Sí.

—¿Y qué es esa locura? Explica.

La locura era el viaje a La Habana. Pero él se lo pintó tan fácil que Castro no pudo evitar la carcajada.

—Y dime. ¿Cómo se llama ella?

—Betsy. Betsy Lagos.

—Sabemos quién es. Así que adelante. Pero no irás solo. Desde hoy quedas incorporado a nuestro Servicio Especial de Investigación.

Sin comerlo ni beberlo se había convertido en espía al servicio de la causa del pueblo de Cuba.

2. ESPÍA EN LA HABANA

A MEDIADOS DEL CINCUENTA Y SIETE, en La Habana se vivía un clima de auténtica guerra civil. Los servicios públicos funcionaban con irregularidad, menudeaban los atentados contra las empresas norteamericanas, y los grupúsculos clandestinos, cada día más fuertes, se envalentonaban por momentos. La represión del gobierno Batista aumentaba, extremando la vigilancia y las torturas para hacer cantar a los detenidos. Hasta al más inexperto de los observadores no se le ocultaba el gran despliegue policial en las calles, especialmente en el puerto y las grandes arterias urbanas más céntricas, donde los bancos eran asaltados constantemente. En los barrios obreros, como el de Regla, se ocultaban activistas y espías, se urdían conjuras y sabotajes.

El prestigio de Batista se había derrumbado. En talleres y oficinas, en los bares, en la tertulia familiar, sólo se hablaba de la incalculable fortuna del dictador, así como de los medios de que se había valido para conseguirla. El bulo rodaba por las calles, entraba en las casas, se comentaba chusco en las guaguas, para ser desmentido al día siguiente.

Tal estado de cosas favorecía obviamente a los guerrilleros de Fidel, que avanzaban ya por las provincias de Camagüey y Las Villas, amenazando la llanura de Matanzas y, lo que era peor, infiltrándose hacia el extremo occidental de la isla. Raro era el día que no se hablaba de la aparición de los barbudos, grupos reducidos que actuaban a veces por su cuenta, en el lugar más insospechado, cada vez más cerca de La Habana. Incluso se aseguraba que había dentro de la ciudad comandos militares a quienes los portavoces gubernamentales echaban la culpa de los sabotajes provocados por los activistas, paisanos adscritos a las Milicias Clandestinas, una especie de quinta columna.

Más o menos era el caso de Betsy, que no tardó en revelarse como persona dotada de mucha energía y valor.

Aquella mañana estaba en su piso con la hermana cuando llegó Manuel. Fue una gran sorpresa. Después de las primeras efusiones, les informó de su misión en la ciudad. Recogería cuanta información le fuera posible durante una temporada y, periódicamente, la pasaría él personalmente al bando castrista.

Betsy vaciló.

—¿Sabes a lo que te arriesgas? —le dijo.

Se encogió de hombros.

—Ahora ya estoy en el baile. Y al baile se va a bailar. Si no es así, ¿qué?

Betsy y su hermana opinaron que aquello era una locura. No sólo arriesgaba la vida, sino que los comprometía a todos.

—Incluso a la organización; a mí no me importa —dijo Betsy—. Ni yo misma estoy segura. Por eso lo más conveniente es que no te vean por aquí.

Se mordió los labios.

—Pero ¿dónde podrías ir?

—¿Todavía andan por aquí aquellos norteamericanos? Los Andrews.

Era el plan de Manuel. Volver con Beatriz y con Andrews, no sólo le libraría de sospechas, sino que le permitiría obtener información de primera mano.

Quedaba un cabo por atar. Qué había estado haciendo durante los últimos meses de ausencia.

Betsy se dio una palmada en la frente.

—Ya lo tengo. Te proporcionaré documentación falsa. Tengo contactos en las oficinas del puerto que te darán una cartilla de navegación. Fogonero, eso es. Los fogoneros no ven nada ni saben nada. Dices que has estado viajando a Miami. Viajes cortos, de seis o siete días en un mercante. Ida y vuelta. Les diré que me busquen el barco más adecuado.

—¿Y si me pillan la mentira?

—No podrán. Ese barco tendrá que haber hecho forzosamente la ruta. Hay muchos. Lo importante es encontrar el puerto. Pinar del Río por ejemplo. Así podrías justificar tu alejamiento de La Habana durante este tiempo.

Quedaron así.

Había otro inconveniente, que Manuel le hizo saber a Betsy tan pronto como se quedaron solos.

—Si me voy con los norteamericanos, poco podremos vernos. Sería muy peligroso. Y yo he venido por ti. Que a mí lo de espía...

—Tendremos que sacrificarnos. Ya sabes: hay cosas en la vida que merecen el sacrificio.

—Pero algún día, sí. En cualquier parte.

—Buscaré la forma.

Salió del piso al anochecer. El Vedado empezaba a animarse. Para los habituales de los cabarés, la guerra no existía o era un juego más, un motivo para contar chistes. Echó en falta, sin embargo, muchos coches de matrícula USA y comprobó que en algunos bares había cambiado el personal.

Desconfió. Betsy le había hecho saber que en muchas ocasiones debajo de la chaquetilla del barman se ocultaba un policía.

También la sirvienta que le abrió la puerta del hotelito de Andrews había cambiado. Por lo demás, todo parecía seguir igual.

Le recibió Beatriz con lágrimas de emoción.

—¿Dónde has estado tanto tiempo?

Sonrió.

—Ni te lo piensas. De fogonero en un barco.

La abrazó.

—Pero no podía pasar sin estas teticas.

Se la metió en seguida en el bolsillo.

—Tenemos que ser cautos —advirtió ella—. Andrews es otro hombre. Se pasa el día trabajando. Y todo lo quiere investigar.

—¿Celos a estas alturas?

—No sé. Pero ya te digo, es otro.

También consiguió engañar a Andrews, que sólo veía en él al infeliz incapaz de comprender lo que estaba pasando. Le aceptó, con mayor entusiasmo si cabe, posiblemente para librarse de Beatriz.

Era lo que él quería, permanecer al margen dentro de lo posible a fin de no levantar sospechas. De paso sonsacaría a Beatriz.

Acomodó el ritmo de su vida al de los viejos amigos. Acudía a casa de Andrews a la caída de la tarde, recogía a Beatriz y a alguna amiga, las acompañaba a la revista, a cualquier cabaré o simplemente a emborracharse cuanto antes. Andrews salía poco con ellos. Era lo que menos importaba. Manuel se aprovechaba de los secretos de alcoba. Una vez a la quincena veía a Betsy. Era el momento para anotar todas las informaciones recogidas: negocios cancelados, reclamaciones al Gobierno, venta de acciones a la baja, vuelos misteriosos a Miami, a Nueva York, aparición esporádica de «señores serios y antipáticos», como decía Beatriz. Lo que daba la medida del miedo de los yanquis era el afán de vender. Todo el mundo parecía tener prisa en hacer almoneda de la vivienda residencial, del yate...

Mientras, los sublevados avanzaban. Sin que todo aquello dejara de interesarle, Manuel no conseguía entender por qué Betsy se lo tomaba tan a pecho. Hablaba con ella y la notaba ausente. Cuando más dulce era el caramelo, le salía por los cerros de Úbeda. Empezó a cavilar. Si la muerte le había quitado a la madre, a María, a Li-yi, la revolución le estaba robando a Betsy. Él era un intruso. Nunca podría penetrar en el alma de aquella mujer, porque él era y sería siempre un aventurero, un mercenario, y Betsy era cubana.

Le hizo saber que se incorporaba otra vez a las guerrillas. Betsy no estuvo de acuerdo con la decisión.

—¿No crees que aquí estás haciendo un trabajo mucho más valioso?

—Aquí ya está visto lo que había que ver. Además, tengo que pasar los informes.

—Como quieras. Pero, por favor, vuelve.

—Claro, mujer.

Durante los últimos meses del cincuenta y ocho todavía se combatía con dureza. Después de entregar los informes redactados por Betsy, Manuel solicitó la incorporación a una unidad de combate. La rutina de la vida cuartelera le sacaba de sus casillas. Como hombre de acción, soñaba en el momento de verse con una metralleta pegando tiros. Descubrir al enemigo, hostigarlo, tenderle una emboscada eran juegos divertidos para él precisamente por lo arriesgados.

En los ratos de tranquilidad pensaba. En Campillos, en Betsy. Los recuerdos se mezclaban en su cabeza con los proyectos y, como siempre, terminaba armándose el lío. Una cosa estaba clara. Era diferente de los demás. Si se metía en los peores berenjenales, era sobre todo a causa de su casi infantil curiosidad.

Su empeño más inmediato era por entonces conquistar a Betsy, arrabatársela a la revolución. Su entusiasmo pasaría, y entonces probablemente sería tarde, entre otras cosas porque él se negaba a ser segundo plato.

Se operaba por entonces en la región occidental de la isla. Cienfuegos y Ché presionaban con sus columnas desde Pinar del Río, mientras Raúl bajaba desde los llanos de Matanzas. Era, pues, el momento más inoportuno para pedir permiso. Lo hizo, y se lo denegaron. Tal como se ponían las cosas, hacía falta hasta el último hombre. No se arredró. Si era desertor por partida doble, en Francia y en España, poco perdía desertando por tercera vez. Lo importante, pensaba, era llegar a La Habana antes de la liberación. Betsy, impulsiva como era, corría el peligro de ser fusilada a última hora. La salvaría, pues. No consentiría que se la quitara también la muerte.

La nueva aventura comportaba sus riesgos. No sólo se trataba de burlar la vigilancia de los suyos, sino de infiltrarse por las filas gubernamentales. Desertó una noche de noviembre e hizo un poco tiempo el camino por la vieja trocha de Santa Clara. En un bohío conocido pidió ropa de paisano. Pantalón y camisas blancas y un viejo sombrero de paja. Unos kilómetros más al sur robó un burro.

Y a la carretera.

Los camiones que pasaban dejaban una estela clamorosa de himnos de victoria. Manuel levantaba el puño. ¿Habría caído La Habana ya? Apretó el paso. En un poblado escuchó un informativo. Las tropas revolucionarias avanzaban desde el oeste a marchas forzadas, pero la capital resistiría.

No le resultó difícil atravesar las líneas gubernamentales. La tropa, presa de pánico, trataba de refugiarse en Las Villas o en Camagüey. Aprovechando la confusión, Manuel siguió la carretera de La Cumbre hasta Jacomino. Lo demás fue fácil. Unos billetes a un pescador, que le pasó en su motora a la otra orilla de la bahía, en El Vedado.

Tal como se temía, Betsy no estaba en casa. Esperó en la puerta del piso. A medianoche le despertó su cuñado.

—¿Qué haces tú aquí?

Manuel parpadeó.

—¿Dónde está Betsy? Seguro que se ha metido en follones.

—Me la he dejado en el Secretariado de Milicias.

Entraron. Mientras Manuel metía los pies en un barreño de agua con sal, su cuñado habló de los últimos acontecimientos. Batista había huido. La gente estaba en la calle, pero quedaban grupúsculos de resistencia, francotiradores que se oponían a la entrada de las columnas del Ché.

—Hemos triunfado, Manuel. Lo conseguimos.

Mientras se enfundaba unos pantalones, preguntó dónde estaban las oficinas del Secretariado.

—No pensarás salir.

—Ahorita mismo. Esa Betsy está como una cabra.

—Te matarán. Unos u otros. La calle es un infierno.

—Por eso tengo que buscarla.

Salieron. Al pandemónium de los vociferantes ciudadanos, muchos de los cuales caían víctimas del francotirador, se unía el estampido de las descargas cerradas. Sin saber de dónde, un regimiento del Gobierno había irrumpido en las calles de la ciudad dispuesto a defenderla hasta el último hombre.

Tuvieron que volver al piso, donde permanecieron toda la noche y el día siguiente, sin luz, sin agua, sin alimentos. Les sorprendió el silencio de hielo de la madrugada. Salieron sigilosamente. En las calles se amontonaba la basura, mezclada con enseres procedentes de los saqueos, y algún que otro cadáver.

En el Secretariado de Milicias encontraron la puerta abierta. Manuel entró. Oscuridad. Silencio. Pero indudablemente había alguien.

Tumbado en el suelo, gritó: «Betsy Lagos. ¿Está Betsy?» «¡Manuel!» Encendieron las velas. Los reunidos se preparaban para salir en busca de las columnas del Ché.

—Creíamos que eran los otros —dijo Betsy abrazándole. —¿Estás bien?

—Mejor que nunca. Vámonos.

A medida que avanzaban por las calles se les unían nuevos patriotas. Pronto aparecieron las primeras pinceladas rojas en los balcones. Al frente de un nutrido grupo, Betsy corría en dirección al Cerro, por donde bajaban ya las primeras avanzadillas castristas. Se abrazaban con los jóvenes barbudos.

Dos horas después toda la ciudad estaba en la calle. Era el 4 de enero de 1959, día en que el Ché entró vencedor en La Habana.

3. PRISIONERO DE LA LIBERTAD

DESPUÉS DEL REPARTO DE TIERRAS, una de las primeras medidas económicas adoptadas por Fidel cuando juró el cargo de primer ministro fue la sustitución del ejército por un Ministerio de Fuerzas Armadas Revolucionarias y la creación de las Milicias Populares. Betsy Lagos ocupó un cargo de relativa importancia en las oficinas centrales. Tuvo tiempo e influencia para echar tierra sobre el asunto de la deserción de Manuel, al que incorporó a las Milicias del Pueblo.

Los primeros días le daba risa representar a la autoridad. El nieto de Brígida, terror de municipales, peligroso delincuente en Gerona, asiduo visitante de los penales, el Manú de Beau-Maître, el proxeneta de los corsos, el soldado tres veces desertor, se había convertido en celoso defensor de la justicia.

Con la nueva ironía del destino no contaba él. Metralleta en bandolera, con el flamante uniforme verdeoliva, paseaba las calles de La Habana, subía a un *jeep* con unos cuantos compañeros para proceder a un registro, a una incautación, a la detención del sospechoso.

En cierta ocasión, mientras desalojaban un convento de monjas, una de ellas, jovencísima y muy guapa, empezó a llorar histérica.

Manuel trató de tranquilizarla.

—No se lo tome tan a la tremenda, sor. Usted es joven y mu maja. La vida, seguro, le guarda muchas sorpresas buenas.

Se acercó más.

—No me llore, que yo no puedo ver llorar a una mujer. Y no me negará que es mujer. ¡Y mucha mujer!

—Perdone...

—Además, cuanto más llora, más guapa se pone usted. ¡Qué cosas! ¿A que es novicia?

La monja abrió sorprendida sus verdes ojazos.

—¿Y usted cómo lo sabe?

—Lo sé. Y sé que es usted española. Andaluza por más señas.

La monja dio un paso atrás.

—¿Es usted el diablo?

—Pos casi, casi. Me llamo Manuel. Nada más. Pero créame, señorita, piénsese eso del monjerío...

La vio salir corriendo hacia el despacho de la directora.

A medida que pasaban los meses aumentaba el aburrimiento de Manuel. El servicio, el cuartel, el piso... Otra vez la soledad, porque Betsy no paraba en casa. Además, muchos de los servicios que prestaba le sacaban de quicio. No era lo mismo hacer puntería sobre el enemigo infiltrado en la manigua que ver la cara de pánico de los detenidos. Tampoco era igual destruir un nido de ametralladora con un par de bombas que tirar por la ventana los muebles de una casa. Contaba, además, la disciplina, con la que estaba reñido desde siempre.

Por si algo faltaba, en casa de Betsy sólo se hablaba de política. Manuel, fastidiado, se levantaba de la mesa y se metía en el dormitorio. Tumbado en la cama, con las manos bajo la nuca y fumando sin parar, pensaba que Betsy y los suyos habían alcanzado lo que tanto deseaban. Pero ¿qué pasaba con él? Apenas podía estar con ella. Las pocas tardes que salían juntos, al cine, se entusiasmaba con la película. «Quítame las manos de encima.» Era lo único que se le ocurría decir, mientras pasaban *Historia de la Revolución* o unos cortometrajes del frente que se sabían ya de memoria.

En el baile era otra mujer. Se le pegaba, cerraba los ojos, entreabría los labios, se dejaba explorar el cuerpo por sus manos ávidas.

Fue en una de aquellas tardes cuando se le ocurrió la idea. De repente le preguntó si estaría dispuesta a seguirle.

—¿Adónde?

—¿Qué más da? Donde sea.

—No entiendo qué quieres decir.

Le besó la punta de la nariz.

—Venirte conmigo, pero sin hacer preguntas.

—¿Abandonar Cuba por ejemplo?

—Por ejemplo.

Dudó un instante. Luego negó con la cabeza.

—Tú piensas eso —dijo—, y yo creo en cambio que tendrías que nacionalizarte.

Nunca le había pasado por la imaginación. Dejar de ser español, aunque en el fondo no le importaba demasiado, le producía un íntimo desasosiego. ¿Qué diría cuando llegara a una tierra extraña y le preguntaran la nacionalidad? ¿Cubano? Le sonaba muy raro.

Soltó una risita.

—¿Te parece ridículo ser cubano?

—No. Pero...

—Pero ¿qué?

Le faltaban las palabras. Quería a Betsy y a los cubanos, pero sentía un orgullo especial cada vez que decía que era español. En cierta ocasión, recordaba, un marsellés le había hablado despectivamente de España. «Pues aquella gente es mejor que todos vosotros, so franchute», le rebotó. «Entonces ¿por qué has venido?», replicó el otro. «Te lo voy a decir. En mi tierra alguien me mandó a la mierda, y yo me dije, ¿dónde mejor que a Francia? Y aquí me tienes.» Se liaron, y el marsellés estuvo dos semanas en el hospital.

Betsy quería saber.

—Pero ¿qué? Di. Ser cubano es tan honroso como ser español.

No la dejó terminar. La sacó de la sala y la metió en un taxi.

Aquella noche la poseyó frenéticamente.

A partir de entonces Betsy fue otra mujer. En el despacho, mientras atendía al teléfono o rellenaba impresos, se quedaba de repente callada, muy quieta. No veía el momento de reunirse con Manuel. Hasta le propuso legalizar su situación.

—¿Casarnos? —dijo él—. Lo que quieras. Pero vendrás siempre conmigo.

—Siempre.

Fue una ceremonia sencilla. Simplemente hacer acto de presencia ante el juez y firmar unos papeles. En seguida, unos días para los dos.

Los tres primeros meses fueron de relativa calma. Pero pronto empezó la inquietud de él. Cuando no podía más, daba un paseo por el puerto. Observaba la maniobra de los barcos, charlaba con los marineros, tomaba un café en cualquier quiosco. Empezó a faltar al servicio. Betsy le abroncaba, pero él se encogía de hombros. «Déjame. ¿Me meto yo contigo?»

Mientras, Estados Unidos había decretado el bloqueo, con lo que Cuba entraba en la fase del hambre. El café y el tabaco, en la misma Perla de las Antillas, brillaban por su ausencia; en cambio, la imagen de Fidel, repetida en pancartas y carteles, repetida en plantillas en todas las calles de La Habana, aparecía casi siempre con el puro en la boca.

Era por lo único que él no pasaba. Que el pueblo se mordiera los puños de hambre, mientras el jefe revolucionario vivía como un bajá. Pasó el tiempo. Fidel, cada día más rabioso, culpaba a los yanquis del hambre del pueblo. Era el derecho al pataleo. En la Primera Declaración de La Habana denunció la intervención imperialista de Estados Unidos en América Latina, al mismo tiempo que anunciaba su firme voluntad de mantener estrechas relaciones con los Estados socialistas.

En el orden interior, las cosas se complicaron cuando se decretó la expulsión del pequeño propietario. Muchos españoles afincados allí tuvieron que salir hacia España con lo puesto. Manuel, metralleta en mano, los miraba en el puerto con cierta pesadumbre. Cada día estaba más seguro de que aquello no se había hecho para él. En casa se lo notaron todos. Aseguraban que lo que estaba pasando allí era lo propio de todas las revoluciones. «Un día u otro se arreglará todo —decían—. Cuba volverá a ser rica. Se le abrirán todos los puertos del mundo, todas las naciones comerciarán y pondremos en jaque al imperialismo.»

Retórica, frases hechas, entusiasmos que se extinguían cada vez que Betsy les ponía delante un plato de verdura, al que Manuel asociaba el enorme comedor de La Misericordia. Ellos, los cubanos, tenían su libertad, pero ¿qué dejaban para él? ¿Un uniforme y sus obligaciones? ¿El estómago vacío? De repente cambió todo. Un nuevo nombre amenazaba la flamante libertad. Miró Cardona, constituido en Presidente de la República de Cuba en su exilio norteamericano, empezó a sembrar cizaña a través del constante llamamiento a los «verdaderos patriotas, a los amantes de la justicia, de la tradición y la fe».

Manuel decidió esperar.

La espera fue corta. Durante las primavera de 1961 la radio castrista dio la alerta. Aviones de reconocimiento norteamericanos sobrevolaban con sospechosa insistencia el golfo de Cazones, en las provincia de Las Villas. Se sospechaba un intento de invasión y había que permanecer alerta.

Uno de los primeros en alistarse voluntario fue Manuel.

La tarde que salió, a punto de subir al camión, Betsy le abrazó temblando.

—¿Puede saberse qué te pasa? No es la primera vez que voy a pegar tiros por ahí. Sabes que me gusta la aventura.

—Lo sé.

—¿Entonces? Antes de casarnos no llorabas.

Le miró a través de las lágrimas.

—No quería decírtelo...

—¿Por qué? Di lo que sea.

—Vas a ser padre.

No se emocionó demasiado, pero estaba orgulloso.

—¿Y por eso lloras? Si nos nace un hijo le cuidaremos. Para eso estamos. Entonces sí, ¿ves?, entonces sí tendríamos por quién luchar de verdad. Algo nuestro, ¿me entiendes?

—Te entiendo.

La dejó llorando.

4. EN BAHÍA DE COCHINOS

AL OESTE DE LA PENÍNSULA DE ZAPATA, junto a Cayo las Piedras, se abre una profunda bahía de aguas remansadas. El lugar, aunque creado desde la eternidad para disfrutar de la naturaleza, era sin embargo el punto estratégico más adecuado para llevar a cabo un desembarco. Situado muy cerca de la ciudad de Cienfuegos, se podía alcanzar desde allí la carretera de Matanzas, a dos pasos como quien dice de La Habana. De haberse, pues, llevado a cabo con éxito la operación, no sólo hubiera permitido dividir la isla en dos mitades, sino que hubiera favorecido nuevos desembarcos desde el sur de Florida. Al mismo tiempo, por el Oeste, el enemigo hubiera abordado con facilidad la costa sur por el golfo de Corrientes.

La intención era apoderarse rápidamente y por sorpresa de las regiones de Las Villas, Vuelta Abajo y La Habana, centros neurálgicos del país. Lo demás habría resultado bastante fácil con la ayuda de unos cuantos paracaidistas, material aerotransportado y una reivindicación de libertades y soberanías formuladas a tiempo en la ONU por Miró Cardona.

No fue así, sin embargo. El posible error estuvo en la alarma que levantaron los aparatos de la CIA, que bombardearon a destiempo las primeras instalaciones militares. Sea como fuere, lo cierto es que Manuel se encontró metido en el fregado.

El 17 de abril del sesenta y uno, la bahía de Cochinos se vio invadida por unas lanchas rápidas de nacionalidad desconocida. El ataque inicial se produjo en playa Girón y playa Larga. Desmanteladas las instalaciones costeras por los bombardeos aéreos del 15, las tropas de Fidel no tuvieron más remedio que aguantar el ataque a pie firme.

Fueron los momentos más peligrosos. Atacados por sorpresa, los defensores de bahía de Cochinos caían como moscas. Pero el Gobierno se apresuró a enviar refuerzos.

Casi coincidió la llegada de las compañías castristas con la aparición de las lanchas rápidas invasoras. Lo que hasta entonces habían sido imprecisos puntos grises desdibujándose en el azul del mar, se perfilaban rápidamente como modernas torpederas al otro lado del arenal. Se oyó un cornetín de órdenes. En seguida, centenares de bultos avanzando desde la segunda línea castrista ocuparon sus posiciones en la zanja, mientras en vanguardia se procedía a llenar unos cuantos sacos de arena.

Apenas hubo tiempo para poner los primeros. Las ráfagas pasaban zumbando sobre los hombres de primera línea, entre los que se encontraba Manuel, para estrellarse detrás con un ruido opaco. Órdenes, maldiciones, el gemido apagado o el alarido en que se mezclan el dolor y la ira con la sorpresa.

La primera oleada de atacantes avanzó. Los hombres, ligeramente inclinados, corrían penosamente sobre la arena. De vez en cuando caían cuerpo a tierra, sin duda obedeciendo órdenes, recuperaban fuerzas y, todos a un tiempo, se levantaban y seguían obstinadamente disparando sus armas automáticas.

Por parte de los defensores, la orden era no disparar hasta tener seguridad de blanco. Tácticamente la medida era acertada. Pero al llegar a unos cuatrocientos metros, las tropas atacantes se enterraban en la arena materialmente, a fin de que se les incorporara una segunda oleada a pocos pasos detrás. Fue entonces cuando reaparecieron los aviones.

Con el enemigo a unos pasos e imposibilitados hasta para levantar la cabeza, los efectivos castristas parecían estar atrapados en la ratonera. Hubo que desplazar varias docenas de hombres al flanco izquierdo, al amparo de unas rocas, en la playa, al parecer punto de referencia de la aviación. Resbalando sobre el escurridizo limo de las rocas, prácticamente ocultos por la espuma del rompiente, aquellos hombres daban ejemplo de valor disparando sus metralletas contra los aparatos enemigos, que volaban a ras del agua a fin de ganar en visibilidad. Uno de ellos fue tocado y desapareció echando un humo muy negro por la cola. Gritos de entusiasmo en las trincheras. Pero los de las rocas habían sido descubiertos. Volando en amplios círculos, uno de los aparatos los ametrallaba sin piedad, mientras los demás seguían dando sus pasadas en cadena.

De pronto, los atacantes enterrados en la arena avanzaron en tromba. El terreno, más firme, les permitía ganar velocidad. Una lluvia de balas se estrelló contra los sacos de arena. Los proyectiles silbaban o levantaban nubecitas de polvo a unos palmos de las cabezas de aquellos hombres enrollados como gusanos. Había que olvidar los aviones y plantar cara. De nuevo el cornetín. Con una bravura fuera de lo común, los infantes empezaron a disparar. Los había que se ponían de pie para afinar la puntería. Pronto eran segados por las ráfagas enemigas. Otros, más cautos, se limitaban a arrodillarse y disparaban a las piernas. No tardaron en producirse las primeras bajas. Algunos atacantes, sin embargo, soltaban las armas y caían de bruces.

Fue entonces cuando el mando castrista decidió reforzar las primeras líneas defensivas. Los hombres que avanzaban disparando a cuerpo descubierto pudieron comprobar que playa Girón estaba llena de pequeños bultos inmóviles, esperando sin duda la orden de ataque.

La primera avalancha había sido detenida y se procedió

rápidamente a retirar los heridos. Manuel, con el cuerpo bañado en sudor, parecía fuera de sí. El combate le había enardecido y, muy agitado, viendo que en el sitio que ocupaba, una especie de embudo, no tenía mucha visibilidad, avanzó unos diez metros en dirección al enemigo.

Oyó a su espalda una voz autoritaria.

—¡Tú, a la posición!

Vio a un oficial de pie haciendo bocina con las manos.

—Déjeme, que a esos me los como yo y luego los cago.

Su vehemencia le impedía esperar el nuevo ataque; hacía de él, como siempre, un indisciplinado.

El oficial desenfundó su pistola.

—Atrás he dicho.

Volvió refunfuñando.

Lo devoraba la impaciencia; sin embargo, no tuvo que esperar demasiado. Aprovechando el trabajo de los zapadores, que trataban de conseguir una trinchera decente, el enemigo envió una nutrida fuerza desde playa Girón. Avanzaban desplegados en abanico sin dejar de disparar, por lo que se hizo necesario cambiar ligeramente las posiciones. Y fue en aquel mediodía cuando más muertos vio Manuel. De uno y otro bando. El fuego cruzado, ya que los de playa Larga atacaban a su vez, diezmaba las filas de los castristas, a costa de los jóvenes mercenarios que seguían fielmente las órdenes de un mando empeñado en reconquistar la isla a toda costa.

A veces caía un gigantón rubio a unos metros del sitio que ocupaba. «Yanquis, no. ¡Viva Cuba libre!» El grito brotaba de cualquier rincón de la trinchera, para ser repetido en seguida por los demás hombres. En otras ocasiones, el que caía era más bien esmirriado y morenucho, con grandes mostachos y una dentadura muy blanca que resplandecía al sol del trópico con el gesto de dolor. «Un mejicanito...», pensaba Manuel.

Hora y media después se retiraban hacia sus embarcaciones. Intentar el contraataque, según había oído decir a un sanitario, hubiera sido una locura. La estrategia aconsejaba seguir fortificándose y esperar las tropas de refresco, que no tardaron en llegar.

A media tarde volvió la aviación. Probablemente escarmentados, en aquella ocasión no ametrallaron. Volaban a altura prudencial y, como ya se había producido una regular concentración de fuerzas, bombardearon. Veinticinco minutos justos de infierno. Manuel tuvo ocasión de contarlos uno por uno. La postura, una especie de encogimiento fetal, protegiéndose la cabeza con las manos, le permitía ver cómo avanzaban las manecillas de su reloj.

En seguida que cedió el bombardeo, nueva avalancha. Pero los castristas, superados los primeros momentos de desconcierto, actuaban con extraordinaria calma. La orden seguía siendo la misma. Dejar que el enemigo se aproximara. Luego, fuego a discreción. Ello les permitía, además, recoger los heridos del bombardeo.

Hubo un tercer intento, por la noche, rechazado también. Abundantes tropas de refresco permitieron el relevo de las de primera línea. Manuel gritaba hasta perder la voz el «viva Cuba libre» de los patriotas, mientras, contra su costumbre, entrechocaba su cantimplora, llena de ginebra, con la de los compañeros. Alguien protestó, porque la bebida parecía aguada. «La hemos mezclado con sifón —explicó un sargento— para que os animéis sin emborracharos. Es el nuevo espíritu de Cuba. Los cojones de la patria. ¡Viva Cuba libre!»

El silencio de la noche les permitía oír los motores de las nuevas torpederas que llegaban con refuerzos. Alguien dijo que playa Larga era un hervidero de hombres. Se hizo una batida, en la que tomó parte Manuel, y volvieron con sesenta prisioneros. Cubanos, mejicanos, portorriqueños, algún negro de mirada espantada, dos pelirrojos malcarados que se negaron a hablar... Nunca se supo cómo fue. Lo cierto es que uno de los pelirrojos se convirtió de repente en una antorcha humana que corría en dirección al rompeolas envuelto en escalofriantes alaridos. Cayó muerto, tampoco se supo por qué piadoso disparo.

El ataque del amanecer fue más sangriento. Manuel y sus compañeros, informados por los altavoces del Servicio de Propaganda, ya lo sabían. El desembarco, que había sido gestado en el Pentágono con el plácet del presidente Kennedy, estaba dirigido por Artime y Pepe San Ramón, enemigos personales de Fidel. Los financiaba la CIA, a quien al parecer pertenecían asimismo los aviones que tomaban parte en la acción.

Manuel pensó que nadie tenía derecho a decidir la suerte de un pueblo que se consideraba libre. Empezó a odiar a los norteamericanos. Por eso disparaba con los dientes muy apretados, y ya no se compadecía cuando veía caer al portorriqueño desnutrido, que tal vez se había alistado voluntario para llevar unos dólares a casa.

La noche los había ayudado a atrincherarse en zig-zag. Ello les permitó evitar el fuego cruzado y, al mismo tiempo, hacer abundantes prisioneros, gente que, cegada por el avance, se encontraba de pronto entre dos fuegos.

Sobre las diez de la mañana se replegaban por tercera vez las tropas atacantes. Muchos de los rechazados, ante la imposibilidad de escapar a nuevas emboscadas, huyeron hacia la jungla, donde se pusieron en contacto con nuevos contingentes recién desembarcados. Dos columnas castristas advertidas del peligro avanzaron rápidamente hacia la península de Zapata, donde chocaron con las avanzadillas de Artime haciendo un centenar de prisioneros. Desde la trinchera, Manuel vio varios camiones llenos de hombres con las manos atadas a la espalda.

En cuanto a ellos, el peligro había sido conjurado. Nuevas tropas les sustituyeron en primera línea, si bien la orden era seguir preparados para cualquier eventualidad.

A él le relevaron a media tarde. En el campamento, camuflado bajo los árboles de la manigua, se decían muchas cosas. Que Cuba debía su independencia a Fidel, pero que su salvación había sido cosa del general Bayo. Que el Estado Mayor había cursado órdenes prohibiendo el fusilamiento de prisioneros. Había quien aseguraba haber visto al gigantón barbudo conduciendo personalmente un *jeep*.

Manuel miraba, oía y callaba. Había repuesto fuerzas y fue a bañarse a una hoya con media docena de compañeros. Luego se tumbó desnudo al sol.

Con los ojos cerrados seguía viendo las escenas de los

combates. No pensaba en Betsy. Ni siquiera en Campillos, a cuyo recuerdo solía relajarse. En aquel momento sólo quería volver a la trinchera, impedir a toda costa que se realizara el desembarco. Siempre reaccionaba del mismo modo. Cuando algo se oponía a su voluntad, fuera lo que fuese, no descansaba hasta haber vencido. ¿Le importaba Cuba? Sólo en parte. Él, bien lo decía la carta de apátrida, era hombre sin raíces. Lo mismo luchaba por una causa que por otra. Pero, en aquella ocasión, el heroísmo con que había visto morir a sus compañeros le encorajinaba. ¿Qué buscaban los yanquis allí? ¿Por qué los cubanos exiliados les hacían el juego? Se explicaba en parte la actitud de mejicanos y portorriqueños, que ignoraban dónde estaban. «Hemos venido porque nos pagan bien y en casa se mueren de hambre», contestaban casi todos en los primeros interrogatorios. Parecía cierto. Los mejicanos eran campesinos analfabetos. En cuanto a los portorriqueños, todos decían lo mismo: se les negaba el trabajo en su país, Estados Unidos, y no les quedaba otra alternativa: o pegar tiros donde fuera, o morirse de hambre.

Necesitaba sentir el acuciamiento de un ideal. Comprendía oscuramente que el hombre no puede ir por el mundo desprovisto de sentimientos elevados. El entusiasmo que veía alrededor hacía que naciera en él un nuevo complejo de culpabilidad. Superados los primeros instantes de ardor, se había quedado como vacío. Observaba a los demás soldados, riéndose, golpeándose la espalda amistosamente, haciendo proyectos. ¿Y él? ¿Qué proyectos podría hacer él? Se encogió de hombros. Betsy, pensaba, era muy buena siempre que los demás se plegaran a su voluntad. Por otra parte, estaba más enamorada de Cuba que de él. En los últimos días, desde lo del embarazo, sólo pensaba en su nacionalidad. «Serás cubano. ¿No te has fijado que la bandera de Cuba es la más bonita del mundo?» Empezaba a comprender. Necesitaba un padre cubano para su hijo. No le quería a él. Sonrió. Banderas... Nunca le habían dicho nada. Un trapo con colorines y monigotes. Nada más. Pero mirando a aquellos hombres que le rodeaban, no sabía qué pensar.

Se vistió. Despacio, con la cabeza inclinada, se dirigió a la tienda de campaña. Vio unos cuantos soldados a la sombra de unos arbustos gigantes y se acercó curioso. Uno de ellos yacía boca arriba y tenía el pecho cubierto con trapo ensangrentado.

—¿Qué le pasa a éste? —preguntó al que parecía atenderle.

Uno de los espectadores le miró con zumba.

—¿Es que no lo ves?

Se encogió de hombros. Alguien retiró el trapo. Cruzando el amplio tórax de tetilla a tetilla, Manuel vio unas palabras escritas en sangre: Viva Cuba libre.

—¡Ah, ya sé! Eso se dice...

—Tatuaje. ¿Quieres que te haga uno?

El recién tatuado le miró con el rabillo del ojo.

—¿Sabrías dibujar la isla de Cuba?

—Es fácil.

—¿Y los nombres y todo?

—Algunos.

—Pues me lo vas a poner aquí, en este brazo. ¿Cuándo empezamos?

—Por mí, ahora mismo. Éste ya está.

El tatuado se hizo a un lado y Manuel ocupó su sitio.

Los combates de bahía de Cochinos duraron setenta y dos horas exactamente. La lucha, encarnizada, se saldó con la victoria de los castristas, que perdieron bastantes hombres. Los atacantes tuvieron un centenar de muertos, más de doscientos heridos y mil doscientos prisioneros.

«¡Cuba sí! ¡Yanquis no!» El *slogan* aparecía en todas las paredes de La Habana. Lo repetía el pueblo cada dos por tres. Incluso apareció en pequeñas escarapelas rojas, en las corbatas, pintado en las carrocerías de las guaguas, en el suelo.

Aquella noche de inenarrable emoción para los cubanos, lo coreaban varias decenas de miles de personas en el Palacio de los Deportes de La Habana. Los prisioneros de bahía de Cochinos iban a ser juzgados en presencia del pueblo por un tribunal del pueblo. Bajo los potentes focos fueron apareciendo en fila de dos, mientras los graderíos estallaban de gozo.

Betsy se había quedado ronca de tanto gritar. Había cogido del brazo a Manuel y acariciaba el vello con el que la isla de Cuba aparecía cubierta como una selva natural. Era completamente feliz. Los yanquis habían sido rechazados, tenía a Manuel a su lado, dispuesto a convertirse en cubano, y esperaba un hijo suyo.

Apretó su mano.

—Nos darán un piso. Ahora sí. Me lo han prometido. ¡Y en el centro!

—Pues no te has dado prisa tú...

—No podemos seguir siempre con mis hermanos. Además, dentro de poco seremos tres.

Manuel sonrió un poco bobaliconamente.

—Haremos un buen patriota. Ya verás. Tendrá una patria libre. Ya me encargaré yo de...

Dejó de hablar al oír una voz profunda en los altavoces. La voz anunciaba solemnemente que iba a dirigirles la palabra el presidente de la República. Un aplauso cerrado, unánime. Las palabras de Osvaldo Dorticós fueron como un sedante para la enardecida multitud. Dijo que iba a procederse al juicio sumarísimo de quienes habían intentado apoderarse de la nación, violando «el sacrosanto derecho del pueblo a su libertad». De nuevo los aplausos, mezclados con gritos de «Cuba libre, yanquis no». Se oyó luego la voz de Fidel Castro. Los cubanos, dijo, harían justicia. Y nada ni nadie impediría el castigo a que se habían hecho acreedores quienes, movidos por la ambición o comprados por el oro norteamericano, habían ido a sembrar odios y discordias entre el pueblo soberano. Por último, uno de los miembros del PURS dio lectura a los cargos.

Manuel sintió piedad por aquellos hombres, blanco de los insultos de la muchedumbre. Le dijo a Betsy que, en el fondo, los consideraba inocentes.

—¡Serán fusilados! ¡Todos! —gritó ella.

—¿Y qué? Pero seguirán siendo inocentes.

Soltó su mano.

—¿Qué te pasa ahora a ti? Si llevaras nuestra sangre...

Un día u otro se lo habría echado en cara. La patria, se decía, no se adquiría sólo con firmar unos papeles.

—Hay muchos como yo ahí abajo. Aventureros. Gente que ha ido a ganar dinero. Si les hubieran dado otro trabajo, pues igual.

—¡Cochinos mercenarios! De acuerdo, los hay. Y si tú te consideras uno de ellos, peor para ti. Lo que te aseguro es que mi hijo no caerá nunca tan bajo.

Tampoco Betsy podía entenderlo. Como siempre que veía que las cosas no tienen remedio, se encogió de hombros. Una sonrisita cínica asomó a sus labios. Si hubiera tenido un espejo a mano, hubiera visto que el gesto le encanallaba. Era la sonrisa desdeñosa de Manú, la que había visto *Petit* segundos antes de recibir la soberana paliza.

Como le fastidiaba el espectáculo del juicio, salió del estadio. Poco después se enteraría por la radio de la suerte que esperaba a los prisioneros si la CIA, o Estados Unidos, se negaban a pagar los millones exigidos por el rescate.

Necesitaba estar solo y anduvo mucho tiempo. Callejeó por el barrio chino. Muchachos uniformados como él, trasudando cerveza, furcias vociferantes, el descuidero audaz, el fracasado destruido por la droga... Tampoco aquello le decía nada.

Siguió hasta el puerto. Allí estaba, pensó, la puerta abierta que daba acceso a todas las libertades. El mar era eso, libertad. Había entornado los ojos y le pareció oír la voz de sor Presentación: «Es un camino que no se acaba nunca...» Pero ya no era igual. Quería a Betsy, quería al hijo que esperaba de ella.

Volvió a casa muy tarde.

5. PIRATA EN EL CARIBE

DURANTE LAS SEMANAS que siguieron al juicio colectivo, el carácter de Manuel se fue agriando. Se levantaba muy temprano, salía de casa y regresaba muy tarde y de mal humor. A veces desaparecía dos o tres días. Betsy estaba más nerviosa cada vez. Quería a aquel hombre, pero no podía hacer de él un ciudadano del nuevo orden. Empezó a darse por vencida.

El primer choque serio se produjo cuando ella se enteró de que se había dado de baja en las Milicias.

—Se acabó hacer el soldadito, ea —le había dicho Manuel enseñándole la cédula de baja.

Los ojos de ella relampaguearon.

—¿Y ahora qué? ¿A golfear por ahí?

Le pareció estar oyendo a su abuela.

—Haré lo que me venga en gana. Que eso de andar por ahí metiendo el miedo en el cuerpo a las viejas no se ha hecho para mí. Y por si quieres saberlo, me aburro. ¡Me aburro como un muerto!

—Y lo dices ahora, precisamente ahora.

Betsy tenía razón. Su estado de gravidez avanzaba. Pronto se vería obligada a dejar el trabajo y, aunque tenía su subsidio, iban a necesitar más dinero. Por otra parte, la escasez era mal endémico, sobre todo en La Habana, donde los artículos de primera necesidad sólo podían comprarse en el mercado negro.

—Dinero no te faltará.

Salió apresuradamente.

En el zoo se entrevistó con Juan, un guatemalteco de mirada hosca. Hablaron de negocios.

Juan dijo que un amigo de la infancia había decidido unirse a ellos.

—Es de toda confianza. Traerá un primo suyo. Un tipo con redaños.

—¿Fichados?

—¿Por quién me tomas?

A Juan le había conocido allí mismo, en el zoo, donde solía ir cuando maquinaba algo. Supo que se entenderían tan pronto como cruzaron las primeras palabras frente a la jaula de los monos. Al parecer, había pedido la baja en la Marina, donde había prestado servicio, en una torpedera, en calidad de motorista.

—Nos esperan en un bar —dijo Juan.

—Andando.

Aquella misma noche se deslizaron al amparo de las sombras hasta el fondeadero de las lanchas, en el puerto militar. Un golpe en la cabeza del centinela, y abordaron la primera lancha que encontraron. Poco después el guatemalteco ponía rumbo a Veracruz.

En alta mar explicó detalladamente el plan. Un amigo suyo, en La Habana, era íntimo de cierto propietario de un taller de coches. En vista de la escasez de neumáticos, se trataba de pasarlos de contrabando desde Méjico.

—Contamos con dos barcas pesqueras —aclaró—. Navegamos de noche. Los pesqueros nos esperarán los días que ya saben. Nos haremos señales con luces. Pasamos la mercancía a bordo, cobramos nuestros buenos dólares y a Veracruz otra vez. La cosa no puede fallar. Lo más difícil ya está hecho.

Miró a Manuel.

—Tú te encargarás de la ametralladora. Entiendes de esos chismes.

—Pues claro que entiendo.

—Y vosotros dos os haréis cargo de los camiones en tierra. Otra cosa. Me ha dicho mi amigo, que sólo es un enlace, que él nos compra todas las medicinas que le llevemos. Y los patrones de las barcas quieren jabón. Ya sabéis las colas que hacen las mujeres.

Navegaron sin luces. Al amanecer, después de un rodeo, fondearon en una playa escondida entre acantilados.

Mientras el guatemalteco y uno de los cubanos desembarcaban en una lancha neumática, Manuel inspeccionó la embarcación. Durante la travesía se había fijado en el manejo de aquellas palancas. Le dio al encendido.

—Probaremos —dijo al cubano—. Es bueno saber los dos, tú y yo. Por si las moscas.

Dio unas vueltas por las remansadas aguas de la bahía. Luego, una vez anclada la embarcación, sacó varios botes de pintura.

—Voy a pintarla de otro color. Ya verás qué maja queda.

Cinco horas después la lancha no parecía la misma. Su tonalidad gris ceniza se había convertido en un verde claro, muy parecido al de las unidades mejicanas. En seguida, el cambio de banderas.

Miró entusiasmado al mulato.

—¿Qué te parece? Si yo he nacido para pintor...

Preparó el segundo bote.

—Te quedas de guardia —dijo.

Ya en tierra, después de camuflar el bote, se orientó. Llevaba el plano en un mal papel. La raya más gruesa era la carretera de Veracruz. Tres trazos más finos indicaban los tres caminos de acceso. Tomó el de la izquierda. La casa abandonada estaba a unos trescientos metros. Comprobó la cruz del plano en seguida que llegó, vio las huellas del camión, y, más tranquilo, empujó la puerta.

Se tumbó en un rincón, miró la hora y se quedó ligeramente traspuesto.

Un buen rato después le despertaba el motor del camión. Juan el guatemalteco y su amigo empezaron la descarga.

—Habéis tardado hora y media más de lo que dijimos —dijo Manuel.

—Tuvimos que esperar. El tipo que nos suministra, no se fía. O buscamos otro, o éste va a ser el primero y el último viaje.

—¿A santo de qué esa chulería? —cortó Manuel.

—Que dice que ha repensado. ¡El hijo de perra!

Se rascó la coronilla. Si empezaban así, y el primer día, el negocio se les iba a hacer gárgaras.

—Oye, Juan. ¿Queda cerca Veracruz? —dijo.

—A unos ocho kilómetros.

—Entonces iré a pie. Me dices dónde es, y no te preocupes. A ese tipo lo arreglo yo. ¡Nos ha jodido!

Dijo que si a la caída de la tarde no volvía, podían salir.

—Nos veremos aquí mismo mañana por la mañana.

El paseo hasta Veracruz desde Punta Antón Lizardo, en una de cuyas playas estaba la torpedera, le permitió estudiar el terreno. Se trataba de una planicie, la de Sotavento, poco poblada.

Inmediatamente después de Boca del Río empezaba la ciudad. A fin de ganar tiempo, cogió la primera motocicleta que le salió al paso. Tomó la carretera de Córdoba, torciendo luego a la derecha por la de Jalapa.

Preguntó a un tipo barrigudo.

—Por aquí mismito, a la segunda cuadra, coge usted a la derecha. Y seguido, como ha de ser la vida del hombre de bien.

Manuel soltó la carcajada.

—¿Qué le ha hecho gracia, amigo?

—Su manera de hablar. Es que soy extranjero.

—Galleguito. Lo sé. Bien venido a esta bendita tierra.

Señaló con la barbilla el pistolón que llevaba al cinto el desconocido.

—¿Y esa herramienta?

—¿La matraquita? Es como la china. Nos calienta la sangre. Es buena compañía, amigo.

Enfiló la avenida Miguel Alemán hasta el Paseo de la Independencia, donde dejó la moto, muy cerca de la Catedral. Luego bajó a pie hasta el baluarte de Santiago, cerca del puerto.

El ambiente le recordaba a Marsella, si bien las calles, mejor conservadas, estaban trazadas a cordel. Como quien tiene lengua a Roma va, y Manuel gustaba de la cháchara, dio pronto con la calle que le había indicado Juan. Al principio de la misma, a la derecha, cerca del Mercado de Curiosidades, estaba la taberna.

Preguntó al dueño por el señor Froilán.

—Ahorita mismo estaba aquí —le dijo sonriendo—. Y

volverá. Ya lo creo que volverá. Se pasa el día haciéndole compañía a Benito.

Benito era un guacamayo viejo con las plumas de la cola sucias de excrementos.

—¿Una tequilita? —invitó.

—No. Café.

Esperó. Diez minutos después entraba el señor Froilán, un viejo menudo y seco vestido con un traje de dril. A Manuel no le gustó el modo de mirar del recién llegado. Le daba además un poco de aprensión su cara verde oliva llena de ácaros negruzcos, muy gruesos, algunos inflamados como nódulos.

Se encaró con él.

—Si le parece —dijo—, salimos un rato.

—¿Hay santo que lo mande?

—Nada, hombre. Es que tenemos que hablar. De paso compramos pipas para Benito.

Lo arrastró amistosamente fuera del tugurio.

Mientras paseaban por el puerto le habló del negocio.

—Usted no tiene que meterse en nada, créame a mí. Los neumáticos aquí están a la venta de quien los pida. Puede comprar todos los que quiera. Dinero por delante. Pero tiene que darme una llave del almacén.

—Lío gordo me parece.

—Nada de lío. Y no tenga miedo, que a su edad nada se puede temer. Si se gana unos miles de pesos, ahora que va hacia Villavieja, no creo que le vayan a sobrar.

Llegaban a la fortaleza de San Juan de Ulúa.

—Es muy viejo esto —dijo Manuel.

—De los españoles.

—¡Quién iba a decirlo!

Hablaron de la madre patria. Una hora después, animado por unos vasitos de tequila, palmeaba la espalda de Manuel, al que empezó a llamar mi niño.

Se lo había metido en el bolsillo. No sólo consiguió una llave del almacén, sino que logró que le pusiera en contacto con cierto proveedor, un mayorista que no hacía preguntas.

A fin de ganar tiempo, apalabró quinientas pastillas de

jabón en una mercería. La dueña, morenaza de ojos como estrellas y trenza brillante a la espalda, exhibía debajo de la blusa de batista dos agresivos senos. Manuel los acarició dulcemente con la mirada.

—Me gustaría saber su nombre —dijo.

—¿Para qué? Si puede saberse la curiosidad.

—Me lo pondría en la boca y lo chuparía como un caramelo.

Se llamaba Rosario Almudena y era hija de exiliados españoles. Manuel le contó su historia. Quedaron en verse. Y fueron tan sólidos los primeros lazos de amistad, que Rosario Almudena se negó a aceptar los cien pesos que le dio como señal del encargo.

De acuerdo con Juan decidió quedarse en Veracruz.

—Será hasta que lo tenga todo arreglado. No podemos fiarnos de ese chiflado de Froilán. Está como un choto. Para lo de las medicinas no he tenido tiempo. Lo arreglaré mañana. Tú y esos dos os bastáis para hacer el alijo. Y están los pescadores.

La mirada de Juan se hizo más torva de lo que era.

—Y si nos pillan, tú te quedas en seco con esa gallega.

Manuel ladeó la cabeza. Entornó los ojos.

—Mira —le dijo—, no me calientes la sangre. Por tu padre. Tú tienes dos caminos. O te avienes, o te parto la boca.

Se encaró con los cubanos.

—¿Qué os parece por donde nos sale el Juan?

Se encogieron de hombros.

—¡También podría decir yo, si no me fiara, que la pasta la lleváis vosotros!

Hizo un poco de comedia.

—Lo que tenéis que entender es que así no funcionamos bien. Los contactos de aquí tiene que ser eso, contactos. Y amigos. Hay que ver la cara a la gente. Y quiero gente buena, no el viejo borrachín que se ha sacado éste de la manga. ¿De acuerdo?

Se hicieron a la mar sin Manuel.

Poco después le recogía en la carretera una mujer astrosa, al volante de una vieja furgoneta cargada de verduras. Mientras charlaba con su propietaria, Manuel sacó del bolsillo una pistola recién comprada en Veracruz y se la puso al cinto.

—Aquí en Méjico —dijo—, he visto que los hombres la llevan a la vista.

—Y las mujeres en la pollera. ¿Ves?

Disimulada entre los pliegues de la apestosa falda, llevaba, en efecto, un revólver de tambor completamente oxidado.

—De mi difunto era. Lo único que me dejó. Y lo llevo escondido porque soy hembra, pero a los hombres no les cae bien que otro hombre esconda el arma. Hay que saber el juego, hijo.

Cuando llegaron al mercado amanecía. Manuel se despidió de la vieja y le dio veinte pesos.

—A lo mejor la necesito otro día. Usted me llevaría a El Poblado. O para acá. ¿No?

—Seguro. Pregunta por Isidora Matacabras. Todas las noches hago el mismo camino, y por la mañanita, al revés.

—Gracias, Isidora.

Se había asegurado un medio de transporte.

Durante los días que estuvo en Veracruz hizo de turista por la ciudad. Volvió a la isleta de La Gallega, a fin de visitar más despacio la fortaleza de San Juan de Ulúa. Pasó revista una lluviosa mañana a los barcos anclados en el puerto, la mayoría de ellos mejicanos en ruta a Tampico, si bien abundaban los panameños, brasileños, argentinos y algunas unidades de la marina de guerra norteamericana.

Alrededor de las instalaciones pululaba el eterno hormigueo de hampones, de prostitutas y aventureros posiblemente como él, cortejo que sigue inexorablemente la ruta de las grandes embarcaciones igual que las gaviotas siguen al pesquero.

No perdió el tiempo, sin embargo. Rosario Almudena le tenía preparadas varias cajas de jabón de tocador, que en el mercado negro de La Habana quintuplicarían el capital invertido, incentivo que mantendría cerrada la boca a los pescadores. Faltaba él. Además de los beneficios que les proporcionarían las ventas de neumáticos, había quedado con Juan el guatemalteco en repartirse los beneficios de la venta de los productos farmacéuticos.

Como la farmacopea no era su fuerte, decidió cambiar impresiones con Rosario Almudena.

—¿Tú no conoces a ningún boticario de ésos? —le preguntó en un cine, aprovechando el intermedio.

—Déjame pensar.

Dio con el clavo en seguida. Mara, una amiga suya, trabajaba de dependienta en una farmacia del centro. Le informaría.

—Pero yo necesito muchas medicinas. ¿Dónde las compran en la farmacia?

Rosario Almudena era muy aguda además de bonita.

—Mucho jabón, muchas medicinas. ¿Puede saberse qué diablos piensas hacer con tanta cosa?

Le salió la mentira con la facilidad de un eructo.

—Los indios. Hay en el sur una tribu. Buenos amigos. Pero nunca se lavan. Y las mujeres enferman, y sus hijos...

Rosario Almudena suspiró compadecida.

Después de cenar llamó a su amiga Mara. Quedaron para el día siguiente. Muy justo, porque Manuel ya esperaba a la torpedera, de regreso a Cuba. Le sobró tiempo para visitar al representante de un laboratorio que se ofreció, con la garantía de Mara, a suministrarle los medicamentos para los indios.

Cuando llegó a la playa con la furgoneta llena de jabón y productos farmacéuticos, atardecía. Cargó el bote. Luego encendió un cigarrillo, tabaco negro, fuerte. Meditó un rato. Estaba en un país extraño, pero se sentía como en su casa. Decididamente le gustaba Méjico. El clima, la hombría de los mejicanos, sus mujeres, aquella forma que tenían de decir las cosas, le cautivaron desde el primer momento. Pensaba que los países eran distintos, pero la gente, solitaria en todos, estaba pidiendo a voces al tipo que supiera ganarles el corazón. La cuestión estaba en sacar a las personas de su propia soledad, llegar por la vía rápida al problema íntimo, al sarpullido personal. Era la única forma de favorecer el contacto auténtico. Así había podido comprobarlo en el señor Froilán, suspirando por un hijo perdido, o en la vieja Matacabras, que llevaba el colt del marido escondido en la faltriquera como si fuera él mismo que ya no podría escapársele de casa con otras mujeres.

Desperezó el cuerpo en la tibia arena. De momento, pensaba, lo importante era hacer dinero rápidamente. El contrabando se presentaba bien, pero Fidel era un mal bicho a la hora de tomar determinaciones. A fin de evitar la presencia de embarcaciones extranjeras en las costas de Cuba, había decretado el contrabando como acto de piratería. Si le cogían, ya sabía lo que le esperaba: el paredón. ¿Hasta cuándo podía durar aquello?

Alta la madrugada oyó el petardeo del motor. Escrutó en la oscuridad. Ni una luz. «Son ellos.» Poco después llegaba Juan con uno de los cubanos, el mulato.

Un silbido en la oscuridad.

—¿Todo bien?

—Sin novedad.

—Tengo el bote a tope. Llevadlo todo a la lancha. Mientras, yo empezaré a cargar éste.

A la luz de la linterna sorda vio los fajos de billetes.

—¿Hacemos las partes?

—Dame para las medicinas. Tú te quedas con el resto. Ya contaremos.

El otro se guardó el dinero.

—¿Conseguiste el jabón?

—Y las medicinas.

—El demonio emplumado eres tú.

—¡Hala, largaos! Yo meteré esto en el bote.

Cuando volvió por el segundo, Juan quiso saber si les acompañaba.

—¿Te vienes o qué? —dijo.

—Es pronto aún. El próximo viaje. Hay que aprovechar la racha. Un viaje, dos, tres... ¿Sabemos lo que puede durar esto? Un día u otro nos echarán el guante. Por eso hay que hacer las perras de prisa.

Un apretón de manos.

—Eres todo un tipo.

—Mañana, si todo está a mi gusto, me iré con vosotros. Abur.

Ató bien los cabos. El señor Froilán se inhibiría del negocio. En lo sucesivo sería el mayorista quien transportaría los neumáticos en su propio camión. Se ahorraban el gasto del almacén. Y un problema. Mara tendría listos los medicamentos, sulfamidas y penicilina, que Rosario Almudena llevaría al mercado, donde los recogería en su furgoneta la vieja Matacabras. Y todos cumplirían sin decir una sola palabra, porque todos tenían su ganancia allí.

Durante tres meses largos piratearon por el Caribe. El trabajo se había convertido en rutina. Navegar de noche a toda máquina, una vez salidos de las aguas jurisdiccionales, esperar las señales de los pesqueros, alijar, recoger los cuartos, vuelta a Veracruz.

Manuel tuvo buen cuidado en alegrar a sus socios de tierra. Con Rosario Almudena no hubo mayores complicaciones. Se contentaba con algún regalo bueno de vez en cuando y los ratos de cama. Sin embargo, le salió la espina en Mara, que pedía constantemente más, convencida de que detrás de los indios se escondía algo.

Como si presintiera el final del negocio, cargaba la torpedera hasta los topes. Ya no se conformaban con los neumáticos y el jabón. Pasaban de todo, especialmente ropa interior de señora, pastas, conservas, porque el bloqueo norteamericano era cada vez más duro.

El pueblo cubano empezó a protestar. Incluso hubo necesidad de reprimir conatos de manifestaciones, sobre todo de las amas de casa. Por otra parte se murmuraba que las cosas no iban del todo bien entre Fidel y el Ché. Así las cosas, los piratas no tardaron en ver la silueta de algún buque fantasma rondando las costas de la isla.

En cierta ocasión, uno de los buques les hizo señales. Probablemente intentaba saber qué hacía una lancha de bandera mejicana tan cerca de Cuba. Pero como ninguno a bordo entendió el mensaje, se limitaron a escapar a toda máquina.

Empezaban a ponerse nerviosos. Los pescadores les informaron de las sospechas del gobierno cubano, si bien se creía que los piratas eran norteamericanos, gangsters o algo por el estilo.

Aquella noche de mediados de marzo parecía todo tranquilo. Manuel, a popa, terminaba su bocadillo. Desnudos de cuerpo arriba dormitaban los dos cubanos. Juan, al timón, fumaba en silencio. De pronto, el aullido intermitente de una sirena. Manuel se tiró de cabeza debajo del puente para evitar el haz de luz. Uno de los mulatos despertó sobresaltado y quiso arrojarse al mar. Manuel lo agarró de las piernas.

—¡Juan, a toda! —ordenó.

Con toda la potencia de la luz en la cara, el guatemalteco parecía un difunto.

—¡Es inútil!

—Pues tienes que seguir. Este chisme corre que se las pela. Y está muy oscuro.

—¿No ves que es un guardacostas? Nos pilla en seguida.

Empuñó la pistola.

—¡¡Adelante, cabrón!!

El motorista viró la embarcación en redondo. De momento, habían salido de la zona iluminada.

—¡Sigue, valiente!

Navegaban a una velocidad de vértigo, los motores zumbando, la popa al viento. Pero el guardacostas no parecía dispuesto a dejar que la presa se le fuera. De pronto, la explosión. Los tripulantes de la lancha se encontraron de repente en el mar. Manuel braceó en la oscuridad. Escupía agua salitrosa mezclada con gas-oil. Llamó a Juan con todas sus fuerzas. Lo tenía detrás.

—¿Y los otros dos?

—Están aquí.

—No os separéis —dijo Manuel—. Ahora nos buscarán. ¿Veis el foco? Cuando venga para acá, escondéis la cabeza bajo el agua.

Así lo hicieron, pero los del guardacostas tenían mucho interés en atrapar a los piratas.

—Creen que somos yanquis —dijo Juan.

—Por eso no paran los hijos de su madre.

Los tuvieron dando vueltas más de una hora.

Tranquilos, porque sin duda los habían despistado, decidieron nadar despacio hacia unas luces que se divisaban a lo lejos. Flotaban alrededor de ellos los roscos de los neumáticos, que brillaban fosforescentes en la oscuridad. Juan dijo que las luces eran las de El Morro.

El mar, negro como la pez, les infundía un misterioso pavor, especialmente a los cubanos.

El alba trajo consigo una neblina húmeda que parecía arrastrarse fantasmal sobre las aguas. Manuel creyó ver la figura de una mujer avanzando de puntillas hacia él. Sonrió. Su madre, como siempre que estaba en peligro, le buscaba. Nadó hacia la aparición. En vano. La niebla ya no era mujer. Parecía un árbol fantástico, que se transformaba en seguida en surtidor, en rebaño de ovejas, en volutas de humo, en nada.

Cuando el primer sol fundió la niebla apareció muy verde la costa cubana. Una gaviotas histéricas sobrevolaron las cuatro cabezas para perderse mar adentro. Siguieron despacio. Cinco brazadas, cuatro, tres... El miedo y el agotamiento se reflejaban en sus caras desencajadas. A media milla de tierra decidieron separarse a fin de no llamar la atención. Un grito desgarrado les heló la sangre. A la derecha de Manuel, uno de los cubanos se debatía contra un invisible enemigo entre el remolino de agua. Vio en seguida la aleta del tiburón, una faca reluciente.

—No miréis. Adelante. Seguro que se entretiene con él. Y ya sabéis, nos reuniremos en el arenal.

—Suerte.

Cuando tocó firme, sus piernas se aflojaron como si fueran de trapo. Llegó a la orilla arrastrándose y se enterró en la arena tibia para recobrarse del tabardillo del frío.

Cerró los ojos.

Los diez días que estuvieron escondidos en Cuba lo pasaron muy mal. Las playas, muy vigiladas, no ofrecían seguridad. Guardacostas y lanchas torpederas tenían órdenes tajantes: primero disparar, luego lo que fuera.

En vista de lo desesperado de su situación, decidieron jugarse el todo por el todo. La idea, como siempre, fue de Manuel. Sin dinero, cubiertos de harapos, acosados constantemente, lo más probable era que no pudieran entrar en la ciudad.

Les habló en la playa de la Concha, donde se reunían por la noche.

—Entraremos en el puerto.

Juan pegó un salto.

—¿Volando?

—Nadando.

—Te van a dejar que te acerques. Buenos estarán los marineritos después de lo que les hicimos.

Manuel se explicó. No robarían una torpedera. Nadarían hasta el puerto de recreo.

—Un yate también tira lo suyo —dijo—. Y es trabajo fácil. El vigilante es un viejo. Le conozco. Tiene una mano cortada.

Dejó para el final el argumento decisivo.

—Estamos aquí sin poder ni comer, y tenemos dinero en el Banco de Veracruz. ¿No es hacer el canelo?

Robar un pequeño yate de recreo les fue más fácil de lo que habían pensado. Una vez amordazado el vigilante, todo se redujo a que Juan hiciera el puente en el motor. En seguida, despacio, con todas las luces encendidas a fin de no levantar sospechas, salieron del puerto.

Cuando pisaron tierra mejicana, el mulato empezó a quejarse de una pierna. Manuel miró la llaga.

—Esto está podrido —dijo—. Hasta gusanos tienes. ¿Cómo no lo has dicho antes?

El mulato empezó a sudar.

—Te llevaremos a una buena clínica.

Así lo hicieron aquella misma noche.

En casa de Rosario Almudena se cambió de ropa. Luego, al banco, donde coincidió con Juan.

—¿Qué piensas hacer ahora? —le dijo Manuel.

—Irme a Guatemala. Tiraré una temporada con esto. ¿Y tú?

—A Cuba en el primer barco.

Dos días más tarde llegaba a La Habana con documentación falsa. Le sorprendió la cara de susto que puso su cuñada.

—Me miras como si fuera una ánima del purgatorio. ¿Dónde está mi mujer?

La vio temblar.

—Pero ¿es que pasa algo?

—Tu mujer se ha ido.

—¿Tardará mucho?

—Betsy está en Estados Unidos.

—¿Ella con los yanquis?

—También a nosotros nos extrañó cuando lo dijo.

—Bueno, desembucha.

—Betsy estaba cansada de esto. Sobre todo después de que te fuiste. Se puso en contacto con una antigua compañera de colegio que vive en Miami para que la reclamara. Pero como los yanquis no admiten más que a viudas y huérfanos...

Manuel parpadeó.

—No entiendo ni papa.

—Muy sencillo. Betsy, como tiene muchos amigos aquí, consiguió un certificado...

—¿Pero un certificado de qué?

—De viudedad.

—¿Como si yo la hubiera diñao?

—Eso dijo. Que te habían fusilado por desertor. Fusilado por Fidel, ya sabes, ayuda yanqui al canto. La reclamaron.

—¿Y eso cuándo ha sido?

—¡Huy, hace más de un par de meses que cobra tu viudedad!

—Mi viude...

Se marchó sin decir ni palabra. Callejeó un buen rato. Ni la causa, ni él, ni siquiera el hijo que esperaba, habían conseguido retener a Betsy. Quería vivir y había abandonado aquel infierno. No se lo reprochó nunca. Lo único que no le perdonó fue el engaño. Por eso decidió buscarla.

Gastó con sus cuñados el dinero traído de Veracruz. Le daba lástima aquella gente sin trabajo, sin dinero, sin una mala patata que llevarse a la boca.

Cuando se quedó sin blanca se fue a la Oficina de Emigración, en el puerto, llena de gente.

—Pero ¿qué pasa aquí? —preguntó al tipo que le atendía.

—Curas reaccionarios. Los expulsa Fidel. ¿Usted es religioso?

Pensó que si decía que no le dejarían en tierra.

—Religioso, religioso... Hombre, pues sí.

—Como le veo sin sotana. Bueno, firme aquí.

Al salir con la cartulina azul en la mano uno de los sacerdotes le preguntó dónde iba.

—¿Yo? A España.

—¿También le ha atropellado esta gente?

El sacerdote era menudo y se tocaba con una boina muy ancha.

—Si usted supiera... Hasta me han fusilado.

—¡Bendito sea Dios, qué horror!

El guardia de la puerta puso en la cartulina azul un sello azul también. Manuel leyó: *Marqués de Comillas.* Luego el guardia le miró burlón.

—Cuando llegue a su tierra —le dijo—, pregone que le echamos de Cuba por fascista y reaccionario.

—Lo diré, pero seguro que no se lo cree ni Dios, tío feo.

Por sí o por no compró una sotana vieja a un ropavejero. Poco después embarcaba de cura entre un nublado de hábitos y sotanas.

Había luchado por las libertades del pueblo cubano, había pegado tiros en Sierra Maestra y bahía de Cochinos, había sido espía de Fidel y servido en la Milicia del Pueblo, y le echaban de allí fusilado y por fascista.

Quinta parte

A la conquista de América

UNA VISITA A TEBA

A MÍ ME SE DA IGUAL tenerlo to que no tener na. ¿Yo cada ve que me quedaba sin na? Tranquilo. Yo pienso que la vida se ha hecho pa gastarla. Pa jugársela uno. ¿Pa qué si no? Es, una comparasión, como el dinero que usté disía. ¿No s'ha hecho pa gastarlo? ¿Entonses qué saca el tipo que se lo va guardando, hala, hala, un billete detrás de otro, una moneda ensimita de la otra? Pos eso. Es como si yo, al naser, me hubiera dicho: Manuel, a guardarte la vida. Ni la pues gastar, ni te la pues jugar, ni na. Mu aburrío.

Salí de Cuba sin un reá y a seguir gastando la vida. ¿Lo que iba a venir? No lo sabía. ¿Sabe usté lo que va a venir a la vuelta del sendero? Ni usté ni naide. Ajolá lo supiéramos. Entonses sí. Entonses uno podría disir, pos hago esto porque viene aquello o tiro p'aquí o tiro p'allá. Eso. Saqué de Cuba una sotana asín verdosa, toa gastá, má brillante que la hoja de un cuchillo y con tres bujeros. Quemás de sigarro, que el cura que se la ponía en antes tenía que sé un fumadó mu lelo.

Güeno, po en el barco, que se llamaba *Marqué de Comilla,* de la Tras, un barcarrón, ¿a que no sabe a quién me encontré? Ni lo barrunta, seguro. Po a la monja de los ojos verde. ¡Leche, la que me dio la so! Me cago en die y cómo me escapaba yo cada ve que la veía de vení. Na. Y a España. Lo de la monja se lo diré en dipué. Y a lo mehó ni se lo cree. Pero a mí me da iguá. ¿Que sí que se lo cree? Claro, de mí pue creerse to lo que se diga.

¿Ve usté? Ahí los tie. En la plasa. Como si fueran mochuelos. O palos de la lu. De pie, tieso y mirándolo to. No tien trabaho, y están ahí. ¿Que qué hasen? Pues ya lo ve. Ese se rasca la oreja. Er de allá empina el coo. Y los demás, pues se escuchan la música de la barriga. Pa eso quería yo que viniera. Pa que lo viera ta cua. ¿Y eso tinía que hasé yo? ¿Eso? Na, hombre. Ar mundo. Yo digo, y a lo meó m'engaño, que eso de nasé e como ar que le dan de barde una entrá pal sirco. ¿Usté qué haría si le dieran una entrá pal sirco? ¿Eh? Claro. Mirá. Mirarlo to. Y si se queda en un rincón, allí de cualqué manera, sin ver na más que la esparda del tío que tie delante, y usté no se mueve y cambia de sitio, y lo mira to, pues sería un tonto. Po la vida e un sirco y, mire, al nasé, entiende, al nasé uno, e iguá, lo mihmito que si le dieran la entrá. De barde. ¿No hay que aprovechal.la? Diga.

Po eso e lo que hasía yo. Aprovechá lantrá. Oiga, y lo sigo hasiendo, no se crea. Sí, sí... Me vine aquí con tos los curas y las monjas, a La Coruña. Y yo creía, me lo pensaba yo, que La Coruña esta ahí serquita de Barselona. Me cago en die. Y está de leho... Pero paré poco aquí. ¿Qué iba yo hasé en España? ¡Al Havre! O no. Sí, bueno no me recuerdo bien, pero sí. Del Havre, a América. ¡Qué viajesito! Un holandé era el capitán. Seco. Malcarao. ¡Joder el tío! Que me metió en un calaboso y no me quería de disembarcar hasta dos años dipué. ¡Dos años! Fue cuando me corté las venas. No, eso fue dipué. Ante estuve en Niorleán. Cuando la Maggi aquella. Pintaba. Má fea que era que pegal·le a un padre. Pero cariñosísima, ganosa ella. Na. Como me provocaron, me fui a pegar con un negro alto como torre.

Y usté apuntando. Se le da bien eso del boli y la libreta esa. ¿Qué no es más que el esqueleto? Ejquema... Yo ya mentiendo. ¡Ah, sí! No, no llegué a pegarme. Qué más habría querío yo. Fue una trampa. Me pilló la Inmigasión. Claro, sin documentos, que yo llegué a Niorleán debajo de la litera de un mexicano que membarcó estando borracho y aluego ya no sacordá de na. Tól viaje sin da de cuerpo. Como no comía...

¿Y dise usté que esa torre era de una condesa? ¡Ah, emperatrí? Me gustaría aprenderlo. María Eugenia In-nasia Agujtina de Gusmán Palafó Portocarrero y de Grenvú, condesa de Teba, ¡ah, ahora!... y de Montijo. ¿De mo que este pueblo fue de esa de las cansiones de Marujita Días, la condesa de Montijo? ¡Vaya! ¿Y cómo saprende esos nombres de seguío? La costumbre. Y las horas que estará metío en un cuarto. Eso si que no podría. Yo, a la media hora, hasía un bujero en la pared de un cabesaso y a escapá. Pues sí. Eso quea. Er cajtillito ruinao. Anque, mire, la gente, no sé, no sé, pero me da laspina que le va por los pelos a aquella otra de la condesa...

¿Que por qué no comía? Porque el mejicano malamente tenía pa él. Y me daba trositines de pan, una naranja... Pues qué pasó. Que menchironaron los puercos yanquis, dita sea, que yo les tengo un veneno, que mire, que les he pegao ca surra... Y casi me matan en la selda de castigo. Un chorro de vapó hirviendo. Dos minutos. Salí despellejao. Como esas culebras que cambian la piel. Y la coló. Talmente un cangrejito cosío. Usté los ha visto, ¿no? Esos bichos que andan patrá y son to cáscara, con las patas asín como las arañas... Ya. Lo sabe. Pue de la misma coló que la costra de los cangrejos tenía yo to el cuerpo. Valga los negros. Que si me pillan en la selda de los americanos, me matan. ¿Por qué fue to? Le pegué un sambombaso a un tío yanqui que se pasaba la noche hasiendo el amó con un compadre en la jaula dal lao. Y na. Que los tíos, con el meneíllo, no me dejaban pegá ojo. Y les avisé. Mirad que ya me se estan poniendo las narises así de gordas. Mirad... No hubo manera.

Lo de las venas fue en Veracrus, yo en el barco. Sí. O delante de Venesuela. Ya lo pensaré meó. Pero a mí me dejaron en Puertovario, en Guatemala. Mire, mire, la sicatrís. Y aquí, en el vientre... ¡Claro que en el vientre! Yo tenía que asustarlos, y pasustarlos hasía falta mucha sangre. ¿Miedo a morí? Na. Yo sabía que me curarían. Yo lo que hise fue provocarles el miedo. Me la jugué, sí. Y me la juego cuando se presente. ¿Los hijos? Ellos tienen a su madre, que los pue enseñar. Ya me dirá qué podría enseñarles yo. Aunque el niño, que me se parece mucho, no crea, el niño quiero que se espabile. Ya llegará la hora, y le voy a disí dos cosas pa que las aprenda. Sólo dos. Primera, que abra bien los ojos. Segunda, que no los sierre nunca. Que en cuantito se discudie lo van a engañá.

¿Vamo a ve ese pueblo destrosao? Ahí jugaba yo de pequeño. Ahora lo han tirao paser una presa. Un pantano pa los señoritos. Ahí, en ese pueblo, fíjese qué cosas, el cuartel de los siviles era más grande que el pueblo. Y yo me disía, ¿cómo es posible eso? Entoavía lo pue ve usté. A ver si soy desagerao. ¿Y lo de doña Clarita? Se lo he contao. ¿Que no? De risa. Dipué de senar, cuando empesemos a trabajá en serio como usté dise, se lo voy a contá pelitos y señales.

1. REPATRIADO EN EL *MARQUÉS DE COMILLAS*

SEGÚN HABÍA OÍDO DECIR, el *Marqués de Comillas* rendía viaje en La Coruña. En seguida hizo sus planes. Como nada se le había perdido en La Coruña, tomaría las de Villadiego. El nuevo destino, Palafrugell. El pueblecito gerundense iniciaría ya su siesta invernal, se vaciaría de turistas. Nadie le conocía allí y podría moverse en un terreno familiar, a dos pasos como quien dice de la frontera.

A bordo le trataban a cuerpo de rey, pero él no las tenía todas consigo. Sabía que un barco era un pedazo de la nación bajo cuya bandera navegaba. Estaba, pues, en España, y aunque no se veía guardiaciviles por ninguna parte, nunca se sabía. Decidió seguir con la sotanilla puesta, que le daba la apariencia de un sacristán un tanto huraño. El disfraz le permitía, sin embargo, gozar de la consideración de los tripulantes, así como de la confianza de sus compañeros de exilio.

A los dos días de navegación observó que los sacerdotes le miraban con cierto recelo. En la cubierta que les había sido asignada se alineaban las hamacas al socaire del mamparo de estribor. Religiosos bisbiseantes, casi todos españoles, estiraban las piernas paseando arriba y abajo con el breviario abierto y a veces se quedaban mirando al mar ensimismados. Luego, cuando se cansaban de pasear, se tumbaban en las hamacas y entornaban los ojos. En todos ellos se notaba el bulto del breviario en la sotana, en todos menos en Manuel, que alegando alergia a la pintura había renunciado al camarote compartido para dormir en cubierta.

Para mayor tranquilidad de todos, cambió de sitio el nueve largo. En vez de sujeto al cinturón se lo guardó en el bolsillo, a falta de breviario.

Pudo pasear más tranquilo. Pero algo seguía llamando la atención. Y es que Manuel nunca sacaba el libro de oraciones, como si por privilegio especial hubiera sido dispensado de la obligación del rezo.

Fue el sacerdote pequeñajo de la amplia boina el primero en darse cuenta.

—Usted me perdonará —le dijo acercándose tímidamente—, pero he notado que no reza. Me explico su estado de ánimo después de lo que ha pasado. Sin embargo, advierta que somos compañeros, míseros emigrantes, peregrinos del Señor. Si ha perdido su breviario, o se lo han quitado, no se preocupe, podemos hacer juntos el rezo.

Hablaba muy de prisa, escupiendo unas bolitas serosas que Manuel sentía en la cara como húmedas perdigonadas.

—Y si lo prefiere, se lo dejo. Aquí lo tiene usted.

Un instante de vacilación. Manuel, consciente del peligro que corría, tomó el libro, un volumen forrado de sarga negra muy desgastada ya.

—Gracias.

Iba a dar media vuelta cuando el compañero le cogió del brazo. Siguió hablando. Dijo que a él, particularmente, lo sucedido en La Habana con los milicianos le había dejado tan fresco.

—Estos sí que tienen canguelo. Todavía lo llevan metido en el cuerpo. Pero yo, aunque humilde siervo del Señor, nunca he conocido el miedo.

Manuel le miró de reojo.

—¡Vaya!

—Claro, hombre. El miedo no sirve para nada. ¿Nos dijo Cristo que tuviéramos miedo? Al contrario. Mire, yo a los diecinueve años ya andaba por esos mundos. Misiones, ¿sabe? Porque yo empecé de franciscano. ¡Ah, Francisco, qué hombre aquel! Nadie podrá imitarlo nunca.

—¿Y dónde estuvo usted?

—¡Dios santo! En Brasil, en el Plata, aunque allí había mucho jesuita, con los indios natchez del Canadá. El frío que pasé allí... ¡Virgen Santísima! Fue cuando caí enfermo del pecho. Sin comer y con aquella temperatura, ya me dirá. Y yo que estaba creciendo. Se me helaron los dedos de los pies. Los tengo amputados, por eso ando así como si pisara huevos. Entonces Su Eminencia, el obispo de Québec, me envió a una casa que la orden tiene cerca de Poitiers.

Guiñó a Manuel.

—¿Y sabe qué hice?

—No.

—Me escapé. Ya sé, ya sé que no está bien violar el voto de obediencia. Es gran pecado. Pero ¿qué quiere que le diga? Me aburría.

Manuel le miró de nuevo con el rabillo del ojo.

—El mundo es tan grande, tan hermoso... Además, yo tenía la seguridad de que alguien me esperaba siempre. En cualquier parte. El hombre necesita del hombre. ¿No lo cree usted así? Eso de la misa y el confesonario no se ha hecho para mí. Yo se lo digo todos los días al Señor...

—¿Y adónde fue después?

—¿Adónde? ¡Ah, sí, ya me acuerdo! De Poitiers me fui a la India. ¡Qué miseria, Dios santo! Imagínese usted que le estoy hablando del año once o doce. Los ingleses, unos cochinos, que Dios me perdone. Esa religión suya... La tomaron conmigo los luteranos del diablo. Que me tuve que marchar, mire usted. ¡Después de dos años y medio! El Ganges me lo sé de memoria. Por cierto que allí me picó un bicho, una serpiente no fue, que yo bien me conozco sus mordeduras...

—¿Qué bicho le picó?

Le miró a los ojos enigmático.

—Nunca lo supe. Pero estuve diez días como dormido. Muerto. Usted ya ve como soy, más bien escuchimizado. Pues imagínese esta carcasa en ayunas durante diez días. Un esqueleto. Me salvé porque Dios me quiere mucho. Y perdone la presunción.

—Pues sí que ha corrido usted.

—Eso no es nada, hijo. Yo he estado en el Alto Congo, en Camerún; me metí sin que nadie me lo mandara. Los pigmeos, ¡pequeños demonios! ¿Ve esta señal?

Separó la tirilla color hueso de la carne, y Manuel pudo ver una horrible cicatriz llena de costurones.

—Una caricia de los diablillos. Una flecha. Suerte que no me interesó la tráquea. Pero si usted supiera lo que pasé, tres días escondido en la selva, desangrándome. Y con una calentura...

Cambió el tono de su voz.

—Yo sabía que Dios no me abandonaría nunca. Lo sé. Aunque le parezca soberbia o presunción, tengo la seguridad de que moriré en la cama.

—Y yo, toma.

—¿También usted lo cree así? ¿Y dónde ha estado usted?

—Bueno... He estado en Indochina.

—¿En qué parte predicó?

—Predicar, predicar... En el Norte. Por Haiphong.

—Conozco aquello. Buenas gentes. Pasé allí el primer año de la guerra. La mundial. Antes había estado en el Japón. También nos echaron. Comprensible. Tienen sus dioses y son difíciles de roer. Cuando terminó la guerra, como aquello me gustaba, volví. Pero antes estuve como castrense en las islas del Pacífico.

Se quedó pensativo.

—¿Sabe usted, hijo? Yo tuve el honor de celebrar una misa para los norteamericanos el mismo día de la rendición del Japón. El general Mc Arthur me dio la mano. ¡Un gigantón!

Le sonreía, mirándole con fijeza.

—Pero yo diría que nos hemos visto antes. Su cara no me es desconocida.

Ganado por la sinceridad del anciano, Manuel estuvo a punto de contar la verdad. Pero lo pensó mejor.

—No creo. Yo al menos no me acuerdo de usted.

—¿Y qué hacía en La Habana? Si no es mucho preguntar, claro.

—Estaba de paso.

—¡Ah!

El viejo sacerdote no quiso insistir.

Manuel se sintió pequeñito como un gusano. Comprendía que, aunque por caminos muy distintos, el viejo misionero y él buscaban algo. Siempre lo buscarían. El viejo misionero no había terminado su historia porque su historia no había terminado. Probablemente llegaría a La Coruña, pensaba, y lo mismo que él sus ojos buscarían un barco. Igualitos los dos. Lo que sucedía era que el misionero sabía decir las cosas, mientras que a él se le trababa la lengua. Había algo más. El desmedrado religioso estaba convencido de que moriría en la cama, porque siempre le acompañaba Dios. Él creía lo mismo, aunque su sombra protectora era su madre.

Anduvo unos días preocupado.

El 15 de agosto, festividad de la Asunción, se celebró en la capilla una misa solemne. Impulsado por la curiosidad, y creyendo que su ausencia tal vez no estaría bien vista, tomó asiento en las últimas filas. A su derecha, revuelo de haldas, la menuda tos, un suspiro ahogado, el característico entrechocar de las cuentas de los rosarios. «Monjas», pensó. Aspiró el inciendo con los ojos entornados, pensando que estaba otra vez en La Misericordia.

Miró con el rabillo del ojo. Las monjas se apretujaban inquietas, disculpándose entre sí con una leve sonrisa de humildad. Delante de ellas vio un grupito de muchachas jóvenes, rígidas las espaldas, como envaradas. Bajó la vista.

Dejó que el momento de placidez le entrara por los poros como si fuera un baño turco. Estaba bien allí, y era lo importante. En el altar, un joven sacerdote rubio, de barba recortada como el Jesús de las estampitas de primera comunión, parecía moverse a cámara lenta. Y llegó el momento de la consagración.

De rodillas, Manuel pensó en su vida. Se preguntaba por qué seguía siendo lo que era, qué dramática circunstancia había determinado su camino. Los salitrosos garbanzos que un señorito le había obligado a comer en su pueblo, María, el final del chimpancé, el cadáver del *Verrugas* medio devorado, los menudos portorriqueños que había tumbado en bahía de Cochinos, la nube de pólvora entre la que se le esfumó Li-yi, Betsy, Betsy, Betsy, que se había largado con el niño en la barriga, todo esto y mucho más pensó en un instante. ¿Estaba allí el Dios justo y todopoderoso como le habían enseñado las monjas? Si así era, tendría que preocuparse un poquitín de él cuando empezaran las preguntas en España.

Cuando se sentó tuvo la imprecisa sensación de que alguien le estaba mirando. No quiso levantar los ojos. Pero la sensación, vaga al principio, fue haciéndose certeza. La mirada pesaba sobre él, hasta parecía lamerle la nuca. Volvió despacio la cabeza. Los ojos, verdes, bellísimos, estaban allí, a un par de metros de él. ¿Dónde los había visto antes?

Trató de recordar, hasta que cayó en la cuenta. Sin embargo, aquello parecía imposible. La joven de los ojos verdes vestía una falda clara color crema y una blusa marrón abrochada hasta el cuello. Y los ojos eran los mismos de cierta novicia muy asustada que lloraba histérica a la puerta del convento. Si en efecto era ella, estaba perdido. Posiblemente descubriría la impostura, y le encerrarían.

Apoyó la frente en ambas manos. La postura, además, era la más adecuada para la meditación. Y así estuvo hasta que terminó la misa.

Salió de los primeros. En cubierta, vacía aún, buscó un escondrijo, cualquier agujero para la pistola. Tirarla al mar no le convenía. Miró alrededor. Uno de los botes salvavidas podría ser la solución. No tuvo tiempo a acercarse, porque la gente empezó a salir. En aquel preciso instante sonó la campana.

En el comedor, uno de los camareros le saludó como todas las mañanas. Manuel le preguntó por el servicio.

—Si hay alguno cerca, claro.

—Venga por aquí.

Avanzaba por un estrecho pasillo cuando, al girar a la derecha, se topó con la jovencita de los ojos verdes. Se miraron un instante. Él hizo una ligera inclinación de cabeza y siguió su camino. En el servicio trató de esconder la pistola debajo del lavabo. Se sentó en la taza. «Desde aquí me la pescan en seguida», mascullo. Y se guardó el arma en el cinto.

Después del café con leche subió a cubierta, donde ya le estaba esperando su viejo amigo el misionero. También él volvía a la carga. Aunque formulado con gran habilidad, el interrogatorio no dejaba lugar a dudas. Manuel fingió una indisposición y preguntó a un marinero por la enfermería. Fue peor, porque el médico se empeñó en tomarle la tensión. «¡Ay, leñe, mi mapa de Cuba!», pensó Manuel.

Se negó en redondo sin dar explicaciones.

—Nada de tensiones. Yo sólo quiero una aspirina.

—Cualquier camarero se la hubiera dado, padre.

—Pues sin aspirina.

Salió nervioso de la enfermería. Lo que tanto había temido estaba a punto de producirse. Veinte días eran muchos para no meter la pata entre tanta sotana. Seguía preocupándole la pistola. Sabía que un polizón, tanto si se disfrazaba de cura como de torero, siempre sería un polizón. Conocía su suerte. Pero un polizón con una pistola era algo muy distinto.

Volvió a cubierta. Los repatriados paseaban al sol. De pronto vio correr hacia él a la joven de los ojos verdes. Trató de escurrir el bulto, pero era tarde. La joven le llamaba muy alterada.

Se volvió.

—Padre...

Decidido a jugarse el todo por el todo, le plantó cara.

—Tú dirás.

—Bueno, la verdad es que no sé por donde empezar.

Le temblaban los labios.

—¿Podría hablar con usted un momento?

—¿Hablar? ¿Qué es lo que estamos haciendo, criatura?

—Quiero decir, a solas.

Se retiraron un poco de los demás. Y Manuel escuchó de labios de aquella jovencita el relato más fantástico que imaginarse pueda.

—Yo soy una monja. Novicia, claro...

—Bueno. ¿Y qué?

—¿No le interesa saber por qué voy así, vestida de seglar?

—A lo mejor es que con este calor te estorban los faldellines.

No se trataba del calor. La novicia contó atropelladamente su calvario. El día que los expulsaron del convento conoció a un hombre.

—¿Un hombre?

—Un miliciano...

Manuel sonrió.

—Bueno, ¿y qué?

Ella inclinó la cabeza.

—Me piropeó...

—Será fresco.

—Como lo oye.

Sí, la había piropeado, y la había mirado de un modo que había despertado en ella sentimientos pecaminosos.

—No me avergüenzo de decirlo, padre. Es mi penitencia. Me sentí mujer. ¡Sí, mujer! ¿Sabe usted lo que es eso?

—¿Yo? Pues, no. Eso sí que no lo sé.

—Y empezó a tirarme el mundo y también sus cosas.

—¡Qué burrada! Mujer, tú... El mundo. Es un asco.

—¡No es un asco, padre!

Aunque le pareciera mentira, a partir de aquel día perdió el sueño. Sólo pensaba en el miliciano. Y como por aquellos días habían trocado el hábito por los vestiditos de calle, a fin de no levantar sospechas, pues los hombres se metían con ella.

—Conmigo nada más. ¿Por qué no con mis compañeras?

—Tú estás más...

—¿Más qué?

—Más a prueba. ¿O es que no lo entiendes?

—Claro. Pero, además, yo sólo quería ver al miliciano. Se lo dije a la superiora, y a cuatro novicias más y a mí nos puso a prueba.

—Como los melones.

La novicia aseguró que había sido una prueba muy dolorosa.

—Por la calle, vestidas así. Y al cine. Porque fuimos dos veces al cine. Necesitaba estar segura de la vocación de sus ovejitas. Nada de vacilaciones, nos dijo. O dentro, o fuera. La revolución puede ser la prueba que esperabais.

Sus dedos, gordezuelos, estrujaban un pañuelito lila.

—Y tiene razón. Nadie conoce los caminos del Señor, padre.

—Nadie. Pero ya me dirás qué tengo que ver yo con todo eso.

Fue al llegar a este punto cuando la novicia se armó el taco. Le dijo a trompicones, jadeando angustiada, que desde que el miliciano del convento la había piropeado soñaba con él, lo veía en todas partes, por la calle, en el autobús, de noche en su dormitorio. Por eso había llegado a la convicción de que el miliciano no era tal miliciano.

—Entonces ¿quién crees tú que es?

—¡El demonio!

Hizo la señal de la cruz. Bajó la voz.

—A veces toma cuerpo en las personas para tentarnos. ¿Es o no es así? Usted debe de saberlo.

Manuel carraspeó.

—Nadie lo sabe del todo.

—Sin embargo, a mí me consta que tengo el demonio metido en el cuerpo. Y la prueba está...

Vaciló.

—Sigue, mujer.

Hizo un esfuerzo sobrehumano.

—En usted.

La sonrisa apicarada de Manuel era la misma que la del miliciano. La novicia empezó a sentir un frío extraño en el cuerpo.

—El miliciano, ahora mismo, es usted. Usted, padre. ¡Es usted!

Se cubrió la cara con las manos.

—Díos mío, ayúdame.

Temiendo que se desmayara delante de todo el mundo, la empujó ligeramente hacia el mamparo.

—Eso es que estás un poquito mareada. Los barcos, aunque no lo parezca, siempre se mueven.

—No es el barco. Ha sido hace un rato, en la capilla. En seguida que le he visto. Y ahora mismo. Le miro, y es usted. Su misma forma de mirar, su voz...

La tranquilizó.

—A veces, ya sabes, hay parecidos. Yo tenía una tía que tenía la misma cara del vicario del pueblo. Y un día...

—No me cuente chistes, padre. Agradezco su buena voluntad. Pero, por favor, aconséjeme. ¿Usted qué haría?

—En primer lugar, no decir nada a nadie. ¿No comprendes que te tomarían por loca? A otros han encerrado por menos. ¡No decir nada a nadie!

—¿Ni a la superiora?

—A ésa menos. Y después, no me mires nunca. No te acerques donde yo estoy ni siquiera pases por delante de mí.

—Pero yo necesito salir de esta angustia, padre.

—Reza. Te metes en el camarote y te pasas rezando todo el tiempo hasta La Coruña.

—Haré lo que me diga, padre. Lo que usted quiera. Pero tiene que concederme un favor muy especial. Por la Virgen María, cuya Ascensión a los cielos acabamos de celebrar...

—Tú dirás.

Las frías manos de la novicia se crisparon sobre las de Manuel.

—Necesito que me confiese.

La entrada del *Marqués de Comillas* en el puerto de Santa Cruz de Tenerife conmocionó a la ciudad isleña. El muelle Ribera, donde amarró, bullía de gente clamorosa. Grandes pancartas con salutaciones de bienvenida, filas interminables de escolares con banderitas de papel con los colores nacionales, la banda de música de la Infantería de Marina tocando la Marcha Real, jovencitas de la Sección Femenina vistiendo el traje regional, el ¡Viva Cristo Rey! saliendo como un inmenso alarido de millares de gargantas...

Era lo que menos esperaba Manuel. El recibimiento de aquella multitud le pareció un poco exagerado para sus escasos merecimientos. Mientras la marinería soltaba los cabos de amarre, un par de aviones en vuelo rasante sembraron la cubierta de flores y octavillas. Manuel cazó una al vuelo, azul. «¡Bien venidos los que traéis la palabra de Cristo!» Aquella bienvenida no iba dirigida a él, pero era lo que menos importaba.

Sus compañeros de viaje impartían bendiciones a la enfervorecida multitud. Él, con las manos en la espalda para no caer en la tentación, sonreía feliz. La banda de los infantes de Marina había terminado la Marcha Real y unas niñas muy sofocadas subían a una tarima dispuestas a bailar. Soldaditos formados, la Sección Femenina y la infalible protección de las Alturas. Pensó que decididamente estaba en España.

Mientras las autoridades subían a bordo, los aplausos se hicieron ensordecedores. En seguida, abrazos, preguntas, lágrimas de emoción. Un par de periodistas se interesaban por la suerte de la colonia española de Cuba. Efusiones, promesas, muchas promesas... La Patria nunca abandonaría a sus hijos.

Poco después un grupo de jóvenes tocadas con un gracioso sombrerete repartía sonrisas entre los repatriados. Sonrisas y obsequios: cajitas de dátiles en adobo, roscos azucarados del terruño, cartones de cigarrillos, puros canarios con la vitola bicolor y una fecha, tres días atrasada; pañuelitos perfumados para las religiosas...

Manuel no sabía qué hacer con tanto regalo.

—A mí con que me deis cigarrillos ya voy bien.

—Tú, Paqui, dale un par de cartones al padre. Cuéntenos. Dicen que aquello ha sido horrible.

—Horrible.

—¿Han fusilado a mucha gente?

Se encogió de hombros.

—¿Y españoles?

—Yo de eso no sé nada. Estaba de paso.

La copa de vino español ofrecido por las autoridades desataba las lenguas. El misionero de la boina se acercó a Manuel.

—¿No le parece excesivo todo esto?

—¿Qué quiere decir?

—Si no es demasiado.

—¡Ah! Bueno, están contentos.

—¿Por qué?

Movió la cabeza y permaneció en silencio. Luego le habló de la novicia sor Paz.

—No la conozco.

—La conoce usted. Marujita, porque ya la llamo así. No ha nacido para monja. Claro, ha sido un trauma para ella. Pero era mi obligación hacérselo ver. Si no me la hubiera recomendado usted, yo nunca me hubiera decidido a confesarla. Pero tal como se habían puesto las cosas, estaba usted en lo cierto. Era la persona menos adecuada para hacerlo.

Las autoridades se despidieron. Abajo, en el muelle, seguía la animación, pero ya la banda de Infantería de Marina se retiraba tocando el pasodoble «Suspiros de España». Mientras, Manuel escuchaba a su interlocutor, que hablaba sobre el demonio y sus encarnaciones. A su juicio, no podía negarse lo que las Escrituras daban por seguro. Sin embargo, opinaba que en la mayoría de los casos sólo eran figuraciones o cuentos de viejas.

—Sobre todo —añadió— tratándose de mujeres. Aunque no cabe descartar la coincidencia.

—¿Qué coincidencia?

El misionero le miró fríamente.

—Me explicaré. En el caso de Marujita, la coincidencia se habría producido en el supuesto de que usted fuera en realidad el miliciano de marras.

Hizo un apresurado garabato con las manos.

—¡Claro que eso es imposible! Pero usted ya me entiende. ¿O no?

Manuel asintió.

Tenía la mosca detrás de la oreja, por lo que decidió abandonar el barco aquella misma tarde. Repensó. Quedarse encerrado en una isla era meterse en la boca del lobo. Resolvió esperar.

De nuevo en alta mar, empezó a ponerse nervioso. Sospechaba a veces del misionero, hombre despierto, con más mundo que él, aunque confiaba, sin saber por qué, que no le delataría. Pero a medida que el barco se acercaba a su destino no descartaba del todo la posibilidad de encontrarse en el muelle con la pareja de civiles.

Se equivocó. La Coruña, igual que Santa Cruz, los recibió apoteósicamente. Durante la última parte de la travesía, un oficial le dio dos volantes. Por uno de ellos se los autorizaba a viajar gratis a cualquier ciudad del territorio español. El otro indicaba las señas, en La Coruña, de cierta entidad benéfica de la que podrían retirar algún dinero para los primeros gastos.

En vista de lo bien que le salían las cosas, decidió ir en busca de los cuartos. Miraba alrededor, en el muelle, cuando vio al misionero en el portón.

Corrió hacia él.

—Agárrese. Fuerte. No tenga miedo.

—Gracias, hijo. No está uno para trotes, pero yo pienso pedirle al señor Obispo a ver si me deja ir...

Hizo un gesto de cansancio.

—Pero no me dejará. Estoy viejo.

Cada cual a su modo, eran dos trotamundos inquietos con toda una historia a la espalda.

—Oye, hijo. ¿Por qué si has hecho el santo no haces la peana?

—Si no se explica...

—Que me acompañes al sitio ese donde van a darnos el dinero.

Cogieron un taxi. Después de haber cobrado, en la acera, el misionero le tendió la mano.

—Te deseo mucha suerte —dijo.

—Lo mismo digo.

—Y quítate esa sotana. No te va.

Manuel sonrió.

—Gracias, padre.

De La Coruña, en tren, a Barcelona. Un par de días allí, entre el barrio chino y el Paralelo, agotaron sus caudales. Pensó en una hermana que vivía en Palafrugell, y allá se fue. Era tan fantástico lo que contaba que nadie le creía. Supo, eso sí, que seguían buscándole por desertor. Que algunos juzgados españoles le reclamaban por varios delitos, algunos de los cuales no había cometido. Lo cierto era que los papeles estaban allí, sobre la cómoda, y él no podía descifrar el galimatías.

En uno de los arrebatos los hizo confeti. Y la bronca otra vez. «Golfo, que eres un golfo. Pero a mí no me comprometes, por ésta. Antes me voy corriendo al cuartel.»

Se largó asqueado.

Huyó a Francia por Le Perthus. De allí, de nuevo a El Havre. El mundo era muy grande, se decía, y él apenas había asomado la cabeza por el ventano. Pensó en el misionero. Si se hubieran cambiado los papeles, el misionero estaría con los corsos y él con los negritos sin bautizar.

Cavilaba sobre estas cosas escondido en un carguero norteamericano que salía al día siguiente rumbo a Nueva Orleans.

2. AMÉRICA, AMÉRICA...

MAGGIE ERA ALTA, desgarbada, pelirroja. Tenía las piernas flacas, los dientes de arriba salidos y llevaba puestos unos lentes de culo de vaso. Como no todo tiene que ser desagradable en las personas, Maggie disfrutaba de excelente salud, lo cual, según ella, contribuía a su alegría, más contagiosa que el cólera.

Aquella tarde de últimos de octubre Maggie no cabía en sí de gozo. Taconeaba nerviosa por su pintoresco apartamento de la calle Bourges, en el Vieux Carré, al ladito mismo de la catedral de San Luis. Entraba en su dormitorio en busca de algo que olvidaba en seguida, abría una puerta para volverla a cerrar, pasaba las yemas de los dedos sobre la mesa por si había vuelto a entrar el maldito polvo, o centraba la vieja litografía de Millet, el conmovedor «Ángelus», única herencia de sus padres.

De vez en cuando contenía la respiración y escuchaba. Nada de sueños esta vez. El ruido del chorro de la ducha era la prueba de que no estaba sola. Tenía en casa buena compañía. Un hombre.

De cómo la estrafalaria pelirroja se las arregló para agenciarse lujo tan raro en los tiempos que corrían, es algo que merece ser referido. Dos horas antes, embadurnada de pintura hasta el cogote, perfumada de aguarrás, había sonado el teléfono de su estudio. Maggie dio un salto de alegría. Alguien, ignoraba quién, la sabía inscrita en la lista de los vivos. La voz de baquelita le resultaba familiar, si bien no acertaba en la diana. El nombre, sí. ¿Cómo olvidarlo? ¡Carmelo Menéndez Vega! «¡Carmelo mostachón!», gritó Maggie, y se puso tan nerviosa que pidió a la voz un plazo de medio minutito para hacer pis.

Tardó algo más, por lo cual dio sus explicaciones. Cuando le entraba tenía que correr, y cuando corría se le quitaban las ganas, pero como ya estaba sentada... «Bueno, tú ya me entiendes. ¿Y cuándo has llegado? ¿Una sorpresa? ¡Un regalo! Pero qué buen *cochon* has nacido...» Coqueteaba como si su voz fuera un hombre de carne y hueso y el hombre un Marlon Brando. «¿Que me lleve a Margaret? Imposible. ¿Por qué? Algo horrible. Margaret se pegó un tiro hará cosa de un mes. Se estaba quedando calva. Pero iré yo. Ahorita mismo como dices tú.»

Lo de Margaret era un poco exagerado. Vivía en el apartamento de arriba y en aquellos momentos oía sus taconazos, pero Maggie pensó que si la mataba no podría quitarle al apuesto Carmelo Menéndez Vega.

Llegó al barucho temblando de emoción. Carmelo, pequeñajo y tripudo, tuvo que ponerse de puntillas para besar a Maggie.

En seguida hizo una mueca de conejo resabiado.
—Sigues oliendo a aguarrás, china dentuda.
Maggie le sacó la lengua, grande, felpuda.
—Sé que te gusta. Por eso me echo unas gotitas.
Como siempre que estaban juntos, acabaron riéndose uno del otro y los dos del mundo entero. Pero Carmelo Menéndez Vega se puso muy seriote de repente.
—Tenemos que hablar.
—¿Sólo eso?
—Que va en serio. ¿O es que no me ves la cara?
Maggie parpadeó. Serio, lo que se dice serio, al Menéndez no lo había visto más que una vez. Cuando ella le propuso el santo matrimonio. Por eso se alarmó. Por si se había vuelto loco en el trayecto desde El Havre.
—¿Has hundido el barco?
—¡El carajo es lo que he hundido!
La invitó a que mirara al fondo del buchinche.
—¿Ves aquella cara de muerto?
—¿El Cristo del calendario?
Bufó el Menéndez.
—Calla, fiera. El tipo de las barbas.
—¿El que nos mira con ojos de vaca degollada?
—Como que está más muerto que vivo.
—¿Qué pasa con él?
—Me lo he traído del Havre.
Carmelo Menéndez rectificó.
—Perdón, chulita. Te lo he traído del Havre.
—¿Como quien trae un loro?
—Si te lo cuidas bien, vas a tener macho para tiempo.
Se acercaron a la mesa. Maggie observó al desconocido con el mismo asquito de quien contempla un gato con tres cabezas. Pero poco a poco se fue imponiendo su buen corazón. Daba pena el pobre. Flaco, sucio, con barba de veinte días y unas ojeras que le llegaban al ombligo. Tenía, sin embargo, un no sé qué en la mirada que desconcertó a Maggie.
—Es la chica de que te hablé —dijo el Menéndez rascándose la tripa—. Se llama Maggie.
La miró.

—Y éste es mi amigo Manuel.
—¿Mejicano?
—Español.
Tuvo que sentarse. Un español, toreador, tenoriero... Se levantó en seguida y se dirigió al lavabo.
—Si te la sabes meter en el bote —dijo el Menéndez aprovechando la ausencia de Maggie—, tienes los fríjoles asegurados para largo. ¡Ánimo, Manuel!
—Yo no soy un macarra. Trabajaré. Y si ella me hace ahora un favor, se lo devolveré algún día.
—¿Quién habla aquí de pagar? Gana sus buenos dólares con los monigotes que pinta. Y está más sola que la una.
Movió la cabeza en un ademán de contrariedad.
—Lo que necesita es un tío. ¿Oíste bien, mano?
—Pues yo con esa tía no me acuesto.
—¡La flojera que tienes! En cuantito le eches al cuerpo lo que pide, ya me contarás.
Cuando Maggie volvió, lo único que se le ocurrió preguntar fue si había oído bien.
—¿Español de verdad? Hay por ahí muchos que dicen ser españoles y han nacido en Puerto Rico.
—Español de España. De Campillos.
Carmelo Menéndez dijo que esperaba de ella que lo tuviera en casa unos días.
—Me sé de memoria tu buen corazón, chulita. No puedes consentir que se nos muera como un perro. Además, viene sin papeles. ¡Nada de documentos! Y está la Emigración. ¿Qué sería de él?
Hizo una pausa.
—Es bueno. Hombre cabal. Ni lo vas a sentir. ¿Qué me dices, chulita?
Maggie se levantó frotándose graciosamente la nariz.
—Andando, Manuel. Te prepararé un buen baño.
Quedóse el Menéndez Vega en el bulín con una mejicana gorda y sebosa, pues al día siguiente salía su barco, el *Ohio*, y había que aprovechar. Y Manuel se metió en el dos puertas de Maggie.
Dieciocho días había estado escondido debajo de la litera

del mejicano, a quien conoció en El Havre, borracho como una cuba. Tanto lo estaba que, cuando se despertó en alta mar, juraba no haber visto en su vida a Manuel.

Como el capitán del *Ohio* era muy bruto, convinieron que permanecería escondido todo el viaje. Comió, pues, lo que el otro le daba, y que nunca pasó de la corteza de pan o la naranja medio pocha. Y como entró tan poco por su boca, no es de extrañar que nada saliera en todo aquel tiempo por donde le corresponde.

Antes de subir a su apartamento, Maggie le acompañó a un restaurante. Le fue fácil escoger. Pintados en la pared, detrás del mostrador, estaban los platos combinados. «Ése de ahí y aquel otro. Y pan, mucho pan.»

Ya en casa le metió a empujones en el baño. Y en aquellos momentos, un poco intrigada por el desenlace de la aventura, escuchaba arrobada el chorro de la ducha.

Cuando salió parecía otra persona. Aunque paliducho, a Maggie le pareció poco menos que un Adonis, envuelto en la suave toalla azul. Le obligó a sentarse en el sofá dos plazas. Le frotó los pies.

—Voy a cortarte las uñas. Es algo que siempre me ha gustado. Eso y quitar espinillas. No puedo ver una espinilla. No lo resisto. Si no la saco, reviento.

Se entendían en un francés muy pintoresco, que Maggie había aprendido de su madre, una joven aldeana de Dijon emigrada en los años veinte y muerta durante la segunda guerra mundial reventada de tanto fregar suelos.

Le puso una bata rosa pálido y le enseñó el apartamento.

—Dormirás en este mueble cama. Y aquí tienes la nevera, y aquí el bar, y el televisor.

Se movía por las habitaciones a grandes zancadas. Abría los brazos en un ademán teatral, pero su alegría era contagiosa. Un ser humano, un hombre, necesitaba de ella, y ella se limitaba a prestarle su ayuda. Lo que menos le preocupaba era la historia de Manuel. Ni siquiera pensaba en sus intenciones.

En el dormitorio que le había asignado, Manuel se quedó mirando un extraño cuadro pintado en blanco y negro. El cuadro reproducía un toro dispuesto a embestir y un caballo muy raro despanzurrado. Unas figuras de mujer completaban el patetismo de la escena.

—¿Lo has pintado tú? —preguntó.

Maggie sonrió.

—Lo pintó un español. Malagueño.

—¿Malagueño? También yo he nacido allí.

Maggie hizo un respingo. No sólo tenía un hombre en su casa, sino que el hombre era español y, por si algo faltaba, había nacido en la tierra de Picasso.

Le miró un poco incrédula.

—¿De verdad no lo habías visto nunca?

—Nunca.

—Entonces eso de Picasso te deja tan pancho.

Se encogió de hombros por toda respuesta.

—El hombre más grande del mundo.

Como para lo que menos estaba era para lecciones de arte, se metió en la cama. Durmió de un tirón hasta la una de la tarde. Y cuando se incorporó en la cama vio a Maggie envuelta en un salto de cama que dejaba transparentar las minibragas blancas y los dorados pezones de sus pechos. Le trajo un desayuno fuerte: huevos fritos con bacon, tostadas, mantequilla, mucha mermelada y café.

Él quiso saber la forma de encontrar trabajo en seguida.

—Ya trabajarás. Ahora tienes que comer mucho.

Le dio un billete de diez dólares. Luego lo acompañó a unos grandes almacenes.

Y pasaron los días. Mientras Maggie trabajaba en su estudio, él se dedicó a patearse la ciudad. Callejeaba pensando en Betsy. Estaba en América, como él, y por aquellas fechas ya habría nacido el hijo. La buscaría en Miami, pero antes tenía que rehacer su vida.

Trazarse una ruta y seguirla, costara lo que costase, era el propósito que se había hecho escondido debajo de la litera de Menéndez Vega. Su amigo el misionero así lo había hecho, y estaba satisfecho. Él, en cambio, experimentaba una rara sensación de vacío.

Maggie le buscó trabajo entre los conocidos. Empezó a

empapelar pisos, a pintar paredes. Los letreros, en especial, se le daban muy bien. Ignoraba lo que escribía en ellos, pero se daba muy buena maña y lo hacía de prisa.

La primera semana que cobró le dio el dinero íntegro a Maggie.

—Toma. Yo no necesito nada.

Aceptó sólo la mitad. En lo sucesivo pagarían a escote los gastos de casa. Sin embargo, lo que Maggie necesitaba de Manuel no era precisamente dinero.

Se lo hizo saber una tarde.

Como era festivo, habían salido en el cochecito de ella hacia el lago Portchantrain. Sin que viniera a cuento, Maggie le dijo que quería acostarse con él.

—Sé que no te gusto —rió—. Pero puedo asegurarte que te llevarás una agradable sorpresa.

Palmeó su rodilla.

—¿Me avisas cuando te decidas?

—De acuerdo.

Fue, en efecto, una agradable sorpresa. Y Manuel dejó el mueble cama.

Al mes y medio habían ahorrado quinientos dólares. Se había comprado ropa buena y buscó el medio de establecerse por su cuenta. Tenía de todo, casa, mujer, trabajo, hasta un *hobby* muy de millonario o político, la pintura. En los ratos que le quedaban libres, Maggie le enseñó los secretos de la mezcla de colores. Poco a poco le inició en la perspectiva. Luego, al campo, a pintar del natural.

—¿Quieres saber una cosa? —le dijo Maggie.

—Tú dirás.

—Tienes talento.

Manuel se reía de sus cosas. Talento él. Si ni siquiera había aprendido la tabla...

—En La Misericordia me llamaban Cabeza Dura.

—Quiero decir talento para pintar. Es una forma de talento. ¿O no?

Cierta noche le dijo que preparara el caballete.

—Me vas a pintar a mí. Como tú me veas.

—¿Y yo qué sé de eso? Ni hablar.

Se echó desnuda en la cama.
—Empieza. Como sea. Lo que veas.
Estuvo luchando con los pinceles hasta el amanecer. Y Maggie, llorando de emoción, le abrazó. Sin saberlo, Manuel había pintado una figura angulosa de gran fuerza en la que, sin embargo, se veía una oculta ternura.
Siguió practicando en los ratos libres. Pero en ocasiones se quedaba con el pincel en la mano mirando al vacío. Tenía la impresión de que una voz misteriosa le llamaba desde no sabía dónde. Siempre que le pasaban esas cosas se enfurruñaba y, a fin de no disgustar a Maggie, desaparecía de casa. Una fuerza extraña le empujaba hacia los barrios bajos, en el puerto. Le gustaba aspirar en los prostíbulos esa mezcla de perfume barato, alcohol y cosa sucia de mujer. Experimentaba una especie de liberación cuando le rodeaban caras pintarrajeadas, miradas hoscas, risas brutales. Era a la vez una sensación mezcla de lástima y desafío. Y, sobre todo, un deseo de aventura patética, de innecesario sufrimiento.
La repentina aparición de Manú provocador y proxeneta le llevó al conocimiento de una muchacha de color, Patricia, que hacía *strip-tease* en una sala de fiestas muy vigilada. Acabó enredándose con ella.
A los pocos días, alguien le hizo saber que cierto matón negro le andaba buscando.
—¿Y qué quiere?
—Dice que ajustarte las cuentas por lo de Patricia. Es su chica.
—Pues por mí, cuando quiera.
Comprendió que había encontrado lo que su otro yo buscaba. Por fin había aparecido el obstáculo, esta vez en forma de negro celoso. Compró una pistola.
Maggie se permitió advertirle del peligro que corría la tarde que se sinceró con ella.
—Si viniera por casa un negro, un tal Dum-Dum, no abras. Dile que me llame por teléfono.
Ella se encogió de hombros.
—Está bien. Pero ellos, aunque negros, son ciudadanos norteamericanos; en cambio, tú...

—¿Qué pasa conmigo?

—No tienes documentación. La Emigración no descansa. Lo sabes.

—Pues que venga lo que venga.

Al día siguiente acudió a la cita del matón. Desconocía el dédalo de callejas por las que se había metido. Sólo sabía el sitio y el número de la calle, una especie de vertedero de basura, y allá se fue. Cayó en la cuenta de la trampa cuando vio salir de una casucha un par de portorriqueños. En seguida, el guardia.

—Documentación.

—Soy extranjero. De España.

—Vamos.

Echó a correr. En el bar donde se escondió preguntó al del mostrador en qué barrio se encontraba.

—Esta zona es de los portorriqueños, señor.

—¡Me cago en los muertos del maldito negro!

Le había citado allí y avisado a la policía.

—Ya me han pescado.

—Si tiene problemas, le ruego que se marche. La policía nos metería a todos en la cárcel y cerraría esto. Vivimos en el terror, señor. Hágame caso y váyase.

Se encrespó.

—Pero ¿qué coño de país es este? ¿Dónde están sus libertades?

En aquel preciso instante se oyó la sirena de un coche patrulla.

El hombre del mostrador le miró angustiado.

—Váyase, señor. Se lo suplico. Que nos pierde.

Salió de allí disparado. Los silbatos de la policía parecían estar en todas partes. Puertas que se cierran, una sombra huidiza cruzando la calle, el tipo que salta de un balcón a riesgo de romperse la crisma. Imposible escapar.

Haciendo acopio de sangre fría, preguntó por señas al policía que le cerraba el paso qué estaba pasando allí.

Se sintió brutalmente empujado.

—¡Las manos a la pared!

Unos dedos como garfios le cachearon hábilmente. Intentó la contorsión buscando la postura adecuada para huir.

—Si te mueves te achicharro, perro.

El policía le hundió el cañón de la pistola en las costillas.

—¿Para qué querías la pistola? ¿De quién es? ¿Quién te la ha dado?

—Español. Soy español.

Intentó por todos los medios que lo comprendiera sin resultado. De repente otro policía empezó a golpearle despiadadamente. Sintió que se le nublaba la vista.

Minutos después caía como un fardo a los pies de dos negros y unos cuantos portorriqueños. Trató de no perder el conocimiento. Sólo supo que estaba en una furgoneta que acababa de ponerse en marcha.

En Nueva Orleans, a causa de su elevado índice de delincuencia, las autoridades habían habilitado una especie de campos de concentración, que en realidad son prisiones del Estado.

Uno de éstos, al que fue trasladado Manuel, estaba no lejos de la orilla derecha del Mississippi. Sus celdas formaban calles de anchura regular, y estaban separadas entre sí por una simple plancha de metal a la que se adosaban las literas, tres en cada lado.

Las colectivas, así dispuestas, daban al conjunto un aire muy parecido al de un dramático zoo, en el que las fieras habían sido sustituidas por hombres. En el centro se levantaban las dependencias burocráticas, los pabellones de los guardianes, un edificio de piedra más elevado, residencia del Director, y cercándolo todo, una alambrada electrificada. Las torres de los centinelas, dos, se alzaban en los ángulos opuestos, en diagonal. Estaban provistas de potentes focos y abajo se veían las casetas de los perros policías.

Tan pronto como puso los pies en la amplia explanada que daba acceso a las galerías, Manuel comprendió la imposibilidad de escapar de aquel infierno. Al husmo de los nuevos reclusos, los perros empezaron a ladrar y las fieras enjauladas les gritaban unas palabras incomprensibles para él, sin dejar de hacer gestos obscenos. Fue una de las impresiones más desagradables de su vida.

Mientras avanzaba en fila de dos envuelto en alaridos y risotadas, buscó una solución. Según pudo comprobar, la mayoría de los reclusos eran gente oscura. Los pocos blancos que vio estaban en barracones diferentes y, a primera vista, parecían gozar de cierto trato de favor, a juzgar por el orden de sus jaulas y por el aire de suficiencia que adoptaban.

Los nueve hombres que formaban el grupo, dos negros, seis portorriqueños y él, fueron metidos en la misma celda. Manuel agarró por la solapa a uno de los guardias.

—El jefe de aquí —gritó—. *Le directeur*. Yo, español, español...

Le tenía bien cogido y le miraba colérico a los ojos.

—Quiero pedir asilo político. ¿Comprendes, tío cabrón? Tienes que llevarme al director. *Directeur*...

Cuando oyó silbar la porra de goma sobre su cabeza dio un salto atrás. Poco después se enteraba por uno de los portorriqueños, Juan Manuel, de la suerte que les esperaba.

—No saldremos vivos de aquí. Un primo mío fue atrapado hace más de un año y no hemos podido dar con él.

—Pero es que yo no soy portorriqueño. Pueden pedir informes al Consulado. Que pidan mi documentación a España.

Juan Manuel, enclenque y con los ojos llenos de lágrimas, le pareció una criatura indefensa.

—Mi madre se morirá —dijo mirando al vacío—. Desde lo de mi padre apenas duerme. Y ahora dice el doctor...

—¿Qué?

—Se está volviendo loca.

Aquella noche les suprimieron el rancho. Uno de los negros, presa de un ataque de furor, se partió la cabeza contra los barrotes. Cuando acudieron los guardianes, sólo las breves sacudidas de las piernas daban muestra de un resto de vida vegetativa. Manuel, mientras, echaba sapos y culebras por la boca. El otro negro aullaba con los brazos alzados, y los portorriqueños, arrebañados al fondo, observaban en silencio la escena con sus ojos fosforescentes.

La carga nerviosa que se iba apoderando de Manuel anulaba esa capacidad de espera tan necesaria al delincuente encarcelado como el aire que respira, ya que de ella suele depender la voluntad de vivir. Semanas enteras, no recordaba cuántas, exigiendo ser conducido ante el director para exponer su caso. Semanas, meses compartiendo aquella inhumana jaula con los quejumbrosos portorriqueños, sólo fuertes a la hora de negarse a firmar la solicitud de ingreso en el cuerpo de voluntarios de las tropas expedicionarias de marina. Llegó un momento en que temió por su razón.

Había motivo sobrado para eso y para mucho más, porque de noche le resultaba punto menos que imposible pegar ojo. Los presos del barracón de la derecha, a falta de mujeres, se apañaban entre ellos. Ya en varias ocasiones les había advertido que si querían jugar a matrimonios que lo hicieran en las literas de enfrente. Escuchaba sus relinchos de mofa, sus procacidades.

Un pelirrojo bizco de piernas torcidas le provocó cierta mañana. Manuel cogió su escudilla y le tiró a la cara la sopa ardiendo, en presencia de los guardianes. Fue su perdición, porque en las cárceles norteamericanas ningún extranjero puede ponerle la mano encima a un blanco. Los compañeros del pelirrojo cayeron sobre él dispuestos a despedazarle. No lo lograron. El Manú de los corsos se reencarnaba en él. A codazos, embistiendo con la cabeza, golpeándole con fuerza en la base de la nariz, como le habían enseñado en Francia, los derribó uno por uno. Después arremetió enloquecido contra los guardianes. Había arrebatado la porra a uno de ellos cuando uno de los portorriqueños evitó que le pegara. Fue el momento aprovechado por los otros dos para golpearle brutalmente en la nuca.

Volvió en sí delante de una especie de caja de acero de poco más de un metro cuadrado de superficie. Le obligaron a entrar y la cerraron herméticamente. Poco después penetraba un fuerte chorro de vapor de agua hirviendo por un pequeño orificio practicado en el techo.

Cuando le sacaron tenía la piel del color de los cangrejos cocidos. De la *olla,* como allí se le llamaba a aquella celda de castigo, lo llevaron a rastras a uno de los barracones de negros, la peor humillación que se le puede infligir a un blanco en Norteamérica. El más viejo de ellos, un anciano de cabello blanquísimo que respondía al nombre de *Lord*, le desnudó, cuidando de no llevarse la piel pegada a la ropa.

—Te han tenido casi dos minutos —dijo—, el doble de lo normal.

—¿Sólo dos minutos? A mí me ha parecido un siglo. No podía respirar.

El viejo negro sonrió.

—No tendrás asco de la saliva de *Lord* —dijo—. Muchos hombres de tu raza preferirían morir antes que estas manos les tocasen.

Manuel cerró los ojos. Y las sonrosadas yemas de los dedos del viejo *Lord* fueron explorando centímetro a centímetro su piel hasta localizar la ampolla, para lamerla suavemente con la punta de la lengua y, si empezaba a producirse la serosidad, chuparla despacio a fin de evitar la penetración del aire por la fisura.

—Si no se hace así —explicó otro negro—, se queda uno en carne viva. Pero el trabajo es lento. Por eso te recomiendo paciencia, hermano.

Estuvo varios días arrancándose la piel a tiras, pero salió del atolladero. Tuvo la suerte, además, de que lo encerraran con aquellos hombres de color, que compartían el rancho con él, condenado a ayuno un tiempo no definido por haber desarmado a un guardián.

Manuel supo por los demás que el viejo *Lord* había sido ayudante de una parroquia baptista del barrio francés. Estaba allí por haberse atribuido el atraco a un *Drugstore* cometido por su hijo, un pandillero sin escrúpulos que se había matado unos meses antes en accidente de moto.

3. OCHO MESES EN EL INFIERNO

Acusado de causar desórdenes, de golpear a un rec desarmar a un guardián, fue condenado a ocho meses de sión, el primero de ellos incomunicado en un calaboz privación de luz.

Durante los primeros días de oscuridad procuró cc var la noción del tiempo por los ruidos del exterior regularidad con que se le servía, una vez cada veinticu horas, la bazofia del rancho. Dormía o descansaba en el su Reflexionaba. Lo importante, se repetía una y mil veces, hacía en voz alta para saberse vivo, lo importante era agu tar. No derrumbarse. El mes pasaría y de peores había lido. Le consolaba recordar el peligro que había pasado el Caribe. Reía para escuchar su risa. A veces charlaba c su mujer, o con Li-yi, o con sor Presentación. Reconstitu escenas o las creaba. Hacía flexiones de brazos y cintura hast quedar agotado. Y cuando el sexo se embravecía, todo el ca labozo se llenaba de ensoñaciones de curvas de mujer, de oquedades, sombras y suspiros.

Más de una vez se consoló pensando que estar enterrado en vida era una verdadera suerte, que mucho peor hubiera sido la sepultura de verdad. Cantaba. Se rascaba las plantas de los pies para alegrar el corazón con las cosquillas. Daba pequeños saltos imitando a *Chito*, con el que también tenía sus pláticas.

Acabó por perder la noción del tiempo. Y no le importaba demasiado. Por lo estropajoso de la barba y el tamaño de las uñas, así como por el ya insoportable pestazo de los excrementos, comprendía que no tardaría en salir.

Por fin le sacaron de allí una mañana de mucho sol. La luz le dejó momentáneamente ciego. Alguien dijo en francés que se vendara los ojos.

—Toma este trapo. Tú mismo lo aflojas de vez en cuando. asta que oscurezca. Mañana estarás mejor.

Caminaba con las manos por delante, pero las piernas no obedecían. La persona que le acompañaba lo cogió por cintura.

—¿Quién eres? —preguntó.

—Estás otra vez entre nosotros.

Se trataba de uno de los negros, quien le informó poco lespués de la muerte de *Lord*.

—¿Lo han matado esos cabrones?

—Ha muerto de tristeza.

—¡Me cago en los muertos de esos verdugos! Yo te juro por ésta que se acordarán de mí.

Dos días después comprobaba ante un trozo de espejo que se había quedado sin pestañas, y sus párpados eran finos como un papel de fumar. Supo también que había pasado las Navidades en el calabozo.

Empezó a preocuparse por los frecuentes fallos de memoria. ¿Estaban en el sesenta o en el sesenta y uno? Se había equivocado una vez más. Se lo decían los negros riendo sus anchas risas de dentífrico. Estaban en el sesenta y dos.

Acomodó su vida a la de los compañeros. Igual que ellos, cuando cada mañana tocaba el silbato por segunda vez, se ponía en fila delante de la reja. El tercer pitido se confundía ya con la estridencia metálica producida por cerrojos al abrirse todos a un tiempo. Dos pasos al frente. Luego, en fila de dos, a buscar la escudilla de latón con el té, o lo que fuera, y el pan para el día. Más tarde, el paseo. Paso gimnástico. A saltar. A pegarle puntapiés al bote abollado.

El cambio de dirección que se produjo a principios de marzo suavizó en parte el régimen de vida de los reclusos. Ordenanzas un poco más humanas, permiso para batear un rato, algún periódico, censurado, especialmente en lo concerniente a la guerra de Vietnam, ligera mejora del rancho. Cuando salía en libertad algún recluso lo celebraban con cerveza y Coca-Cola.

Todo iba sobre ruedas cuando, a principios de abril, un

par de negros puestos de acuerdo con un turco y un yugoslavo intentaron escaparse.

Desde su celda, Manuel vio cómo caían ametrallados por el centinela de la garita oeste. Uno de los negros cayó con una pierna segada por las ráfagas. Tuvo valor, sin embargo, para ocultarse detrás de un montón de cajas vacías, desde donde profería maldiciones e insultos. No hubo más remedio que ir en su busca, pero repelió a tiros el intento de uno de los guardianes. Nadie comprendía de donde había sacado la pistola, aunque lo cierto era que no estaba dispuesto a entregarse. Le soltaron dos perros. Manuel los vio atravesar la explanada desierta en dirección al montón de cajas. El ataque se produjo desde dos puntos diferentes. Sintió escalofríos al escuchar los alaridos del negro, que se mezclaban con los roncos gruñidos de los animales y las órdenes del guardia amaestrador. Cuando uno de ellos, casi negro, todavía con el pelo erizado, cruzó por delante de la celda de Manuel, todavía se lamía la sangre del hocico.

A partir de aquel día empezó un nuevo calvario. Palizas, interrogatorios, reducción del rancho único, absoluta prohibición de salir al patio. Las celdas de castigo se llenaron. Manuel, fichado por mala conducta, volvió al calabozo, donde estuvo poco más de una semana, lo suficiente para que el odio renaciera con más fuerza.

Supo cuando salió que la represión había sido brutal entre portorriqueños y negros, dos de los cuales, precisamente de su celda, murieron a consecuencia de las quemaduras de la olla.

Por razones de mimetismo se había encanallado. Adquirió los ademanes del patibulario. Hablaba una pintoresca algarabía mezcla de inglés del hampa, de *argot* francés y de andaluz-catalán. Caminaba despacio, receloso, contoneándose achulado en un provocador movimiento de caderas igual que hacían los negros jóvenes, algo entre *cow-boy* de celuloide rancio y ganster años veinte.

El guerrillero apasionado por la prieta Betsy, el pícaro vestido de cura, el ganapán de El Havre, habían muerto en su interior, lo mismo que estas sucesivas personalidades mataran en su día al Gregorito de La Misericordia y al nieto de Brígida. En su lugar, otra vez Manú. Pero un Manú cargado de odio, obsesionado por la idea de degollar yanquis y beberse su sangre. Había llegado al convencimiento de que la humanidad era mala, un basurero en el que sólo podía sobrevivir el audaz, el desaprensivo, el asesino, el duro de corazón. Los demás mejor que se tiraran a las ruedas de un camión.

Cuando pasó todo aquello trató de averiguar quién había sido el soplón por cuya causa ingresó en el calabozo. Dio con él, un bostoniano descendiente de griegos, antiguo morfinómano y condenado por el delito de violación conocido por *Big Camel*. Era en realidad lo que parecía, un camello patizambo con el hombro izquierdo deforme y el belfo peludo derrotado por los excesos de la droga.

La somanta que le dio en el patio, aprovechando un descuido, le tuvo a las puertas de la muerte.

Se vio otra vez camino de la olla. No llegó a entrar porque juró que mataría a los dos guardianes que lo llevaban a rastras si no le dejaban hablar antes con el director.

Era una fiera dispuesta a todo y, por lo que pudiera pasar, se cursó la solicitud para la entrevista, que se llevó a cabo al día siguiente.

La bandera con las barras y las estrellas, un gran mapa en relieve de los Estados Unidos, un retrato del presidente Kennedy en la pared, una mesa llena de papeles con la foto de una mujer joven y una niña de corta edad. Detrás, un cincuentón macizo de cuello robusto y cabeza redonda, como trazada a compás, lisa, sin un pelo.

Manuel fue al grano. Dijo que desde que le habían traído allí había venido alegando su condición de español apátrida que pedía asilo político.

El director le miró con fijeza.

—¿De qué parte de España es usted?

—Soy andaluz. Mi pueblo se llama Campillos, en la provincia de Málaga. Si tiene usted un mapa...

Le cortó con un ademán.

—¿Y qué hace en Estados Unidos?

Explicó en pocas palabras su vida. Añadió que, desesperado por su situación, había decidido emigrar al país de la libertad, a fin de buscar trabajo y rehacer su vida.

—Hasta que me pescaron en un barrio de portorriqueños. ¿Y qué sabía yo? Me trajeron aquí. ¿Cree usted que me han hecho caso durante todos estos meses? Nos tratan peor que a animales, y cuando salga me quejaré a las autoridades españolas. Denunciaré todo lo que está pasando aquí.

Tenía los ojos inyectados en sangre, jadeaba.

Se sorprendió al oír de boca del propio director que él había estado en España.

—Luché en la zona republicana. Toda una epopeya la guerra civil española.

Vio el cielo abierto.

—Entonces se hará cargo de mi situación. Yo soy una víctima de aquella guerra que perdimos los dos. Usted y yo.

Le sonrió.

—Estudiaré su caso. Pero de momento tiene que permanecer incomunicado. Creo además que será lo mejor para usted.

Se volvió hacia donde estaba el guardia.

—Puede llevárselo.

Apretaba el calor, y Manuel se asfixiaba en la oscuridad húmeda del calabozo. Perdió el apetito. Y en los dieciocho días que estuvo encerrado, se quedó en los huesos.

La tarde que fueron a buscarle estaba en un estado de semiinconsciencia. En el patio llovía a mares.

Pidió que le internaran en la celda de los negros. Sabía que, de haber caído entre los blancos, le hubieran matado. Se la tenían jurada a aquel español tan pequeñajo como fiero, que les había zumbado y les recordaba cada dos por tres la leña que recibieron en bahía de Cochinos.

Mediado abril fue interrogado por un jefe de galería. Si daba las señas de alguna persona conocida en Nueva Orleans, cabía la posibilidad de que le echaran a la calle.

La proposición era tentadora, pero Manuel reflexionó.

—Alguien, cualquier persona que conozcas y tenga la nacionalidad norteamericana.

—¿Y qué le pasaría?

—Nada. Investigaríamos.

—No conozco a nadie.

Sabía por los negros que si se demostraba la protección al emigrante indocumentado a una determinada persona, ésta quedaba automáticamente complicada en el caso. Pensó en Maggie. Un registro, sabiendo como sabía lo despistada que era, hubiera bastado para comprometerla. Prefirió callar.

Días después fue conducido a presencia del director.

—Tengo buenas noticias —le dijo—. El asilo político no se te puede conceder, pero si te portas bien llegaremos a un acuerdo.

—¿Qué clase de acuerdo?

—¿Te interesa volver a España?

—A mí no.

—¿Entonces qué quieres?

—Ir a Francia.

El director se encogió de hombros.

—Eso es más difícil.

—Pues deme la libertad. Ya me las apañaré yo.

Empezaba a hacerle gracia el desparpajo del español.

—Imposible.

—Pues entonces me quedo.

No volvió a saber más del asunto en los dos meses siguientes. Pero, un buen día, un par de guardias le acompañaron al pabellón central, donde un funcionario le hizo firmar unos papeles.

Media hora después se acomodaba en un *jeep* al lado del conductor.

—¿Puede saberse qué pasa? —le dijo.

—*Sorry*.

—Ni *sorry* ni nada, qué cuernos. Tengo mis derechos.

—*Well*...

El soldado reflexionó un instante buscando sin duda la palabra.

—*Liberty* —dijo sonriéndole.

—Pues que viva la madre que te parió, yanqui de la mierda.

Pidió que le dejara en unos grandes almacenes y que le indicara el camino del puerto.

—*Sorry.*

—Y dale con tu *sorry.* ¿No soy libre?

El *jeep* se paró a la puerta de un edificio de ladrillo rojo con dos torres y un reloj en el pequeño tímpano. Subieron unos sucios escalones de granito. En el recibidor, el soldado habló un momento con un funcionario uniformado, negro.

Manuel escuchó, pero no pudo sacar nada en limpio. Le llevaron después por un largo pasillo abovedado. El funcionario les entregó el volante y desapareció.

Cuando le hicieron pasar, se encontró en una sala destartalada en la que fumaban dos hombres en cuerpo de camisa. Uno de ellos le quitó de un tirón el papel que llevaba en las manos. Lo leyó un poco por rutina y pulsó un timbre. Poco después entraba un ordenanza, que le hizo señas de que le siguiera.

La escalerita, pina, muy estrecha, conducía a unos sótanos. Manuel preguntó al hombre dónde le llevaba. Silencio. Y de pronto, una pequeña rotonda con tres soldados con casco y fusil.

Uno de ellos, rubiales, y con el pelo a cepillo, le invitó a seguirle. O mucho se equivocaba, pensó, o iban a meterlo en un calabozo. No se equivocó. Al fondo, a mano derecha, le esperaba una nueva jaula.

Trató de protestar, pero el rubiales, acostumbrado por lo visto a tales escenas, se limitó a echar la llave y desapareció por donde había venido.

Al día siguiente, temprano, dos sujetos de paisano fueron en su busca. Uno de ellos le hizo firmar nuevos papeles y le entregó cincuenta dólares. El otro le levantó la camisa a tirones y le auscultó desganado con un fonendoscopio.

—Esto está mejor —exclamó Manuel mirando los billetes.

Le sacaron de allí.

En un coche oscuro le acompañó otro tipo al muelle Oeste.

Manuel se encrespó:

—Oiga —dijo—, si quieren llevarme a España se equivocan. Yo no quiero ir a España. ¿Lo entiende? *No go Spain... No, no...*

El tipo le hizo leer el volante.

—Amsterdam, Amsterdam... —dijo sin dejar de mascar el chicle.

—¿Y eso por dónde cae? Madre mía. Lo que me faltaba a mí.

Le empujó hacia la escala de un carguero holandés pintado de blanco.

Tan pronto como el mercante holandés atracó en el puerto de Surinam le tomó inquina a todo aquello. Amsterdam, llena de canales y esclusas, le pareció un laberinto en el que le era imposible orientarse. Ni entendía los letreros, ni nadie podía darle razón con aquella endiablada lengua.

A lo largo de la travesía, los holandeses le habían tenido en cubierta como si fuera una rata más de las muchas que llevaban a bordo. No se dignaron ni a escucharle. Las dos veces que intentó hablar con la marinería, fracasó. Le miraban por encima del hombro y seguían su camino. En cuanto a la comida, sobras del rancho. Abundante, pero sabía mal, tal vez a causa del exceso de especias o porque a cada cucharada le ganaba la sensación de que aquellos tipos le trataban con menos cariño que al perro de a bordo, con el que tampoco pudo hacer buenas migas.

En seguida que echaron los cabos de amarre, el capitán le informó de que su misión había terminado. También le hizo comprender que en su país sobraban los tipos como él y que si no quería pudrirse en la cárcel, lo mejor era que se largara cuanto antes. Luego chascó los dedos y le volvió la espalda.

En tierra notó el recelo en las miradas claras de aquellas gentes. Desharrapado, sucio, con barba de veintitantos días, aquel hombrecillo escuálido de mirada recelosa provocaba en los sanotes flamencos una especie de repugnancia mezclada con cierta prevención.

Entró en una peluquería. Compró luego ropa, un suéter de

manga corta y un pantalón ligero, prendas que se puso después de una larga visita a unos baños públicos.

Se sintió otro hombre. Incluso empezaba a gustarle el espectáculo de las barcazas ancladas en los canales, de las plazas bullidoras de gente risueña y los mercados chillones de turistas extranjeros, norteamericanos por lo general, que hacían cola en los museos. Miraba a las muchachas de pechos danzarines. Las que montaban en bicicleta exhibían unos muslos dorados como la cerveza que llenaba las decoradas jarras de los mostradores en las tabernas. Otras estaban sentadas sobre el césped de los cuidados parques, absortas en la lectura de cualquier novela sexy.

Después de tan largo tiempo de abstención, aquello era una especie de maná. Le faltaban ojos. Ojos para curiosear en los quioscos las portadas de las revistas porno. Ojos para mirar la cartelera de un cine, sus fotos, o las expuestas en los cabarés, lo que menos había sospechado Manuel, que empezó a sentirse un angelito.

Decidió quedarse unos días. De momento, lo más urgente era llenar la tripa, alegrar el corazón con un par de jarras de cerveza, aunque aquello fuera contra su costumbre.

Entró en una especie de *pub* profusamente decorado con motivos heráldicos. La camarera que le atendió, maciza, de anchos senos, llevaba prendida en la mirada una pícara alegría de vivir.

—Tú, como esta gente —dijo mirándola con descaro—, seguro que no me entiendes ni jota. ¿Eh, tía buena?

Su sorpresa fue mayúscula al oír la respuesta.

—Se equivoca, señor. Conozco su lengua. ¿Qué desea tomar?

Le cautivó en seguida su tonillo impertinente de niña malcriada.

—¿Y cómo sabes español?

—Sé más cosas. ¿Va a comer?

Manuel se rascó la coronilla.

—Sí, sí... Y dime, ¿cómo te llamas?

—Amie.

Amie, su cabeza maciza de frente abombada, se tocaba

con una cofia muy blanca, por debajo de la cual asomaban dos gruesas trenzas de cabellos finísimos que parecían convertirse en polvo de oro cada vez que incidía sobre ellos un rayo de sol.

Mientras le servía un buen asado, Manuel observaba sus pómulos carnosos, sus hombros redondos, la suave curva del vientre bajo el blanco delantal, el color melocotón de sus antebrazos más bien regordetes.

Casual, pero lo cierto era que Amie, según le había dicho, tenía una habitación realquilada a un matrimonio español con una niña de tres años.

—¿Y qué hacen aquí?

—Emigrantes. Él trabaja en Ijmuíden, en las acerías. Y ella es doncella en casa de un industrial. Ganan sus buenos florines.

—Pues tienes que presentármelos. Yo soy español como ves.

La cosa empezó así y terminó en la cama aquella misma noche.

Al día siguiente, más tranquilo, visitó la ciudad. No escapó a su natural perspicacia la sensualidad de Amsterdam, donde el buen beber, el buen comer y el baile de las tardes, son ritos de iniciación para los desahogos de la vida nocturna, mucho más desenfadada de lo que él había imaginado.

Por aquellas fechas, los trabajadores españoles emigrados a Holanda formaban ya una nutrida colonia, y Manuel visitó a varios compatriotas en compañía de Eleuterio, el gallego alojado en casa de Amie. Se ganaban cuartos, sí, pero todos suspiraban por la patria. Existía discriminación en el trabajo, cobraban menos que los holandeses, vivían en casas ruinosas, el que tenía la suerte de pescarla, o realquilados.

—Además, la comida —se quejaba Eleuterio—. ¡Porquerías! No hace mucho nos manifestamos en el comedor de la fábrica. Pero tuvimos que callar. El miedo.

—¿Y por qué no os largáis?

—Hay que aguantar. Ahorramos algo. Aunque muchos pierden el jornal a las cartas. Se juega mucho aquí.

Le tomó ley a la rolliza Amie. Con razón. Amie se desvivía

por él durante el día y, llegada la noche, le daba clases particulares de las mil y una porquerías que se pueden hacer en la cama.

Sin embargo, lo que menos se figuraba ella era que su discípulo empezaba a estar harto. Y una tarde se fue dando un paseo a la dársena del Ij, donde casualmente había dos barcos que salían aquella misma noche con destino a América. Había oscurecido ya, y como no sabía por cuál de los dos decidirse, tiró a pito pito pajarito.

Le tocó en suerte el negro y se embarcó en él. Pero no tardaría en arrepentirse.

4. DE CÓMO Y POR QUÉ SE CORTÓ MANUEL LAS VENAS

EN ALTA MAR se presentó a un marinero, quien le acompañó en seguida al camarote del capitán.

Manuel desconfió en seguida de aquel hombre de frente huida y cejas hirsutas, bajo las cuales brillaba pegajosa una turbia mirada gris.

El capitán se limitó a preguntarle qué hacía en su barco.

—De polizón —dijo encogiéndose de hombros, como si aquello fuera la cosa más natural del mundo.

El capitán sacó un cuaderno del cajón de su mesa y escribió algo con mucha flema.

—¿Adónde piensa ir?

—A América. ¿Adónde si no?

—Lo siento, pero usted no irá a América en este barco.

—¿Por qué? Puedo ayudar. Sé hacer de todo. En otros barcos he cogido práctica. Hasta dinero me daban cuando llegábamos a puerto...

La pluma se deslizaba vertiginosa ante la mirada atónita de Manuel.

—Volverá a Amsterdam.

Manuel bromeó.

—¿Piensa dar la vuelta ahora, a los tres días de navegación?

—En absoluto. Volverá a Amsterdam dentro de año y medio. Cuando volvamos todos.

Se llevó las manos a la cabeza.

—¿Y qué hago yo año y medio metido en este cacharro?

Intentó explicar su propósito al coger el barco, pero el capitán le cortó en seco.

—Durante este tiempo estará usted en el calabozo.

Levantó la cabeza. Le miró fríamente.

—¿O es que ignora usted que todos los barcos de esta compañía llevan calabozo?

Dejó resbalar el cuerpo sobre el sillón giratorio.

—Ya ve —ironizó—, de no tenerlo, ¿dónde le hubiéramos metido a usted? Por que no me negará que sabe lo que se juega. Ir de polizón es un delito que se pena con cárcel.

—No en todos los barcos.

—En los que llevan un buen capitán.

—Si lo hace, me las pagará. ¡Por mis muertos!

Salió echando chispas, para ingresar en seguida en un estrecho camarote con un ventanuco enrejado.

De nuevo en la ratonera. Año y medio en aquella especie de ataúd era algo que no estaba dispuesto a soportar. Urgía pensar, y de prisa, porque le daba la espina que aquel tipo no era de los que se ablandan y, además, carecía del sentido del humor.

Pensando que si algo iba a sobrarle era el tiempo, estudió detenidamente el camarote. Era muy estrecho y disponía de una confortable litera con colchoneta. En uno de los ángulos estaba la taza del urinario y, a medio metro escaso, en la pared, el lavabo. Sin espejo, por supuesto. Por lo demás, plancha de acero por todas partes.

A fin de no perder la noción del tiempo trazó con la uña, sobre la capa de pintura gris, una incisión, la primera. Hasta Méjico, donde tardarían en llegar unos dieciocho días, veinte a lo sumo, tenía tiempo para pensar un plan. Una vez allí lo pondría en práctica. El más sencillo, golpear al marinero que le trajera la comida y saltar por la borda.

Durmió de un tirón toda la noche.

A la mañana siguiente, primera sorpresa. El ventano enrejado estaba provisto de una pequeña pieza abatible de madera, lo cual permitía dejar el plato sin necesidad de abrir la puerta.

Empezó a maquinar. Si conseguía coger la mano del marinero, ya se encargarían sus gritos de que alguien abriera. Necesitaba una arma sin embargo, algo con lo que amenazar al primero que entrara. Buscó afanosamente, pero no halló nada, absolutamente nada.

Dejó pasar el tiempo. Al octavo fingió un dolor de vientre. Se lo hizo saber al que le traía la comida. Se quedó esperando. Dos días más tarde creyó encontrar la solución inundando el camarote. Aunque en poca cantidad, el grifo del lavabo suministraba agua suficiente para llenar aquello en un par de días o tres. Desistió. En seguida que se dieran cuenta de su maniobra quitarían el agua.

Las uñadas en la pintura aumentaban a medida que pasaban las semanas y aún no había encontrado solución a su problema. Fió, como siempre, en su buena estrella. La madre, en trance tan apurado, no podía dejarle en la estacada.

Por el rumor peculiar de las máquinas y los virajes de la embarcación comprendió que costeaban. No fue lo que se dice inspiración. Fue una sacudida, un sentimiento brutal, en el que se mezclaba la desesperación con las ganas de demostrarle al tozudo capitán cuál de los dos tenía más agallas, el que le impulsó a partir la escudilla de aluminio y cortarse las venas de las muñecas y, en seguida, seccionarse el vientre rabiosamente.

Los profundos tajos, especialmente el último, hicieron brotar la sangre a borbotones. De rodillas ante la puerta, los brazos en cruz como un Cristo, gritó hasta apurar las últimas fuerzas. Los alaridos iban entrañados de un auténtico pavor a la muerte, de la angustia infinita de quien, en plena juventud, ve cómo se le escapa la vida en forma de un torrente cálido y viscoso, un torrente escandalosamente rojo que empezaba a formar un considerable charco en el suelo.

Lo sacaron de allí.

Mientras lo subían a la enfermería tuvo tiempo para echar

una ojeada a la costa. Un helor extraño le ascendía desde la planta de los pies hasta el cuello. Sudor frío. Castañeteo de dientes. Al pasar por delante de un espejo, en la enfermería, vio su cara, muy blanca, en la que la barba ponía una fúnebre nota oscura de difunto. Luego se le nubló la vista.

Aunque perdió mucha sangre, después de la sutura y los días de reposo empezó a recuperarse. El marinero que lo vigilaba le advirtió por señas que no se moviera, que tenía orden de disparar contra él. Tampoco hubiera podido hacerlo. No sólo le faltaban las fuerzas, sino que le habían atado a la cama.

Pidió agua. El vejete esmirriado de la bata blanca que acababa de entrar, levantó su cabeza de la almohada.

Mientras le acercaba el vaso a los labios, le recriminó en francés.

—*Un folie...*

Puso ojos de borrego degollado.

—*Folie...* ¿Y usted qué hubiera hecho, so mamarracho?

El de la bata blanca meneó la cabeza preocupado.

—*Bon. Maintenant vous devez vous réposer.*

Le dijo que lo intentaría de nuevo si no le desembarcaban.

—Dígaselo al capitán de mi parte. ¿Me oye? Se lo dice. Que a mí a cojones no me gana él.

Poco después le visitaba el capitán. Manuel, sin fuerzas, ni saliva, escupió despreciativamente y le volvió la cabeza.

Puerto Barrios, capital del departamento guatemalteco de Izabal, es una ciudad situada en la costa caribeña de la bahía de Amatique, al sur del golfo de Honduras.

La mañana que desembarcó Manuel hacía un calor asfixiante, pegajoso. Tuvo una mirada de desprecio para el capitán, que le observaba desde la toldilla, y echó a andar. A su izquierda se apilaban verdaderos himalayas de caña de azúcar, dispuestas para el embarque en el carguero que le había llevado hasta aquel rincón perdido del mundo. Indios menudos de piel cetrina y pómulos salientes le miraban un poco intrigado con sus ojillos de comadreja. Le miraban la cara y, en seguida, los dos esparadrapos de las muñecas. Y cuando los ojos de almendra se clavaban un segundo en los de Manuel, lo hacían con un miedo oscuro de superstición, porque habían adivinado al suicida.

Siguió a la suya. Con los treinta y tantos dólares que acababa de entregarle el oficial, se creía poco menos que un potentado en un país de miseria como comprendió en seguida que era Guatemala.

Durante los nueves días anteriores había sido tratado a cuerpo de rey en la enfermería, mientras duró la carga y descarga en Veracruz y Mérida. Aguantó en la cama sólo cuarenta y ocho horas. Luego exigió que le dejaran desembarcar, amenazando al capitán con arrancarse los puntos si persistía en la cabezonada de retenerle a bordo. Poco después supo por un oficial que había accedido a desembarcarle en Puerto Barrios, y que además estaba dispuesto a darle cincuenta dólares USA si olvidaba el viaje en su barco.

Aquello había sido todo. Pero en aquellos momentos, medio asfixiado por el calor, con los labios cuarteados a consecuencia de la deshidratación sufrida, solo en aquellos extraños parajes, se sentía abandonado. Se rehízo. Pensó que, además de los cincuenta dólares, había ganado algo nuevo. La gente de allí hablaba su idioma.

Horas antes, después de haber doblado el cabo Tres Puntas, su estado de ánimo había llegado casi a la exaltación al contemplar la extraordinaria vegetación de la costa. Pero Puerto Barrios era muy distinto: una planicie ardiente racheada por unas ráfagas de aire huracanado que levantaba remolinos de un polvo oscuro, cegador.

Se detuvo un momento a mirar el muelle: vagonetas llenas de fríjoles muy blancos, endebles mujeres con cestones sobre la cabeza, un europeo tripudo con traje blanco de dril y jipi en la nuca, acémilas de mirada resignada... Lo observaba todo casi con avidez, los golfos que cría el puerto, la indita de pecho liso que acaba de aprender cómo ha de sonreír a los hombres, el guardia alcohólico medio adormilado...

Ya fuera del puerto entró en una especie de quiosco, donde pidió un botellín de agua mineral. Lo apuró de un trago.

Luego preguntó por el banco más próximo. Mientras el viejo del mostrador se explayaba, observó las paredes del miserable establecimiento. Moteadas por la irreverencia de las moscas, a puñados allí, vio una litografía de una de las inmaculadas de Murillo. A derecha e izquierda, las fotos de dos militares con los pechos llenos de chatarra.

En el banco cambió los dólares en quetzales. Le hizo gracia el nombrecito.

—¿Y cómo dice que se llama esto?

—Quetzal. Es moneda fuerte, señor. A dólar. Lo saben en las cinco partes del mundo.

—Pues yo no lo sabía y me las he corrido todas.

Le explicó que el quetzal era el ave simbólica del país.

—El animal más bonito del mundo. Orgulloso. Bravo.

—¿Este pajarraco?

Salió sonriendo con sorna.

En una de las calles del centro preguntó en una tienda de dónde salían los autocares para Guatemala.

El interrogado carraspeó.

—Yo que usted, señor, iría en tren. Es segurito.

—¿Qué significa eso de segurito?

El otro bajó la voz.

—A veces los autocares no llegan. Ya me entiende.

No lo entendió del todo, aunque poco después, en el figón donde pidió algo de comer, oyó el comentario de un par de parroquianos. Al parecer, Guatemala estaba en poder de dos generales y, como suele suceder, sobraba uno. Además, había guerrillas.

Tomó el primer autocar, el que tenía el motor en marcha.

—¿Adónde va éste?

—No pasa de Zapaca.

—¿Muchos kilómetros?

—Uos ciento cuarenta. Creo.

—Pues vamos allá.

Le preguntó al conductor qué región era la más adecuada para una temporada de reposo.

—Pero en el campo, ¿eh? Que ya estoy harto de rascacielos y de barcos.

—Pues si quiere, señor, le dejo en casa de doña Clarita. Es buena de verdad. Y desprendida.

—Pero eso estará en el campo, ¿no? Quiero decir que habrá perros y gallinas. Ya me entiende.

—Tiene de eso y muchas cosas más, que aquello es la selva. Y doña Clarita, ya le digo, es apañada si las hay.

Se encogió de hombros.

—Está bien. Vamos a ver a doña Clarita.

Se hacía de noche cuando el conductor paró el autocar sin hacer caso de las protestas de los pasajeros. Era hombre de rotundas posaderas, y Manuel se rió lo suyo al verlo correr unos metros delante.

—Es aquí mismito, detrás de esos matojos.

—Pues, hala.

—Menuda se va a poner doña Clarita, con lo que a ella le gusta la buena sociedad.

Se paró un momento a fin de quebrar el ahogo.

—Porque ha de saber, señor, que doña Clarita es, aunque mujer, persona de muchas letras. Fue a una escuela en La Antigua y dicen que estudió en la mismita Guatemala.

Echaron una nueva carrerilla.

De pronto Manuel se vio en un claro de la selva. Ciñéndolo, un arroyo de agua muy limpia, un cristal. A la izquierda, a la sombra de unos árboles enormes, se alzaba una construcción de proporciones regulares. El techo, a cuatro vertientes, estaba fabricado de raíces muy fuertes de un color terroso, y las paredes eran de liana amasada con barro rojizo.

—Le daremos una sorpresa, señor. ¡Seguro!

—A ver si es verdad.

—Vayamos despacito. Así no se entera.

Se quedó el gordo con las ganas, porque los perros empezaron a ladrar.

5. LA INCREÍBLE HISTORIA DE DOÑA CLARITA

LA VIDA LE HABÍA ENSEÑADO a no forjarse demasiadas ilusiones sobre las personas. Por eso no mostró la menor extrañeza al ver a aquella mujer de ciento y pico kilos, con los senos como odres a medio llenar colgándole hasta el ombligo debajo del vestidito claro de flores azules.

Era media tarde, y doña Clarita se excusó por lo poco presentable que estaba su persona para recibir a visita tan principal. El sudor, en efecto, le pegaba el vestido a la espalda y a las posaderas, y su cara chata, del color del chocolate con leche, lucía una serosidad brillante. Manuel observó sus ojillos hundidos entre las bolsas violáceas, ojos de sueño, en el que las legañas ocupaban ahora el sitio de lo que en tiempos debieron de ser pestañitas revoloteantes de esas que vuelven locos a los hombres.

—Ya sabrá el señor —dijo doña Clarita con voz un poco ronca— que es hora de siesta. La siesta, si se hace con oración, es la mejor *medecina*. A una servidora le quita el mal de dentro de los huesos. El que tenemos en los cañutos. Ya sabe. ¿No probó su merced la magia de la siesta? Quita el dolor y nos libra de las malas tentaciones. Si el señor sufre de pensamientos negros, ya entiende, el Maligno, la siesta los borra. El alma queda limpita. Talmente mariposa albera.

Los había hecho sentar en un banco de madera adosado a la pared del fondo de la choza.

—Usted está en su casa, señora.

—Clarita, Clarita no más —sonrió ella.

Enseñaba una doble fila de dientes podridos, mientras sus ojos sonreían pícaros.

—Tiene usted que saber, mi señor, que la siesta alimenta más que la mejor torta de maíz. Ya ve —dijo enseñando los camastros de caña—, los tapexcos, aunque no lo parezcan, son espíritus del bien. No más se siente el sol rodar sobre la cabeza se ponen a llorar. Y es que nos llaman.

Mientras el conductor explicaba a doña Clarita quién era Manuel y le informaba de su propósito de descansar unos días en la selva, éste echó una ojeada. A ambos lados de la puerta, dos ventanucos impedían la entrada del sol, sumiendo a la pieza única de que constaba la estancia en una acogedora penumbra, fresca además, a causa de la corriente establecida entre la puerta principal y la de atrás, que daba a un patio cercado. En el suelo, tres huacales con agua, vasijas, los apastos de barro cocido, mediados de granos de maíz, y unas cuantas calabazas vacías. Por lo demás, estampas religiosas en las paredes. En un rincón, sobre la tierra apisonada, el fogón, con un montón de haces retorcidos dispuestos para calentar los fríjoles o brasear la pechuga cuando la hubiera, y una losa brillante para amasar el maíz.

Hablaba el conductor con doña Clarita, aunque Manuel no entendía gran cosa de aquella algarabía, en la que se mezclaba el castellano antiguo con el cachitquel, cuando de pronto la dama pegó un salto.

—¿No oyó, señor don Cosme? —dijo—. Es el tacú. Hora de faenar. Llamaré a los patojos.

El *tacú* era un pájaro que, al decir de doña Clarita, había sido puesto en la selva por el Señor para avisar con su canto el final de la siesta. Dormir más después del aviso era gran pecado, que podía ser castigado con terribles males, como dolor de muelas o tabardillo. En cuanto a los patojos, eran los críos, que preferían sestear a la sombra de los árboles.

Mientras el señor don Cosme se despedía y, luego, echaba a correr anqueando como una vieja prostituta, doña Clarita lanzó un berrido a lo Tarzán. Pronto se llenó la explanada de críos. Iban todos descalzos, y las niñas vestían holgadas enaguas del tiempo de la colonización, por debajo de las cuales asomaba un refajo de felpa amarillo calabaza.

Doña Clarita dio un par de palmadas y los chicos se alinearon de mayor a menor.

—Saludad a don Manuel, señor de las Españas —dijo engestándose sargentona.

Y Manuel fue estrechando manitas tibias y trasudadas.

—¿Está bien, señor?

—Muy bien. ¿Y tú?

—A su servicio.

Pensó que había ido a parar a una escuela y se hizo el propósito de cambiar de aires. Poco después, mientras las niñas, seis o siete, corrían gorjeando hacia el arroyo y los niños se perdían en la selva con machetes más grandes que ellos, Manuel asistió a un extraño espectáculo.

Habían vuelto a la cabaña, y doña Clarita se quitó el vestido de las florecitas azules en presencia de Manuel. La montaña de carne se movía lipoidal mientras lavaba cuidadosamente sus cosas. Lo hacía y, mientras, rezaba una extraña oración frente a la estampa ovalada de un santón milagroso, un indígena de boca sumida tocado con un gorro parecido a un fez. Y doña Clarita, cada vez que humedecía con el sucio trapo la parte digamos vital, un pezón por ejemplo, o lo que fuera, hacía sobre la parte ablucionada la señal de la cruz, chascando la lengua de un modo muy particular.

Manuel se largó muy escamado.

Durante los días siguientes vivió a su aire. Se levantaba con el primer sol y exploraba la selva solo o con un par de niños. Aprendió a capturar con unos cuantos palitroques pájaros tan hermosos como nunca hubiera podido soñar. Luego ayudaba en casa. Doña Clarita le enseñó a preparar la sabrosa yuca con queso, y lo mismo molía el grano de maíz con las piedras de amolar, que torteaba.

Su estómago, aunque exigente, no tardó en habituarse al cirmol o a las papas picantes. Tomaba toronjas silvestres para desengrasar, de las que apuraba hasta la piel.

Mientras cazaba, escondido en el acechadero, pensaba en Betsy, en cómo sería su hijo. A veces le venía a las mientes la familia. Cuando les dijera todo aquello, si le escuchaban, se pondrían las manos en la cabeza y dirían como siempre que contaba infundios. «En la selva con los indios tú, Manuel... Calla, que no dices verdad ni por equivocación.» Sonreía. Pensarían lo que les viniera en gana, pero lo cierto era que él estaba allí, mimado por doña Clarita, adorado por los patojos como si fuera un dios, «el señor de las Españas». Demasiado bien, cavilaba, para que aquello durara.

Cierta tarde, doña Clarita le contó su historia. Al parecer, y según señales la mar de misteriosas, ella había nacido con vocación de magisterio. Ya de niña se cargaba a memeches a los críos del poblado y demostró una rara habilidad en la difícil tarea de acallar a los hiríes, pequeñajos que no resistían la cuna, tal vez porque eran alérgicos a la palma.

—Hasta regalos me hacían, señor. Un collar de chalchigüites, que ahí lo tengo por si lo quiere mirar.

Quería enseñar al que no sabe, pero como sólo consiguió aprender parte de la tabla y el Ripalda de los misioneros, nunca encontró discípulos, salvo un ladino cojitranco más malo que Barrabás, que intentó pegarle fuego dos veces.

—Tuve que dejarlo. No era fino.

En vista de su fracaso, doña Clarita pensó lo que pensó y, a fin de agenciarse clientela segura, a los once años se acostó con un marinero de Guayaquil, que le dio el primer discípulo.

—No era mucho, pero para empezar...

—Claro.

Siguió buscando parroquia y, al cabo de unos años, en plena juventud, había reunido media docena de hijos, sin contar los tres que se le fueron de mal de ojo.

—Me sentía brava. Si tenía paciencia, y eso nunca le faltó a una servidora, tendría una buena clase. Ya me entiende el señor.

—¿Entonces todos esos críos son suyos?

—Y cuatro más. Pero ésos ya cortan caña. Tienen sus guanaritas, lindas, no vaya a creer.

Manuel tragó saliva.

—Pero esos chavales son cada uno de un color.

—Pensé que variando quedaría mejor la clase. Una no es racista, señor. Tengo cuatro mulatitos, dos zambos, la Encarna, que ésa sí, ésa es hija de chuj.

—¿De qué?
—Indio puro, señor don Manuel. Y Dorothy es *yunait*.
—¿Otro indio?
—Como quiera llamarlo. Aquí un *yunait* es uno de esos rubios altos que mascan goma. Yanqui.
Entornó los ojos.
—Nos hacen mucho mal. Pero un día los botaremos. Ya lo verá, señor don Manuel. Los botaremos para siempre.
—¿Y cómo fue venir a parar aquí?
Le pareció que doña Clarita recelaba.
—A mí me es igual. Yo se lo pregunto por curiosidad.
—Bueno... Aquí estamos con Dios. Tengo alumnos y mi escuela. ¿Qué más pedir? Pero los patojos dicen que nones. ¿Entiende el drama, señor? Toda la vida sacrificándose una... Se han sublevado.
Le temblaba la barbilla.
—Me lo dijo el brujo. Se te subirán al cogote. Y así ha sido. No más piensan en zanquear y en lo de entrepiernas. ¡Cómo les pica a los condenados hijos de judío sarnoso!
Caían de sus mejillas lágrimas como guisantes.
—¡Mala potra!
Se levantó presa de gran agitación. Pero volvió la cara sonriendo.
—¿Para qué le cuento mis pesares? Dirá que soy una vieja loca. Loca, sí. Una muesquita. Pero de vieja, señor don Manuel, de vieja... Tengo mis buenas reglas. Abundantes y al punto. Que mis rezos me cuestan cada día.
Le miró de un modo muy raro.
—Y entiendo, señor. De esto entiendo mucho.
La cosa quedó ahí, porque Manuel pretextó un terrible dolor de muelas.
Anduvo unos días caviloso. Le preocupaba el procedimiento que usaba doña Clarita para agenciarse la materia prima de su fecundidad.
Le confió su curiosidad una noche de luna nueva.
—¿Y cómo usted...? Porque estamos donde Cristo perdió el gorro. No pasa alma alguna por estos andurriales.
Doña Clarita había enrollado un cigarro de tuza. Como

estaba muy pesada, y parecía torpona, pidió que le diera fuego.

—Si le place. Que una con estas carnes...

El cigarro emergía de sus labios contraídos como si fuera una cosa obscena. Prendió, y al punto la cabaña se llenó de un humo acre muy picante.

—El Cosme. Pero me hizo perder mucho tiempo. Demasiado, mi señor don Manuel.

Parpadeó cada vez más intrigado.

—Cosme es el conductor del autocar.

—El mismito. Dormimos las buenas siestas. Meses y meses. A lo mejor años, que a veces la memoria me traiciona. Yo esperaba, señor. Pero las reglitas puntuales. Ni un retraso. Hasta que me enteré de que se había dejado descojonar por los yanquis. Van por ahí en camiones diciendo que es malo lo de tener hijos, y como el Cosme tiene ya dieciséis y la mujer es coneja, se dejó en uno de esos ambulatorios con ruedas USA los cordones del esperma. Porque, eso sí, lo hacen tan bien, que la hembra ni se percata de que su gallo no tiene poder.

Se amodorraba con el humo del cigarro.

—Ahora que el Cosme es morcillón, me trae alguna visita.

Abrió un ojo.

—Como usted, mi señor don Manuel.

Le miró con gachonería.

—¿Le hace un traguito de guaro? Es bueno de verdad. Capaz de levantársela a un muerto. ¡Andese! Uno se embola pronto.

—De manera que el tal Cosme es su alcahueta y va y carga conmigo, el muy marrano...

—Ay, mi señor, no pensemos más en Cosme. Por san Roque, que un españolito es lo que falta en la escuela.

Manuel salió escapado.

Aquella misma noche durmió en un poblado indio. Todos allí conocían a doña Clarita. Todos se hacían lenguas de su saber. Hasta los brujos la respetaban, tal vez porque nunca pensó en hacerles la competencia aun sobrándole poder.

En las chozas de los campesinos siempre encontraba lo mismo. Hambre, incultura, miseria. Y platos de aluminio y cantimploras USA, y pedazos de lona de toldos, y el invariable transistor japonés, consumiendo pilas todo el santo día. El país, el mejor del mundo, decían los comunicados oficiales, se preparaba para la gran revolución agraria e industrial, aunque para lograr ambos objetivos había que evitar la infiltración de las guerrillas procedentes de Cuba.

Las familias que tenían el hijo en la antiguerrilla cobraban sus buenos quetzales. Las que, por el contrario, las tenían en las filas de los guerrilleros, no encontraban trabajo. Las había que equilibraban el presupuesto, ya que lo perdido por una parte, a causa de la muerte del hijo guerrillero en los alrededores del lago Atitlán o en San Marcos, se ganaba por otra con el subsidio cobrado por la muerte de otro hijo, caído en defensa de las libertades del país. Manuel recordaba su temporada de legionario frente a las fotos del joven indito con el casco USA y la mirada ausente. Todas tenían el marco forrado de negro y un lazo del mismo color amorosamente atado en un ángulo.

Visitó los estados de Zapaca y El Progreso. En las cantinas se barajaban nombres que nada le decían: Méndez Montenegro, Azurdia, Peralta, Ydígoras... Se enteró de lo ocurrido en El Salvador con los pipiles. Y una noche, también en la cantina, alguien le dijo que su pellejo peligraba.

Manuel miró al tipejo duramente.

—¿Mi pellejo? ¿Por qué?

El indito, bisojo y muy tosedor, pidió que le convidara a unos guaros.

—Me aclaran la garganta —dijo.

Al tercer vaso le dio la noticia. Doña Clarita no era lo que la gente se figuraba. Era un enlace de los guerrilleros.

—Ahorita mismo, no hace mucho, tuvo la visita de un comunista. Había estado en Cuba, con el barbas. Lo buscan.

—¿Y qué ha pasado?

—Que la han quemado viva dentro del bohío. A ella y a todos sus patojos.

Manuel cayó en la cuenta. Charlando con Cosme, el conductor, le había hablado de su viaje a La Habana y de lo de bahía de Cochinos.

Aquella misma noche huyó de Guatemala.

Sexta parte

Méjico, tierra de amor y de muerte

SIGUEN LAS CONFIDENCIAS

LO DE DOÑA CLARITA FUE UN SOPLO con mala pata. ¡Farso to! El Cosme, ¿quién si no? Por dinero. El tipo era amariconao. Talmente una mujer en lo de pensá. Hijos sí, muchos. Pero que un hombre pueda tener hijos, no quie disí que sea macho. ¿Usté cree que por unos dólares se pue denusiá a naide? Y menos a la mujer con la que tas acostao tanto tiempo como él con doña Clarita. Lo que pasa es que aquella gente es capá de vendé a la propia madre.

¡Coño er disgusto que cogí yo! ¡Qué perra, pobre de doña Clarita! Y los chavales. Patojos, que los llamaba ella. Pero ¿qué podía hasé yo? Huí. Me escapé por la frontera a Méjico.

Sí, se está mú bien aquí ar frejquito. En verano, la noche en Campillos e como una confitura. Durse. Digo yo. ¿Poeta? Qué va. Si yo no sé casi na de letra. ¡Ah, que ser poeta no quie disí hasé versos! Se lleva dentro, y usté quie disí que eso de que la noche e una confitura tie poesía. Po no lo sabía yo. A lo mejó e herensia der Sordao Esconosío.

¿Contarle má cosas de él? Bueno, mire. Sigún mi familia, fue un manta. Sigún él, que yo le preguntaba muchas cosas, ya viejo, medio muerto, que cuando hablaba se le iba er santo ar sielo, sigún él, pos eso, que er culo le picaba. ¿Eh? Pues que en ningún sitio estaba bien.

A mí me dijo un día que er mundo, la sosiedá, era una maquinaria mal montá. ¿Y qué se hase cuando una máquina está mal montá? Pues se dismonta y se vuerve a montá. Es lo que él quiso hasé. Él y otros. Claro, siempre estaba en la cársel. Sí. Ya le he dicho que por política. En Cordoba. Siempre hablaba de política. Sí, ya... Pos que yo me los traje a tos a Montornés. Les busqué trabajo. No sé, de repente me encontré seis u siete hermanos, que no me recuerdo bien. Y hermanas, claro. Se casó con una mué joven, quiero disí más joven que él. Sí, sí, bastante. Y lo de si escapó der pelotón de fusilamiento no sé na. No hay na claro en ese cuento. Él disía que no. Yo oí por ahí que sí. Lo que sí e siguro e que nunca más supimos de él, hasta que un familiá me dijo que estaba viejo y medio muerto. Se lo he contao. Pue eso. A poquito de venirse pa Barselona, parmó. Y dispué... Bueno... No, no. Yo no le ocurto na. ¿Sabe qué pasa? Que hay cosas que, a la hora de disirla, son como la ejpina que te se clava en el garguero...

Eso. Hablemos de otra cosa. Nuestra historia. Lo de doña Clarita ya lo sabe to. No, no me acosté con ella. Y no por na, que a mí me se da iguá flaca que gorda. Es que le tenía pánico. Ya ve, miedo yo, y de una mue. Pos así e. Porque yo entiendo que en la vía hay tres cosas con las mueres. La buena voluntá, la amistá y el amó. Yo le tenía buena voluntá, eso sí, que conmigo se portó mu bien. Pero ni le tinía confiansa, ni amó, claro.

Lo sintí, claro. Pero como le disía me fui a Méjico. Un indio me acompañó, pa no caé en mano de los guerrilleros de San Marcos y por ahí. ¿Si los había? Y tanto. Pasaban de Bolivia, del su. Y algunos llegaban de Cuba. Si aquello era una guerra siví, lo que pasa e que la gente no sabía ná. Aquí, menos. Bueno, pos estuve de conboy en la frontera. ¡Jodé, lo bien que me lo pasé! Y había allí un río, el río de la Muerte, que era mu difísi de pasá. S'ahogaban tos. A la otra parte estaba Tapachula. En llegando allí, sarvao. ¿Que para qué quería entrar en Méjico? No lo sé. Bueno, pa escapá de los gubernamentales guatemaltecos. Y en dispué... Mire, yo quería buscá a mi mué en los Estaos Uníos. Eso sí. Na más preguntarle por qué s'havía largao. Eso. Que a mí ya empesaba a darme iguá. Diga, diga... La misma cosa siempre. Que me voy por la otra senda.

Vale, vale. Pos entré en Méjico esnuíto como Dios m'havía echao ar mundo con la única compañía de un mulo que senamoró de mí. Que fue él el que se quiso vení conmigo. Ná.

Otra ve sin un reá, ¡ni ropa que ponerme, ya ve, que to se fue río abajo! Y un compañero, que s'ahogó, el pobre. En pelotas y cantando. Un hirno revolusionario de los cubanos. Disía que tenía un tesoro. ¿Quién? El que s'ahogó. Pue que sí, pero cualquiera se pone a buscá el tesoro. Ya me dirá.

Dispué, dispué... A ve que haga memoria. Dispué... ¿El hirno? Lo tengo yo en casa copiao. Cuando volvamos a Barselona se lo daré por si quié ponerlo en el libro. Bueno. Dispué, pue me corrí to Méjico. Pero ná de desagerasiones. Toíto, de arriba abajo. En Tapachula me agensié ropa, que estaba en cueros vivos... Er dinero. Fásil. El mulo que vendí por lo que me dieron. Y eso, a corré. Yo ya no pensaba más que en eso, en corré mundo. Ver cosas. Platicá con la gente. Y viví una temporada con indios chinanteca. Vaya, vaya... Indios de verdá, sólo que tenían transistores y llevaban chaqueta y bombines de ésos, pero mesclao tó con plumas, pintarrajeaos. Mire, a esos indios los arquila la polisía mejicana porque son los meóres restreadores del mundo. Le das una foto a un indio de ésos, y te trae ar tío. No sé cómo se las arreglan los jodíos. Y allí... ¿Se ríe? Si a mí me da iguá. Hay pa reírse. Se lo cuento. Allí me casaron con una indita, maja, pero más caliente la tía. Que casi me mata, se lo juro. Na, unos catorse años, no tendría má. Pero unos pechos, unas nalgas... Y más que to, unas ganas. Siempre estaba a punto, leche. María Serapia. Claro que me escapé también. O parmo allí.

Y aluego... Na. Ya le digo. Correr arriba y abajo. Como si me persiguieran. De acá para allá. Tapachula, Méjico, Veracrus, Aguascalientes, ¿y lo de la laguna de Chapala? Eso póngalo, que da lástima y es más verdá que el sol que nos alumbra. ¡Ah, bueno sí, que es de noche! Usté a veces tie grasia.

¿Un sigarrito? Es negro. Eso. Lo fumamos y nos vamos a dormí. ¿Ha visto qué buena gente son los de la fonda? ¿La señora que come al fondo? No sé, no sé... Usté, y dispense, e un lechuso. Calla, pero to lo ve. Y der tipo de negro... Podría sé... Claro. Disen que tie muchos cuartos.

Voy a pedí dos vasos de leche de vaca. Frejquita. Que me

lo tengo de cudiá mu bien a usté pa que le sarga un libro bien majo.

Este e er siminterio. Ahí, ahí en esa tapia los fusilaban unos y otros. ¿No ve? Parese que las balas están aún ahí. Eso. Meó no entrá. Los muerto a dormí, a descansá en pa, que e su ofisio. ¿Er pestaso? Cochinos que se crían aquí. Subamos parriba. ¿Las rejas? Las hay en toas las casas der pueblo. Ahí pelaban la pava mositos y mositas en denantes, que ahora se pelan tos lo que no es la pava donde les viene. ¿Confesonarios de amor? No está mal. Pero vea, vea. Mire arriba. ¿Ve ese ventanuco? Ensimita mismo de su confesonario siempre verá usté un ventano. Desde ahí espiaba la familia. Por turnos. Lagüela, la tita, el hermano mayó, o er pequeño. Y si no se le veían las manos ar novio, cubo de agua que te crió. De agua. ¡Digo! Que a veses, si er tipo era un aprovechao, le tiraban hasta la mierda. Y orines.

Er pueblo es bonito y la gente güena. Lo que pasa e que no saben má. ¿Usté cree que se arreglará tó? Argún día, ya... Pos sí, pa terminar estas primeras, ¿cómo dice usté?, el esquema, leche, qué palabrejas. Sí. En Barselona ya se lo diré to, pelitos y señales. Pero, a ve... Anoche nos quedamos... Me fui a Veracrú. Bueno, en Morelia hay también una historia. La farmaséutica. De eso sí que me recuerdo bien. Y de lo de los tiros. Y aluego, er matrimonio y er tipo que quería timarme en er billá. Que me timó. Pero salió ma amargo que un gato escardao. Sí, usté lo apunta, y luego se lo refiero. Totá, que me lié de verdá con Tina. La única que he querido en la vía. Y ella a mí. Una locura. ¿Mi mué de ahora? La quiero, claro. Pero, ya sabe, son cosas mu diferentes. Y, ¿sabe? Entre aquélla y yo había de por medio un hombre muerto. Los muertos, y eso sí que no lo sabe usté, los muertos, cuando los mata uno por amor, en ve de desipará, unen. Yo la abrasaba a ella, a la Tina, y sabía que el muerto estaba allí. Y le disía, jódete, so cabrón, por criminal, que a las muéres no se les pega asín como tú lo hisiste, que te la dejaste por fiambre. Y ella en cambio, ya ve, también sabía qu'estaba allí, que le juro que hasta en la cama se mitía con nosotros, bueno, pos ella lo sabía, me lo disía, Manué, que tengo la manía que nos está espiando, y le entraba miedo y lástima. Las muéres, ya se sabe.

¿Que qué pienso? Güeno, de esto hemos hablao. Pero yo nunca la dije la verdá. Mi verdá. ¿Aquello del barco y el timón? Sí, es así. Pero la muér... Usté fíjese. Siempre nos cuesta dinero. A vé quien dise que no. Una camarera. Pongamos una camarera. Que si er cuba libre, que si minvitas, que qué grasioso ere... Totá, na. Que sales der bá, y te has dejao unos cuantos de los verdes. Total para na. Bueno. Hablemos de la novia, del plan, de la querida... ¿No van toas a sacar los cuartos? ¿La mansipasión? ¡Cuentos chinos! Si quiere le hago una comparasión, güeno, no una comparasión. No sé cómo disirlo. Yo lo que haría, si quieren mansiparse, es que lo paguen ellas to. Que las camareras inviten ar cliente, y la novia al novio, y que la querida le pague el piso y los gastos ar tío. Entonses sí. Entonses se mansiparían. Porque ya lo dise el refrán, quien paga manda. Y si no que se vayan a Vietnam, y a Indochina, y que hagan el sirvisio... Entonse sí, ¿ve usté?

La mué de uno, ésa es la más cara. ¿Usté sabe a cuánto me sale er porvo de mi mué? Piense usté por usté, y eche cuentas. Jodiendo mucho, pongamos que uno diario. ¿Por cuánto le sale a la semana? Y como uno se cansa, que ar prinsipio son cuatro o sinco, y aluego menos, y cuando se le pone a uno morsillona, ya no da ganas de ná, al menos con la mué de uno, que con la del vesino, casi, resurta que a los veinte años de matrimonio le sale cada porvo por veinte mil duros. O más. Que a los richachos se les va a los dos millones, pa que me hablen luego de mansipasione. Y, ademá, criar lo churumbeles. Que hay que ve la que dan.

Asín que de eso, na. Yo siempre he pensao que cuando macuesto con una mué le hago yo er favó a ella. Yo a ella. Y no ar revé. Virgos, prostitutas, solteras, casadas, viudas, de toas clases, siempre les he dicho lo mismo. No quiero que me lo agradescas, pero el favó te lo hago yo. Yo. ¿Que por qué? Porque ellas disen, ¡disen!, que tien vergüensa, que eso está mal, que si patatín, que si patatán. Pero las muy sorras lo están deseando, lo piden. Y yo siempre digo iguá. Que de vergüensa, na. Yo no tengo vergüensa. Soy un sinvergüensa. Pero no me gusta la pamema ni engañá a naide en cosas asín. En lo demás, sí. Que aquí nos han enseñao los sabios que venimos a engañarnos los unos a los otros. Y el que no quiera enterarse, pues eso, que se pegue un tiro, que los demás se lo agradesen.

Nos hemos vuelto a desviá. Tié usté más rasón que un santo. ¿Ve esa casa chiquita? Ahí vive una tía mía. Na. Paqué. Pasá de largo es más fásil que saber está. Y yo, disen, no sé na de na. Soy un incurto. Un inorante. Un delicuente. Un... Bueno, paqué.

¿Tomamos un agua minerá? Bueno. Pague. Se está bien aquí. Éste es el parque. Majo, sí. Veo que le gusta er pueblo. Na. Pos a haserse una torresita aquí. Ya le digo, la gente e mu güena. Y la comida, ya ve. Y hay muchos colegios. Yo no sé de qué. Pero vienen muchos estudiantes de fuera. Hasta de Madrí. Sí. Otro viaje que hagamos.

Vamos allá. A Tina la quería. Mejicana, sí. Mu maja. Le voy a enseñá un retrato. ¿Ve? Güeno, es como me gustan a mí. Se la quité a un tipo de muchos cuartos, de esos que llevan guardaespaldas. Na. Sí, él estaba casao. Pero ya sabe lo que pasa. No la perdonó. Y vino lo que vino. ¿Qué? Mire, si quiere, se lo contaré más adelante. Es que... ¿Ve? Me pongo nivrioso. Raro. Pero en cuantito toco este punto, no sé lo que me pasa. Matá siempre e matá. Usté no lo entiende...

¿Y quiere que nos marchemos mañana? Con lo bien que estoy yo aquí, con usté. Me gusta charlá. Es sensillo, como me gusta a mí. Pero no le conosco del to. La verdá. ¿Que no hase falta? Tal ve.

¡Ay, mi madre, que con esos meneos vas a derribá tol pueblo y tú sin enterarte! ¿Ve qué hembras cría mi tierra? Oiga, ¿y si nos fuéramos a Málaga esta tarde? Es un paseo. Y le enseñaría La Misericordia, el retrete donde he dormío, y el puerto, donde viví con María... Bueno, desidío. Comemos, echamos una horita de siesta, y a Málaga.

De camino le contaré cómo fue matar al querido de Tina.

1. EL TESORO DEL RÍO DE LA MUERTE

EL AUTOCAR LE DEJÓ en una travesía de la avenida de Bolívar, cerca de la Ciudad Olímpica. Guatemala capital había levantado el ánimo de Manuel. La gente vestía a lo ladino, era cortés con él siempre que preguntaba y, aunque se veía alguna que otra vez la chaqueta guayabera del indio, un poncho, o el sombrero de palma del campesino, se respiraba cierto cosmopolitismo.

Mermado de bolsa, decidió ponerse en contacto con la colonia española. Tres hermanos vascongados propietarios de un bar bastante céntrico le invitaron a comer. Después de una larga siesta, afeitado y fresco, Nacho, el menor de los tres, le acompañó a la Casa del Pueblo, donde solían reunirse algunos españoles.

En el viejo Volskwagen gris pasaron por delante del zoológico. En seguida, la avenida de la Reforma, donde pudo admirar la Torre del Reformador, y el Campo de Marte. Por último, después de bordear el río Las Vacas, llegaron al viejo fuerte de Matamoros. Aparcaron. Atravesaron despacio los jardines de la Asunción y Nacho se paró delante de un edificio de estilo colonial.

—Aquí es —dijo. Y empezó a subir la escalera.

Manuel expresó sus temores sobre la documentación.

—Todos han llegado más o menos como tú —replicó Nacho—. Diles la verdad.

—Eso. A ver qué pasa.

Los recibió en la segunda planta un hombrecillo débil muy

cargado de hombros. La Casa del Pueblo, dijo de entrada, tenía las puertas abiertas de par en par a cualquier español que llamara a ellas.

A Manuel aquello le olió a cuerno quemado. Él no necesitaba frases sino dinero. Miró alrededor. Una mesa de despacho enorme, llena de periódicos, estantes repletos de libros, retratos en las paredes y, en el rincón de la derecha, la bandera tricolor.

El hombrecillo contrahecho habló un buen rato de viejos ideales. Se interesó por lo que ocurría en España, ofreció cigarrillos, escuchó atentamente la historia de Manuel y se pasó dos veces el pañuelo por los lagrimales. Luego le dijo que escribiera en un papel el motivo que le había llevado a visitarlos.

—Si tienes que hacer alguna petición, dinero o trabajo, lo que sea, la haces. Lo pasaremos a la reunión general de la próxima semana. Y si me das tu dirección, o el teléfono, eso, nada más que el teléfono, te avisaremos.

Manuel le miró un poco amoscado.

—Mire, lo que yo necesito, pero en seguida, es dinero. Pero si me dice que me avisarán dentro de una semana, pues ya comprenderá...

—El centro es quien toma las decisiones.

—Pero yo no puedo aguantar una semana. Hágase cargo. En una semana hay tiempo de sobra para morirse de hambre uno.

—Si es urgente, convocaremos una reunión extraordinaria. Lo arreglaremos.

Volvió al bar de los vascongados. Y quiso su buena estrella que se encontrara allí tomando una cerveza un viejo refugiado político, don Manuel, persona reidora, campechana. Era, según dijo, de un pueblecito de Zamora, y había luchado en las filas republicanas con el grado de capitán de Caballería.

—Somos tocayos —le dijo—, y para mí eso tiene más valor que ser españoles o de la familia.

—Pues a ver si es verdad. Que yo lo único que necesito es salir de aquí. Me han asegurado que mi padre está en Méjico.

¿Entiende? No le veo desde chico. Y tengo que encontrarlo cueste lo que cueste.

Contó después la historia de doña Clarita y añadió que la antiguerrilla yanqui le buscaba por todas partes.

—Estoy cansado de estar solo. Además, mi padre puede necesitarme. Se hace cargo, ¿no?

—Tranquilo, que eso lo arreglo yo. Ahorita mismo te vienes conmigo a un bar que conozco ahí cerca.

Le guiñó.

—Tengo muy buenos arrimos.

—Pero yo no quiero influencias. Sólo necesito cuartos. Unos cuantos quetzales de esos que dicen aquí. O dólares. Me da igual. Usted, o quien me los deje, los tendrá. Soy hombre de palabra. Se los mandaré a quien sea desde Méjico.

—Anda, vámonos.

En el otro bar le fue presentado un tal señor Eustaquio, murciano él, y dueño de unos camiones.

Le pareció más sensato, sobre todo cuando le dijo la verdad desnuda.

—Eso que tú quieres es casi imposible. El río Subiale está en la frontera, sí, pero es malo de pasar. Los indígenas le llaman Río de la Muerte. Mansito, pero traidor. La de gente que se ahoga ahí al año. Por eso es una de las pocas zonas fronterizas que a la Emigración le tiene poco menos que sin cuidado. Ya se cuida el río de que no pase nadie.

Dijo después que tenía un conocido allí cerca.

—No me fío de él, aunque es buen cliente. A mí me paga, y santas pascuas. Me traigo ganado. Si quieres verle...

—Pues sí. La cuestión es hacer camino arriba. Hacia el norte.

Eustaquio garrapateó unas letras en la hoja de un viejo cuaderno.

—Dale esto de mi parte, pero, ya te digo, yo no me fío ni un pelo del tipo.

—¿Y cómo podré llegar a la frontera?

El otro se metió la mano en el bolsillo del pantalón y sacó un puñado de billetes.

—Toma. Con esto tendrás bastante.

—Deme su dirección. Le devolveré el dinero en cuantito pueda.

—No hace falta.

Le advirtió que estuviera a las seis de la mañana en punto a la puerta del hospital Roosevelt.

—Está al empezar la carretera. La Panamericana, ¿sabes lo que digo?

—No.

Se volvió hacia don Manuel.

—Le acompañas tú mismo. Hablas con Pancho. Le dices que es cosa mía. Pero no me lleguéis tarde, que me reventáis el viaje. A las seis.

Manuel le tranquilizó.

—Descuide. ¿Ha dicho a las seis? Pues a las cuatro ya estoy yo en el hospital ese.

Hubo un apretón de manos.

—Que tengas suerte.

—Gracias.

Así fue como se inició la nueva aventura.

Tal como había dicho el señor Eustaquio, río Subiale, sus aguas mansas, es traidor. Fronterizo con Méjico, al sudoeste, cerca de la ciudad de Tapachula, se ha engullido a no pocos incautos que se adentraron en sus aguas engañados por su aspecto inofensivo.

No lejos de la orilla izquierda, en un extenso herbazal desde el que se vislumbran las últimas estribaciones de la sierra de San Marcos, tenía don Remigio Fuensanta su rancho. Centenares de reses y algo de ganadería caballar constituían su principal riqueza, si bien tenía buenas tierras de cultivo, maizales y, según pintaran las lluvias, grandes campos de algodón, que alegraban el ardiente paisaje con sus flores de nieve.

Y allí llegó nuestro hombre cierto amanecer, después de pasar las mil calamidades a fin de no caer en manos de los guerrilleros. Le acompañaba un indio menudo, de cara aceitosa, que fue echado a patadas por el capataz.

Pancho, que así se llamaba éste, le acompañó al barracón del peonaje. Los vaqueros y campesinos guatemaltecos contratados por temporada, algún hondureño y un par de mejicanos de armas tomar, le miraron con cierta reserva. Las guerrillas no estaban lejos, y en no pocas ocasiones los habían visitado tipos inofensivos al parecer, que acababan llevándose al monte unas cuantas reses, si bien los peores eran los desertores, gente sin escrúpulo capaz de matar por un par de botas viejas.

Fue después a ver al dueño, con el que en seguida llegó a un acuerdo. Ayudaría, a fin de ganarse la comida y algunos dólares, hasta que pudiera pasar clandestinamente la frontera. Después, que se las arreglara.

—Lo comprenderá, amigo —le dijo—. Uno tiene que estar a bien con los de las dos orillas.

—¿Y cuál va a ser mi trabajo?

—Lo que te diga Pancho, pues lo haces. ¿Cómo te llamas?

—Manuel.

—Pues que seas bien venido, Manuel.

Trabajó en el campo los primeros días. Bien entrenado en Campillos, lo mismo le daba a la hoz que amasaba el salvado para los puercos, que se encaramaba a un gigantesco árbol o guiaba una carreta cargada de estiércol. Era voluntarioso y lo demostró. Y como Pancho tenía de todo menos de tonto, ordenó a un joven guatemalteco, Julián, que lo iniciara en el peonaje de a caballo.

Por su natural abierto no tardó en intimar con los demás. Las aventuras que contaba bajo el porche de madera, a la caída del sol, una vez rematada la jornada, cautivaban a aquellos hombres rudos. Le escuchaban todos suspensos, sobre todo Julián, mientras apuraban los garrafones de pulque.

Aprendió a montar, a caerse del caballo sin lastimarse, a acorralar a las reses. Con su camisa de bayeta a cuadros y el pantalón de cuero, revólver al cinto, cabalgaba de sol a sol como quien dice. Julián le enseñó a derribar novillos, le reveló el secreto de la técnica del marcado a fuego, le inició en el arte de tirar el lazo, que se le daba muy mal; en suma, hizo de él en pocas semanas un auténtico *cow-boy.*

Era lo que menos había sospechado él. Que un buen día se vería convertido en vaquero, como Gary Cooper, sólo que bastante más bajito y feúcho. Si bien es cierto que pensaba en los suyos, sobre todo en Betsy, lo hacía de largo en largo, atareado como estaba en el nuevo aprendizaje. Por otra parte, estaba como pez en el agua. Le gustaba la grandeza salvaje de aquellas tierras, le gustaban los fríjoles rehogados con grasa de cerdo, una especie de adobo amarillento, y el café que hacía Rosa Tampa en la cantina.

Así las cosas, cierta noche, Julián, que había decidido escaparse con él, le dijo que se preparara.

—Ha llegado el momento —dijo después de cenar.

Le miró con desconfianza.

—¿Estás seguro?

—Mira cómo pinta la luna.

Explicó que las menguas del Río de la Muerte se producían cuando la luna se ponía un poco amoratada como aquella noche.

—Me lo enseñó un indio.

Bajó la voz.

—Además, tengo que decirte un secreto.

—Cuentos, no. Que yo no me chupo el dedo. ¿Qué secretitos ni qué leche? Si quieres decirme algo, lo haces ahora. ¿Para qué hay que esperar a cruzar el río?

—Es preciso.

A medianoche robaron un par de mulos y algo de provisión. Salieron sigilosamente. Un rato después se metían en el agua, pero tropezaron con la tozudez de las mulas, inconveniente con el que, al parecer, no había contado Julián.

—¿Y si las dejáramos? —propuso Manuel.

Julián dijo que nones.

—Nos moriríamos de hambre en el desierto. ¿O es que no sabes que hay un buen puñado de millas de desierto a la otra parte? Además, nadan mejor que tú. Con cogerse uno del rabo ya va bien. Ellas saben el camino.

Se encrespó.

—Pero ¿a qué tiene que agarrarse uno, si no hay quien los haga avanzar?

Lo consiguieron al fin. La corriente, suave al principio, empezó a ganar fuerza a los cincuenta pasos.

Manuel tenía sus dudas.

—¿No te habrás engañado?

—Sigue...

Empezaba a ponerse nervioso.

—Pero ¿no ves que vamos río abajo, malparido? Me has dicho que te conocías esto como la palma de la mano. Pues, si quieres que te diga, yo no lo veo tan claro.

Un retumbo. Y los goterones, compactos y duros como nueces.

—La que nos faltaba —dijo Manuel—. Si empieza a llover, vamos a salir al mar los cuatro.

—¡Sigue y calla!

De repente pensó en el secreto de Julián.

—Oye, lo que tenías que decirme...

—Cuando lleguemos al otro lado.

—¿Y si te ahogas?

Empezó a diluviar.

—Julián, que esto se está poniendo feo. Mejor que volvamos.

—Ahora ya no puede ser. Estamos en medio de la corriente. Un poco más... Ánimo. Que cuando lleguemos voy a decirte algo...

—¿Quieres acabar ya?

—Se trata de un tesoro. Sé dónde está. Hay un viejo cementerio...

Manuel no consiguió oír lo que su compañero decía, porque su mulo empezó a rebuznar. Era una quejumbrosa sonoridad de caracola borracha, una verdadera angustia, el pánico de la negra premonición del instinto.

—Julián...

—Sigue.

—Es que vamos a la deriva. ¿No lo ves?

Terminaba de decirlo cuando el mulo de Julián empezó a rodar aguas abajo como si fuera un trompo. Manuel intentó agarrar al compañero. Imposible. Era también un remolino de piernas y brazos apareciendo y desapareciendo, agitando las manos, bregando inútilmente contra la fuerza de la corriente.

Abrazado con fuerza al cuello de su montura, Manuel comprendió que era demasiado tarde. Tuvo un ligero pensamiento para el tesoro que se le iba aguas abajo con Julián. Pero no había tiempo para pensar, porque también su mulo rebuznaba con dramatismo.

Acababa de asomarse la luna por un desgarrón del nublado, y a su luz pudo ver dos bultos fosforescentes alejándose aguas abajo. Tuvo un momento de lucidez cuando soltó la cincha, lo cual permitió mayor libertad de movimientos al animal. Pensaba que si conseguía superar los ocho o diez metros próximos, estaría a salvo. Así fue. Y media hora después se arrastraba por el fango de la orilla como su madre le había echado al mundo.

A la otra parte del río quedaba un pedazo más de su vida, separada de él por el fango, Julián y su mulo. El Río de la Muerte se le había llevado además el secreto de un tesoro.

«Por lo visto es mi destino.» Lo decía en voz alta mirándose las desnudeces. «Ea, ya estamos igual que siempre.» Estaba como el padre Adán, pero sin paraíso. En vez de eso, un desierto de piedras calcinadas. Y un sol abrasador.

Se lavó. Luego reflexionó sobre la nueva situación acostado sobre una losa. Había cruzado la frontera, pero ¿cómo pasaría el desierto? Pensó en el tesoro de Julián. A buen seguro que, de haber algo, estaría por allí, pero desechó la idea de ponerse a buscar lo que no le hacía ninguna falta.

Frente a él, desleído en los primeros clarores del día, el globo de la luna se hundía a lo lejos por detrás de la silueta morada de la sierra. Un nuevo día, y a cero otra vez. A menos cero, que para no tener no tenía ni ropa que ponerse.

Como siempre había oído decir que a mal tiempo hay que poner buena cara, se levantó decidido. Empezó a cantar lo primero que le vino a la cabeza, un himno revolucionario que aprendió en bahía de Cochinos.

Se internó en el desierto marcando el paso y en porreta.

Los campos se cubren
de fuego y metralla.
Las gentes se matan
sin fe y sin razón.
Las casas se hunden,
los pueblos se arrasan,
y todo en la guerra
es desolación.

A veces su cuerpo desaparecía entre los últimos cañaverales del río.

Los hijos se marchan
sin una esperanza
las madres les lloran
con hondo dolor,
y los pechos arden
de odio y venganza
buscando en la lucha
saciar su rencor.

Como un fondo orquestal de trompas wagnerianas, resonó de pronto el rebuzno de un mulo. Manuel se agachó. Al parecer, el animal se había salvado e intentaba revelar su presencia como Dios le había dado a entender. Esperó, temeroso de espantarlo y perderlo para siempre. Pero el tiempo pasaba y el mulo no daba señales de vida.

Se jugó el todo por el todo. Pensó que si seguía cantando y se alejaba del río, cabía la posibilidad de que volviera a rebuznar.

Salió del escondrijo. Cantó otra vez:

Sin paz en el alma
ni en el corazón,
los hombres se matan
sin una razón.

De nuevo el melancólico bocinazo. Y en seguida, en un

manso trotecillo, el mulo fue en busca de su filarmónico amo quien, por sí o por no, siguió su camino indiferente a su presencia.

2. CON LOS INDIOS CHINANTECAS

De cómo entró en Tapachula con un flamante pantalón azul celeste y una fresca camisa rameada, sería algo largo de contar. Baste decir que, lo mismo que le había sucedido con *Chito* en el barco argentino, el mulo se enamoró de él. Hasta le pareció ver lágrimas en sus ojos mientras contaba los pesos que le dio por él un pastor de cabras.

Pantalón a media pierna, poncho y sombrero de paja, prendas cuyo importe le fue descontado del total por el citado pastor, Manuel parecía un verdadero indio mejicano cuando entró en el establecimiento de aquel pueblo fronterizo.

Después de bien vestido tomó el primer autocar que le salió al paso.

—¿Adónde vamos? —dijo el conductor.

—Al final del trayecto.

El final del trayecto era Tapachula, en el estado de Chiapas. En la orilla izquierda del Coatán, que corre por la planicie costera de Tehuantepec, Tapachula es centro comercial de una rica región agrícola, con abundantes cultivos de tabaco, algodón y caña.

Manuel comprendió en seguida su buen tino al escoger precisamente aquel autobús y no otro. Había estado observando los ranchos de los alrededores. Más o menos como el de don Remigio Fuensanta. Pensó, pues, para empezar, presentarse como quien era en uno de ellos, solicitando trabajo.

Así se lo hizo saber al dueño de la pulquería donde tomó un bocado, a quien preguntó además si había algún propietario español.

El pulquero le miró sonriente.

—Usted es gallego, amigo. No lo puede negar. Pos aquí mismito, a un kilómetro no más, hay un don de su tierra.

—¿Cómo se llama?

—Don Tomás. Es grandote él, y viejo ya. Una furia. Mismamente hace un mes que le dábamos todos por muerto de una caída de caballo, y un toro se nos ha puesto.

Según la noticias del pulquero, don Tomás había echado de casa a los dos hijos y vivía solo, rodeado de mujeres, un harén.

Y allá se fue Manuel, a ver qué pasaba.

Le recibió una morenaza carillena con dos trenzas muy negras que tornasolaban al fuerte sol del mediodía.

—¿Don Tomás Pontejo? —preguntó.

Una sonrisa de dientes muy blancos, igualitos.

—¿Quién le anda buscando?

—Dígale que es un español. De su tierra.

—Ahorita mismo.

Le hizo pasar a una sala grande, encalada, con chimenea de ladrillo refractario y varios tresillos de piel sin curtir. Al fondo, delante de la puerta que daba acceso a la cocina, había una larga mesa colonial con una docena de sillas del mismo estilo. Todo rústico, pero de calidad, lo cual hizo pensar a Manuel que había entrado en buen puerto.

Don Tomás, grandes bigotes blancos, ojos de mirada brillante, rubicunda tez, parecía escapado de un daguerrotipo decimonónico.

Le alargó una mano fuerte, huesuda.

—Hágame la merced de sentarse y diga en qué puedo servirle.

Fue directamente al grano. La vida había hecho de él un aventurero sin suerte, y allí estaba dispuesto a trabajar en lo que fuera.

—La verdad —añadió bajando la cabeza— es que necesito el dinero. Y pronto.

—¿A qué las prisas?

—Mi padre...

—Sí.

—Ya sabe lo de nuestra guerra. Vino aquí exiliado. Nos

dejó siendo un mocoso yo. Sin mi madre, que la fusilaron, sin nada...

En vista del efecto producido, siguió con su cuento.

—Me dijeron en Barcelona, un señor que había hablado con él, que vivía en Méjico, pero no sé la dirección. Desde entonces voy rodando por ahí.

Don Tomás alabó su amor filial.

—Si me admite —continuó—, y tenemos tiempo, un día le contaré mi historia.

El viejo ranchero sonrió un poco interesado.

—Platicaremos, cómo no. Mi viejo era de Medellín, patria de conquistadores.

Se retorció el mostacho entre orgulloso e indeciso. De pronto dio un golpecito en el brazo del sillón.

—Precisamente tengo una expedición de ganado... Claro que usted de esto no creo que entienda demasiado.

Tosió.

—Sucede que tengo al capataz con calenturas. Y no se le acaban de ir. Haremos una cosa. Si se amolda a la faena, llegaremos a un acuerdo.

Se levantó.

—De momento, que Guadalupe le acompañe con los demás. Coma lo que le apetezca. Descanse. Que mañana será otro día.

Los pabellones de los rancheros no estaban mal. Amplios dormitorios, un gran comedor, la cantina, que explotaba la misma casa y en la que, a partir de las nueve de la noche, corría a mares la tequila.

Comprendió en seguida el prestigio del gallego en Méjico. El español gozaba de un respeto casi reverencial, sobre todo en las mujeres. Lo leyó en seguida en los ojazos de Guadalupe y, más tarde, en las risas del resto de la servidumbre femenina, media docena de mejicanitas que había comprado últimamente don Tomás a fin de endulzar su soledad.

Una de ellas, María de las Angustias, se le metió en la cama al tercer día. Le contó su historia. Hija sexta, o séptima, que no andaba muy segura, de un matrimonio más pobre que las ratas, se la había llevado de casa don Tomás para quitarles una boca.

Manuel bromeó.

—¿Y el viejo qué?

—Le gusta jugar. Pero embrolla bien.

—Pues conmigo vas lista, cholita. ¿No lo decís así?

Tenía de todo. Comida sana, buenos compañeros y una María de las Angustias dispuesta siempre a calentarle las sábanas.

A la semana justa don Tomás le llamó.

—Mañana tiene que salir el ganado. No hay demora que valga. Como el capataz sigue descompuesto de humores, he pensado en ti.

—¿Dónde hay que ir?

—A Itepexji. Y que conste que lo hago por tu bien. La Emigración no se duerme en Tapachula. Con esto de la frontera... Pero en el interior ya no se mete. Podrías seguir buscando a tu padre.

—Ya me dirá en qué consiste mi trabajo.

La cosa era muy sencilla. Se trataba de hacerse cargo del ganado, ocho vagones.

—Tú firmas aquí, donde la cruz. Y adelante. Pero sólo cuando entregues el ganado. Irá contigo Francisco Javier, que cogerá el dinero y te dará lo tuyo. Trescientos pesos.

Vio el cielo abierto.

—¿No podría alargarse a los quinientos?

—Te daré cien más.

Vaciló un momento.

—Oiga. Y si me preguntan algo, van a notar que no soy de aquí. Y yo de papeles, nada.

Don Tomás lo tenía todo previsto. Dijo que lo mejor era que se fingiera sordomudo.

—Ya. Así, por mucho que me pregunten...

Se divirtió lo suyo con lo de la sordera. Cada vez que alguien le dirigía la palabra, Manuel fruncía los labios, alzaba las cejas en un gesto entre fatalista y apayasado, y seguía su camino muerto de risa.

En el tren se hizo el dormido. Hizo el viaje sin novedad hasta Oaxaca de Juárez, donde entregó el ganado a un viejo zorro que se empeñó en llenarle la barriga de tequila, probablemente para robarlo después. Firmó, tal como le había dicho don Tomás, y el Francisco Javier le dio los cuatrocientos pesos.

Por la tarde tomó el tren de Veracruz. Fue una inspiración, ya que alguien, probablemente los hijos de don Tomás, denunció la venta clandestina del ganado. Manuel se enteró casualmente en el tren de que los dos guardías pedían la documentación a los pasajeros: buscaban a un falso capataz sordomudo.

Ni que decir tiene que pensó en los muertos del hidalgo don Tomás.

Al sur de Tuxtepec, entre los estados de Oaxaca y Veracruz, vive un grupo étnico, los chinantecas, de habla nahua, si bien la mayoría adulta conoce el castellano. Los poblados de esta tribu siguen a trechos la línea del ferrocarril y constituyen uno de los atractivos turísticos de la región.

Fue al llegar el tren a la zona chinanteca cuando saltó Manuel.

Le sorprendió que los indios apenas mostraran extrañeza u hostilidad al verle. Al contrario, los más jóvenes le acompañaron sonrientes hasta una explanada, en el centro de la cual se alzaba la choza del jefe.

Entraba en un mundo nuevo, como si por arte de magia el tiempo hubiera dado marcha atrás. Los indios jóvenes, casi todos desnudos, daban espectaculares saltos, vociferaban, parloteaban entre sí en una endiablada lengua.

Las cabañas, cilíndricas y con las techumbres en forma de cono, tenían una pequeña abertura a modo de puerta por la que asomaban unas caras angulosas de frente estrecha y cejas rectas, debajo de las cuales le miraban con extrañeza unos ojos ligeramente almendrados, hundidos, apenas una rendija recelosa en las personas de más edad.

Mientras caminaba, observó la diversidad de indumento de aquellas gentes. Los había que llevaban apestosos ponchos hasta los pies y se tocaban con un par de plumas de gallo silvestre teñidas de colores chillones. Otros, sin duda más prácticos, iban casi desnudos. Abundaban entre los de cierta edad los que usaban pantalones, incluso tejanos, y no faltaba el de la vieja americana sin botones, ombligo pintado con redondeles policromos y bombín. En cuanto a las mujeres, las había vestidas como la campesina mejicana, aunque tampoco faltaba la jovencita en cueros vivos, ni la anciana con la pipa entre los dientes cubierta con una larga túnica de color indefinido.

Manuel alzaba los brazos saludando, volvía la cabeza a todas partes, se inclinaba reverente ante la matronaza de aspecto un tanto huraño que no las tenía todas consigo. Tuvo incluso el detalle de desenredar la cuerda que amenazaba con estrangular a una cabra vieja y peluda, espantada por el jolgorio.

Sostuvo luego una charla con el jefe, hombre de mediana edad con el que conectó en seguida, probablemente porque era de su propia pasta. Antimio Onrubia, que así se llamaba, había viajado mucho por el país y los Estados Unidos. Era nacido en un suburbio de Méjico, pero se sentía muy orgulloso de la pureza de su sangre.

—Somos chinantecas puros —dijo liando un cigarrillo de picadura—. Quedamos muy pocos. Y no me gustaría para mi pueblo la suerte de los pieles rojas. Pensamos vivir libres según nuestras tradiciones.

Hizo una pausa.

—En cuanto a las creencias, aquí no se obliga a nadie. Por eso la mayoría son cristianos. Aunque seguimos fieles a nuestra magia.

—Lo que tiene que ser —convino Manuel.

Antimio Onrubia ordenó que le instalaran en choza de familia principal, potentados que contaban con doce cabras, tres guarras a punto de parir y medio centenar de aves, amén de una buena parcela de terreno cultivable.

Tan pronto como se hubo reunido la familia, el patriarca del clan, Monte Sión Culebrero, le ofreció esposa.

Manuel agradeció la atención.

—Si es por mí, déjelo. Yo sólo he venido a visitarlos. Me

habían hablado muy bien de ustedes, y como me sobraban unos días...

Pero tratándose de Monte Sión, una sugerencia era una orden.

—No solemos insistir, señor.

—Pues, eso. Lo dejaremos estar.

—Sin embargo, quisiera decirle que María Serapia me lo ha pedido. La conocerá.

Forrada de lona hasta el arranque del techo, la cabaña era confortable. Saludable además, por la plataforma de tierra apisonada que la elevaba unos tres palmos del suelo, sobre la que se veía una estera de esparto crudo. Manuel, mientras esperaban a María Serapia, se descalzó siguiendo el ejemplo de los demás.

Como el calor apretaba, se quitó la camisa. Y, en un gesto amistoso, le regaló a Monte Sión Culebrero el reloj comprado en Itepexji. Exclamaciones de sorpresa. Y no precisamente por el detalle, sino a causa de los tatuajes de Manuel.

La presencia de María Serapia constituyó una agradable sorpresa para el forastero. Era muy joven, de rostro ovalado, agraciada, y en sus ojos, en sus gruesos labios en ligera eversión, había una sonrisa apicarada que le recordó la de las jóvenes prostitutas cubanas. Una beldad. Pero como nadie es perfecto en este mundo, María Serapia no podía constituir la excepción. Su pelo, abundante, muy negro, estaba apelmazado por el uso, sin duda excesivo, de la grasa de cerdo. Además, olía a demonios.

Sonreía insinuante cuando la saludó.

—Conque tú eres María Serapia. ¿Y dices que te casarías conmigo?

María Serapia asintió.

—Pues yo, en vez de eso, te propongo otra cosa. Vamos a darnos un baño, que buena falta nos está haciendo.

Buscó con la mirada alrededor.

—Oye, rica, una pastilla de jabón... Jabón. ¿Sabes lo que es?

Salió corriendo para volver al instante con una especie de bola sebosa color de caramelo.

—¿Es jabón de verdad?

María Serapia asintió.

—Lo hago yo misma.

—Pues andando. Y eso del casorio ya lo pensaremos.

Abandonaron la cabaña de la mano, mientras el clan los despedía riendo a mandíbula batiente.

Momentos después se desnudaban. Pero como la llegada del forastero constituyó un acontecimiento y Onrubia había decretado fiesta local, empezó a acudir gente a la laguna.

Jóvenes y gente madura hacían palmas la mar de divertidos. Los ancianos se hicieron llevar tocones vaciados y se sentaron a la sombra dispuestos a no perderse el espectáculo. Alguien tocaba una ranchera en una ocarina de barro cocido. En las ramas, saltando como traviesos tities, los renacuajos del poblado reían o se golpeaban disputándose el mejor sitio. Poco después llegó el jefe seguido de los notables.

Antimio Onrubia traía colgada al cuello una vieja calabaza decorada con extraños signos y de vez en cuando chupaba de la roñosa boquilla. Pronto le imitaron los demás. Muestras de júbilo, gritos, risas. Sobre todo cuando apareció Manuel en pelota sobre la ancha losa que hacía las veces de trampolín, llevando de la mano a María Serapia, cuyo bronceado cuerpo resplandeció al sol de la tarde, una llamarada de carne.

Palmas, gritos, silbidos. María Serapia se zambulló. En seguida, después de una espectacular cabriola, Manuel. Parecían dos focas amaestradas jugueteando en el agua. Hasta que él, sujetándola con las piernas, empezó a restregar la bola de jabón por todo su cuerpo.

Gritos de protesta. Antimio Onrubia, bastante achispado, pidió al forastero que se dejara de tonterías y que empezara a hacer el amor con la venus india. Fue entonces cuando comprendió la presencia de aquella gente. Siguió en lo suyo, que era lavarle el pelo a María Serapia. Y cuando terminó, salió de la laguna y huyó a la selva con ella.

En la espesura había una extraña luz azulina. Hermosas aves de colorido muy brillante saltaban en el ramerío. Avanzaron jugueteando, riéndose. Detrás, pisándoles los talones, la turba de curiosos que no se resignaba a perderse el espectáculo.

Manuel logró despistarlos y buscó un escondrijo entre un lecho de grandes hojas secas.

—Ven aquí —dijo a María Serapia—. Nos tapamos con las hojas y no hay quien nos encuentre.

—Pero Antimio se enfadará.

La miró con extrañeza.

—¿Siempre lo hacéis igual aquí?

—Cuando el hombre lo manda.

Le hizo comprender que las cosas del amor necesitan de soledad. Húmedo y tibio, el cuerpo de María Serapia se había incrustado materialmente en el suyo. Poco a poco se fueron apagando los brillantes colores de la selva. Ruidos misteriosos, ecos lejanos... Y se produjo el milagro.

Cuando volvieron al poblado estaban todos borrachos. Antimio Onrubia puso sus manazas en los hombros de Manuel. Se hizo un silencio. Antimio Onrubia sentenció que el forastero era el único depositario de la verdad. En lo sucesivo, todos allí harían el amor a solas.

Se dirigió solemne a los suyos: «Y que la nueva ley sea cumplida. En adelante, al bosque todo el mundo. A hacer sus cosas como les venga en gana.»

En seguida se desplomó borracho.

Además de la flojera de piernas, Manuel sacó de los chinantecas una provechosa enseñanza: la convicción de que en el mundo todavía quedaban personas decentes, aunque fueran enseñando las vergüenzas. Ganó una buena amistad, la de Antimio Onrubia. Y el odio de María Serapia.

Porque la venus de bronce india era insaciable. Durante los ocho días que convivió con ella, solos en la cabaña nupcial, siempre pensaba en lo mismo. Hembra de enormes músculos y grupa percherona, se deshacía en mieles entre los tatuados brazos de Manuel. Pero se recuperaba en seguida de los desfallecimientos. Y exigía más, siempre más.

A pesar de no ser manco, tuvo que cantar la gallina. Y fue

entonces cuando María Serapia recurrió al remedio: tres yemas de huevo crudas batidas con cebolla bien picada y unos polvos amarillentos. El afrodisíaco dio resultado los primeros días. Por eso los vecinos aparecían cada dos por tres en la cabaña. Asomaban la cabeza, reían risitas de complicidad y dejaban en el suelo la cesta de huevos.

Manuel empezó a ver huevos por todas partes. Dos lunas enteritas, según le había informado ella, eran demasiadas lunas para estar encerrado con aquella fiera. Lo pensó bien, y a los ocho días le tiró a la cara el cuenco de madera con el afrodisíaco. La venus india suplicó. Inútil. Empezaron las amenazas: si se negaba a tomar los huevos de gallina, caería un terrible maleficio sobre aquellos otros con que le había dotado la madre naturaleza. Manuel se subía por las paredes. Hasta entonces, nunca le había dictado sus condiciones una mujer, y no estaba dispuesto a consentir que una mocosa de catorce años impusiera las suyas.

Cuando cedió el ataque de histeria, María Serapia inició unas extrañas ceremonias sin perder de vista el bajo vientre de Manuel. Intolerable. Le pegó una patada en los riñones y escapó de la cabaña.

3. EL TIMO DEL EXILIADO POLÍTICO

LLEGADO A VERACRUZ, se instaló en un hotelito sin pretensiones de la plaza del Zócalo. Quedaban atrás su temporada de vaquero, la tragedia del Río de la Muerte, la pesadilla de María Serapia.

La misma tarde que llegó, después de una buena ducha, decidió visitar a Rosario Almudena. En la droguería le dijeron que se había casado con un oficial de marina portugués que se la había llevado a Lisboa.

Fue paseando hasta el puerto. Concluyó que lo más importante en su caso era establecer contactos con alguien. El mundo, las personas que lo habitan, son como una interminable cadena. Siempre lo había dicho Manuel. Conocer a la primera supone algo así como coger la cadena por el primer eslabón. Esa persona nos pone en contacto con otra, y así sucesivamente, hasta establecer la relación social.

Como no sabía por quién empezar, resolvió visitar a los consignatarios del barco holandés que le dejó abandonado en Puerto Barrios. Expondría sus quejas. De todas formas, se decía mientras subía la escalera decorada con viejos grabados de bergantines, poco podía perder. Al contrario, si apretaba las tuercas, cabía la posibilidad de sacar algunos pesos, que buena falta le hacían.

Le recibió un inspector de la compañía.

Fue directamente al grano.

—Vengo a quejarme, a denunciar a un capitán —dijo fingiéndose indignado—. En su barco me trató como si fuera un animal o como si aquello fuera un barco pirata.

Dio un golpe sobre la mesa.

—Que se sepa quién es la ficha que les manda el barco. Que se le dé su merecido al tío cabrón. Trato inhumano, abusos... Me dejó en tierra sin un real y sin una gota de sangre en el cuerpo. ¡Miré, mire aquí las cicatrices! Y si usted no me hace caso, protestaré. Les denunciaré a las autoridades españolas. Y a las de Méjico. Iré al Consulado de Holanda. ¡Donde sea!

El inspector usó de circunloquios, difíciles de desentrañar para las entendederas de Manuel.

—A mí hábleme clarito, ¿eh? Nada de monsergas.

El otro se suavizó.

—Tal vez podríamos llegar a un acuerdo. Una indemnización...

Se le encendieron los ojos.

—¡Y dale! ¿Qué coño es eso de la denisasión? ¡Hable claro!

El inspector le miró cautelosamente.

—Dinero.

Se tranquilizó.

—Eso dependerá...

—¿De qué?

—Del dinero que sea. De qué va a ser.

Salió de allí con dos mil quinientos pesos que, con el resto que conservaba, sumaban más de cinco mil. Compró ropa nueva, una maleta y una máquina de fotografiar. En seguida se fue a la estación y pidió billete para Puebla.

Después de la llanada de Veracruz, pasado Coatepec, el tren atravesó las huertas de La Capilla. De anochecida, tomaba agujas en la estación de Puebla.

La ciudad, bastante populosa, le gustó desde el principio. Tenía la sensación de estar en su tierra cada vez que pasaba por delante de aquellos señoriales patios rodeados de columnas. Si cerraba los ojos y los abría de repente, pensaba, aquellas casas le situaban en su Málaga natal. Como si estuviera allí. Algo faltaba, sin embargo: el mar.

Abandonó Puebla un par de días después, no sin antes haber establecido contacto con un murciano llamado Juan, contable en una empresa de construcción de automóviles.

Provisto de una tarjeta de recomendación y engrosado su caudal en quinientos francos, tomó billete para Méjico. Se quedó como lelo unos instantes ante la mole del Popocatépetl. El mundo era hermoso y, como todavía le quedaba mucho por ver, decidió seguir explotando al padre exiliado todo cuanto diera de sí.

Pero si el mundo era hermoso, no lo eran menos las mejicanitas reidoras, morenas de carnes duras, bien predispuestas a enamorarse del gallego aventurero de los ojos tristes.

En sus recientes experiencias se asombró de lo fácil que resultaba todo. Cuestión de iniciar la cháchara, de fingir cierta desgana y despertar el interés. Luego, sin precipitaciones, la tequilita, el baile... Lo demás llegaba rodado.

Tan pronto como bajó del tren en la estación de Buenavista, tuvo la corazonada de que Méjico le traería buena suerte. Era una ciudad de unos tres millones de habitantes, muy moderna, en la que al parecer el dinero corría a mares.

Se instaló con cierto decoro en una pensión muy próxima a la glorieta de Colón. Fue en busca del recomendado por el español de Puebla, que vivía bastante lejos, en el antiguo municipio de Tacuba, aunque el viaje valió la pena porque lo encontró en casa.

El bloque obrero en que residía era bastante decente. Le recibió en un cuarto lleno de libros.

—Veo que ha estado en Puebla, con Juan —le dijo—. Fuimos íntimos durante más de dos años. La campaña del Ebro nos la tragamos juntos. Y el campo de concentración francés. Luego nos vinimos para acá.

Se excusó por dejarse llevar de la emoción de los viejos tiempos.

—Me llamo Ezquerra. Antonio Ezquerra. Será un verdadero placer ayudarle.

Empezó con el cuento del padre. A medida que hablaba, su fabulosa imaginación añadía detalles cada vez más patéticos, hasta que se metía en el bolsillo a su interlocutor.

En aquella ocasión lo consiguió del todo. Ezquerra tenía los ojos llenos de lágrimas cuando oyó la historia de Manuel. Dijo que haría por él todo cuanto estuviera en su mano.

—Mañana mismo le acompañaré a ver a nuestro Ministro del Extranjero. Si fuera preciso —añadió con vehemencia—, llegaríamos al mismo Presidente. ¡No faltaría más!

—Tanto como eso... Yo sólo necesito unos cuantos pesos. De prestado, claro.

—Veremos qué puede hacer el Fondo Nacional de Ayuda al Exiliado. Que para eso está. Usted no se preocupe. Le aseguro que encontraremos a su padre.

Ezquerra cumplió su palabra. Le acompañó a la sede del Gobierno Republicano en el exilio, removió Roma con Santiago, hasta conseguir unos pesos para el compañero González.

Días después se separaban.

A decir verdad, el contacto con los exiliados políticos, la auténtica fraternidad que se respiraba entre ellos, politizó en cierto modo a Manuel. Sin vínculos de sangre, sin amigos, la causa perdida era el sucedáneo ideal para que el solitario se sintiera unido con sus compatriotas. Por eso estuvo a punto de confesar la farsa. Lo pensó mejor, y con los pesos en el bolsillo se dirigió al zoo de Chiputepec en busca de Yolanda, la hija de la patrona, que le esperaba allí.

Las tres semanas que estuvo en Méjico con Yolanda le supieron a poco. Fue cuando empezó a aficionarse a las rancheras de Negrete y a los gorgoritos de Irma Vila. Cuando estaba de humor cantaba a dúo con Yolanda lo de *Adelita*, y por las tardes se metían en cualquier cine para ver *Flor silvestre*, llorando ella a moco tendido, o se les desencajaban las mandíbulas de tanto reír con la última película de Cantinflas.

Muy feliz, pero el dinero volaba de sus manos. Sabedor de la existencia de una nutrida colonia de españoles rojos, como allí les llamaban para distinguirlos de los blancos, turistas de hoteles de cinco estrellas, hizo unas cuantas visitas más. Algo sacó, pero cuando vio que la mina se agotaba decidió ahuecar el ala.

La tarde que entró en las oficinas de Corsarios del Bajío, una de las mejores compañías de autocares, llevaba en la cartera casi un millar de pesos y varias direcciones.

Su brújula seguía apuntando al norte: Betsy y el hijo. Mas para llegar adonde estaban, Miami, había que cruzar la frontera de los Estados Unidos.

Hizo del autocar parada y fonda. Largos días de sol en los que su ropa quedaba materialmente pegada al plástico del asiento. Fuertes tormentas del trópico. Interminables noches de modorra. Era un pájaro emigrante infatigable. Cuando se cansaba, o se sentía atraído por una barrancada agreste, por unos ojos de mujer, bajaba. El solitario se empapaba de la belleza del paisaje, se adentraba por regiones sin explorar, se detenía en el caserío, pedía trabajo en el rancho, un día o dos, el tiempo suficiente para camelarse a alguna mejicana ardiente.

Lerma, Palmillas, Salvatierra, Obregón... La mayoría de los nombres eran de casa. Y si de vez en cuando salía un Zinapuécaro o un Huitchiliapuán, cerraba los ojos hasta que el indicador quedaba a sus espaldas.

En Morelia, donde paraba el autocar un cuarto de hora, fue a comprar aspirina a una farmacia. La dependienta tenía en la cara dos estrellas en vez de ojos.

Se lo dijo sin rodeos.

—¿Viene usted a comprar o a macanearme? —replicó ella molesta.

—Venía por aspirina.

—Pues se la traigo ahorita mismo.

Él se encogió de hombros.

—No, si ya no me hace falta.

La vio morderse el labio de abajo.

—¿No más entrar se le quitó el mal?

—Ha sido usted, que me ha hecho perder la cabeza. Y sin cabeza, ya me dirá para qué quiero yo la aspirina.

Le hizo gracia la salida y empezaron a charlar. Dijo la verdad. Que había bajado del coche un momento, pero que había decidido quedarse.

—¿Y todo eso por mí?

—Como si usted no fuera nada. Pídamelo, y me voy ahora mismo al polo norte en calzoncillos.

Se quedó aquel día. Y el siguiente. Y una semana más. Pero la joven de la bata blanca dejó de tener misterio para él. Era como el resto de las mujeres.

Tomó otro autobús. Se llevaba de Morelia el recuerdo de unos atardeceres inolvidables en la laguna de Cuitzeo, un anillo de oro regalado y, en los oídos, unos gemidos de placer.

De nuevo pueblos y aldeas, llanadas infinitas y montes bravíos. Abásolo, Pénjamo, La Barca, Ocotlán... En esta ciudad, mientras los pasajeros tomaban un bocado en una pulquería, alguien habló de la laguna de Chapala. ¿Tendría tiempo para verla, aunque fuera unos minutos? Corrió a campo traviesa. Si se daba prisa, podría coger el mismo autobús. Se equivocó. En la laguna, lavando, vio a una jovencita con su madre. Al ruido de las hojas la jovencita echó a correr asustada. Perdió el pie y cayó en una charca pantanosa. Un grito de angustia. Y Manuel se las vio y se las deseó para sacarla de las arenas movedizas.

Las acompañó a casa, no lejos de El Fuerte, y sintió que la

sangre se le bajaba a los pies al ver al padre, Esteban Orozco, en un viejo sillón de mimbre con las piernas amputadas a la altura de las ingles. «La dinamita, señor, tiene estas bromas. Nada. El cartucho hizo pum antes de tiempo. Ya ve...»

Era un hombre derrotado, por lo que decidió hacerle compañía. El rato que había pensado dedicarle, se convirtió en una semana larga. Aprovechó el tiempo. No sólo le distrajo con la historia de su vida, sino que le lavó el cuerpo a pedacitos y le cantó fandangos de la tierra.

Cuando se despidió de Esteban Orozco, después de dejarle casi todo el dinero que tenía y la máquina de fotografiar, tuvo que ponerse serio para que no le besara las manos. Un santo. ¿Por qué le había dicho que era un santo? Sonrió. Si le conociera...

Siguió viaje en *auto-stop* hasta Guadalajara. Matrimonio de mediana edad, él de ascendencia española.

Le invitaron a almorzar.

—¿No será demasiada molestia?

—Nada de eso. Los españoles aquí siempre son bien venidos. Le enseñaré la ciudad. Iremos a la Casa de España.

Dijo que llevaba unas direcciones.

—Me las dio un amigo en Méjico. Un señor muy importante. Sabe que ando buscando a mi padre.

Se hizo con él. Al día siguiente le recibía el presidente de la Casa de España. Repitió su historia. Cuando terminó, le rodeaban una docena de exiliados y algún que otro industrial. Nueva colecta.

Con aquel dinero se instaló en una pensión cerca del estadio de Jalisco. La ciudad, industrial, rica, le gustó en seguida, sobre todo los festivos, en los que solía ir al concierto de la Municipal buscando beldades en compañía de Juan Luis, un joven hijo de exiliado y mejicana, que estudiaba en la Universidad.

Recorrió en su viejo coche los alrededores. Guanajuato, Zacatecas, San Luis de Potosí... En una semana hicieron sus buenos cinco mil kilómetros. A última hora decidieron acercarse a Tampico, de donde salieron disparados a causa del calor.

Había visto todo lo que había que ver y resolvió largarse. En la Central Camionera de Guadalajara sacó billete en Autotransportes Tequila para Novillero. De allí, en Transportes Frontera, rumbo al norte: Durango, Torreón, Chihuahua... Reflexionaba mientras el autocar, de dos pisos, devoraba kilómetros. Ni él mismo era capaz de comprenderse. Tenía ganas de ver a su mujer, necesitaba pedirle explicaciones y conocer al hijo, pero la circunstancia imprevista, la nueva amistad, contribuían a que olvidara la finalidad del viaje. ¿Qué era lo que en realidad quería?

Solía terminar encogiéndose de hombros, acaso por miedo a reconocer la verdad. Más que el aire que respiraba, lo que él necesitaba era el riesgo de lo desconocido, la aventura. Un aventurero. Eso era él, pensaba. Un aventurero sin escrúpulos, a quien nada le preocupaba en serio, a quien nadie esperaba, porque nada merecía.

En Ciudad Juárez, fronteriza con Estados Unidos, tropezó con un obstáculo insalvable: Río Bravo. Consiguió cruzarlo aprovechando la oscuridad de la noche con la ayuda de un guía. Pero en El Paso se metió en la boca del lobo. La Emigración norteamericana le cogió con el pelo mojado aún. A fin de evitarse complicaciones, le dio a escoger entre la cárcel o Méjico.

Desanduvo el camino. En Camiones Los Altos bajó de Torreón a Zacatecas y Aguascalientes. Ciento setenta kilómetros más adentro estaba San Luis de Potosí, donde hizo provisión de fondos desvalijando un Ford Taunus propiedad de un norteamericano. De San Luis a Tampico de nuevo y, costeando, a Veracruz.

No lograba explicarse que extraño atractivo tenía Veracruz para él. Lo descubriría un par de días después.

4. TINA

DIECINUEVE AÑOS, morena, cara ovalada, cuerpo robusto de venus mediterránea, una vivacidad que se hacía alegría contagiosa. Bajo las cejas, casi rectas, dos ojos negros, brillantes, muy grandes. Tenía la gracia del descaro en la nariz, y en los labios, un poco abultados, la sonrisa siempre a punto.

Fue en enero del sesenta y cuatro cuando la conoció. El único responsable, un botón de la americana. Se le quedó en la mano precisamente allí, delante del taller de sastrería.

Empujó la puerta con el codo.

—¡Hola!

—¿Se le ofrece algo?

Abrió la mano y enseñó el botón.

—Me se ha caído. Ahí mismito.

Sonrió.

—Vamos a cerrar.

Llevaba un vestido oscuro pegado al cuerpo que la desnudaba incitante. El ancho encaje blanco se sostenía de los hombros para bajar en curva atrevida hasta muy abajo de los senos, que adivinó duros y suaves.

—Bueno, si no le molestara demasiado...

Era la primera vez en su vida que sentía una vaga confusión delante de una mujer.

—Déjeme.

Cogió la americana, y sus uñas esmaltadas de rojo intentaron quitar el hilo suelto del botón.

—No sé por qué lo hago. Iba a cerrar.

Buscó unas tijeras. Mientras caminaba hacia el final del mostrador, Manuel miró aquella espalda llena, la rotundidad de los hombros.

—Déjelo. Si le hago perder el tiempo... Uno, como es tan cazurro...

Todavía no le había mirado. Como si fuera una cosa más del taller. Volvió a la zona de luz, junto al escaparate. Traía las tijeras y un dedal dorado.

—Le pagaré su trabajo. Porque esto a usted no se lo van a pagar.

—A mí no me paga nadie. Soy la dueña.

—¡Ah!

Tenía la voz bien timbrada, ligeramente cantarina.

—Y le advierto que me pilla por puritito milagro. Nunca vengo a estas horas.

Mientras hablaba no dejaba de mirar al dichoso botón. Palabras impersonales, un poco secas.

—Una suerte.

Le miró entre severa y curiosa.

—No sé por qué. Se lo hubiera podido coser cualquiera.

—La suerte es por haberla conocido a usted. No todos los días...

Le tiró la americana a las manos.

—Listo. Y ahora tengo que cerrar.

—Gracias.

Dio media vuelta y, sin mirarla, caminó hacia la puerta. Había tenido la precaución de dejar las gafas de sol encima del mostrador.

Oyó su voz correcta, siempre fría.

—Señor...

—Sí.

Le tendía las gafas como provocándole.

—Me las dejo en todas partes.

Rió un poco tontamente. Iba a cogerlas, cuando vio brillar el dedal en la punta del dedo índice.

La miró un instante a los ojos.

—¿Usted me haría un favor?

—¿Otro?

—Otro, sí.

Ella se encogió de hombros.

—Quisiera llevarme ese dedal.

—¿Y por qué no media docena de modelitos de ésos del escaparate?

De repente se puso seria.

—Le dije que tengo que cerrar, amigo. ¿Entiende?

En aquel preciso instante paró un Dodge crema delante de la puerta. Pero después entraba en el taller un cincuentón macizo, alto como una torre. El cincuentón tenía la cara bronceada por el sol, llevaba fieros mostachos y vestía un traje gris listado de negro, con pechera abullonada y cinta en vez de corbata. La forma de pisar, con aquellas botazas de tacón alto, revelaba a las claras que el tipo entraba en terreno conquistado.

Manuel saludó y, ya en la calle, oyó la voz de ella.

Había entreabierto la puerta y le sonreía.

—Olvidaba el cambio, señor —dijo.

Puso la mano.

—Volveré —dijo.

En mitad de la calle se paró. El corazón le latía con fuerza mientras miraba el dedal. Apenas creía lo que estaba viendo.

Al día siguiente volvió. Como la dependienta se negó a darle la dirección de la dueña, se apostó en una esquina. Un buen rato después la vio bajar de un Volkswagen gris.

Salió a su encuentro.

—He vuelto. Yo siempre cumplo mi palabra —dijo.

Ella sonrió.

—Miren quién está ahí. El galleguito. No le esperaba.

Quiso dejar las cosas en su sitio.

—Usted me pidió el dedal y yo se lo di. Eso es todo. Ahora, olvídese.

—Pero es que ahora pido más.

—¿Como qué?

—De momento charlar un rato. ¿Tiene libre?

Dudó un instante.

—Espere. Un minutito no más.

Cuando salió del taller parecía muy decidida.

—¿Tiene carro?

—Yo no tengo nada. Sólo unas ganas tremendas de quererte.

—Bien empezamos. ¿Son iguales todos los españoles?

—Yo soy diferente de todo el mundo. Ya lo verás.

Ella torció la cabeza graciosamente. Sonrió.

Salieron a la avenida del Presidente Alemán. Ella, un poco confusa, preguntó qué iban a hacer.

—Lo primero de todo, conocernos. Yo me llamo Manuel.

—Tina.

—Ahora vamos a donde tú quieras.

Tina enfiló la carretera de Jalapa en dirección a la Ciudad Deportiva.

Bajaron hacia el Paseo Roncosa. Tina metió el coche en una de las avenidas de un parque poco concurrido. Quitó el encendido. Esperó, las manos al volante, la mirada un tanto ausente, envarada.

Manuel observaba su perfil.

—A ti te pasa algo —dijo.

—Nada. ¿Qué puede pasarme a mí?

Cogió su mano.

—Eso es lo que yo no sé. Pero ten en cuenta una cosa. Yo nunca me engaño con las personas. Tú tienes algo metido en la cabeza. Algo que te barrena. Lo que es, no lo sé. Pero si no me lo dices, estarás siempre así. Y la vida no vale la pena. Que te lo digo yo.

La atrajo hacia sí.

—Quiero decirte algo.

La besó.

No sé por qué, pero de repente te has metido dentro de mí. Muy adentro. Y yo a la persona que quiero no puedo verla sufrir. ¿Lo entiendes, Tina? Esto nuestro va a durar mucho tiempo. Yo diría que toda la vida.

La había tomado de la cintura y ella se dejaba besar dócilmente, mientras la otra mano de él acariciaba sus muslos bajo la falda.

—¿Te dice el corazón lo mismo que a mí?

Ella, un puro ahogo, apenas podía contestar. Se había derrumbado sobre su pecho y hundía la fina naricita en la camisa entreabierta.

De pronto levantó la cabeza.

—Tenemos que irnos.

—¿Por qué?
—Es preciso.
—¿Estás casada?
—No. No lo estoy.
—¿Te esperan?
—Deja de preguntar.
Se encontraron de pronto besándose frenéticamente.
—¿Por qué has tenido que aparecer ahora en mi vida? Ahora, precisamente ahora.
—Cosas del amor —replicó él.
Había pronunciado la palabra en que nunca creyó. Para él era sólo eso, una palabra. Novelerías. Eso del amor, pensaba, era cosa de maricas o de histéricas ociosas. La prueba, su absoluta invulnerabilidad. Yolanda, Ofelia, María, Josefa, hasta la poética Li-yi, más que sentimientos fueron sensaciones agradables. Ignoraba que en el amor, como en la guerra, un hombre puede estar pegando tiros en una trinchera mes tras mes, y en cambio recibir un balazo mortal el primer día de permiso.
El aliento de ella en su oído.
—¿Tú crees en el amor?
—Ahora mismito no lo sé. Estoy hecho un lío. Por tu culpa. Porque ya me dirás qué ha sido esto.
Se miraban temblando, sonreían incrédulos, se besaban murmurando despacio sus nombres. Ella cerró los ojos cuando las manos de él empezaron a desnudarla. Poco después el coche se llenaba de jadeos.
Mientras volvían al centro, Tina le contó algo de su vida. Procedía de una familia sin grandes problemas económicos. El padre, capataz en el puerto, las había educado bien a ella y a la hermana. Empezó a trabajar a los dieciséis años en un establecimiento de modas. Hasta que en unos carnavales conoció a un hombre casado.
Manuel disparó la pregunta a quemarropa.
—¿El tipo de la tienda?
Un silencio.
—Al principio estaba loca por él. Me hacía buenos regalos. Era muy joven, casi una niña.

—Y ahora...

Un encogimiento de hombros.

—Hace un tiempo que no puedo. No puedo. Exige demasiado de mí, ya me entiendes. Además, está su mujer, los hijos.

—Te puso la tienda él.

—Me ayudó. Un poco. Lo demás era mío.

Entraron en la zona portuaria. A la derecha de Manuel, las luces de las embarcaciones se reflejaban verbeneras en el agua. Un aire salitroso le penetró.

—Pues no estoy dispuesto a que sigas acostándote con él.

—Muy fácil de decir...

—Y de conseguir.

Cerca de Carlos Cruz, en una esquina, Tina paró.

—Será mejor que lo olvidemos todo —dijo.

—¿Tú lo quieres de verdad?

Le temblaba la barbilla cuando se despidieron hasta el día siguiente.

Fue como una enfermedad. Desde el primer día que estuvo con ella, en el coche, vivía pendiente del recuerdo de Tina. Su acoplamiento sexual había sido perfecto. Pero había algo más. El modo de reírse, la gracia de sus movimientos, los pequeños detalles que tenía con él, la gran ternura que derrochaba eran causas más que sobradas para que siempre pensara en ella sin relacionarla demasiado con la cuestión sexual. Si existía el amor, se decía, tenía que ser algo muy parecido a aquella perra que había cogido con Tina.

Y los acontecimientos se fueron precipitando, sobre todo cuando Lorenzo Gómez empezó a recelar.

La tarde del cuatro de abril, después de varios días de inquietudes, Tina le dio una foto. Aparecía en ella con el mismo vestido que la conoció y con una sobrina en brazos. Celebraban el cumpleaños de la pequeña, y Manuel fue invitado a la fiesta. Pero la imagen de Lorenzo Gómez parecía interponerse entre los dos.

Cuando salió de allí, avanzada la noche ya, creyó divisar una sombra escurriéndose por la pared de enfrente. Atisbó en la oscuridad. Desde donde estaba pudo ver la silueta de un hombre. Fue en su busca. Y unos metros antes de llegar alguien le agarró de un brazo. Se revolvió como una fiera. Pero mientras se las entendía con el desconocido, el de la esquina cayó sobre él. Lucharon a muerte los tres. Manuel consiguió salir airoso gracias a las tretas que le enseñaron los corsos. En menos que se cuenta tumbó a uno de los atacantes de un terrible cabezazo en la cara. El otro, más ágil, aguantó los golpes haciendo verdaderos alardes de esquiva, mientras, en el forcejeo, intentaba quitarle la cartera.

Pensó que se trataba de vulgares rateros y decidió darles su merecido. En un descuido de su adversario le golpeó en la barbilla. Cayó fulminado.

Cuando lo levantó del suelo sangraba como un Cristo.

Le miró fiero a los ojos.

—Toma mi dinero. ¿No es lo que querías? Anda, cógelo. Es tuyo.

El otro perdió los nervios al verse lleno de sangre. Pidió que le dejara.

—Necesito un médico. No paro de sangrar...

—Lo que tú necesitas es otra somanta, y ésa te la voy a dar yo ahora mismito, grandísimo hijo de perra. Para que aprendas con quién te la juegas. ¿No sabes que soy un desgraciado como tú? Venir a robarme unos pesos...

A la segunda bofetada su atacante se disculpó. Dijo que él no había pensado robarle.

—¿No? Entonces... ¿Por qué buscabas mi cartera?

—Tienes una foto.

Le dejó estar. Pensó que si le hablaba en otro tono se lo sacaría todo.

—Pero, vamos a ver, pedazo de corcho, ¿cómo quieres tú que me crea vienes en busca de una fotografía? ¿Por qué no me cuentas el de Caperucita, eh? Además, si quieres una foto, pues pedirla, eso. Yo te la hubiera dado. Dedicada. ¿La quieres de verdad?

—Es una foto de mujer.

Lo tenía contra la pared, debajo de un farol. Comprobó que era casi un niño.

—¿Has dicho una mujer? ¿Y cómo sabes tú que tengo esa foto?

Le golpeó otra vez.

—Me lo dijo el otro.

—El gordinflón que ha escapado. ¿Y cómo lo ha sabido ése?

Volvió a golpearle.

—¡Habla, puerco!

—Alguien que había en la fiesta lo vio. Pero yo no lo conozco. Lo juro.

Un par de tequilas en la primera pulquería y el joven delincuente se animó. Al del mostrador le dijeron que se había caído en una escalera. Pero no hubo forma de sacarle nada más, porque nada sabía. Una cosa estaba clara. Que el tal Lorenzo Gómez tenía espías hasta en casa de Tina. Y que no tardaría en vigilarlo a él.

Al día siguiente contó a Tina lo sucedido.

Ella le abrazó.

—¡Vete, Manuel! ¡Vete lejos cuanto antes! Te daré dinero, pero tienes que irte.

—¿Ahora? Ahora es cuando me quedo.

—Por la Virgen de Guadalupe, vete. No puedes estar aquí, ¿o es que no lo entiendes? Gómez es poderoso. Como averigüe quién eres, te pasarás el resto de tu vida en un calabozo.

—Eso si no lo mato antes.

Le dio un revólver pequeño, de tambor.

—Toma. Guarda esto. ¿Sabes manejarlo? Ya. Sólo con quitar el seguro... Si se acerca o te toca, si entra alguien aquí, algún sospechoso, un desconocido, quien sea, le pegas cuatro tiros. Tú estás en tu casa. Y yo te serviré de testigo, aunque no esté.

Asintió muy asustada.

—Pero tienes que prometerme algo —dijo ella.

—¿De qué se trata?

—Tienes que marcharte una temporada.

—¿Y tú?

—Le escribiré. Después de lo que ha pasado, nunca más. ¡Nunca!

Así lo hicieron. Y Manuel volvió de nuevo a viajar.

Pero era otro hombre. Irascible, siempre nervioso, buscaba diversión o bronca, según pintaba el humor, en los tugurios más sucios, de los que salía siempre peleándose.

En Méjico, un norteamericano le pidió que le enseñara a jugar al billar.

—Yo no soy maestro de escuela —replicó sin mirarle—. Juego para ganar dinero o me toco las pelotas.

—Pues yo también apostaré. Me sobran unos cuantos dólares.

Acababan de coger los tacos, cuando se les acercó un mejicano menudo con cara de hurón.

Preguntó si podía apostar por Manuel.

—¿Tan seguro está de que voy a ganarle?

—No sabe taquear. Le va a desplumar igualito que se despluma a una gallina con agua caliente.

A los diez minutos ganaba más de trescientos pesos. El norteamericano se lo jugó todo a una tacada.

—¿Hace?

—Por mí... Su dinero es.

Lo perdió todo. Hasta el anillo de oro que le regalara semanas antes la farmacéutica de Morelia.

Comprendió que le habían timado entre los dos. No se amilanó. El terrible Manú empezó a rebullir en su interior. No podía consentir que un par de aficionados se burlaran de él. Echando chispas por los ojos revolvió pulquerías y garitos, hasta que encontró al yanqui escondido en un urinario. Sus golpes, rápidos y brutales, le dejaron en seguida sin conocimiento. Le quitó todo lo que llevaba encima, recuperó el anillo y se llevó un ostentoso sello que resultó ser falso.

Una semana después estaba en Tijuana, en la frontera de los Estados Unidos.

Las cartas de Tina le tranquilizaron. Al parecer, Gómez había aceptado la derrota. Según decía en la última, se había llevado a su mujer y viajaba por el sur. Pensó que había llegado la hora de volver, para lo cual necesitaba dinero.

Y aquí fue donde inesperadamente surgió un Manuel distinto, el despilfarrador, el enamoradizo, un tipo sin corazón que, fresco aún el problema de Tina, su angustia, se distraía con cualquier máquina de juego o se encaprichaba de una vulgar prostituta en las salas de fiesta de Tijuana.

Empezó a odiar su natural contradictorio. Asqueado, se le metió en la cabeza cruzar la frontera. De nuevo pensaba en Betsy. ¿Rondaría por allí? Se acordó de los norteamericanos y, aprovechando la noche, merodeaba por los alrededores de las salas de juego, de *boîtes* y cabarés. Cuando veía un yanqui le golpeaba hasta dejarlo sin sentido y le robaba. Al cabo de unos días había conseguido reunir una respetable cantidad de dólares.

Como trabajaba solo, la policía no podía dar con lo que suponía una banda organizada. Abandonó Tijuana temiendo cualquier indiscreción, y en un poblado fronterizo dio unos dólares a un indio, que le ayudó a cruzar lo frontera.

Decidido a ponerse el mundo por montera, hizo *auto-stop* en la carretera de San Diego. Ya no le importaba lo que pudiera pasarle. Si le pescaba la Emigración, pediría asilo político. Contaba con buenas amistades en Méjico, en Puebla, en Veracruz. Tampoco le preocupaba demasiado ir a la cárcel. Por eso su osadía rayaba en la temeridad.

En Los Ángeles intentó localizar a Betsy, pero las listas de refugiados políticos cubanos dejaban mucho que desear, por lo que desistió de su empeño.

Repitió el intento en San Francisco con idéntico resultado. Si quería encontrar a su mujer, le dijeron, mejor que fuera a Miami. En Long Beach, en vista de que los dólares se le habían esfumado, buscó empleo unos días en una barca de pesca deportiva. Pasear a un par de millonarios ociosos, que acababan invariablemente borrachos de mar y de güisqui, le permitía buenas propinas y afanar de vez en cuando el tomavistas caro.

Se cansó también. Volvió a San Francisco, donde un gallego cantarín, marinero en un mercante de Filadelfia, el

Alaska II, le habló de lo buenas que estaban las indígenas de Hawai.

Aquella misma mañana, antes de zarpar, le puso un telegrama a Tina. «Embarco para Hawai. Te mando cien dólares. Volveré la próxima semana. Te quiere, Manuel.»

Rebosaba de ilusión cuando se embarcó. Fue una casualidad que se le ocurriera preguntarle al gallego cuántas millas había hasta Hawai.

Cuando oyó la respuesta, se tiró de cabeza al mar.

5. REGRESO A VERACRUZ Y VIDA DE HOGAR

DE NUEVO SIN UN CÉNTIMO. Por toda indumentaria, un pantalón mojado pegado a las piernas. Pero su buena estrella no le abandonaba. En el muelle hasta el que había nadado desde el *Alaska II*, en la zona reservada al aparcamiento de camiones, evolucionaba una ambulancia.

Manuel se acercó al corro de curiosos.

—¿Qué ha pasado?

Un mejicano con la cara blanca como el papel le informó de lo sucedido. Su ayudante había caído al suelo como fulminado.

—Ha sido el corazón. Y yo tengo que salir ahorita mismo.

—¿Sois mejicanos?

El otro le miró.

—De Hermosillo.

—Pues si quieres un ayudante, aquí me tienes.

Explicó en pocas palabras lo que le había pasado con el gallego.

—Si me descuido, el muy cabrón, me lleva a la otra parte del mundo. Ya ves. Menos la cartera, que tengo aquí, en el bolsillo, todo me lo he dejado en el barco. Dinero, ropa... Y hecho una sopa. Mira.

El camionero aceptó.

—Te daré algo que ponerte —dijo.

Se enfundó en un mono azul con grandes letras amarillas a la espalda. Pidió unos pesos de adelanto para tomar un bocadillo.

Media hora después salían.

Con la Emigración de la frontera no hubo problemas. Conocían de sobra a la empresa. Por otra parte, según informó el conductor, Hesiquio Prieto, estaban casi todos untados.

—Es que en Méjico, amigo, con dinero se arregla todo. El peso es el rey. El único culpable es el pobre. Y te juro que mi patrón de pobre no tiene nada.

—Pues habrá que hacer dinero.

—A mí me lo lleva la chula. Y el tequilita. ¿Ponemos música?

Otra vez rumbo al sur. En las casi cuarenta y ocho horas que duró el viaje, reflexionó tumbado en la litera. El mundo era huevo descomunal, podrido, en poder de los fuertes. Los demás importaban menos que un gato sarnoso. Si se morían de hambre, mejor. A más tocaban. Sin darse cuenta exactamente, su rudimentaria filosofía destrascendentalizaba la existencia humana. Nacía uno, se moría, y en paz. Como un mono o una hormiga. De cómo se las apañaba para vivir lo mejor posible, eso allá cada cual. Sabía por experiencia que los tontos se quedaban en la cuneta. Y los pusilánimes. Y quienes jugaban a redentores de una especie animal más mala que un dolor de ijada. En cuanto a él, cada día se reafirmaba en el propósito de no complicarse la vida. Si Betsy le había fusilado con el pensamiento y con la voluntad para cobrar viudedad y acostarse con los yanquis, allá ella. Él, por su parte, renunciaba a buscarla. A ella y al hijo.

Otra de las conclusiones a que llegó concernía a los afectos. Pensaba que destruían la personalidad. Por eso, lo mejor era poner en práctica la filosofía del desasimiento. Si las personas y los objetos estaban hechos para desaparecer, ¿a santo de qué encariñarse?

En cuanto a Tina, no veía claro del todo. ¿Era amor lo que sentía por ella? Volvía ilusionado después de la larga gira. Tan pronto como llegara, se meterían en la cama una semana seguida. Pero no era solamente la cama. Volvía por ella llamado por un fuerte impulso interior. ¿Por qué abandonó a Luisa sin pizca de remordimiento? ¿Y a la recepcionista del hotel? ¿Y a su mujer? ¿Y a tantas otras? Y sin embargo, Tina le llamaba, y él respondería a la llamada costara lo que costase.

Durmieron unas cuantas horas en un motel cerca de Gustavo Sotelo, y aquella misma noche llegaron a Hermosillo. Con los pesos que le dieron compró un poco de ropa y el billete del autobús. Atravesó Sierra Madre Occidental. De Chihuahua a Nueva Laredo, donde cambió de línea. Hizo noche en Monterrey. No se quedó unos días a causa del vientre, dolido de los dos platos de chiles que se comió para ganar los cien pesos de la apuesta. Saltillo, Matehuela, San Luis de Potosí otra vez, y salida por Querétaro.

En Méjico le habló el amigo de un hombre muy importante, gerente de la fábrica de Cervezas Corona. Al parecer había oído algo sobre él y tenía interés en conocerle. Vivía en la avenida de Morelos, cerca del Ayuntamiento, con una hija, Mercedes, una jovencita sentimental que escribía su diario. Manuel pasó a saludarlo, un instante nada más.

Dejó el hotel Hunter, en la calle de Villalongín, donde se había instalado como un señor, y siguió viaje, vía Puebla, hasta Veracruz.

Corrían los últimos días de abril del sesenta y cuatro.

La actividad desplegada por Tina era realmente increíble. Atendía la tienda, buscó un trabajo a Manuel, cambió los muebles de la casa y un buen día le dijo que se vistiera para ir a Méjico.

Fue un viaje rápido, a la representación que tenía por entonces el gobierno de Franco en la capital azteca. Fechado en 4 de mayo, se le expidió allí el Certificado de Nacionalidad número 1566. Manuel González Berdún (sic) hacía el número 30 232 de los españoles residentes en Méjico. En la foto aparece un Manuel con ojos tristes, abundante cabellera y cara chupada. La expresión, la de quien nunca ha roto un plato. El certificado lo hace de profesión decorador y de estado soltero.

De vuelta los dos en Veracruz, todo parecía marchar viento en popa. Lorenzo Gómez se había esfumado. Al parecer, cuando Tina le dijo por teléfono que la olvidara, después de jurarle que no había otro hombre, la informó de su decisión de retirarse de por vida a un rancho que tenía en el sur. Manuel, por su parte, había conseguido la tan soñada documentación, había comprado varios juegos de brochas, botes de cola y pintura, y tenía un crédito abierto con cierto mayorista de rollos de papel. Tenía todo esto y, además, un piso que él mismo se encargó de decorar y, dentro de él, la mujer más cariñosa del planeta. Absoluta felicidad.

Empezó a pintar pisos. El primero, en la calle del Pavo, lo terminó en seguida. Era una especie de ponedero en el que vivían tres hermanas solteronas de la época virreinal. Salió de allí echando chispas. Luego fue una barbería. El dueño, marica perdido, se metía con él de mala manera. Se largó de allí dejándose las paredes embadurnadas y al tipo con un tapón de botella metido en el culo. Fue más tarde al pisito de soltera de una maestra joven, Carmela, con la que en seguida congenió. «Si usted quisiera escribirme mi historia —le dijo Manuel—, yo le pintaba el piso de balde y encima me acostaba con usted.» Ni se pintó el piso ni se escribió la historia.

Alguna noche, entre las floreadas paredes del dormitorio, Tina le preguntaba qué sentía por ella.

—Pues mira. Algo diferente de lo que siento por las demás. Es lo único que puedo decirte.

—¿Eso sólo?

—¿Quieres más? Sé, eso sí, que lo nuestro va para toda la vida.

Los labios de ella ahogaban sus palabras.

Era tal como lo decía. Al lado de Tina sentía una paz interior que nunca le había dado ninguna mujer. Se resistía, sin embargo, a renunciar a su personalidad. Era libre, y no toleraba saberse sometido a nadie.

Hicieron un pacto.

—Tú tienes que dejar que yo sea como soy, ¿me entiendes, Tina? No intentes subirte a las barbas. Nada. La vida, o quien sea, me ha hecho así. A veces me ahogo mucho tiempo en un mismo sitio. Tengo que salir, cambiar de aires. Aunque sea poco tiempo, pero eso no quiere decir que no te quiera.

Ella parpadeó.

—No te entiendo.

—Lo dicho. Tú te lo piensas.

Con los primeros ahorros compró un coche. Todo salía a pedir de boca. El taller de Tina producía sus buenos pesos y él se las arreglaba con lo de la pintura. Pareja ideal. Salían los fines de semana, por lo general a Antigua Veracruz o a Doblado, se bañaban en la playita de punta Antón, comían en un merendero de la misma playa y, por la tarde, a ver películas de charros.

Quiso la casualidad que en una chapuza conociera a cierto personaje tahitiano, un tal Laborde, exiliado del régimen de Duvalier a raíz del fallido intento de invasión, desde la República Dominicana, a la caída de Trujillo. Se trataba de un viejo patriota que se pasaba la vida elaborando descabellados proyectos para un nuevo desembarco.

Manuel le contó lo de bahía de Cochinos. Se liaron a charlar y, días después, embarcaba hacia Haití a explorar el terreno. Era lo que menos le interesaba a él. Sentía la necesidad de un cambio de decorado, y tenía un pretexto.

Otra circunstancia vino a favorecer el viaje. Tina creía haber visto varias veces un hombre rondando la casa.

Se lo dijo a Manuel.

—Es siempre el mismo.

Él bromeó.

—Será un admirador.

—Pues yo pienso en Lorenzo. ¡Virgen de Guadalupe!

—Si quieres, me voy unos días.

Embarcó tranquilo, pensando que eran aprensiones de mujer.

En seguida que puso los pies en Puerto Príncipe, se percató del atraso de la gente, de su miseria. La isla, su vegetación, le recordó a Cuba. Platanares, cultivos de caña y cacao, extensos campos de algodón, pero la falta de agua y la humedad deterioraban las cosechas.

Costeó en un barco panameño hacia el norte. Le gustó la paz de isla Tortuga, por lo que resolvió hacer un alto en el camino. Louise, una mulata de movimientos felinos a la que alquiló por diez dólares como quien alquila un patín, le enseñó a capturar langostas, a guisar bananas, a descubrir las azucaradas raíces del palmito silvestre.

Se instalaron en una cueva de Punta Oeste. Existencia robinsoniana. Hasta tiró el reloj al mar. Pero a los cuatro o cinco días sucedió algo insólito. Louise empezó a aullar exactamente igual que un coyote. Cuando fue corriendo en su busca, la encontró retorciéndose en el suelo con los ojos en blanco y la boca llena de arena. A su lado, clavada en una cruz hecha con dos palitroques, había una polla silvestre abierta en canal.

Volvió en sí después del par de guantazos. Temblando como azogada, contó que había sido poseída por su dios, un dios que exigía de ella la vida del hombre blanco. Por eso, a fin de apaciguarle, había sacrificado al animal. Pero su dios la había castigado.

Por si aquel dios seguía en sus trece, abandonó la isla de las Tortugas. En el vaporcito que embarcó, le explicó a un dominicano medio borracho lo de la mestiza.

—Su dios penetra en ellos —dijo el dominicano—. Y cuando eso pasa, no tienen más remedio que cumplir sus órdenes. *Vraiment terrible, monsieur*.

—Eso son monsergas.

—No, *monsieur*. Eso se llama *vudú*.

De Haití a Jamaica. Pero como el inglés no se le daba bien y los cocos le secaban la boca, volvió a Veracruz con dos garrafitas de ron y un paquete de café.

Encontró a Tina muy preocupada. Lorenzo Gómez había vuelto del sur y hacía varios días que la llamaba por teléfono.

Al parecer, la cosa era más seria de lo que le contó a Manuel.

Durante las dos últimas semanas, Tina había estado recibiendo llamadas de Gómez. En las primeras se había mostrado el hombre equilibrado de siempre. Por lo visto, el tiempo y la distancia no habían sido suficientes para hacerle olvidar. La soledad del rancho, en vez de ayudarle, había despertado en él viejos recuerdos. Su necesidad de Tina se hacía cada vez más acuciante. Le rogó que olvidara cualquier rencor. Dijo que incluso estaba dispuesto a renunciar a la familia por ella. Tina había escuchado su llanto ahogado, un sofoco oscuro. Tuvo un momento de vacilación, pero se negó. En las llamadas sucesivas, las súplicas se convirtieron en exigencias. En vez de llorar, vociferaba. Ella le colgó. Las últimas fueron amenazas de muerte.

Decidió encerrarse en casa hasta que volviera Manuel. Empezó a observar la calle. Sus sospechas eran fundadas. La vigilaban.

Suplicó a Manuel que no la dejara sola.

—Tengo miedo.

Él pidió el revólver.

—Iré a buscarlo —dijo—. Si es tan hombre como parece, no huirá. Y veremos quién se carga a quién.

Ella le quitó el arma de las manos.

—No vayas. Tiene guardaespaldas. Lo sabes. Todos los hombres importantes los tienen aquí. Te matarían. Seguro.

Forcejearon.

—Si te pasara algo, ¿te has parado a pensar qué sería de mí? No salgas a la calle. Antes de llegar a la segunda cuadra tendrías el cuerpo lleno de agujeros. Te quedarás aquí conmigo, siempre conmigo.

Cayeron sobre la cama. Hicieron el amor frenéticamente, con la desesperación de quienes han entrado en capilla. Tina había triunfado.

Más tarde expuso su plan. Estarían un tiempo sin salir de casa.

—Pediré la comida por teléfono. Se cansará. Ya verás. Es cojudo, el condenado. Lo sé. Nadie le negó nada desde que se amorró al pezón de la madre. Él mismo me lo dijo muchas veces. Pero esta vez va a quedarse con las ganas.

Manuel paseaba nervioso.

—Pero, ¿y yo?

—¿Tú? Tú eres mi vida. Y no voy a consentir que te dejen seco en el arroyo por mi culpa.

Aceptó de mala gana.

De vez en cuando, cuando Tina salía de las habitaciones que daban a la calle, amenazaba con el puño al guardaespaldas de turno. Pero pronto empezó la claustrofobia. Con ella, la tensión nerviosa. Imposible estar cinco minutos en el mismo sitio. Se tumbaba en el sofá para levantarse en seguida. Entraba en la cocina. Salía, porque nada de lo que había allí le importaba un rábano. Conectaba la radio. Quitaba el enchufe de un tirón. Ni las rancheras eran capaces de apaciguar sus nervios. Pensaba que si alguien le hubiese dicho que tenía que verse en tan ridícula situación, le hubiera roto la crisma. Se sentía herido en su amor propio. Él, Manú, escondido en un piso con una mujer, como si fuera una gallina mojada.

Al tercer día decidió dar un paseo. Era muy temprano, y Tina dormía medio drogada por las pastillas de los nervios.

Salió desarmado para evitar complicaciones. Dio la vuelta a la manzana, pero no vio nada de particular. Creyó que probablemente se habían cansado o que, en todo caso, el horario de guardia empezaba más tarde.

Desayunó en una cafetería de la que era cliente habitual. El dueño, un mestizo lampiño con mirada de garduña, le saludó con una cordialidad fuera de lo común.

—Pensábamos que estabas en las Españas —dijo riendo.

—No. He dado una vueltecita por el Caribe. Tan cerca, y no lo conocía. Haití y Puerto Rico quiero decir. Que lo demás...

—¿Recordando tiempos?

—Eso. Pero ¡hay una hambre por allí! Por cierto que me ha pasado un caso con una mestiza...

—Cuenta. ¿Lo de siempre?

Se entretuvo un rato, no mucho. Pagó.

Apretó el paso. Sabía que si Tina se despertaba y no lo veía en casa, se subiría a la parra. Hasta era capaz de echarse a llorar.

Cuando metió el llavín en la cerradura notó que la puerta estaba abierta. Le dio un vuelco el corazón. Los guardaespaldas de Gómez eran capaces de todo, desde el rapto al asesinato.

Vio la puerta del dormitorio entornada. La abrió de un manotazo. En el suelo, desnuda y llena de sangre, estaba Tina en una postura grotesca. Pensó lo peor.

Le galopaba el corazón cuando la dejó en la cama. Tina tenía la cara desfigurada, cubierta de sangre fresca aún. Supo que vivía al oír un débil gemido. Miró alrededor. Las paredes salpicadas de sangre, las sábanas desgarradas, la mesa de noche en el suelo con el cajón a medio abrir, el espejo del tocador roto... Tina estaba tan destrozada, que no sabía por dónde empezar. Ni qué hacer. El cuerpo aparecía lleno de arañazos y hematomas. A ambos lados del cuello notó las blancas incisiones de unos mordiscos brutales que desgarraban la piel dejando la carne al descubierto. «¡Maldito puerco jabalí!», masculló. Un seno, el izquierdo, tenía un corte profundo, del que seguía manando un hilillo de sangre hasta remansarse en el hoyuelo del ombligo. No se atrevió a mirar otra vez la cara, tumefacta, hinchada, una máscara sanguinolenta de nariz aplastada y ojos apenas visibles.

La cubrió de besos.

—¿Quién ha sido?

De nuevo el gemido.

—Tienes que decírmelo. ¿Han sido esos gorilas?

Silencio.

En un rincón, el despertador seguía cantando monocorde su canción intemporal. Tenía el cristal rajado. Manuel, fuera de sí, lo aplastó con el pie como quien aplasta un bicho venenoso. Sin darse cuenta de lo que había hecho, acababa de poner punto final a una nueva fase de su vida, en la que todos sus proyectos de honradez naufragaban.

Volvió junto a Tina.

—¿Quién ha sido? ¡¡Habla!!

Fue una especie de alarido. Tina abrió un ojo, apenas una rendija ensangrentada. Su barbilla tembló.

La abrazó rugiendo de ira.

—Por mi culpa, todo esto pasa por mi culpa...

La sacudió.

—Dime quién ha sido. ¿Los hijoputas de ese maldito Gómez? Contesta.

Pensó de pronto en la puerta abierta del piso.

—¿Ha sido él?

Miró el vientre de Tina. En sus muslos se notaban las moraduras de unos dedos poderosos.

—Claro. Ha sido él y ha abusado de ti.

Volvió la cabeza. En el cajón de la mesa de noche vio brillar el cañón del colt. Comprendió. Tina, haciendo probablemente un último esfuerzo de voluntad, había intentado apoderarse del arma, pero la mesa debió de salir despedida con la violencia del ataque.

Cogió el revólver y salió. Llamó al piso de abajo y pidió a la vecina que subiera en seguida.

—Al médico le dice que se ha caído de donde sea. Eso nada más. Que ella diga lo mismo. ¡No lo olvide, es muy importante!

—Pero ¿qué ha pasado?

—Eso. Que se ha caído.

Parecía que iba a estallarle el pecho mientras corría calle abajo.

6. EL CRIMEN

Permaneció escondido en el portal frontero al de Gómez hasta el anochecer. Horas interminables, durante las que desfiló su vida por su excitada imaginación. No pensó en su familia. ¿La había tenido alguna vez? Veía las celdas de las cárceles, la gigantesca sombra de David, el cadáver medio devorado del *Verrugas*.

Agresividad de fiera al acecho, agresividad contenida. De vez en cuando, una fuerte sacudida como una descarga eléctrica. Respiraba con dificultad. Mientras, su imaginación seguía trabajando. Sabía que Gómez volvería a casa. Seguía mentalmente sus pasos. Después de la brutalidad, lo más probable era que se hubiera refugiado en el Club. Fortaleza inexpugnable. Un buen baño de vapor le habría relajado. Luego habría buscado su sillón predilecto. Habría pedido un aperitivo y *El Nacional*, páginas de la bolsa. Claro que habría pensado en él, pero un gallego sin guardaespaldas era demasiado poco para cruzarse en su camino. Él, Lorenzo Gómez, hijo único de don Salustiano Gómez Ponce de Ayuso, el rico hacendado, el presidente del Consejo de Administración de Curtidos Veracruz, de Conservas Reunidas, de... En la terraza del Club, frente al mar, habría almorzado reposadamente. Una cabezadita, y el Dodge. Al chalé de un amigo. ¿Por qué no? La partida de póquer. Hasta que le venciera un íntimo deseo de paz de hogar con criadita sonriente y esposa intranquila, deseo sobre el que, en aquella ocasión, pesaría un vago temor, quién sabe si un resquicio de remordimiento.

Vio entrar en la calle el Dodge muy despacio. Una sombra huidiza se acercó al vehículo en marcha, que siguió bamboleándose suavemente. «El muy cabrón tiene su casa vigilada.» Tranquilo, no había novedad. El Dodge frenó delante del portal. Un instante. El tiempo preciso para que Gómez bajara. En seguida el vehículo siguió calle abajo.

El hombre era alto, fuerte, ligeramente cargado de espaldas. Su traje azul oscuro de seda natural fosforesció a la luz del neón. El hombre cruzó la acera. Antes de introducir el llavín en la cerradura pulsó el timbre. Anunciaba su llegada. Eran los suyos unos movimientos precisos, automáticos. Empujó la puerta. En aquel preciso instante Manuel cruzó la calzada. No le dio tiempo a cerrar. Embistió contra el corpachón y entró con él en el portal. Cerró la puerta con un pie.

Le tenía encañonado.

—¡Cerdo! ¡Chulo! ¡Cobarde malparido! Sabes a lo que

vengo, ¿no? Sabes lo que quiero que me des ahora mismo. ¡Lo sabes!

Esperaba el más insignificante ademán para apretar el gatillo, pero Gómez no se movió.

—Vas armado. Pero si no quieres defenderte, te mataré como a un perro rabioso. Lo que tú eres, mal nacido.

De repente Gómez empezó a correr escalera arriba.

—Vuélvete, so cabrón, que no quiero matarte por la espalda. ¡Defiéndete si eres hombre!

En aquel instante se abrió la puerta del piso. Una señora rubia en bata avanzaba por el rellano, alarmada por los gritos del desconocido. Fue en aquel momento cuando Gómez volvió la cabeza. En un movimiento instintivo de defensa se llevó la mano al cinto. No tuvo tiempo para nada. Manuel, sereno, disparó una y otra vez sobre el vientre y el pecho de Gómez hasta vaciar el cargador. Un grito de mujer, y Gómez que cae rodando como un saco, rebotando grotescamente sobre los escalones.

Manuel tiró el revólver. Tardó unos segundos en abrir la puerta. Los suficientes para que al salir a la calle le cortara la retirada una patrulla que acertó a pasar por allí.

El prestigio social del fallecido Lorenzo Gómez, su dinero y las presiones de la familia dificultaron la defensa de Manuel.

En seguida que prestó las primeras declaraciones en Veracruz, fue trasladado a la cárcel de Méjico. De poco valieron las declaraciones de Tina, el informe del médico. El homicidio, tipificado de pasional, se había cometido con todos los agravantes.

En la cárcel mejicana le dijeron los mismos reclusos que allí se arreglaba todo con dinero. Si soltaba los pesos, no sólo podía disponer de litera con colchón, sino que le era permitido hacer vida matrimonial en unos barracones destinados exclusivamente a ello.

Recordó las palabras del camionero que le ayudó a cruzar la frontera. «Aquí el peso es el rey. Sólo a los pobres les caen los palos. Y la cárcel...» Estaba en lo cierto. Las condiciones de los reclusos que carecían de medios de fortuna eran inhumanas. Una comida al día, celdas insalubres, brutalidad en el trato. En cambio, los había que llevaban una vida casi de balneario.

La pena de muerte no existía; sin embargo, las llamadas celdas soldadas eran todavía peor. El recluso pobre, cuando se insubordinaba o era reincidente, pasaba a ser considerado peligroso. Le metían en una celda especial y se soldaban las puertas. Más claro, se le enterraba en vida, negándosele hasta la asistencia médica.

Tal discriminación, si bien le hacía apretar las mandíbulas de rabia, acabó favoreciéndole. Tan pronto como hubo abandonado el sanatorio, Tina cogió cama y colchón y se fue a la cárcel con él.

Bernardo, un delincuente mejicano de mirada cruel y bigotazo recto, que entenebrecía más sus facciones, fue el primer amigo que hizo allí. Pronto se les unió un joven guatemalteco que cumplía condena por atraco a mano armada. Se llamaba Olegario Núñez, tenía veintiún años y se pasaba el día cantando canciones charras muy sentimentales. Estaba además Pancho Flórez, mejicano barrigudo a quien llamaban todos *el Elegante*, porque iba siempre muy bien calzado, con la raya de los pantalones hecha y usaba unas camisas muy llamativas. Carilleno, reidor, bigotudo, tenía el pelo muy crespo, oloroso de ungüentos. Sin comerlo ni beberlo se había visto involucrado en una estafa de varios millones y mataba el tiempo en la cárcel haciendo cestas y sombreros de palma, que regalaba las más de las veces, porque el dinero nunca le importó.

Acabaron por formar una especie de familia. Tina acudía todas las mañanas con la cesta a rebosar. Bromeaba con unos y con otros, y lo mismo sabía el cumpleaños de Pancho que cuando necesitaba Olegario hojas de afeitar.

Vida en común. Casi siempre estaban en los patios, bien protegidos por rejas y alambradas. Allí comían, allí hacían proyectos o se contaban sus cosas o, si estaban en vena, que era casi siempre, se dedicaban a cantar. Y cuando les venía en gana, se metían los dos en el barracón que se les había asignado.

En la cárcel fue creciendo el amor entre los dos. Ya no se trataba de la simple satisfacción sexual. Los unía la muerte. Tina no podía olvidar ni un momento que aquel hombre, su hombre, había matado por ella. En cuanto a Manuel, veía en ella a la amante cada día más encelada y a la madre, sus pequeños cuidos, su total desprendimiento, ya que todo lo abandonó, hasta el punto de convertirse voluntariamente en una reclusa más.

Y pasaron los meses.

A principios de agosto el carácter de Tina empezó a agriarse. Manuel la observaba. Le pareció un poco triste, como si hubiera perdido vitalidad.

—Algo te pasa —le dijo en el barracón.

—¿A mí? Nada.

—Si te has cansado, con dejarlo...

Ella besó su frente, sus mejillas, sus labios. Besos rápidos, nerviosos.

—¿No sabes que sin ti nunca sería nadie?

Él bromeó.

—A lo mejor es que estás preñada.

—De mamasita, nada. Me lo tienen dicho los médicos. Tres.

—Nunca me habías hablado de ello.

—Tampoco tú me lo habías preguntado. Eres así.

Intentó fingir, pero por dentro estaba derrumbada.

Manuel cavilaba. Aunque se negaba a aceptar la evidencia, él era una excepción. Había matado un hombre a sangre fría. Razones las que fueran. Pero era un homicida. Cualquier mujer, incluso la misma Tina, podía llegar a tenerle miedo. Recordó un refrán de su tierra: «El que hace un cesto, hace ciento.» Por otra parte, Tina era la criatura menos adecuada para pasarse la vida en un penal. Le gustaba salir, divertirse, conocer gente, organizar fiestas en casa. ¿Otro hombre? Curado de espanto como estaba, tampoco le costaba creerlo. aunque tratándose de ella le parecía punto menos que imposible. Decidió que, de ser así, se resignaría. Tenía derecho a hacer su voluntad. Que fuera feliz.

Aquella tarde, el calor era asfixiante en el barracón. Los cuerpos de Tina y de él, barnizados por el sudor, se crispaban sobre las arrugadas sábanas. Ella ponía las palmas de las manos en las mejillas de él, le miraba a los ojos con fijeza, un temblor en los labios.

—¿Qué nos pasa? ¿Qué es este deseo tan extraño? A veces pienso qué sería de mí si te perdiera.

—¿Y eso, dime, a santo de qué? ¿Por qué ibas tú a perderme o yo perderte a ti? Ea, contesta. Habla.

—Mejor seguir así como estamos.

Tuvo que ponerse serio para que se lo dijera todo.

Al parecer, el abogado de Tina tenía sus dudas sobre la suerte de Manuel.

—Dice que desde diciembre del año pasado, cuando entró el presidente Díaz Ordaz, se esperan reformas en esto de las leyes. Que después de setiembre, cuando esto marche otra vez, podrían cambiar las cosas.

—¿Para bien o para mal?

—Ésa es la cuestión, amorcito. Que nadie lo sabe.

Le abrazó.

—Tienes que salir de aquí. Cuanto antes, mejor.

Él se encogió de hombros.

—Yo estoy bien. Contigo, claro.

—Eso no. Los Gómez no olvidan el asunto. Podrían condenarte a cadena perpetua.

—No será tanto.

—Mira que esos Gómez no se cansan. Nos harán todo el daño que puedan.

Pasó la noche muy excitado. Hasta entonces nunca había pensado seriamente en lo que podía pasarle. Mató a Gómez a sangre fría, y cien veces que resucitara cien veces volvería a hacerlo. Pero ¿tenía derecho a disponer de una vida? La noche que lo detuvieron, después de las primeras declaracione, rechazó el rancho en el calabozo de Veracruz. Pidió un bocadillo y una botella de agua mineral. Comió y durmió de un tirón, sin remordimientos, hasta el día siguiente. Tampoco en los días sucesivos le persiguió la imagen de aquel hombre apretándose con las manos el vientre, del que manaba la sangre, muy roja, a borbotones. Sin embargo, hacía días que soñaba escenas horrorosas. Por todas las cárceles que había pasado, recordaba Manuel, siempre había visto tipos medio mochales que se pasaban las noches dando gritos. Más de una vez se habían visto obligados los celadores a golpearlos para que dejaran dormir a los demás. Y siempre la causa era la misma. Eran asesinos, que al principio se comportaban como los demás, pero que, a medida que pasaban los años, se volvían locos.

Se sinceró con Tina.

—Esto empieza a joderme —dijo—. Habla con el abogado de una vez. A ver qué pasa conmigo.

Ella le miró recelosa.

—Lo he hecho.

—¿Y qué?

Tina se expresó con cierta vaguedad. Al parecer, los delitos como el cometido por él podían redimirse mediante el pago de cierta cantidad.

—¿Sabes? Cuestión de dinero. No sé a quién va parar, pero...

—Pero qué.

—Te enviarían a España.

Se abrazaron.

—Y yo no quiero perderte. Sé que si te vas no volveré a verte nunca. ¿Te has parado a pensarlo?

Manuel acarició su pelo, secó sus lágrimas con la yema del pulgar.

—Pregúntale cuánto dinero hace falta.

—Lo haré.

El primero de setiembre, fiesta de la Apertura del Congreso de la Unión, tuvieron comida extraordinaria. Los reclusos pasaron la tarde reunidos con amigos y familiares.

Tina le llamó aparte.

—Ya sé cuánto va a costar tu libertad.

—Muchos pesos, ¿no?

—No tienes por qué saberlo.

En el silencio que se hizo entre los dos escuchaban risas, retazos de conversaciones.

—¿Y tú que piensas, Tina?

—Le di el dinero anoche. En su despacho.

Inclinó la cabeza.

—Dice que es cuestión de días.

El avión había penetrado en una zona nubosa. Era un mundo irreal, algodonoso, de tonalidades blancuzcas o terrosas que a veces se arremolinaban en la punta del ala. Manuel recordaba las últimas escenas en el Aeropuerto Internacional. Dos policías de la Emigración le habían acompañado al coche negro aparcado delante de la cárcel. Detrás, Tina le saludaba desde el interior del taxi. En seguida, calles y más calles. Salieron a la Calzada Ingeniero Zaragoza. Torcieron a la izquierda. Los policías le acompañaron hasta la escalerilla del avión, donde abrazó a Tina. Ni una lágrima. Luego, la novedad del vuelo le distrajo.

Volvía a España después de largos años de padecimientos con las manos vacías y el cadáver de Lorenzo Gómez a la espalda. Por toda documentación, una simple carta de residente. Por todo equipaje, una maleta de madera con algo de ropa, la guía de autobuses y unas fotos. Traía en cambio un invisible cargamento de experiencias, toda una filosofía de la vida. Durante aquéllos había nacido y muerto a cada paso. Había visto cosas que no recordaba y recordaba muchas cosas que nunca vio. Había pasado de la riqueza más espectacular a la más miserable pobreza. Después de haber residido en mil lugares distintos, tenía la impresión de no haber vivido en ninguno. Ciudades, pueblos, aldeas, la guerra y la paz, abundancia y hambre, pero los hombres siempre eran los mismos: mezquindad y egoísmo. Cambios, muchos, sí. Por fuera. Pero por dentro todos estaban podridos. En cuanto a él, seguía siendo el mismo Manuel que escapara en el buque escuela argentino, porque si bien había cambiado de sitio muchas veces, no había conseguido cambiar sus costumbres. También su corazón seguía siendo puro, abierto al débil, al necesitado.

Una incógnita sobre su cabeza: España. ¿Qué le esperaría allí? Se le imponía una rotunda realidad a medida que el avión devoraba kilómetros: la necesidad de asentarse definitivamente. Las dos veces que lo había intentado fracasó muy a su pesar. Pero los años pasaban. ¿Sería su destino vivir a salto de mata, sin hogar, sin una familia? Necesitaba confiar en alguien, y en aquellos momentos de absoluto desarraigo, de soledad, evocó la sombra de la madre.

Sonrientes y maquilladas, las azafatas pasaban por su lado, se paraban un momento para responder a la pregunta del pasajero, ofrecían licores o cigarrillos.

—Deme agua mineral.

—En seguida, señor.

—¿A usted le gusta esto de andar siempre por las nubes, como si fuera una gaviota?

—A veces sí. Otras, no tanto.

La azafata tenía una sonrisa aséptica, estereotipada. Pensó que le había visto esposado con los policías y le temía. Se volvió de lado.

Las nubes habían quedado atrás y el avión volaba en un limbo azul. Abajo, el mar. Manuel pensó en sor Presentación. Tampoco ella había acertado. El mar y sus caminos tenían fin. Y el fin de aquel mar era España.

Llevaban varias horas de vuelo cuando, de repente, se oyó la sintonía española de la información nacional. Manuel escuchó algo sobre Gibraltar. El locutor barajó a continuación una serie de millones y más millones, con porcentajes y cifras comparativas de ingresos de divisas, todo ello referido al turismo exterior. Le chocó el nombre, don Laureano. Al parecer había elaborado algo incomprensible para Manuel: el Primer Plan de Desarrollo. En no supo qué lugar se proyectaba una refinería de azúcar capaz por sí sola de abastecer a media Europa. Un turismo alemán había chocado con un camión cisterna de la CAMPSA en las proximidades de Tarragona...

Tomaron tierra en Barajas. Cuando el rectangulito se puso verde, Manuel se desabrochó el cinturón de seguridad. Avanzó pasillo adelante entre dos damiselas que se habían cambiado de ropa momentos antes en el servicio y hablaban del tiempo. La pista, reluciente como si la acabaran de barnizar, le hizo caer en la cuenta de que llovía.

En seguida que pisó suelo español, alguien le puso una mano en el hombro.

—Policía.

Se cruzó de brazos.

—Acompáñenos.

Subió a un coche que le esperaba afuera.

En la Dirección General de Seguridad, calabozo e incomunicación. Al atardecer, interrogatorios. Qué diablos había estado haciendo por esos mundos de Dios, qué pasaba con su documentación, a qué partido político...

Un par de veces le pusieron delante un montón de fotografías.

—¿Conoces a alguien de aquí?

—Veremos.

—¿A éste?

—No.

—¿A este otro?

—Tampoco. Pero a ése de ahí sí lo he visto.

Prende el cigarrillo que le dan.

—¿Dónde lo has visto?

—Toma. En bahía de Cochinos. Es el general Bayo.

—Vale. ¿Y qué pasa con estos dos?

—No los he visto en mi vida.

Le dejaron en libertad.

—Ojo al parche —le dijeron—, que tenemos una hermosa ley de Vagos y Maleantes. Conque ¡a trabajar!

—De acuerdo.

En Madrid, indocumentado y sin un duro, poco podía hacer. Fue directamente a la estación de Atocha. Desde el lugar que ocupaba en el banco podía ver perfectamente los servicios públicos. Siguió a un hombrecillo rechoncho con cara de primo. El hombrecillo terminaba de sacar billete en una ventanilla. Se encerró en el retrete. Manuel esperó hasta oír el crujido del papel. Golpeó la puerta con los nudillos.

—Oiga, soy el revisor. ¿Usted ha sacado billete en la ventanilla tres?

Le contestó una voz azorada.

—Sí.

—Pues échemelo un momento por debajo de la puerta. Eso. Gracias. Ahora se lo paso.

Cogió el billete y se metió en los andenes.

Poco después, en el tren, charlaba con una familia de Valencia que había ido a la capital a ver una hija casada que había dado a luz. Comió de lo que llevaban en la cesta. De Valencia a Barcelona, en un mercancías. Luego, *auto-stop* a Gerona.

El familiar que tenía allí le pagó la comida en un bar. Por la tarde se lo llevó a su casa. Con una condición. Le daría algún dinero y el billete para Barcelona, pero tenía que jurarle que sentaría cabeza.

—Los treinta los has cumplío ya, chiquillo. Y me parece que ya está bien de hacer el burro. ¡Con lo mañoso que tú eres! Si quisieras...

Al día siguiente, lo primero que hizo al llegar a Barcelona fue comprar *La Vanguardia*. Caminó hasta la Rambla de Santa Mónica. En uno de los bancos abrió el diario por la sección de anuncios. Como aquella letrita le mareaba, se lió a hablar con el hombre de las palomas.

LO QUE SUCEDIÓ DESPUÉS escapa a este relato. Manuel trabajó mucho. Destajos de sol a sol para caer rendido en el cuartito de la pensión de Conde del Asalto. Los domingos se iba al campo. Solo. Luego, por la tarde, al cine.

En una parada de autobús conoció a la que hoy es su mujer. Le costó lo suyo, pero acabó casándose con ella. Hoy vive en Montornés, en una torre de su propiedad. Tiene dos hijos, trabaja en su negocio, pinta en sus ratos libres y sueña que vivió lo que realmente ha vivido.

Si oculta uno de estos sueños, o acaricia alguno del que no me ha querido hablar, eso forma parte de su secreto. Respetémoslo. Cada cual en esta vida tiene derecho al suyo.

Barcelona-Campillos-Torremolinos-Barcelona.
Otoño de 1974

Índice

Primera parte

El hijo de nadie

Segunda parte

Los primeros pasos de un trotamundos

Tercera parte

El temible «Manú»

Cuarta parte

Con las Milicias del Pueblo en Cuba

Quinta parte

A la conquista de América

Sexta parte

Méjico, tierra de amor y de muerte